Colecție coordonată de
Alexandru Arion

CRIME SCENE PRESS

Viveca Sten
Ascunsă în umbră
Titlul original: *Dalskuggan*

CRIME SCENE PRESS
Piața Presei Libere nr. 1
e-mail: redactia@crimescenepress.ro
tel.: 021.317.91.37; 021.317.91.42; fax.: 021.317.91.43
www.crimescenepress.ro

CRIME SCENE PRESS

Director editorial: GEORGE ARION

Descrierea CIP a Bibliotecii Naționale a României
STEN, VIVECA
Ascunsă în umbră / Viveca Sten ; trad. de Loredana Frățilă-Cristescu. - București : Crime Scene Press, 2025
ISBN 978-630-6542-73-4

I. Frățilă-Cristescu, Loredana (trad.)

821.113.6

Coperta: ALEXANDRA BARDAN
Redactor: HORIA NICOLA URSU
Corectură: RUXANDRA MANUELA ARION
Tehnoredactor: LAURA TIBĂR
Bun de tipar: februarie 2024
Tipărit în România

Viveca Sten

Ascunsă în umbră

traducere de Loredana Frățilă-Cristescu

CRIME SCENE PRESS
2025

Viveca Sten a debutat în 2008 cu romanul *În apele cele mai liniștite / I de lugnaste vatten*, care a devenit imediat un succes, iar cele zece cărți din seria Sandhamn s-au vândut în peste 8 milioane de exemplare în toată lumea, aflându-se și azi în topurile internaționale de vânzări.

În prezent, Viveca își împarte timpul între Stockholm, Sandhamn și Åre. Aceasta din urmă este o celebră stațiune de schi din Suedia și, deloc întâmplător, locul unde se desfășoară acțiunea seriei Crimele din Åre, recent ecranizată de Netflix.

La Crime Scene Press a apărut și primul roman din serie, *Ascunsă în zăpadă*.

Tatălui meu
Tord Bergstedt
1933-2020

SÂMBĂTĂ, 22 FEBRUARIE 2020

1

Afară sunt minus douăsprezece grade Celsius. Anna Larsson conduce de-a lungul Tångbölevägen, un drum foarte îngust. Hugo, fiul ei în vârstă de șapte ani, e așezat pe bancheta din spate, îmbrăcat în costumul de schi. Cei doi se îndreaptă spre Duved pentru antrenamentul de slalom, care, la fel ca în fiecare sâmbătă, va începe la ora opt.

Se crapă de ziuă, dar e încă doar pe jumătate lumină.

O mișcare întrezărită în față o determină pe Anna să încetinească. Cu două zile în urmă, în curbă stătea un ren; trebuie să fie cu ochii în patru. Își dă seama că n-a fost decât un iepuraș, care o zbughește cât îl țin picioarele pe solul înghețat. Animalul se oprește o clipă, apoi se întoarce și-și continuă drumul printre copaci.

– Mami, se aude glasul pițigăiat al băiatului, trebuie să fac pipi.

– Nu poți să te abții, scumpule? rostește Anna peste umăr. Ajungem în curând.

– Trebuie să fac pipi *acum*.

Anna oftează. Mai au doar cincisprezece minute până la Duved, iar afară e un frig crâncen. Însă Hugo are tendința să facă pe el dacă problema devine prea urgentă.

Drumul se lărgește, așa că Anna trage pe dreapta.

– Grăbește-te! îi spune ea fiului ei, care s-a apucat deja să-și desfacă centura de siguranță.

Băiatul se cațără afară din mașină și înaintează cu greu spre niște tufișuri aflate câțiva metri mai încolo. Nu după multă vreme se întoarce și smucește portiera; pare agitat.

– E un bărbat pe jos!

– Cum adică?

– Acolo jos! S-a lovit! insistă el.

„Probabil că nu-i nimic," își spune Anna. N-are timp să se ducă să se uite, trebuie să pornească. Peste treizeci de minute, Hugo trebuie să fie la telescaunul din Duved, gata de antrenament. Mereu durează ceva timp să-și pună echipamentul, iar ei nu-i place să-l zorească.

Pe de altă parte, Hugo nu obișnuiește să mintă.

Dacă într-adevăr zace cineva acolo?

Vede în oglinda retrovizoare că fiul său nu-i în apele lui. A făcut ochii mari și pare afectat. Convingerea că trebuie să se ducă să se uite, doar ca să verifice, devine din ce în ce mai puternică.

– OK. Rămâi aici. Mă întorc imediat.

De cum deschide portiera, simte mușcătura frigului pe pielea din jurul nărilor, iar răsuflarea îi formează imediat un norișor alb. Mestecenii par statui înveșmântate în promoroacă.

Anna străbate anevoie zăpada, pe cărarea parcursă de Hugo adineauri. Alunecă și se ține de o creangă ca să nu cadă și își dă brusc seama ce se află dinaintea ei.

Ascuns printre tufișuri, acolo zace un bărbat. Căzut la pământ, are mâinile legate la spate și fața îi e plină de sânge.

Nu-și poate desprinde privirea de la cadavru.

Zăpada îl acoperă ca o pătură de pulbere, fără să poată însă ascunde rana adâncă de la ceafă.

Împrejurimile albe absorb orice sunet.

Simte cum îi urcă în gât un val de greață din stomac și înghite cu putere în sec ca să nu verse. Se întoarce împleticindu-se la mașină, să cheme ajutoare.

2

Un sunet strident o trezește pe inspectoarea Hanna Ahlander în dimineața de sâmbătă.

Bâjbâie după telefon, pe jumătate adormită. Așternuturile sunt jilave din cauza unui coșmar legat de violul de la Barcelona. Încă o mai bântuie, în ciuda anilor care au trecut de atunci și a experienței pe care a acumulat-o anchetând cazuri de violență împotriva femeilor vulnerabile.

Cine o sună așa devreme în weekend? Nici măcar opt nu e. De-abia așteptase să doarmă până mai târziu după o noapte în oraș cu prietenele. Mâine, sora ei Lydia are să sosească împreună cu familia ca să-și petreacă vacanța pentru sporturi de iarnă la Åre, iar casa numai liniștită n-o să fie – o să aibă grijă copiii ei de asta.

Dar dacă s-a întâmplat ceva în ultima clipă?

Îngrijorarea pentru sora ei o face să accepte apelul, ținându-și răsuflarea.

– Ești trează? o întreabă în ureche Daniel Lindskog.

Daniel îi e cel mai apropiat dintre colegi. Se cunosc bine, dar nu se văd în afara serviciului.

Amândoi fac parte din Departamentul Crime Majore cu sediul la Östersund. Daniel e cu câțiva ani mai în vârstă și, ca atare, îi e superior în ierarhie. El e cel care i-a aranjat postul pe care îl ocupă în prezent la Åre/Östersund.

– Hmm, mormăie ea, somnoroasă.

Se silește să deschidă ochii și se rostogolește pe spate. Ca de obicei, n-a coborât jaluzelele, căci nu vrea să blocheze splendida vedere spre lac.

Oricum, azi nu prea contează: soarele urcă pe cer, dar piscul Renfjället e învăluit într-o ceață groasă, cenușie. Ninge cu fulgi grei, iar bradul din fața ferestrei s-a înfășurat într-un giulgiu alb.

Hanna clipește des, nereușind să-și focalizeze privirea sau să-și adune gândurile.

– Am găsit un cadavru, rostește Daniel și ea îi percepe încordarea din glas. Bănuim c-a fost vorba de o crimă.

– Poftim?!

Abia acum s-a trezit de-a binelea. Se ridică în capul oaselor și-și dă la o parte părul răvășit din ochi. O crimă? De-abia au trecut două luni de la ultima lor anchetă importantă.

– Apelul a venit cu puțin timp în urmă, continuă el. Cadavrul unui bărbat a fost găsit în apropiere de Tångböle, înspre granița cu Norvegia.

Hanna încearcă să asimileze informația. S-a mutat relativ de curând în Åre și încă nu cunoaște prea bine împrejurimile.

– Ce știm deocamdată?

Vocea îi e răgușită, e nevorbită. Ieri a luat cina cu noua ei prietenă, Karro. N-au stat până foarte târziu, dar acum, privind retrospectiv, și-ar dori să fi refuzat ultimul pahar. Nu e sigură că ar trebui să se urce la volanul mașinii în această dimineață, dar nu vrea să-i spună asta lui Daniel.

– Cadavrul arată destul de rău, spune el. Pare să fi fost o execuție. Nu-i a bună.

Lucrează împreună de numai câteva luni, dar ea își dă seama cât e de stresat. Aude o ușă trântindu-se și vocea lui abia mai ajunge la ea, din pricina vântului care șuieră.

– Poți să fii gata în cincisprezece minute? Trec să te iau.

Așadar, adio timp liber în weekendul ăsta... Slavă Domnului, măcar nu va trebui să conducă!

Se întinde după blugii și puloverul de pe podea, lângă pat.

– Nicio problemă. Ne vedem în curând.

Se spală repede pe față, își prinde părul în coadă la spate și se îmbracă, apoi coboară la parter, în bucătărie. Lydia și soțul ei sunt proprietarii acestei case luxoase de la munte. Hanna locuiește aici de când a plecat din Stockholm, în decembrie.

Simte că o cuprinde amețeala. Încă o crimă majoră la Åre! O trece un fior pe șira spinării.

Pornește cafetiera și apasă pe butonul pentru cafea foarte concentrată. Pe fereastra bucătăriei vede sosind mașina lui Daniel. Acesta claxonează de câteva ori, dându-i de știre că a ajuns. Cu o ultimă privire la vasele nespălate din chiuvetă – chiar trebuie să facă curat înainte să ajungă Lydia! – își ia haina și iese.

Aerul rece îi taie imediat răsuflarea. E ger în toată regula. Ar fi trebuit să se îmbrace cu un pulover mai gros, dar nu vrea să facă cale întoarsă, având în vedere că Daniel deja o așteaptă.

El se apleacă și-i deschide portiera din dreapta. E posomorât.

În ciuda gravității situației, Hanna se bucură să-l vadă. Mereu se bucură să-l vadă.

3

Luminile intermitente ale vehiculelor de intervenție colorează peisajul de iarnă ba în alb, ba în albastru, atunci când Daniel și Hanna se apropie. Câteva mașini de poliție sunt parcate de-a lungul drumului, iar zona a fost deja izolată.

Informația primită de la dispeceratul regional din Umeå fusese tulburătoare. Femeia care sunase la numărul de urgență vorbise despre un cadavru mutilat; potrivit descrierii, era oribil.

„Ce se întâmplă, oare?" Daniel nu se poate abține să nu se gândească la cazul din decembrie, care l-a afectat foarte tare. Imaginea cadavrului palid din zăpadă de lângă telescaunul VM6 îi răsare în minte în orice moment.

Trage adânc aer în piept și coboară din mașină. Frigul îl izbește imediat în față. În astfel de momente e recunoscător pentru barba lui șaten-închis, care-i protejează măcar un pic bărbia.

Împreună cu Hanna se îndreaptă spre locul unde zace în tufișuri cadavrul acoperit de zăpadă. Încearcă să păstreze distanța ca să evite contaminarea zonei. Tehnicienii criminaliști n-au ajuns încă. Cel mai aproape locuiește Carina Grankvist, în Mattmar. Aici nu-și permit nici măcar să viseze să aibă propriul patolog; resursele sunt puternic centralizate în districtul de poliție din nord. Laboratorul de patologie criminalistică e în Umeå, acolo unde va fi trimis cadavrul după ce vor fi terminat tehnicienii criminaliști cu el.

E suficientă lumină afară cât să vadă ce e de văzut. Daniel înțelege imediat de ce dispecerul regional a categorisit crima drept una majoră. Bărbatul de pe jos are o rană deschisă la ceafă. Mâinile îi sunt strânse la spate cu coliere de plastic, iar degetele par să fi înghețat laolaltă. Verigheta de platină de-abia se vede pe fondul pielii alb-vineții a degetelor.

– Se pare că i-a zdrobit cineva țeasta, rostește Hanna.

Părul șaten-închis al cadavrului e năclăit de sânge uscat și, în ciuda zăpezii, prin mizeria vâscoasă se văd fragmente de oase.

– Cineva cu adevărat supărat, adaugă ea încet.

Vântul s-a întețit. O rafală mișcă brusc vârfurile brazilor înalți. De pe o creangă groasă se prăvălește zăpada, care se împrăștie apoi pe drum.

Cadavrul zace pe o parte, cu un obraz spre pădure. Daniel distinge urme clare de violență. Nasul e lovit și probabil rupt. Sângele s-a scurs pe buze și bărbie până pe guler.

Observă o vagă umbră de barbă, ceea ce ar putea să însemne că individul a fost atacat seara sau la miezul nopții, la ore bune după ce s-a bărbierit pentru ultima oară.

– Are în jur de treizeci și cinci de ani, estimează Hanna. Înălțime puțin peste medie, cam un metru optzeci și doi. Greutatea aproximativă: optzeci și șase de kilograme.

Victima arată a suedez tipic, cu tenul palid de iarnă și părul castaniu-închis, tuns scurt. „Seamănă destul de mult cu mine," se gândește Daniel. Probabil au cam aceeași vârstă.

Viața se poate sfârși atât de repede…

Studiază de la distanță îmbrăcămintea victimei. Bărbatul poartă blugi și pulover, dar nu și o haină groasă, bocanci sau mănuși, ceea ce sugerează că se afla undeva în interior atunci când a fost atacat. Dacă ar fi fost ucis afară, ar fi fost, cu siguranță, îmbrăcat mai călduros.

Cum a ajuns aici? Până la cea mai apropiată zonă populată e o distanță apreciabilă; în plus, dacă atacul s-ar fi produs aici, atunci ar fi fost mai mult sânge, mai multe urme de pași și semne de luptă. Pe de altă parte, zăpada căzută peste noapte a așternut o pătură moale, uniformă, peste peisajul împădurit din jur. Lumea pare să se fi camuflat în alb.

Se văd doar urme proaspete de lăbuțe – probabil un iepure.

Hanna ridică ochii; chipul îi e palid.

– Se pare că avem de-a face cu un nou caz de omor, rostește ea încet.

Daniel îi întâlnește privirea. Știe la ce se gândește colega sa. De-abia au terminat ancheta anterioară, acum va trebui din nou să-și adune forțele.

Hanna arată spre ceva aflat sub un copac, pe jumătate ascuns de zăpadă.

– Ce-i ăla?

Înaintează cu băgare de seamă, se lasă în genunchi și ridică un obiect. E un portofel jerpelit, din piele neagră.

– Așadar, n-a fost un jaf, spune imediat Daniel.

Dacă ar fi fost, portofelul ar fi dispărut.

Hanna verifică conținutul și scoate un permis de conducere roz.

– Johan Lars Andersson, născut în 1985. Îl știi cumva, e localnic?

Daniel stă un pic pe gânduri. Sună cunoscut, dar atât prenumele, cât și numele de familie sunt printre cele mai obișnuite din Suedia. Fața îi e atât de rău lovită, încât îl face imposibil de recunoscut.

– Habar n-am, spune el.

Hanna se ridică și-și scutură zăpada de pe picioare. Câțiva fulgi plutesc prin aer și aterizează pe pământ.

– Mă întreb ce l-a determinat pe făptaș să-l atace cu asemenea violență, se întreabă Daniel, mai mult pentru sine. De-a dreptul cu sălbăticie.

REBECKA

2012

SEPTEMBRIE

Rebecka Ekvall stă ghemuită pe bancheta de lângă fereastră. Nu-i pasă că-i curent, ăsta e locul ei preferat din tot dormitorul, de când era doar o fetiță cu codițe blonde. Mereu i-a plăcut să stea aici când se îngână ziua cu noaptea, când soarele coboară sub linia orizontului și lumina serii e mai blândă ca oricând.

Dinspre drumul principal se apropie o mașină. La intrarea în curte, farurile ei luminează ultimele fire de ochiul-boului din straturile de flori. A fost o vară rece; curând va veni iarna. Atât de sus în nord, prima zăpadă se așterne, de regulă, în octombrie.

Rebecka se apleacă în față ca să vadă mai bine.

Din mașină coboară doi bărbați. Unul e pastorul Jan-Peter Jonsäter, pe care-l cunoaște și-l ascultă de când se știe. Când îl vede pe celălalt, i se taie răsuflarea. E Ole Nordhammar, pastorul adjunct, care lucrează la proiectele pentru tineri. În fiecare seară de marți ține cursuri de studiu al Bibliei pentru adolescenții mai mari. Rebecka n-a lipsit nici măcar o dată.

Oare ce caută aici?

Un fior ușor îi străbate trupul. Ole e genul de bărbat pe care băieții îl admiră și după care fetele se topesc. E chipeș și carismatic. Are un fel aparte de-a vorbi care te face să te simți deosebit – ales, de fapt. Rebecka e îndrăgostită în secret de el de o bucată de vreme, dar n-a scos niciodată mai mult de câteva vorbe în prezența lui. E mult prea timidă, rămâne fără grai și roșește de cum îi întâlnește privirea.

Ole se îndreaptă cu pași mari spre ușa de la intrare. Poartă un sacou frumos de tweed albastru-închis, care cade perfect pe umerii săi lați. Tatăl Rebeckăi, Stefan, iese pe verandă și le strânge călduros mâinile celor doi vizitatori.

Fata mijește ochii, i s-a trezit curiozitatea. Rareori îi vizitează cineva aici, la Storvallen. Cătunul izolat e aproape de granița cu Norvegia. Cel mai apropiat vecin locuiește destul de departe. De când a terminat liceul în iunie și a început să ajute cu oile și mica fermă de lapte, Rebecka și-a petrecut cea mai mare parte a timpului acasă. Se întâlnește cu alți oameni doar când merge la biserică, la orele de studiu biblic de la Snasadalen.

Dar toate astea nu contează. Părinții ei au fost mereu stricți în privința celor cu care îi era permis să-și petreacă timpul. Când era mai mică era important să stea cu frații săi. Până să înceapă programul de îngrijire a copilului și activități recreative de la liceu la Järpen, era deja obișnuită să evite contactul cu *ceilalți.*

„Cei pierduți," cum îi numește tatăl ei. Cei lipsiți de evlavie.

Rebecka îi compătimește. S-au rătăcit aici pe Pământ și n-au înțeles că iubirea lui Dumnezeu le este izbăvire.

Ea e profund recunoscătoare că a avut norocul să crească în sânul bisericii. Mama și tata erau deja membri ai Luminii Vieții de dinainte să se nască ea, la fel ca părinții lor.

Cu toții au avut privilegiul de a umbla prin Valea Domnului.

Aude murmur de voci de jos. Se apropie de ușă, încearcă să asculte. Tata spune ceva, dar nu poate distinge ce anume, după care vocile par să se mute în camera mare și nu le mai aude.

Stă întinsă pe pat și se întreabă dacă ar trebui să citească ceva din Sfânta Scriptură ca să se pregătească pentru seara de studiu biblic cu Ole de marțea viitoare. După câteva minute, tata o strigă, de la baza scărilor:

– Rebecka, poți să cobori?

Nu știe cum să reacționeze. De regulă, tata nu le vrea prin preajmă pe ea sau pe mama atunci când trece pe la ei pastorul Jonsäter. Bărbații conduc în biserică, iar femeile sunt răspunzătoare de casă și familie. E diviziunea naturală a muncii, așa se spune în Biblie.

– Rebecka? repetă tatăl său.

Aruncă o privire prin dormitorul cu tapet galben cu dungi. N-are o oglindă, așa ceva ar încuraja deșertăciunea. Totuși, își netezește părul împletit în coadă și-și aranjează bluza.

Cei trei bărbați sunt în sufragerie. Beau cafea și mănâncă fursecuri. Mama ei, Ann-Sofie, e în bucătărie și-i zâmbește precaută Rebeckăi când aceasta trece pe lângă ea.

– Bună seara! spune fata.

Ar trebui oare să facă și o reverență sau să pășească în față și să întindă mâna?

Tatăl ei dă din cap a încurajare.

– Vino și stai jos! spune el, arătând spre spațiul de pe canapea de lângă Ole.

Se înfioară de emoție; nu-s decât la vreo zece centimetri unul de altul. Nu s-a aflat niciodată atât de aproape de el. Îi simte mirosul aftershave-ului, o aromă bărbătească de ceva incitant și lumesc. Coama neagră a lui Ole se încheie într-o linie ordonată pe ceafa lată și puternică.

E greu de crezut că are aproape treizeci și trei de ani. Îi pare atrăgător, deși e mult mai în vârstă față de ea. Ole îi face favoarea să-i zâmbească. Rebecka roșește, nu se poate abține și trebuie să-și ferească privirea.

Mama bagă capul pe ușă, ținând cafetiera în mână.

– Mai vrea cineva? întreabă ea sfioasă.

Tata se încruntă.

– Nu acum. Nu vezi că suntem ocupați?

Mama clipește des și scuza vine instantaneu:
– Îmi pare rău. N-am vrut să deranjez.
Dispare la loc în bucătărie.
Rebecka se întreabă cum de nu-și dă mama ei seama că bărbații vor să fie lăsați în pace. Ea, una, n-ar îndrăzni în veci să-i deranjeze astfel, e mai prevăzătoare de atât. Stă tăcută pe canapea. A văzut expresia împietrită a tatei când au avut musafiri și mama nu s-a purtat cum trebuie, a auzit hohotele ei de plâns când el o mustra după ce oaspeții au plecat.
Cei trei bărbați își continuă conversația. Rebecka își ține mâinile în poală. Ea nu a primit o ceașcă de cafea. Din când în când, Ole îi oferă un zâmbet cald și, de fiecare dată, ea se îmbujorează. O dată chiar îi face cu ochiul, dar, în rest, vorbește doar cu tata și pastorul Jonsäter.
Nu-i nimic, Rebeckăi îi e de ajuns să se afle atât de aproape de el. Abia așteaptă momentul când îi va spune lui Lisen, prietena ei cea mai bună, că Ole a fost la ei acasă!
În cele din urmă, pastorul se ridică în picioare.
– E bine că tinerii au avut șansa să se cunoască, declară el mulțumit.
Rebecka se simte descumpănită; de fapt, ea și Ole n-au discutat cu adevărat. El însă zâmbește din nou, iar ei i se înmoaie genunchii.
– Te-am remarcat la serile dedicate Bibliei, spune el. Ești o participantă așa de înflăcărată la orele noastre de studiu al Sfintei Scripturi!
Rebecka se îmbujorează și mai tare. Întrebările îi ard limba când își iau rămas-bun, pe hol, dar nu cutează să deschidă gura. Urcă în camera ei.
Ce-a fost cu întâlnirea asta?

O voce lăuntrică îi șoptește un răspuns pe care nu îndrăznește să-l accepte. Dumnezeu are un plan pentru ea. S-ar putea ca Ole să creadă că e potrivită să fie soție unui pastor.

Rebecka urmează să împlinească nouăsprezece ani în noiembrie. E momentul să-și găsească un soț. Mama ei s-a măritat la optsprezece ani, la fel ca majoritatea fetelor din comunitate. Dacă n-ar fi mers la liceu, Rebecka ar fi fost, probabil, logodită deja.

Nu știe ce să creadă. O asemenea idee îi pare de-a dreptul fantastică. Gândul că un bărbat ca Ole ar putea fi interesat de ea, micuța și timida Rebecka, cea atât de tânără și neînsemnată...

Își amintește apoi căldura expresiei lui când o privise.

Cade în genunchi, închide ochii și-și împreunează mâinile în rugăciune. Își închipuie ochii albaștri-cenușii ai lui Ole, trăsăturile lui bine conturate, bărbia fermă.

Simte fiori de încântare prin trup.

E sigură că Dumnezeu are să-i arate calea de urmat.

4

Daniel se gândește la bărbatul mort în timp ce se îndepărtează de locul în care l-au găsit. Hanna stă lângă el, tăcută.

Sunt în drum spre Staa, un cătun atât de mic încât abia e vizibil pe hartă și care se poate lăuda în principal doar cu faptul că găzduiește unul dintre centrele de reciclare ale comunității. Victima, Johan Andersson, locuia acolo, cu soția lui, Marion Weiss Andersson. Probabil că ea nu știe încă ce s-a întâmplat cu soțul său.

A fost ucis cu o cruzime care-i amintește lui Daniel de anii în care a lucrat în suburbiile Göteborgului. Violența extremă era tot timpul prezentă în oraș. Aici, în Åre, chiar și crimele tind să fie mai puțin șocante și nemiloase.

De fapt, de aceea s-a și mutat aici, în urmă cu trei ani. O să treacă multă vreme până când va reuși să uite cum arăta Johan. Fața stâlcită, rana adâncă de la cap... Fusese lăsat pe pământ, cu mâinile legate la spate, ca un animal sacrificat.

Pare să fi fost un soi de răzbunare de proporții biblice.

Ce-ar fi putut face bietul om de a fost supus la ceva atât de crud?

– Ce mai faci? întreabă Hanna, ridicând ochii din telefon.

Răscolește bazele de date, încercând să găsească o imagine a victimei.

Daniel tremură de frig; își încheie haina.

– Nu era chiar ăsta planul meu pentru weekend.

– Știu, replică Hanna cu un zâmbet slab. Nu-mi vine să cred că avem parte de încă o crimă, atât de curând după...

Nu-i nevoie să continue.

– Johan era instalator, continuă ea. Avea propria lui afacere, împreună cu un coleg pe nume Linus Sundin. Firma se numește Instalații Sanitare Andersson și Sundin, iar soția lui Johan ține contabilitatea.

Daniel apreciază faptul că Hanna s-a apucat deja de căutat detalii despre victimă.

Aceasta derulează în continuare documentul afișat pe ecranul telefonului.

– Uau! face ea încet, la un moment dat.

– Ce e?

– E ceva diferență de vârstă între Johann și Marion… Ea are patruzeci și patru de ani, el avea treizeci și patru.

Zece ani. Exact aceeași diferență ca între Daniel și partenera sa, Ida: el are treizeci și șase, ea douăzeci și șase. S-au cunoscut într-un club de noapte cu optsprezece luni în urmă, au fost puternic atrași unul de altul, iar el s-a îndrăgostit nebunește și cu pasiune. Și-a dat seama, însă, că societatea e mai înțelegătoare atunci când bărbatul e mai vârstnic decât invers.

– Se pare că Marion și Johan s-au căsătorit când ea avea treizeci și patru de ani, iar el douăzeci și patru, continuă Hanna. O vârstă destul de fragedă pentru un suedez, cu atât mai mult cu cât, probabil, au ieșit împreună și înainte de nuntă.

– E adevărat. Au copii?

– Nu, în ciuda unui mariaj îndelungat.

Hanna surâde iar.

– Nu tocmai la fel ca la tine și Ida.

Se cunosc deja îndeajuns de bine. Daniel i-a mărturisit că sarcina Idei, survenită la începutul relației, nu fusese planificată. Erau împreună doar de un an și ceva atunci când venise pe lume micuța Alice. Daniel își vede cu ochii minții fiica, care are deja cinci luni. S-a născut în septembrie, împlinindu-i visul de a-și întemeia o familie, pe care el îl nutrea de mulţi ani. Chiar în clipa asta probabil că gângureşte pe scaunul ei înalt, în vreme ce Ida îşi ia micul-dejun. Încă mai are aceleaşi sentimente puternice pentru prietena lui, dar trebuie să recunoască faptul că venirea pe lume a copilului nu le-a uşurat deloc viaţa.

Trec de un indicator spre Staa, iar Daniel face la dreapta pe un drum îngust care-i aminteşte de cel unde a fost găsit Johan Andersson cu doar câteva ore în urmă. Nu prea sunt semne că pe aici ar fi trecut un plug de zăpadă. E recunoscător pentru faptul că maşina are tracţiune integrală; aici, la munte, e o dotare esenţială.

Familia Andersson locuieşte pe Dalövägen.

Cu mâna dreaptă, Hanna îşi îndepărtează câteva şuviţe de păr şaten-închis de pe frunte. E, la rândul său, conştientă de dificultatea momentului. Are cute de încordare în jurul gurii şi umerii îi sunt uşor aduşi în faţă.

– Urăsc conversaţiile de genul ăsta, mărturiseşte ea. Abia aştept să se termine.

Daniel încuviinţează din cap. Să informezi pe cineva despre moartea cuiva apropiat e unul dintre cele mai neplăcute aspecte ale muncii de poliţist.

– Ştiu, dar trebuie s-o facem.

Hanna îşi roade o unghie, privind pe geam.

– Tot greu e...

Chiar dacă ea s-a alăturat echipei abia în decembrie, Daniel se simte mai apropiat de Hanna decât de oricare dintre ceilalţi colegi ai săi. Locuiesc amândoi în Åre, dar merg adesea la Östersund, de regulă de două-trei ori pe săptămână. Asta le-a dat prilejul să se cunoască mai bine. De cele mai multe ori doar flecăresc, dar uneori discuţia devine mai profundă. Daniel a auzit multe despre Christian, fostul ei partener, şi despre disputa în desfăşurare cu privire la fostul lor apartament: acesta refuză să-i plătească vreun bănuţ pe proprietatea respectivă.

Daniel nu a fost chiar atât de deschis în privința problemelor dintre el și Ida. Munca are prioritate. Vorbește mult despre ea și Alice însă, iar Hanna probabil că bănuiește că nu-i totul roz acasă. Niciodată nu-i ușor să fii căsătorit cu un polițist.

Se concentrează din nou la ecranul telefonului.

– Acum înțeleg, spune ea brusc. Soția lui Johan e din Germania, s-a născut la Ransau. Asta e o stațiune de schi din Bavaria, nu?

Daniel habar n-are. Nu prea cunoaște geografia Germaniei.

– Asta explică numele, mă gândeam eu că sună germanic!

– Și Johan?

– S-a născut și a crescut în Duved și a urmat o școală de schi din Järpen. Se pare că era un schior foarte bun în adolescență, a concurat vreme de câțiva ani. Poate că așa s-au cunoscut, acolo, în Alpi?

Daniel își dă seama că știe exact cine e victima. E *acel* Johan Andersson, schiorul din Duved care a făcut parte din echipa națională. Nu i-a picat fisa din prima pentru că ambele nume, cel mic și cel de familie, sunt atât de frecvente.

Acum înțelege. Într-un fel, asta înrăutățește situația. Crima are să țină prima pagină a ziarelor.

– De ce ar omorî cineva un tip oarecare, un instalator? se întreabă posomorâtă Hanna.

– E prea devreme să ne pronunțăm.

– Bani? Un soi de răzbunare? Bănuiesc că făptașul îi era cunoscut, de regulă așa stau lucrurile.

Oftează.

– Femeile sunt ucise de bărbați, iar bărbații de alți bărbați.

Daniel știe că, din punct de vedere statistic, Hanna are dreptate; în plus, are și un nivel impresionant de experiență în domeniu, după șapte ani petrecuți la Poliția Municipală din Stockholm, unde a lucrat în special la cazuri de violență domestică.

Hanna pune mult suflet în sprijinirea femeilor vulnerabile, iar abilitățile ei s-au dovedit de neprețuit atunci când au rezolvat cazul din decembrie.

În scurt timp ajung acasă la Johan Andersson: o clădire maro-închis, cu un garaj de aceeași culoare. Curtea a fost curățată de zăpadă, iar pe alee e parcat un Volkswagen Passat.

Pe Daniel îl încearcă o senzație de groază.

Discuția pe care urmează s-o aibă e cea mai urâtă care poate exista.

Cum spui cuiva că i-a murit cineva drag?

5

Ușa se deschide aproape imediat ce Daniel bate. O femeie îmbrăcată în blugi și tricou negru se ivește în prag. Are părul șaten, ușor cărunt la tâmple, și cearcăne grele sub ochi.

Nu poate fi decât Marion, soția lui Johan.

„Biata femeie!"

Daniel încearcă să-i explice cine sunt fără s-o înspăimânte, dar Marion își duce mâna la gură de îndată ce aude cuvântul „poliție".

– S-a întâmplat ceva? icnește ea.

Accentul german e perceptibil.

– Putem intra? întreabă Hanna cu blândețe.

Daniel îi aruncă o privire recunoscătoare; colega lui e pricepută în asemenea situații.

Marion e pământie la față.

– Putem să mergem în bucătărie, spune ea, conducându-i într-o încăpere zugrăvită în alb.

Ușile dulapurilor și blaturile sunt destul de uzate. Dincolo de bucătărie se poate vedea camera de zi, spre care se coboară câteva trepte.

– Mă tem că avem vești proaste, rostește Daniel imediat ce s-au așezat la masa ovală.

Trage adânc aer în piept când lui Marion i se umplu ochii de lacrimi. Bineînțeles, conștientizează că s-a întâmplat ceva. O compătimește din tot sufletul, dar trebuie să fie informată.

– Din nefericire, soțul tău a murit. Îmi pare foarte rău.

Marion îl privește fix, după care din gât îi scapă un scâncet. Își apasă mâna pe gură, ceea ce nu-i oprește țipătul sfâșietor.

Daniel îi aruncă o privire Hannei, care e cea mai aproape de chiuvetă.

– Vrei un pahar cu apă? întreabă ea umplând unul și punându-l pe masă.

Marion se uită la el preț de câteva secunde, apoi îl duce la buze cu degete tremurânde.

– Nu se poate ca Johan să fie mort!

Reacționează de parcă încă n-ar fi asimilat cele spuse de Daniel.

– Urmează să mergem la schi în Trillevallen, chiar azi.

Deloc surprinzător, e în stare de șoc. Daniel încearcă să găsească vorbele potrivite pe mai departe, deși e conștient că nu există așa ceva. N-ar putea să-i aline durerea, indiferent ce ar spune.

– Cadavrul soțului tău a fost găsit azi-dimineață de o femeie care trecea cu mașina, lângă Tångbölevägen.

E greu să îndulcești adevărul.

– Fusese bătut rău. Avea nasul rupt și suferise o lovitură gravă la ceafă.

Lui Marion i se strâmbă fața și lacrimile îi curg pe obraji.

– Vrei să spui că a fost omorât în bătaie? se bâlbâie ea.

– Îmi pare rău, spune Hanna. Așa se pare că au stat lucrurile.

– Îmi dau seama că ți-e greu, intervine Daniel. Dar avem câteva întrebări, dacă poți să ne spui ce știi.

Marion înghite în sec și lasă capul în jos, gest pe care Daniel îl interpretează ca pe o încuviințare.

– Când l-ai văzut ultima oară pe Johan?

– Aseară, pe la șapte. A ieșit și nu s-a mai întors, a plecat cu furgoneta. L-am tot sunat pe mobil, toată noaptea. Am fost atât de îngrijorată!

Îi scapă un hohot de plâns și își îngroapă fața în palme.

– Apoi m-am gândit că poate s-a făcut prea târziu și n-a mai putut conduce... Eram convinsă că o să se întoarcă în curând.

Daniel și Hanna se uită unul la altul; n-o să fie ușor să scoată ceva util de la Marion, dar trebuie să încerce.

După o scurtă pauză, el zice:

– Știi unde se ducea Johan când a plecat de acasă?

– Se... se ducea să bea o bere cu prietenii. Se întâlnesc deseori vinerea.

– Unde se duc de obicei?

Marion plânge. Daniel are senzația că e pe cale să cedeze.

– Sincer, nu știu... La Pigo, poate? Sau Jenten?

Sunt două restaurante din Duved.

– Poți să ne dai numele prietenilor lui? Va trebui să vorbim cu ei.

– Calle ar fi fost acolo, îngaimă Marion, încleștându-și mâinile în poală. Carl Willner. E unul dintre cei mai vechi prieteni ai lui Johan.

Hanna notează.

– Poți să ne spui ceva despre soțul tău? întreabă Daniel. Știi dacă avea cumva vreun dușman, cineva care să-i vrea răul?

Marion a încremenit, ca paralizată.

– De ce să aibă dușmani? replică ea, într-un târziu.

– E doar o întrebare de rutină, o liniștește Hanna.

Marion clatină din cap, nedumerită.

– Toată lumea îl plăcea pe Johan. Era un om de treabă... unul dintre băieții buni, în toate privințele.

Zâmbește vag, în ciuda lacrimilor ce i se preling pe obraji.

– Johan era mereu vesel – imediat ce deschidea ochii dimineața, urma și râsul. Ăsta a fost primul lucru care m-a frapat când ne-am cunoscut: atitudinea lui pozitivă față de toate. Iubea viața.

Se ridică și se duce în sufragerie. Revine cu o fotografie înrămată a lui Johan. Bărbatul în costum de schi stă pe un podium, ținând în mână o medalie de bronz. Pe chip i se citește fericirea.

Marion își trece degetele peste fotografie.

– Asta e poza mea preferată cu Johan, rostește ea, cu o durere sfâșietoare limpede în glas. E făcută după ce a ieșit al treilea la slalom super-uriaș, la Val d'Isère. Campionatul mondial din 2009. A fost o zi fantastică. Eram împreună de un an; am fost tare mândră de el.

Trage aer în piept, cutremurându-se.

– Câtă vreme a fost profesionist? întreabă Daniel.

Nu-și amintește cariera lui Johan. Pe vremea aceea, atenția publicului era îndreptată mai degrabă spre schiul feminin – Anja Pärson era marea vedetă.

Marion clatină cu tristețe din cap.

– Și-a rupt piciorul într-un cantonament, înainte de Olimpiada din 2010, chiar după ce ne-am căsătorit. Nu s-a vindecat cum trebuia și în 2011, când a fost obligat să-și încheie cariera, ne-am mutat aici.

Se uită iar la fotografie, strângând cu putere rama. Lacrimile îi cad pe sticlă, formând mici băltoace transparente.

– N-a stricat atunci prietenia cu nimeni? îndrăznește Hanna.

Marion abia dacă aude întrebarea.

– Îmi pare rău, șoptește ea. Nu pot...

Daniel își dă seama că vor trebui să se întoarcă în altă zi. N-ar mai avea rost să discute cu biata femeie acum.

Aceasta le întoarce spatele.

– Aș vrea să rămân singură.

REBECKA
2012
DECEMBRIE

Toate privirile sunt ațintite asupra Rebeckăi, așezată la masa principală, alături de Ole. Invitații nu mai contenesc cu aplauzele. În biserică, Ole tocmai a ținut un discurs fascinant despre viitorul lor împreună, despre cum vor umbla mână în mână prin Valea Domnului.

Și-a descris cu însuflețire iubirea pentru Dumnezeu, a spus cât de binecuvântată este căsătoria lui cu Rebecka și a vorbit cu profundă sinceritate despre viitorii lor copii, pe care năzuiește să-i crească în numele lui Iisus.

Nu doar ea are lacrimi în ochi.

Ole acceptă aprecierea invitaților cu un „Amin" dezarmant. Rebecka zâmbește încurcată, roșie în obraji. Nu e obișnuită să se afle în centrul atenției, i se pare greu de suportat. Lui Ole, însă, această postură îi vine firesc. E obișnuit să fie recunoscut, e puternic, într-un fel care atrage privirile tuturor.

În calitate de proaspătă soție, va trebui să se obișnuiască cu asta.

Rebecka simte cum majoritatea invitatelor îi aruncă ocheade invidioase.

Faptul că de-acum e femeie măritată încă i se pare ireal. A ales-o Dumnezeu pe ea să-i fie mireasă lui Ole. E o mare cinste. Speră că va fi în stare să se ridice la înălțimea așteptărilor soțului ei. Mai speră și că el e la fel de fericit ca ea, că se bucură că tocmai au devenit soț și soție.

Că ea e suficient de bună.

A ales-o pe ea. Numai pe ea, își repetă Rebecka. Iar asta înseamnă că e vrednică, deși nici c-a visat vreodată un asemenea noroc.

Mama și tata sunt incredibil de mândri. Lisen, prietena ei cea mai bună, e și ea încântată. Și cum să nu fie? Rebecka s-a măritat cu un om important. Ole, pastorul adjunct, care a studiat la Universitatea din Umeå și acum are o slujbă excelentă la o firmă de contabilitate.

Oamenii pălăvrăgesc și râd. Zâmbetele lor cu subînțeles o fac pe Rebecka să roșească din ce în ce mai des, pe măsură ce la masă se aduc și se iau diferite feluri de mâncare.

Ole îi spune ceva persoanei așezate lângă el. Rebecka se uită la buzele lui bine conturate și se întreabă cum o fi când se vor atinge de ale sale, în acea seară. O să fie calde sau reci? Uscate sau umede de salivă?

Dintr-odată, gândul o face să se simtă deopotrivă plină de așteptări și un pic înfricoșată. În acea seară o să fie împreună pentru întâia dată. El o să-i atingă cele mai intime locuri de pe trup, o să fie uniți ca bărbat și nevastă.

Îi vine greu să-și dezlipească ochii de la proaspătul ei soț, de la zâmbetul carismatic pe care el îl afișează cu atâta generozitate. E frumos și foarte înalt, aproape cu un cap mai mare decât ea. Are un viitor promițător, tata a spus-o de multe ori. I-ar putea urma pastorului Jonsäter într-o bună zi, caz în care soțul ei ar deveni conducătorul bisericii.

Încăperea e plină de zumzetul vocilor.

Cam optzeci de oameni s-au adunat în sala de festivități de lângă biserică. O nuntă e o ocazie importantă. Mama și tata nu s-au zgârcit la nimic.

Simte că pe spinare îi curge un fir de transpirație și se îndreaptă un pic de spate. E cald, în ciuda frigului de decembrie care a cuprins Jämtlandul în pumnul său de fier.

Totul s-a întâmplat cu o viteză amețitoare. Se simte beată, cu toate că abia dacă a sorbit din vin.

Tata i-a vorbit în ziua de după prima întâlnire. Avea o expresie serioasă pe chip când i-a spus că Ole e interesat să o aibă de mireasă. Pastorul Jonsäter le binecuvântase căsătoria; era voința Domnului ca o tânără să-și găsească soț.

„Creșteți și vă înmulțiți și umpleți pământul..."

Ascultase cu luare aminte, așa cum face mereu când explică tata ceva.

În seara aceea, mama venise în camera ei și se așezase pe marginea patului.

– Închipuie-ți: Ole o să-ți fie soț! șoptise ea, mângâind-o pe obraz. Mare cinste! Mi-aduc aminte de ziua în care ne-am căsătorit eu și tatăl tău de parc-ar fi fost ieri.

– Ai fost fericită, mamă? îndrăznise ea să întrebe, deși cuvintele îi rămăseseră în gât.

– Te-am avut pe tine, nu? continuase mama. Nimic nu mi-a oferit mai multă fericire.

Știe că mama ei e tristă că n-au mai apărut alți frați, nu în ultimul rând fiindcă biserica prețuiește femeile care zămislesc mulți copii. Dar nașterea ei fusese grea și nu mai urmaseră altele.

„Asta e voia lui Dumnezeu", răspundea mama când era ea mică și întreba de ce n-are frați sau surori.

După seara aceea nu pierduseră deloc timpul. Ea și Ole se logodiseră, iar timpul parcă zburase pe lângă ei. În mai puțin de trei luni, trecuse de la statutul de fată nemăritată la a-i sta alături, ca soție.

Privește din nou admirativ spre soțul ei.

El încă e prins în discuție. Interlocutorul său îi soarbe cuvintele. Nimeni nu-l întrerupe pe Ole, care are un aer de autoritate evident.

Rebecka vrea să strălucească, să-l facă să înțeleagă cât de fericit o să-l facă ea. El n-o să aibă niciodată pricină să-și regrete alegerea.

Ole e atât de impresionant! El e cel care a organizat întreaga nuntă; niciun detaliu nu a fost prea neînsemnat. A ales până și rochia ei, i-a decis coafura. Și verighetele lor, desigur.

E minunat să aibă cineva grijă de tine în felul ăsta.

I-a promis să-l slujească și să-i dea ascultare dinaintea lui Dumnezeu. Din această clipă, îi aparține.

Pentru tot restul vieții.

6

La vreo două ore după vizita la Marion, Hanna stă în sala de consiliu a secției de poliție din Åre. Îi chiorăie mațele, n-a mâncat nimic toată dimineața în afară de o amărâtă de banană.

Pereții albi se confundă cu ninsoarea abundentă de dincolo de ferestre. Singura pată de culoare sunt scaunele roșii din jurul mesei. Două dintre ele sunt ocupate de colegii Anton Lundgren și Rafael Herrera. Amândoi sunt polițiști locali, chemați la secție din cauza omorului. Bineînțeles, și Daniel e acolo.

Carina Grankvist, tehniciana criminalistă de la Mattmar care a cercetat locul unde a fost găsit cadavrul, participă și ea la întâlnire.

Rafael - sau Raffe, cum i se spune - tocmai pregătește apelul video cu Östersund, unde își are sediul Departamentul Crime Majore. Coada de cal îi saltă când se întinde după mouse și introduce codul.

– Johan Andersson, rostește el, clătinând din cap. Uau!

– L-ai cunoscut? întreabă Hanna.

– Da, era cu un an înaintea mea la școala de schi. Un tip tare de treabă. A avut mare ghinion că s-a accidentat atât de devreme în carieră. Asta nu l-a înăcrit însă, nu-l auzeai niciodată să se plângă.

Raffe e pasionat de snow-boarding și locuiește în Kall, împreună cu prietena lui. Nu se dă în lături să facă și câteva figuri pe pârtie, de stau adolescenții să se uite cu gura căscată, invidioși.

– Cine s-ar fi gândit că Johan o să moară în felul ăsta? adaugă el cu un oftat, exact atunci când ecranul se luminează și apare Birgitta Grip, șefa departamentului.

Are alături alți câțiva membri ai echipei, precum și pe procurorul de serviciu. Grip va conduce ancheta preliminară, apoi cazul va fi alocat unui procuror permanent.

Își trece degetele prin părul scurt, gri-oțel. E vădit tulburată.

– Cum stăm? începe ea. Avem confirmarea că victima e Johan Andersson, schiorul?

Daniel încuviințează din cap.

Grip îi cunoaște cariera lui Johan, la fel ca mulți locuitori din Åre, probabil. Doar Hanna nu și-a dat seama cine era, chiar dacă, la drept vorbind, nici Daniel nu făcuse imediat legătura când ajunseseră la locul descoperirii cadavrului.

– A fost informată familia? continuă Grip.

Daniel îi confirmă că el și Hanna s-au dus s-o vadă pe Marion. Părinții lui Johan, Tarja și Torsten, au fost anunțați de către colegii din Östersund și s-a luat legătura și cu fratele său, Pär, care locuiește în Strömsund.

– Vom avea parte de un interes considerabil din partea presei, spune Grip. Trebuie să fim deosebit de atenți la confidențialitate.

Aruncă echipei o privire întrebătoare de dincolo de ecran.

– Ce știm despre cum a murit?

Daniel dă repede paginile carnețelului.

– Din câte știm, Johan a murit ca urmare a unor lovituri repetate în ceafă. Cariera lui de schior s-a încheiat în 2011, iar el a înființat o firmă de instalații sanitare împreună cu un partener. Nu avea dușmani, din câte spune soția.

– Nu-mi vine să cred c-a murit, spune Raffe. Era așa un tip de treabă!

Hanna revede în minte cadavrul acoperit cu zăpadă, sângele prelins pe obrazul palid.

– Avea mâinile legate la spate, continuă Daniel, așa că nu există nicio îndoială că avem de-a face cu o crimă majoră aici. A fost executat.

Descrierea lui e seacă, aproape detașată, dar așa trebuie să fie. Nu încearcă să-l facă pe decedat să pară mai puțin important, dar e greu să te exprimi altfel atunci când o ființă umană vie, un om care nu cu mult timp în urmă plângea și râdea, devine o cifră într-o statistică a omorurilor.

În astfel de momente, până și polițiștilor li se reamintește de fragilitatea vieții.

Grip se întoarce către tehniciană.

– Carina, ce ne poți spune?

Carina Grankvist încă pare înfrigurată, în ciuda celor două pulovere și a fularului gros din jurul gâtului. E cu câțiva ani mai tânără decât Grip, care urmează să împlinească șaizeci la vară. Spre deosebire de Grip, nu și-a lăsat părul să încărunțească, ci îl poartă vopsit blond-închis și tuns într-un stil paj delicat care-i încadrează fața. Împreună cu formele sale rotunjoare, coafura îi dă un aer aproape matern. Hanna și-ar imagina-o mai degrabă înconjurată de nepoți decât aplecându-se deasupra unui cadavru mutilat.

– Aș vrea să am mai multe detalii pentru voi, începe aceasta, dar zăpada depusă peste noapte complică situația.

– Crezi că Johan Andersson a fost omorât în locul în care a fost găsit? întreabă Grip.

– Mă îndoiesc.

Carina își aranjează fularul.

– Cred că a fost ucis în altă parte. Nu erau urme de luptă, nici crengi rupte sau orice alte indicii de violență în acel loc. Totuși, până să ajung eu s-a plimbat multă lume prin zăpada de lângă cadavru, deci a fost imposibil de luat vreo amprentă de tălpi.

Hanna se întoarce cu gândul la locul respectiv. Înainte să ajungă acolo poliția, Anna Larsson mersese înainte și înapoi pe lângă cadavru. Ea însăși și Daniel lăsaseră urme, era inevitabil.

– Așadar, se poate presupune că a fost transportat acolo cu mașina, spune Hanna. Nu erau dâre de scuter de zăpadă, nu?

Carina clatină din cap.

– E posibil ca făptașul să fi folosit chiar mașina victimei? oferă o supoziție Anton. Se pare că a dispărut.

Are dreptate. Conform spuselor lui Marion, Johan a plecat vineri seară cu furgoneta lui, ca să se întâlnească cu prietenii la o bere în Duved. Tuturor polițiștilor din zonă li s-a cerut să caute o furgonetă albă cu denumirea firmei inscripționată pe laterale.

– Nu e imposibil, încuviințează Grip, înainte să i se adreseze încă o dată Carinei: E vreo șansă să găsim urme utilizabile de pneuri?

Carina întoarce o foaie de hârtie.

– Mă tem că nu. Așa cum am spus, a nins mult peste noapte. Ar trebui să discutăm cu șoferul plugului de zăpadă, să aflăm la ce oră a trecut pe acolo și dacă a observat ceva.

– Asta pot să fac eu, se oferă Anton.

El locuiește în Duved și cunoaște bine zona. Din câte știe Hanna, e singurul membru al echipei născut și crescut în Åre. Nimeni nu se descurcă prin munți ca el și nimeni nu-i mai în formă. Anton e obsedat de mișcare și un client fidel al sălii de forță.

– E-n regulă. Să vedem..., continuă Grip. Ce concluzii putem trage despre făptaș în această fază?

Hanna pune deoparte pixul.

– Fie că a fost o persoană suficient de puternică încât să-i mute cadavrul lui Johan Andersson, fie că au fost doi oameni care s-au ajutat unul pe celălalt.

– Dacă a fost o singură persoană, probabil e bărbat, spune Daniel. E neverosimil ca o femeie să fie în stare să care o asemenea greutate de una singură.

Hanna îi aruncă o privire cu subînțeles. Uneori e sătulă de asemenea idei preconcepute.

Daniel zâmbește și ridică mâinile, de parcă ar vrea să se apere de ea.

– Ce ne poți spune despre arma crimei? o întreabă Raffe pe Carina.

– Asta e de competența patologului criminalist.

– Totuși, sunt convins că ai și tu oarecare idei.

Îi zâmbește larg, pe jumătate încurajator, pe jumătate a provocare. E limpede că Raffe își scoate la înaintare farmecul, o abilitate pe care o folosește cu mare efect.

Familia lui Raffe se trage din Chile, deși el s-a născut în Suedia. Părinții lui au fugit din țară în anii șaptezeci, pe timpul dictaturii lui Pinochet. Spre norocul lui, are tenul bronzat, cu toate că locuiesc atât de la nord.

– Victima avea o rană mare la ceafă, răspunde Carina. Poate proveni de la un baros sau alt soi de unealtă grea.

Hanna se întreabă ce le-ar putea dezvălui acest lucru despre ucigaș. Majoritatea familiilor din zonă au asemenea unelte, fac parte din echipamentul standard pentru o casă din nordul Jämtlandului. Din punct de vedere statistic, cel mai des întâlnită armă a crimei este cuțitul de bucătărie. Câteva lovituri puternice cu un baros indică altceva, și anume că persoana în chestiune chiar a făcut-o cu intenție.

Cine ar fi dispus să facă așa ceva? Ce a putut determina o asemenea furie? Își amintește fotografia pe care le-a arătat-o Marion, cu Johan pe podium. Bucuria din momentul triumfului lui, strălucirea fericirii care-l înconjura.

„Unul dintre băieții buni, în toate privințele." Asta spusese ea despre soțul ei.

Deci... ce se întâmplase?

– Daniel, tu poți conduce echipa, zice Grip. Formula asta a funcționat bine în decembrie.

La anchetele de acest fel se alcătuiește o echipă specială. În afară de Daniel și Hanna, vor participa și doi colegi din Östersund, iar Anton și Raffe, chiar dacă în mod obișnuit se ocupă de infracțiuni minore în Åre, vor da o mână de ajutor dacă va fi nevoie.

Hanna are o senzație clară de déjà-vu. E exact aceeași combinație ca în decembrie, când a dispărut Amanda Halvorssen. Atunci a început să lucreze ea în Åre, după umilitoarea plecare din Stockholm.

Încă mai poartă în minte întâmplările tragice de dinainte de Crăciun.

Grip împarte felurite sarcini. Trebuie să analizeze fiecare detaliu al vieții lui Johan Andersson. Să-i cerceteze finanțele, să-i verifice compania, cercul de prieteni și cunoștințe, contactele profesionale și personale mai recente. Telefonul lui a dispărut, așa că vor trebui să ceară lista de apeluri de la furnizorul de servicii.

– Încercați să respectați programul normal de lucru! spune Grip. Nu vrem să epuizăm numărul orelor suplimentare când abia a început primul trimestru.

Hanna își mușcă buza de jos. Ar fi preferat să audă câteva cuvinte de încurajare, dar nu e vina lui Grip că trebuie să le amintească de chestiunile bugetare. Fără îndoială, și pe ea o presează superiorii.

Se uită la Daniel, care e încruntat. Știe că el se chinuie să facă să meargă lucrurile acasă, cu Ida și micuța Alice. Hanna e convinsă că un nou caz de omor n-o să le pice prea bine.

De parcă i-ar fi citit gândurile, Daniel ridică privirea şi o întâlneşte pe a ei.

– OK, hai să ne apucăm de treabă! spune el, ridicându-se în picioare.

7

Daniel o aude pe Alice gângurind când deschide ușa apartamentului de pe Granlidsvägen.

E aproape cinci. Și-a petrecut toată după-amiaza făcând un plan pentru anchetă și discutând ce resurse pot fi întrebuințate. Au fost cooptați și câțiva polițiști în uniformă, care în acest moment pun întrebări din ușă în ușă în Tångböle, zona unde a fost găsit cadavrul lui Johan. Autoritatea răspunzătoare de deszăpezire a fost contactată, iar cadavrul lui Johan e în drum spre Umeå, pentru autopsie. Hanna se ocupă de identificarea prietenilor și cunoștințelor victimei.

E mulțumit că ancheta s-a pus în mișcare atât de repede. Nu ar putea să se dedice nonstop unui caz nou, Idei nu i-ar plăcea.

Se vor întâlni mâine la prima oră la secție să continue. În ciuda observației lui Grip, nu vor putea evita cu totul orele suplimentare.

– Bună, scumpo! rostește el intrând în bucătărie, unde Ida încearcă să-i trezească interesul lui Alice pentru o linguriță cu piure de morcovi.

Coada împletită, de un blond-închis, a partenerei sale e zburlită, iar la rădăcina părului se zărește ceva portocaliu.

Daniel o sărută pe Alice pe frunte.

– Ce mai fac fetele mele?

Ida oftează și-și întoarce fața pentru un sărut pe obraz.

– Nu prea îi place chestia asta, remarcă ea.

Alice a scuipat plină de entuziasm mai tot morcovul pe podeaua albă, lucioasă, din lemn de esență tare. Daniel rupe niște șervețele de hârtie și începe să curețe mizeria.

– Vrei să preiau eu? se oferă el.

Ida clatină din cap.

Daniel își toarnă un pahar de apă și se așază la masă, în timp ce Ida renunță să mai încerce să-i trezească interesul fiicei lor pentru mâncare.

– Am auzit la radio că în Tångböle a fost omorât un om, spune ea peste umăr.

N-au trecut decât opt ore de când s-a primit apelul și cazul a ajuns deja în presă. Daniel speră că nu s-au aflat încă toate detaliile. Slavă Domnului, el și cu Hanna au reușit s-o informeze pe Marion și să-i dea un pic de răgaz să asimileze vestea tragică! Cu siguranță e răvășită, iar când mass-media va afla cine e victima, o să o hărțuiască.

– Mă tem că-i adevărat. De-aia a trebuit să plec atât de devreme de dimineață.

Atât Alice, cât și Ida dormeau când l-a contactat dispeceratul regional.

– Mi-ai văzut biletul? adaugă el, ca să fie sigur.

Discutaseră să se ducă la Edsåsdalen, să ia prânzul la un restaurant de munte numit „Renul alb".

Altă dată.

Ida lasă jos lingurița.

– Era cineva din Åre?

– Nu-ți pot răspunde.

Ida vrea deseori ca el să-i povestească despre munca lui când vine seara acasă. Susține că asta o face să se simtă mai puțin izolată. Pesemne că-i e urât, stând toată ziua acasă cu Alice, mai ales că Daniel are tendința să se închidă în sine atunci când e obosit sau stresat; e un obicei care nu prea ajută în cazul de față.

Totuși, nu poate să ignore regulile confidențialității.

– Îmi pare rău, dar nu pot, repetă el. Încă n-am dat publicității numele victimei.

Arată din cap spre aragaz, încercând să schimbe subiectul.

– Ce-ai zice de niște *spaghetti vongole* la cină? Cu un pahar de vin roșu. E sâmbătă, la urma urmei. Cred că mai avem o sticlă din Barolo ăla care-ți place.

Gătitul e una dintre activitățile lui preferate. În definitiv, mama sa a crescut în nord-estul Italiei. Adeseori începe să planifice cina de cum se trezește dimineața.

– Sunt sigură că o să fie delicioase.

Ida pare epuizată, i se simte asta în glas, iar pe Daniel îl străfulgeră un sentiment de vinovăție. Nu e ușor să ai grijă de una singură de un bebeluș de cinci luni mai ales când planurile lor pentru o zi în oraș s-au năruit în ultima clipă. Se ridică și o ia pe Alice de pe scaunul ei înalt. Adoră greutatea fetiței lui, pielea moale, gâtul dolofan care i se odihnește pe piept.

– Pot să am eu grijă de Alice, zice el. Tu ai avut-o toată ziua.

– În cazul ăsta... o să fac un duș.

– Așa să faci!

Îi suflă în ceafă lui Alice, ceea ce o gâdilă și o face să râdă.

– Eu strâng pe-aici și mă apuc de cină.

Ida îi trimite o bezea recunoscătoare și se îndreaptă către baie.

Viața pare frumoasă. În ultima lună lucrurile au mers mai bine, atât cu Alice, cât și în privința relației lor. Chiar vrea s-o facă să meargă.

De nu le-ar provoca probleme noua anchetă!

...Așa cum le-a provocat cea din decembrie.

REBECKA
2013
NOIEMBRIE

Dincolo de ușa albă de la baie, Rebecka plânge în tăcere.

Ea și Ole tocmai se așezaseră la masă când a simțit că i se prelinge ceva între picioare. A îngăimat o scuză și s-a dus grăbită la toaletă.

Acum, chiloții ei pătați de sânge zac pe podea, dovadă a faptului că iar n-a fost în stare să rămână însărcinată. Se chircește de la crampele din burtă. A simțit durerile imediat ce s-a trezit, dar n-a îndrăznit să zică nimic. A încercat să le ignore, sperând să fie ceva trecător.

Se freacă pe zona de sub buric cu o mână, într-o încercare zadarnică de a-și potoli durerea.

Sunt soț și soție de aproape un an, dar nu e niciun copil pe drum. Lisen, care s-a măritat cu Isak chiar înainte de nunta Rebeckăi și a lui Ole, stă să nască.

Numai burta Rebeckăi rămâne plată.

Dorește cu disperare să devină mamă. Iubește copiii mici, de acea a cerut să i se permită să se înscrie în programul de activități recreative și îngrijirea copilului de la liceu. Știe cât de dezamăgit are să fie Ole.

Și lui îi plac tare mult copiii și e foarte atent cu femeile însărcinate din biserică. Vorbește adeseori despre bucuria de a fi părinte. Uneori îi laudă pe Lisen și Isak, iar alaltăieri a zis că Lisen e o femeie adevărată. Că a fost binecuvântată de Dumnezeu și e o bucurie pentru soțul ei.

Rebecka și-ar dori să vorbească la fel de afectuos și despre ea.

Își îngroapă fața în palme. A fost atât de optimistă de data asta, a numărat zilele pe degete și a sperat că ultima lor noapte împreună va aduce rezultatul potrivit.

Nu se poate opri din plâns. Rupe o bucățică de hârtie igienică și se șterge la nas. Fixează cu privirea petele de un roșu închis.

De-ar putea rămâne însărcinată, de-ar putea să aibă un copil împreună! Ole ar fi atât de mândru și fericit. I se rupe inima când îi vede expresia dezamăgită pe care nu și-o poate ascunde. O face să se simtă goală pe dinăuntru. Înțelege cât suferă el și cât îl doare faptul că ea e stearpă.

În fiecare seară se roagă la Dumnezeu, îl imploră să permită să se întâmple, să lase viața să crească în ea.

Și-o dorește atât de tare!

– Rebecka? strigă Ole din bucătărie.

Nu-i place să mănânce singur, are mereu nevoie s-o știe așezată lângă el. Lisen crede că e ceva romantic și trebuie să-i dea dreptate. E un avantaj să ai un soț care tânjește după tine de îndată ce nu te mai vede.

– Vin! răspunde ea repede, ca el să nu se întrebe ce face în baie.

Se spală pe fața îmbujorată. Lui Ole nu-i place ca Rebecka să se machieze. În ultima vreme folosește numai rareori rimel și chiar cremă hidratantă. El zice că asemenea deșertăciuni sunt un păcat. Găsește totuși o veche pudrieră și se dă un pic cu pudră pe sub ochi, ca să-și ascundă urmele lacrimilor.

N-are rost să-i spună ce s-a întâmplat, pur și simplu l-ar întrista pe Ole la fel de tare cum e și ea. El are lucruri mai importante pe cap: mâine o să predice la biserica-soră din Trondheim. Nu vrea ca eșecul ei să-l distragă.

Trage adânc aer în piept și descuie ușa. Se silește să-și ridice colțurile gurii într-un surâs și se îndreptă spre bucătărie.

Dumnezeu nu poate fi așa de crud încât să le refuze ei și lui Ole un copil. De dragul căsniciei lor, trebuie să rămână gravidă, astfel încât să devină o familie cum se cuvine.

Numai așa o să fie în stare să-i dovedească lui Ole că e o femeie adevărată, vrednică de iubirea și respectul lui.

8

Secția de poliție e pustie și tăcută sâmbătă seara, dar Hanna preferă liniștea, după discuțiile intense din ultimele câteva ore. Încă i se pare de domeniul fantasticului faptul că în Åre a mai avut loc o crimă brutală.

Vede cu ochii minții cadavrul lui Johan Andersson. Poziția lipsită de apărare de pe jos, craniul zdrobit, mâinile legate la spate, cu încheieturile vinete acolo unde îi intraseră colierele de plastic în carne.

Cine poate face așa ceva unui seamăn de-al său?

Se cutremură. Lucrează în poliție de nouă ani, de când avea douăzeci și cinci, dar unele nopți sunt mai grele decât altele.

Are să fie în stare să se implice și să găsească criminalul?

În decembrie a fost la un pas de moarte și i-au trebuit ultimele luni să-și revină. A dormit mult și a lucrat într-un ritm constant. S-a concentrat pe bătăi în baruri și o operațiune de fraudă de la Krokom.

Ca să aibă șansa să-și asigure un post permanent, va trebui să demonstreze ce-i poate pielea. Pentru moment e doar detașată temporar aici. E foarte mulțumită și n-ar avea la ce să se întoarcă la Stockholm, mai ales după disputa cu Manfred Lidwall, fostul ei șef de la Departamentul de Violență Domestică. Atunci când la ordinul acestuia se clasase un caz grav de agresiune împotriva unei femei pentru că era implicat un coleg, Hanna fusese atât de furioasă încât îl acuzase de incompetență și corupție. Asta îl determinase pe Marcus să-i înșire în detaliu toate defectele și să-i ceară să plece dracului din Poliția Metropolitană.

Era terminată acolo.

Dacă sora ei, Lydia, n-ar fi intervenit în calitate de reprezentantă legală a ei, obligându-l să-i dea referințe bune, n-ar fi primit niciodată slujba de la Åre/Östersund. Le rămâne mult îndatorată atât Lydiei, cât și lui Daniel, care a înființat postul pe care-l ocupă acum taman atunci când avea mai mare nevoie de el.

Hanna se refugiase la casa Lydiei din Åre fiindcă nu avea unde altundeva să se ducă.

Avusese parte de cele mai urâte douăzeci și patru de ore din viața ei atunci când Christian, partenerul său, rupsese relația cu ea, în aceeași zi în care Manfred o informase că prezența ei nu mai era dorită în departament. Nu avea bani puși deoparte, iar Christian era proprietarul apartamentului pe care-l împărțeau.

Cu un oftat, Hanna își îndreaptă iar atenția către căutarea prin diferite baze de date, pe urmele lui Johan. A încercat să ia legătura cu Carl Willner, prietenul din copilărie cu care bărbatul s-a întâlnit ieri seară, dar acesta nu i-a răspuns la telefon.

La șase și cincisprezece, telefonul emite un semnal sonor: un SMS de la Karro.

Ai chef de-o întâlnire la Bygget?

Bygget e cel mai popular club de noapte din Åre. O să fie ticsit, fiindcă e sâmbăta de dinaintea Săptămânii A Noua, vacanța pentru sporturi de iarnă de la Stockholm. Hanna nu-i poate face față. E imposibil să se detașeze de evenimentele de azi. Mintea îi e prea plină de imagini ale mortului și ale soției lui răvășite.

Unde mai pui că trebuie să se ducă acasă să facă curat: mâine vin Lydia, Richard și copiii.

Închide computerul și-i dă un SMS lui Karro:

Mersi de întrebare, dar nu pot astă-seară. Data viitoare! ☺

Speră să nu se simtă Karro jignită. E tare drăguță și i-a devenit cea mai bună prietenă aici la Åre. În plus, Karro e sora mai mică a lui Anton: poate că merge și el?

E cât pe ce să bage telefonul în geantă când aparatul începe să sune. E mama ei, care locuiește în sudul Spaniei. Preț de o clipă, o bate gândul să nu-i răspundă. Ulla o sună rar și niciodată ca s-o întrebe ce mai face. Ultima oară când au vorbit, discuția a fost în special despre cât de dezamăgită era ea că s-au despărțit Hanna și Christian.

Oare se poate preface că n-a auzit semnalul?

Intră în acțiune simțul datoriei și acceptă apelul.

– Bună, Hanna, mi se pare că nu m-ai mai sunat de o groază de vreme!

„O fi din cauză că mereu mă faci să mă simt prost?" Își mușcă limba și răspunde simplu:

– Am fost foarte ocupată la serviciu.

– Nu văd cum se poate așa ceva; Åre e un loc tare plăcut și liniștit. Era un loc absolut idilic atunci când tu și Lydia erați mici și ne petreceam vacanțele școlare acolo.

Hanna se gândește din nou la Johan. N-are rost să spună nimic, mama sa n-o să priceapă niciodată cum se simte ea după o asemenea zi.

– Se mai schimbă vremurile.

– N-ai de gând să mă întrebi ce mai face tatăl tău?

Nimeni nu-i în stare să provoace sentimente de vinovăție la fel de repede și eficient ca propria mamă.

– Ce mai face tata? întreabă ea, obedientă.

– Bine, dar, desigur, îmbătrânește.

Olof o să împlinească optzeci și șapte de ani la vară. E ceva mai în vârstă decât Ulla și n-a fost niciodată din cale-afară de vorbăreț. În ultimul timp se retrage în sine din ce în ce mai mult. Însă el e cel care a ținut dintotdeauna mai mult la Hanna.

– Voiai ceva anume? întreabă ea, chiar dacă nu vorbesc decât de vreun minut sau două.

N-are energia să discute cu mama sa azi sau s-o lase să sublinieze faptul că ea e o fiică denaturată, care nu ține legătura cu părinții.

– De fapt... voiam să menționez ceva, dacă tot am dat într-un final de tine.

Pare... tulburată. E ceva neobișnuit, iar Hanna devine imediat bănuitoare.

– Chestia e că... Christian și noua lui prietenă, Valérie, vin mâine la noi la cină. Presupun că n-ai obiecții?

Hanna e cât pe ce să scape telefonul din mână. Nu-i vine să-și creadă urechilor. Chiar intenționează mama ei să se vadă mai departe cu Christian? După cum s-a purtat?

– E aici la Nerja, în vacanță, și ne-a sunat, continuă Ulla. Știi cât ținem noi la el, trebuia să-l invit.

– Cred că glumești! replică Hanna cu glas strident, dar nu se poate abține. Știi ce mi-a făcut?

Ulla oftează.

– Dragă Hanna, îmi dau seama că tu vezi o mulțime de chestii groaznice din cauza slujbei, dar nu toți bărbații sunt răi. A fost mare păcat că voi doi v-ați despărțit, dar tatăl tău și cu mine îl vom considera mereu pe Christian drept membru al familiei. Nu se poate să fie numai el de vină pentru eșecul relației voastre.

„M-a înșelat!" ar vrea să-i strige Hanna. „M-a mințit și m-a lucrat pe la spate! Nu ne-am despărțit, m-a părăsit!"

– Ar fi fost un tată minunat dacă ați fi avut copii, zice Ulla cu o notă de melancolie în glas. Bănuiesc că asta înseamnă că n-o să mai fim binecuvântați cu nepoți?

„Nu începe și cu asta!" Cicăleala continuă în privința vârstei ei și a faptului că e timpul să rămână însărcinată. A auzit lucrurile astea mult prea des. E destul, nu mai poate asculta nici măcar un cuvințel.

Cu atât mai puțin în seara asta.

– Mai vorbim altă dată, rostește ea și încheie apelul.

N-ar trebui să se supere, știe cum e mama ei, și totuși simte un nod în gât imposibil de înghițit când își pune geaca de puf ca să se întoarcă acasă, la Sadeln, cu mașina.

9

Coada de la intrarea în Bygget, clubul de noapte de sub telescaunul VM8, șerpuiește prin parcarea ninsă atunci când Anton ajunge acolo, cam pe la nouă seara.

În seara asta cântă unul dintre cei mai cunoscuți artiști hiphop ai Suediei, un tip care se întâmplă să locuiască în Åre. Localul o să fie ticsit și, cum stă să înceapă vacanța pentru sporturi de iarnă, Åre e plin de tineri veniți de la Stockholm gata să petreacă.

Anton nu iese prea des în oraș, mai ales de când îl recunoaște atâta lume și știe că e polițist. Nu dă bine să se împleticească pe străzi cu o bere în mână. De altfel, n-are obiceiul să se îmbete, e prea meticulos în privința regimului lui de fitness. Se duce la sală de cel puțin cinci ori pe săptămână și ține o dietă strictă, cu puține grăsimi și multe proteine.

În seara asta i se pare peste măsură de greu să se relaxeze. Uciderea lui Johan Andersson îl obsedează. Cu doar câțiva ani mai mare decât el, fusese eroul local care câștigase Cupa Åre câțiva ani la rând. Deși cariera lui se încheiase după accidentarea de la picior, Johan avea să facă mereu parte din istoria schiului.

Băiatul din partea locului care câștigase o medalie la campionatul mondial...

E greu de crezut că e mort. O să se iște o furtună imensă când numele o să fie dat publicității. Părinții lui Anton îi cunosc pe ai lui Johan, căci Duved e și mai mic decât Åre.

„Sărmanii Tarja și Torsten!"

Anton fusese gata să-i dea un SMS lui Karro ca să-i spună că s-a hotărât să stea acasă. Nu-i arde deloc de petrecut, dar ea l-a convins să vină. Măcar o dată, așa se exprimase ea.

Aude un glas cunoscut din mijlocul cozii.

– Anton, aici!

Sora lui îi face cu mâna, iar el se alătură grupului de fete.

– Salut! spune el, apoi o îmbrățișează pe Karro.

Ea e doar cu un an mai mică. Spre deosebire de Anton, care e burlac, ea are un partener și doi copii. Fetița cea mare e deja în clasele gimnaziale; Karro avea doar douăzeci de ani când a rămas însărcinată prima oară. Însă asta n-o împiedică să se distreze. Adoră petrecerile, spre deosebire de fratele ei. În seara asta și-a ondulat părul blond și s-a machiat cu grijă. E tare drăguță.

Anton îi salută din cap prietenele; le cunoaște pe toate.

Încearcă să dea uitării pentru moment uciderea lui Johan. E sâmbătă și nu le poate spune tovarășelor sale ce s-a întâmplat; nici n-ar vrea asta, de fapt.

Se silește să zâmbească.

– E timpul să ne mai distrăm și noi!

O oră mai târziu, întreg localul saltă pe ritmul muzicii. În fața scenei e înghesuială, iar artistului i se prelinge sudoarea pe față, în timp ce își interpretează una dintre cele mai populare piese.

Anton stă la marginea ringului de dans, nu-i place să stea în mijlocul îmbrâncelii. La știri a auzit despre un soi de virus gripal chinezesc care s-ar putea îndrepta spre Europa. Se uită la mulțimea de oameni și speră să nu fi fost niciunul de curând în Asia.

– E fantastic! îi strigă o voce în ureche.

Anton tresare.

– Poftim?

Tipul de lângă el trebuie să țipe ca să se facă auzit peste muzica tare. A auzit mai degrabă accente de Stockholm decât de Norrland în seara asta, dar, după vorbă, omul pare din Jämtland.

– Am zis că e bun!

– Da.

Anton zâmbește fără să-și ia ochii de la formație.

Nu se prea omoară după hip-hop, el cântă la saxofon într-un grup de jazz în timpul liber, dar e ceva în versurile rapperului care-i merge drept la inimă. Reușește să atingă un punct nevralgic, despre cât de dureros poate să fie să te trezești c-ai ajuns la fund, să nu-ți găsești locul nicăieri.

Anton cunoaște prea bine sentimentul acesta. Duved și Åre nu sunt localități mari, în ele toată lumea știe totul despre ceilalți.

Nu-i ușor dacă ieși în evidență într-un oraș mic, iar el n-a fost niciodată genul căruia să-i placă să atragă atenția.

– Vii des aici? întreabă străinul, râzând. Scuze, asta-i una dintre cele mai proaste replici care mi-au ieșit vreodată pe gură.

Anton întoarce capul.

Noua lui cunoștință pare să aibă puțin peste treizeci de ani, la fel ca el. Are părul blond atât de scurt, încât pare tuns periuță. Mânecile cămășii de un albastru-pal sunt suflecate cu grijă.

Când zâmbește, i se ivește o gropiță într-un obraz.

Înainte să apuce să-i răspundă, tipul întinde mâna.

– Trăiește pentru astăzi! răcnește rapperul de pe scenă.

– Vrei să ieșim la o țigară?

Anton nu fumează. Fumatul nu e compatibil cu antrenamentele lui și nu i-a plăcut niciodată cu adevărat gustul țigărilor. Însă ar vrea o gură de aer proaspăt. E înăbușitor înăuntru, cu sutele de entuziaști care se leagănă în ritmul muzicii și cântă cât îi ține gura.

Îl studiază pe străin și-i place ce vede.

– Sigur că da, răspunde el și pornește spre ușă.

10

Marion știe că n-are rost, dar nu se poate abține. Revede în minte chipul mort al lui Johan.

Stă întinsă sub plapumă pe patul matrimonial și-i răsună în minte descrierea pe care i-a dat-o poliția. Cuvintele se succed în buclă în gândul ei; tortură curată. „Bătut, cu nasul rupt, răni grave la ceafă. Se poate să fi suferit multă vreme. O groază de sânge."

Nu mai poate suporta.

Și-a petrecut toată ziua umblând de colo-colo prin casă, ca un zombi, simțind durerea ca un ghem de fier în piept. Închide ochii strâns ca să scape de imaginile înfiorătoare, dar gestul n-o ajută. Nimic n-o ajută.

El s-a dus, iar durerea e de nesuportat.

N-are să-i mai audă râsul lipsit de griji. Viața n-a fost bună cu el, dar tot a iubit-o. Nici măcar piciorul rupt care i-a distrus cariera nu l-a făcut ursuz. În schimb, s-a pregătit să devină instalator și a luat-o de la început.

Ce-o să se facă ea acum?

Au fost împreună doisprezece ani, din care zece ca soț și soție. Când erau împreună, nu conta deloc că e timidă și rezervată; prezența lui o făcea să fie deschisă și optimistă, mai fericită, cumva. În compania lui Johan, devenea cea mai bună versiune a propriei ființe. El se pricepea să scoată la iveală cele mai mari calități ale tuturor celor pe care-i întâlnea.

Iar acum... se dusese. Pentru totdeauna.

Își apasă fața în pernă până nu mai poate respira, apoi se ridică în capul oaselor și se reazemă cu spinarea de tăblia patului. Cuprinzându-se strâns cu brațele, se leagănă înainte și înapoi.

Cum ar putea să trăiască fără el?

După o vreme, întinde mâna după halat și coboară în bucătărie, desculță. Toate luminile sunt încă aprinse, n-a îndrăznit să le stingă când s-a dus la culcare. La drept vorbind, îi e frică de întuneric. Când Johan era plecat, aștepta până se întorcea el, altfel îi era greu să adoarmă.

Ia în mână fotografia pe care a arătat-o poliției. Se uită la figura lui Johan, radiind de fericire.

Timpul trece dar ea nu se-ndură s-o lase din mână.

În cele din urmă o pune la loc și se îndreaptă spre cămară. Nu prea au alcool în casă, dar crede că s-ar putea să mai fie pe-acolo o sticlă de coniac nemțesc pe care a adus-o fratele ei, Florian, când a venit ultima oară în Suedia.

Asbach Uralt, preferatul lui.

Ar trebui să-l sune pe Florian, să-i spună ce s-a întâmplat, dar nu se poate hotărî să rostească cuvintele cu voce tare.

„A murit Johan."

Câtă vreme nu discută despre asta, se poate preface că el o să se întoarcă, de parcă ultimele douăzeci și patru de ore nu s-ar fi întâmplat.

Apucă sticla de coniac și pornește spre camera de oaspeți. Nu se poate întoarce în dormitorul lor, unde toate îi amintesc de Johan.

Prima înghițitură e atât de tare încât Marion aproape se îneacă. Duce din nou sticla la gură și bea în continuare.

REBECKA

2015
DECEMBRIE

Zgomotul mașinii lui Ole pe alee o face pe Rebecka să se grăbească.

Stă la aragaz, amestecând în tocănița lui preferată - carne de elan cu păstârnac și morcov. E vineri și s-a străduit mai mult.

Ușa de la intrare se deschide și îl aude scoțându-și haina și așezând-o cu grijă în cuier. Ole ține foarte mult la chestia asta; există un mod corect de a face toate lucrurile.

Vorbește la telefon pe un ton cald. Fără îndoială, oferă sprijin unui membru al congregației. E tare înțelept și mulți oameni îi cer sfatul la greu.

Îi zâmbește îmbietor când apare în cadrul ușii, după ce termină apelul.

– Cina o să fie gata în curând, zice ea. E tocăniță de elan, preferata ta.

Ole încuviințează din cap și se așază la masă. Ia ziarul și începe să citească, trecându-și degetele prin părul des. Se încruntă ușor, concentrat. Rebecka speră că o să spună ceva. A stat acasă toată ziua și tânjește după companie. În plus, tăcerea lui o face și să se simtă nesigură de sine. E greu să-ți dai seama ce gândește, când e așa de închis.

A încercat să deschidă subiectul o singură dată. I-a spus că-și dorește să stea de vorbă mai mult. Să fie mai afectuoși. Privirea lui glacială i-a înghețat cuvintele în gură. A înțeles că făcuse o greșeală enormă. Dacă ar fi fost o soție mai bună, ar fi știut ce-și dorește el fără să fie nevoie de explicații.

Rebecka scurge cartofii. Trebuie să-i câștige iubirea. Se gândește adeseori la asta. Toată lumea îl iubește pe Ole, mai ales părinții ei.

Dar ea se simte atât de singură! Peste zi, el e la serviciu și-și dedică multe seri bisericii, iar atunci ajunge acasă după unsprezece noaptea.

Sunt căsătoriți de trei ani și ea tot nu e însărcinată. E dezamăgit de ea, bineînțeles că e. Ole a avut de ales între nenumărate femei înainte să se căsătorească – de ce a avut ghinionul să-și ia tocmai o soție infertilă?

Rebecka încearcă să-și umple timpul gătind și făcând curățenie. Congelatorul e plin de caserole și tocănițe, rafturile din cămară sunt ticsite de borcane de gem și marmeladă de casă. Mai și coace multe chestii.

Simte tot mai acut dorința puternică de a avea și ea un serviciu. I-ar plăcea tare mult să lucreze la o grădiniță, să practice meseria pentru care s-a pregătit. Crede cu tărie că Dumnezeu a menit-o să aibă grijă de copilași.

Dacă nu ai ei, atunci o să găsească altă cale.

Ole însă nici nu vrea să audă. Nu-i place s-o știe nevoită să umble în fiecare zi printre *ceilalți*, printre cei din afara bisericii. Zice că e de-ajuns de rău că trebuie s-o facă el, din cauza slujbei de la firma de contabilitate, n-o vrea și pe Rebecka expusă la același lucru.

În plus, ea nu trebuie să se agite prea tare. Nu vrea s-o știe stresată cu niciun chip, pentru că asta i-ar putea distruge șansele de a rămâne însărcinată. Rolul ei e să stea acasă, să creeze un mediu fericit și cu frica lui Dumnezeu.

Munca lui Ole în numele Domnului e mult mai importantă decât orice ar face Rebecka.

Și totuși, el își face timp s-o sune frecvent în timpul zilei, ca s-o întrebe cum se simte, ce mai face. Dacă ea ar fi avut o carieră, n-ar mai fi fost atât de disponibilă.

Pune tocănița pe masă și își servește mai întâi soțul, după care începe să-și pună și ei, dar se oprește când îi vede expresia de pe chip. Figura lui spune că nu trebuie să se lăcomească, nu trebuie să se îngrașe.

El are păreri puternice despre greutate, detestă grăsanii, care au ajuns așa din pricina lipsei de disciplină, după părerea lui. El însuși e cumpătat atât la zahăr, cât și la alcool.

Rebecka zâmbește în semn de scuză și pune polonicul la loc. Prin comparație cu porția lui, a sa e minusculă, ceea ce e în regulă. Ole chiar ține la aspectul ei.

Câți bărbați însurați procedează la fel?

Imediat ce și-au spus rugăciunea, el ia furculița. Rebecka își bagă o bucată de carne în gură și mestecă încet, s-o facă să țină mai mult.

Îi mulțumește lui Dumnezeu pentru că are un soț atât de grijuliu și delicat.

DUMINICĂ, 23 FEBRUARIE

11

Soarele se chinuie să răzbată printre nori atunci când Hanna urcă în mașina de poliție fără însemne, la ora nouă dimineața. Îi e frig și e obosită, a dormit prost. Oftează atât de tare, încât Daniel nu poate să nu reacționeze.

– N-ai dormit bine?

Hanna clatină din cap.

– A fost o zi tare grea ieri, zice el, bătând-o pe umăr. Și eu am avut vise ciudate: cadavrul lui Johan dispăruse și îl căutam prin pădure în miez de noapte.

Tocmai au avut o ședință scurtă la secție. Atmosfera a fost calmă. Apar tot mai multe ipoteze online despre identitatea victimei, multă lume începe să presupună că e vorba de Johan Andersson. Raffe a văzut tot felul de postări pe rețelele de socializare.

Urmează să-l întâlnească pe Linus Sundin, asociatul în afaceri al lui Johan. Daniel intră pe E14 și se îndreaptă spre vest. Familia Sundin locuiește la vreo opt sute de metri de Duved.

Hanna cască. I-a luat mult timp să facă ieri curat în casă, a terminat abia la miezul nopții, dar acum totul strălucește. Până și Lydia ar trebui să fie mulțumită de rezultat.

O străbate o furnicătură de stres. De-abia așteaptă vizita și ține foarte mult la nepotul și nepoata ei, dar fără nicio îndoială mama a sunat-o pe Lydia și i-a spus despre ultima lor convorbire telefonică și i s-a confesat că Hanna i-a închis, practic, telefonul în nas. Ar trebui să-i explice Lydiei ce s-a întâmplat înainte să aducă ea vorba? O percep foarte diferit pe mama lor, iar sora ei a fost dintotdeauna copilul preferat.

Vizita lor nici c-ar fi putut pica mai prost, dat fiind că Hanna tocmai a început o nouă anchetă de crimă. Cum o să petreacă timp împreună dacă ea trebuie să muncească zi și noapte?

Se îndreaptă de spate.

Nu încape îndoială că ar fi fost mai bine dacă și-ar fi găsit propria locuință înainte de vacanța pentru sporturile de iarnă, s-ar fi putut întâlni cu familia Lydiei la cină, apoi s-ar fi dus acasă. Ar fi evitat să înfrunte toate emoțiile acelea dificile. Numai că i se pare prostesc să caute un apartament până nu știe dacă postul ei va deveni permanent, ca să nu mai vorbim de problema de a se lega la cap cu un contract de închiriere pe termen lung în starea ei materială precară.

În orice caz, acum e prea târziu să se mute. Trebuie să se concentreze pe caz și pe ordinea de zi.

– Crezi că Linus Sundin știe ce s-a întâmplat?

Daniel stă cu ochii la drum.

– Bănuiesc că da, mă aștept să fi luat Marion legătura cu el.

– Depinde de relația lor. Pe de altă parte, Marion ținea contabilitatea afacerii, deci trebuie să se cunoască destul de bine.

Hanna se lasă pe spate pe locul ei. Speră că n-o să fie nevoită să mai transmită un mesaj de moarte. Durerea lui Marion de ieri încă o afectează.

– Ce crede Ida despre noul tău caz? întreabă ea în încercarea de a-și îndrepta atenția spre altceva.

Întrebarea s-a vrut degajată, dar expresia lui Daniel devine serioasă.

– N-am discutat cine știe ce despre el, dar sper că înțelege că o să-mi ocupe mult timp.

Ceva din postura lui sugerează că nu e nici pe departe sigur de reacția Idei.

Se apropie de Duved și trebuie să reducă viteza. La intrarea în stațiunea de schi e coadă de mașini, toate așteptând să facă la dreapta. Hanna vede că parcarea lungă și îngustă e deja plină și că la telescaun așteaptă mulți oameni, cu toate că e încă dimineața devreme.

Îi dă senzația că parcă jumătate din populația Stockholmului a venit în Jämtland săptămâna asta.

– E imposibil să nu-ți dai seama că e vacanță, spune ea.

– Mhm.

O să fie ticsit peste tot în următoarele opt zile, îndeosebi pârtiile și restaurantele. Chefurile de după schi o să continue până târziu în noapte, ceea ce înseamnă de obicei că poliția are de lucru până peste cap cu turiștii beți care se îndreaptă împleticindu-se spre casă.

Probabil e cea mai proastă săptămână din tot anul în care să desfășori o anchetă de crimă.

12

Daniel tocmai i-a spus lui Linus Sundin că prietenul și asociatul lui a murit.

Stau în bucătăria zugrăvită în gri a familiei. S-a străduit cât a putut el de bine să-i dea vestea cu blândețe, dar e evident că a fost un șoc imens.

– Adică... Johan a fost ucis? se bâlbâie Linus. E vreo glumă proastă?

– Nu a luat Marion legătura cu tine? întreabă Hanna.

– Nu.

Linus se prăbușește pe scaunul alb. Pare năucit. A încremenit, într-un halat de baie albastru prea întins pe burtă.

– Am auzit că s-a găsit un cadavru în Tångböle, spune acesta trăgând adânc aer în piept, dar nu mi-aș fi închipui niciodată că ar putea fi... Johan.

Daniel îl lasă un minut să-și adune gândurile.

– Ce... ce s-a întâmplat? întreabă Linus în cele din urmă.

Îi povestesc despre descoperirea de ieri. Daniel evită cele mai urâte aspecte, așa cum au procedat cu Marion, o descriere prea amănunțită a felului în care arăta Johan n-ar fi de ajutor nimănui. Ar fi macabru să vorbească despre cadavrul înghețat care zăcea în zăpadă, cu mâinile legate la spate, despre sângele înghețat și ochii ca niște bile de sticlă...

– N-are... n-are nicio logică, zice Linus, împreunându-și mâinile în poală. De ce ar vrea cineva să-l omoare pe Johan?

– Exact asta încercăm să aflăm, replică Hanna. Avem câteva întrebări, dacă e în regulă.

Linus încuviințează din cap. Părul lui negru e ciufulit, cutele de somn lăsate de pernă nu i-au dispărut încă de pe fața ușor buhăită. Daniel se întreabă dacă nu cumva a fost în oraș la distracție noaptea trecută: mâinile tremurânde și ochii injectați sugerează o mahmureală pe cinste.

– Toată lumea vorbește despre crimă, pentru că tocmai s-a întâmplat, îngaimă Linus. Să te gândești însă că e Johan, că s-a dus…

I se frânge glasul și înghite puternic în sec.

– Cât de bine l-ai cunoscut? întreabă Daniel.

– Suntem prieteni de ani întregi. Am fost împreună la școală, aici în Duved. Apoi el a fost plecat câțiva ani, cât a concurat în Europa, dar ne-am reîntâlnit când s-a întors. Bănuiesc că știți că o accidentare i-a pus capăt carierei?

Daniel dă din cap că da. După ce a citit despre succesul ca schior al lui Johan, înțelege mai bine ce lovitură trebuie să fi fost pentru acesta piciorul rupt. Johan s-a accidentat în ultimul cantonament dinaintea Olimpiadei de Iarnă de la Vancouver, pe când era în cea mai bună formă din viața lui.

Visul olimpic i-a fost zdrobit pe loc.

Linus împinge în spate scaunul, care zgârie zgomotos podeaua. Se leagănă, de parcă ar fi cât pe ce să-și piardă echilibrul, iar mâna îi țâșnește să se prindă de marginea mesei pentru sprijin.

Bănuielile lui Daniel în privința stării lui Linus sunt din ce în ce mai puternice. Individul e încă beat.

– Johan era un om bun, spune acesta cu tristețe. Un optimist adevărat, mereu vesel și generos.

Repetă exact cuvintele lui Marion despre caracterul bun al lui Johan.

– De când erați asociați în afaceri? întreabă Hanna.

– Stai să mă gândesc... Am înființat firma acum vreo cinci ani. Eram amândoi angajați în alte părți, dar niciunuia dintre noi nu-i plăcea patronul. Am început să discutăm despre cum ar fi să facem ceva împreună și, dintr-una într-alta...

– Ne poți spune despre relația voastră profesională? Cum mergea firma?

– Bine, aș spune. Avem o mulțime de clienți, iar Marion se ocupă de treburile administrative.

– Vă mai vedeați și în afara serviciului?

– Nu prea.

Expresia lui Linus îl face pe Daniel să reacționeze și vede că și Hanna a sesizat ceva ciudat. „Ce se petrece?"

– De ce nu?

Linus se foiește stânjenit.

– Aveam o părere excelentă despre Johan, dar nu am prea multe în comun cu soția lui.

– Dar lucrați împreună, nu?

– Da.

Tăcere. Daniel nu scoate nicio vorbă. Uneori e mai bine să păstrezi tăcerea până când cealaltă persoană devine atât de încordată încât începe să vorbească.

Este exact ceea ce face și Linus.

– Marion nu e tocmai o persoană simpatică. E din Germania și poate să fie chiar... dificilă. E ori ca ea, ori deloc, dacă înțelegeți ce zic. Johan și cu mine ne-am înțeles întotdeauna foarte bine, dar cu Marion au fost deseori probleme. A insistat să se implice în administrarea afacerii și avea păreri în mai toate privințele.

– Înțeleg, zice Daniel. De fapt, aveam de gând să ne ducem iar la Marion când terminăm aici. Era atât de șocată ieri, încât era greu să obții un punct de vedere clar de la ea.

– Ar fi o premieră...

Remarca e atât de sarcastică, încât Daniel ridică privirea.

– Nu vreau s-o vorbesc de rău într-o astfel de situație, continuă Linus, dar chiar nu-i omul cu care să te înțelegi ușor.

Oftează puternic și mirosul respirației stătute îi ajunge lui Daniel în nări. Începe să se întrebe dacă nu cumva obiceiurile bahice ale lui Linus îi afectează credibilitatea. E limpede că n-o place pe Marion.

– Deci... ce ne poți spune despre căsnicia lui Johan? întreabă Hanna. Ai idee de ce n-au copii?

Linus ezită înainte să răspundă.

– Nu cred că așa și-au dorit, dar n-am discutat niciodată subiectul cu Johan. El se descurca foarte bine cu copiii; fiul meu îl adora. Uneori îl scotea pe Lukas la plimbare cu snowmobilul.

Tace. Singurul sunet vine de la robinetul care picură în chiuvetă. Se pare că o garnitură uzată n-a fost înlocuită, chiar dacă Linus e instalator.

Atmosfera e mai mult decât neplăcută. A venit momentul să schimbe subiectul. Daniel se gândește la modul în care a fost ucis Johan. N-a fost nicidecum un accident, nici ceva ce s-a întâmplat sub impulsul momentului. Violența brutală și încheieturile legate arată că făptașul era extrem de furios.

Cineva s-a simțit profund jignit și și-a vărsat furia în cel mai cumplit mod imaginabil.

– Știi cumva dacă Johan avea vreun dușman, Linus? Dacă stricase prietenia cu cineva?

– Ar fi putut să aibă o dispută cu un client? adaugă Hanna.

– Voi sunteți polițiștii, dar mie îmi sună aiurea. Cu siguranță nimeni nu se-apucă să ucidă din cauza unei instalații făcute de mântuială?

Linus se întoarce, reprimându-și un căscat nepotrivit.

– Toți îl plăceau pe Johan, repetă el cu fermitate. Știu că asta se spune mereu, dar el era genul de om pe care-l simpatizai instinctiv, un om cu adevărat de treabă și atent. Singura parte proastă, dacă pot s-o spun cinstit, e că o lăsa pe Marion să-i dicteze mult prea des ce să facă.

Daniel observă că lui Linus i se schimbă tonul imediat ce vorbește despre Marion. Ar putea ea să fi fost o sursă de conflict între cei doi asociați?

Statisticile privind omorurile sunt foarte clare: făptașul e aproape întotdeauna cineva apropiat de victimă.

– Au existat frecușuri între tine și Johan? Erați de acord în privința modului în care trebuie condusă firma?

Linus aruncă o privire pe fereastră. Daniel îl imită. De sticlă s-au lipit cristale de zăpadă, iar de streașină atârnă țurțuri lungi. Pe dinăuntru sunt urme de degete mici, probabil că fiul lui și-a pus palma pe geam.

– Toate bune între mine și Johan. Nu pot să comentez despre ce gândea Marion.

Răspunsul e scurt și tăios. Brusc, Linus pare mult mai treaz, de parcă încearcă să se adune.

Daniel vede că Hanna se gândește la ceva. Instinctele ei sunt de obicei bune – e unul dintre lucrurile pe care le apreciază cel mai tare la ea.

– Johan a fost găsit în Tångböle, spune aceasta. Însă el locuiește în Staa, la mai bine de nouă kilometri și jumătate depărtare.

– Da.

– Știi dacă avea vreo legătură cu Tångböle?

– Nu, din câte știu eu.

Daniel își dă seama unde bate Hanna.

– Avem nevoie de o listă a clienților voștri, împreună cu datele de contact, spune el. Toate locurile unde a fost recent Johan. Cât mai curând, te rog.

– Nicio problemă. Am să v-o dau azi.

Ușa se deschide și în prag apare un băiețel în pijama verde deschis și cu părul ciufulit. N-are mai mult de cinci sau șase ani.

Lui Daniel îi vine greu să și-o închipuie pe Alice la vârsta asta: o fetiță care merge și vorbește.

– Tati, mi-e foame!

Linus se uită la Daniel.

– El e Lukas. Trebuie să-i pregătesc micul-dejun.

Trage băiețelul lângă el și-l îmbrățișează. Daniel observă că micuțul reacționează la mirosul de băutură. Niciunui copil nu-i place să-și vadă părinții sub influența alcoolului.

E momentul să termine discuția. Mai are doar câteva întrebări.

– Când l-ai văzut ultima oară pe Johan? rostește el, cu toate că Lukas îl trage de mână pe tatăl lui.

– A trecut pe aici vineri seară, cam pe la opt.

Daniel își verifică notițele; asta trebuie să fi fost după vizita la Pigo.

– Vreun motiv anume?

– Nu aveam nimic aranjat. Sandra și cu mine eram încă la masa din bucătărie când a apărut el. Ne-a spus că o să lipsească o săptămână.

Asta e o informație nouă. Hanna se încruntă.

– A spus unde se duce? întreabă ea.

– Nu. N-a suflat o vorbă despre vreun concediu. Aveam programate o mulțime de lucrări. Mereu suntem ocupați atunci când vine gloata de la Stockholm pentru vacanță. Știți cum e, dai cu tunul și nu găsești o căsuță liberă în Åre sau Duved.

– Cum ai reacționat?

Linus își ia băiatul în brațe și îl așază pe genunchi.

– Mi se pare o tâmpenie acum, dar am fost destul de supărat. A venit așa, pe neașteptate, iar absența lui avea să provoace probleme reale afacerii.

– Și nu știi de ce plănuia Johan să plece?

Linus clatină din cap. Daniel îi aruncă o privire Hannei. Simte că și ea crede același lucru ca el. I se întâmplase ceva lui Johan Andersson care să-l determine să dispară rapid?

Fusese oare amenințat?

REBECKA
2017
AUGUST

– Te descurci tare bine cu copiii, îi spune Maria Rebeckăi, ieșind din bucătăria grădiniței. Chiar te plac.

Rebeckăi i se pare stânjenitoare lauda din partea noii sale colege. Maria e cu câțiva ani mai în vârstă și lucrează de multă vreme la grădinița Micii Ghiocei din Ånn. Ea e acolo doar de câteva zile. Nu e obișnuită cu comentariile pozitive și cu compania „celorlalți". Majoritatea lucrurilor îi sunt nefamiliare și diferite.

E măritată de aproape cinci ani deja, iar asta e prima ei slujbă. I se pare ireal, dar n-au avut de ales când Ole a fost disponibilizat de la firma de contabilitate. Imediat ce-și va găsi un post nou, ea o să se întoarcă la viața ei normală. Acum însă au nevoie de bani, iar el face foarte multe în cadrul bisericii. Ole n-a fost niciodată mai ocupat, în ciuda faptului că nu e plătit.

Asta nu contează, important e să facă lucrarea Domnului.

– Îmi place tare mult să stau printre cei mici, spune ea, arătând din cap spre sala unde majoritatea copiilor dorm de după-amiază.

– O să fii o mamă minunată într-o bună zi, replică Maria cu un surâs.

Rebeckăi i se pune un nod în gât. Acum știe deja că așa ceva n-are să se întâmple niciodată. Nu face nici două parale ca femeie. Dacă biserica n-ar avea opinii atât de stricte în privința divorțului, fără îndoială că Ole ar fi lăsat-o deja.

Maria își dă la o parte o șuviță de păr blond.

– Apropo, câteva dintre noi ieșim în weekend. N-ai vrea să vii și tu?

Rebecka e descumpănită. O întreabă Maria dacă vrea să iasă și să se simtă bine? Fără soțul ei? Sugestia nepotrivită e năucitoare. Femeile nu fac așa ceva, nu de unele singure.

– Nu pot, șoptește ea simțindu-se jenată.

– E din cauză că soțului tău nu i-ar plăcea? întreabă Maria făcându-i cu ochiul. Și eu stau cu partenerul meu, dar nu ne putem petrece tot timpul împreună, nu?

Rebecka încearcă să zâmbească, deși vorbele Mariei sunt... jignitoare. Bărbații și femeile au roluri diferite în viață, cu siguranță ar trebui s-o știe. În același timp, nu vrea să-și critice noua colegă. A fost mereu conștientă de faptul că în afara bisericii se aplică alte reguli. Oamenii se întovărășesc în alt fel decât a fost Rebecka educată să o facă.

În calitate de soție de pastor, trebuie să fie perfectă. Nici prin gând nu i-ar trece să iasă singură sau să bea alcool în public. Ole nu i-ar îngădui așa ceva. El înțelege ce anume constituie un comportament adecvat sau neadecvat și o sfătuiește în privința alegerii hainelor și culorilor.

El știe cel mai bine, iar asta o face să se simtă în siguranță; se poate baza pe el.

Are permis de conducere, dar Ole insistă să o ducă la lucru în fiecare dimineață și să o ia la sfârșitul zilei.

Solicitudinea lui nu cunoaște limite.

Rebecka se uită compătimitoare la Maria. De și-ar da seama femeia asta cât de tare se înșală! Poate că ar putea să-l primească pe Dumnezeu, dacă i-ar deschide ea inima? Totuși, ar trebui să facă schimbări radicale în stilul ei de viață, să se distanțeze de obiceiurile proaste.

Elsa, unul dintre copiii de trei ani, vine în fugă cu lacrimi în ochi. Rebecka o ia imediat în brațe.

– Altă dată, poate, spune Maria, lăsând-o să se ocupe de cea mică.

13

Sunetul telefonului care vibrează pe blatul de bucătărie o readuce pe Marion în prezent. Stă la masă cu o cană de cafea în față. Neatinsă, cafeaua s-a răcit, dar nu-și amintește când și-a turnat-o. Timpul și-a pierdut sensul.

Ia telefonul și vede „Linus" pe ecran, ceea ce îi dă o senzație neplăcută. Abia dacă a mai vorbit cu el de când cu cearta zdravănă de la birou de acum câteva săptămâni. S-a ținut departe de el cât de mult a putut.

În acel moment, o mașină se oprește în fața casei. Pe fereastră vede coborând din ea doi oameni. Sunt polițiștii care au fost și ieri, un bărbat și o femeie.

Respinge apelul lui Linus și bagă telefonul în buzunar. Nu se simte în stare să vorbească cu el chiar acum. Totul e încă prea îngrozitor. Se așteaptă întruna să-i audă pașii lui Johan. Așteaptă râsul acela irezistibil.

Casa e insuportabil de goală.

Face un mare efort, se ridică și deschide ușa de la intrare.

– Salut! zice polițista, care s-a prezentat drept Hanna. Putem intra? Mai avem câteva întrebări, dacă nu te deranjează.

Cu o expresie caldă adaugă:

– Dacă poți, desigur.

Marion încuviințează din cap și se întoarce cu spatele. Tocmai s-a văzut în oglinda din hol. E pământie la față și are cearcăne sub ochi. Coniacul nemțesc a lăsat urme. A făcut-o să uite oroarea preț de câteva ore, dar, imediat ce s-a trezit, realitatea a ajuns-o din urmă.

Se duc în bucătărie, iar Marion se prăvălește pe un scaun.

– Cum te simți? întreabă Hanna.

Vorbește pe un ton blând și empatic, chiar dacă nu se cunosc. Fără îndoială, asta-i e meseria. Dar ce știe ea despre cum e să pierzi omul pe care-l iubești cel mai mult pe lumea asta?

– Nu chiar așa de bine, îngaimă Marion.

– Nu ai pe nimeni care să poată veni să stea cu tine în următoarele câteva zile? N-ar trebui să stai singură acum.

Marion își strânge mâinile cu putere, nu vrea să-și piardă stăpânirea de sine și să izbucnească în plâns în fața celor doi polițiști. Adevărul e că n-are prieteni apropiați în Suedia. N-avea mulți nici în Germania, a fost mereu singuratică.

Aici în Åre nu-i ușor să ajungi să cunoști oamenii. Suedezii sunt distanți, n-au tragere de inimă să accepte pe cineva nou în comunitatea lor. Bine, îi cunoaște pe vecini, dar Johan îi era mai mult decât soț. Îi era cel mai bun prieten.

Sufletul ei pereche.

– Familia mea e în Germania.

Vocea îi e inexpresivă, distantă.

– Putem suna pe cineva? O rudă apropiată, poate?

Marion dă din mână că nu.

– Părinții mei au murit. Am un frate, Florian, care locuiește la Stuttgart. O să vorbesc cu el astăzi, mai târziu.

– Părinții lui Johan?

Marion n-are energia să explice că, din nefericire, nu s-a înțeles niciodată cu adevărat cu socrii ei. Lui Torsten și Tarjei nu le-a plăcut faptul că Johan era cu o femeie atât de în vârstă față de el și nici că se căsătoriseră în Germania, fără să spună nimănui înainte, cu numai doi martori.

Marion clipește, încercând să-și rețină lacrimile.

În dormitor e poza lor de la cununie de la Ramsau, stațiunea de schi unde a crescut ea. A fost făcută pe pârtie, imediat după ceremonia în aer liber. Soarele strălucește pe zăpada de iarnă, cerul e albastru și senin. Ea ține în mână un buchet de trandafiri roșii, care ies superb în evidență pe fundalul alb.

A fost cea mai fericită zi din viața ei.

Numai că Tarja și Torsten n-au primit-o niciodată cu brațele deschise. Acum se întâlnesc doar de două sau trei ori pe an, pe la Crăciun și Paști. A devenit normă ca Johan să-și viziteze singur părinții, fără Marion.

Tarja a sunat-o ieri de mai multe ori, dar Marion nu s-a putut hotărî să răspundă.

Nici măcar nu i-a trecut prin minte să-i roage să treacă pe la ea.

– Ei știu...

I se frânge glasul. Trage adânc aer în piept, încearcă iar:

– Știu c-a murit Johan?

Polițistul care s-a prezentat drept Daniel zice:

– Au fost informați ieri. Am luat legătura și cu fratele lui, Pär.

– Johan era nașul băiatului mai mare al lui Pär.

E aproape imposibil să dea glas cuvintelor. Lui Johan îi plăcea la nebunie să-și petreacă timpul cu Robin, băiatul în vârstă de zece ani. Era fiul pe care nu-l avusese niciodată.

Gândul e la fel de dureros ca întotdeauna. Sperase și năzuise ani de zile să rămână însărcinată. Acum e prea târziu. Are patruzeci și patru de ani, iar Johan e mort.

N-o să fie niciodată mamă, n-o să aibă niciodată un copil al ei.

N-o să-l vadă niciodată pe Johan în rolul de tată.

Ar fi fost un tată fantastic.

Daniel își drege glasul, iar Marion își dă seama că se pierduse în propriile ei gânduri negre.

– Există indicii cum că soțul tău ar fi putut fi amenințat, zice Hanna. Știi ceva despre asta?

– Ce vrei să spui?

– Tocmai am fost la asociatul soțului tău, Linus Sundin, explică Daniel. A zis că a trecut Johan vineri pe la el și i-a spus că urmează să plece a doua zi.

Simpla mențiune a numelui lui Linus îi readuce senzația îngrozitoare. Ce-a mai spus acum?

Încearcă să asimileze informația cea nouă.

– Să plece...?

– Conform lui Linus, Johan intenționa să lipsească cel puțin o săptămână, chiar dacă aveau multe lucrări programate, spune Hanna.

– Dar e vacanță! replică Marion, total derutată. Mereu suntem foarte ocupați în perioada asta.

– Așadar, habar n-aveai de vreo călătorie? întreabă Daniel.

„Despre ce fel de amenințare vorbesc?" Încearcă să se concentreze, dar îi vine greu s-o facă.

– Ne întrebăm dacă motivul putea fi o amenințare concretă, continuă Daniel, notându-și ceva.

– A primit vreo scrisoare ciudată sau telefoane îngrijorătoare? întreabă Hanna. L-a abordat cineva la lucru, i-a spus ceva neplăcut?

Marion nu știe ce să spună. Singura persoană la care se poate gândi în acest context e Linus.

– Atunci să trecem la altele, spune Daniel. Am găsit portofelul soțului tău, dar nu și telefonul. Se întâmplă să știi unde ar putea să fie?

Marion clatină din cap. Johan mereu răspundea imediat ce-l suna ea cu un „Bună, scumpo!" vesel.

N-o să mai audă niciodată cuvintele acelea.

Vocea lui Daniel o readuce la realitate.

– OK. În ceea ce-i privește pe prietenii lui, încercăm să dăm de Carl Willner, pe care l-ai menționat, dar n-am avut noroc până acum. Se poate să fi plecat din oraș?

– Nu cred. Johan urma să se întâlnească cu el la Pigo, vineri. Au fost cei mai buni prieteni din liceu, chiar dacă au ales căi diferite în viață. Când Johan concura, Calle studia economia la Universitatea din Gävle. A stat acolo câțiva ani, apoi s-a mutat înapoi la Duved relativ recent.

Mereu i-a fost simpatic lui Marion.

– Cum era relația lui Johan cu Linus Sundin? vrea Hanna să știe. Era totul în regulă între ei?

– Am înțeles că tu ești responsabilă de contabilitatea firmei, adaugă Daniel.

Marion ezită. Probabil e momentul potrivit să le spună despre Linus, dar nu știe dacă are curajul.

Telefonul îi bâzâie din nou. Îl scoate din buzunar și vede că acesta a sunat deja de patru ori. I se accelerează pulsul. Nu se poate hotărî să vorbească cu el. Probabil e furios, Dumnezeu știe ce-ar fi în stare să facă în starea aia.

Iar Johan nu mai e aici s-o protejeze.

Înainte să apuce să zică ceva, Hanna o liniștește:

– Suntem recunoscători pentru orice informație ne poți da. Acum cel mai important este să-l găsim pe ucigașul soțului tău.

Cuvintele o fac pe Marion să-și dea seama cum trebuie să procedeze. O să le spună despre Linus, indiferent de cât de greu i-ar fi.

Trebuie.

– Erau Johan și Linus pe aceeași lungime de undă în privința finanțelor, de pildă?

Inițial, Marion nu răspunde. Ultima discuție între cei doi bărbați a fost înspăimântătoare. Linus a acuzat-o că încearcă să provoace probleme, dar ea fusese nevoită să-i spună lui Johan ce se petrecea și să-i arate clar că e de partea lui.

– S-au certat, spune ea în cele din urmă. Iar Johan ura cearta.

Își amintește de frustrarea lui, de aversiunea față de conflict. El vedea ce era mai bun în toată lumea, lucru pe care Linus îl exploata mereu. Johan își dorea cu disperare să creadă în asociatul lui, dar devenise din ce în ce mai evident că acesta își vedea doar de interesele proprii.

– De ce s-au certat?

– De la... bani.

– Poți să explici? insistă Daniel.

Marion își umezește buzele. Nu vrea să spună ce nu trebuie sau să-l provoace și mai tare pe Linus, dar nu are de ales. Trebuie să dea informația poliției.

Ar putea să fie cheia întregului caz.

– Linus nu-și făcea treaba cum se cuvine. În același timp, voia să scoată mai mulți bani din afacere, mai mult decât putea să ducă firma, cu toate că Johan și cu mine ne împotriveam.

Se codește, i se simte în glas, dar continuă:

– Mă ocupam de contabilitate. Știam ce resurse erau disponibile și cum stăteam cu lichiditățile.

– Spune-ne despre ceartă, o îndeamnă Hanna. A fost o înfruntare fizică?

– Ultima oară a fost... foarte îngrijorătoare. Eram în birou la Duved acum trei săptămâni, spre finalul lui ianuarie. Linus m-a speriat; sincer, am crezut că s-ar putea să devină violent. Pretențiile lui erau complet nerezonabile, dat fiind că el era cauza scăderii finanțelor noastre.

– În ce fel?

Marion își dorește să nu fie nevoită să spună mai multe. Linus o să fie furios dacă află, iar atunci... ce-o să facă ea?

– El… el bea. A băut mult dintotdeauna, dar în ultimele două luni s-a agravat problema. Obişnuia să bea numai în weekenduri, dar acum bea şi în timpul săptămânii.

Îşi ia privirea de la ei, îndreptând-o spre fereastră, spre aleea acoperită de zăpadă, unde ar trebui să se afle furgoneta albă a lui Johan.

I se strânge inima.

„Dragul de Johan!”

– Atunci când bea, Linus nu poate să muncească. A început să lipsească de la diverse lucrări şi în iarna asta situaţia s-a înrăutăţit. Johan a încercat să-l suplinească, dar nu a putut face faţă muncii pentru doi oameni. Venitul nostru a scăzut. Nu i-am putut emite o factură unui client când Linus nu s-a prezentat. Profiturile noastre de anul trecut au fost mult mai mici decât în anul anterior.

– La ce-i trebuiau lui Linus banii? întreabă Hanna.

Marion are gura atât de uscată încât abia poate să vorbească, dar Hanna e cu ochii aţintiţi asupra ei. Aşteaptă un răspuns.

Telefonul îi bâzâie iarăşi în buzunar, de parcă Linus ar şti că tocmai discută cu poliţia despre el. Respinge apelul cu degetele tremurânde când atinge telefonul.

„Te rog, nu-l lăsa să afle ce le spun!”

– Eu… eu bănuiesc că are un soi de dependenţă de jocuri de noroc. L-am văzut pe computer la birou de câteva ori, când nu ştia că-s acolo. Accesase un cazino online.

Fixează cu privirea paharul de apă, îşi închipuie scena. Dacă lui Linus i s-ar fi permis s-o ţină tot aşa, afacerea s-ar fi dus de râpă. În cele din urmă, Marion îi spusese lui Johan că trebuia să aibă o discuţie cu asociatul lui.

Nu-l văzuse niciodată pe Linus atât de agresiv ca atunci când Johan îi ceruse să spună adevărul. Linus zisese nişte chestii groaznice despre ea, o acuzase că distrusese prietenia dintre el şi soţul ei. Îi pronunţase numele cu dispreţ.

Hanna ascultă, cu capul într-o parte.

– Ce se va întâmpla cu firma acum că a murit Johan? O moștenești?

– Nu. Eu o să moștenesc cincizeci la sută din partea lui Johan, iar Linus restul. S-au înțeles în privința asta la începutul asocierii, când nu știau cum o să meargă lucrurile. Cel rămas urma să dețină majoritatea.

Daniel se uită la colega lui, apoi la Marion.

– Așadar, acum nu există nimic care să-l oprească pe Linus să scoată și mai mulți bani din firmă?

– Nu, recunoaște femeia văzându-i fața cu ochii minții. Absolut nimic.

REBECKA

2018

APRILIE

Ole așteaptă în parcare, ca de obicei când Rebecka iese de la grădiniță. Aceasta urcă în mașină și-și pune centura cât de repede poate. Lui nu-i place să aștepte.

Maria stă în cadrul ușii. Ole ridică mâna și-i zâmbește fermecător. N-a fost niciodată înăuntru, dar uneori au stat afabil la taifas când ea și Rebecka au terminat lucrul la aceeași oră.

Îi observă bărbia încordată, ceea ce o neliniștește.

– E totul în regulă? întreabă.

Ole nu răspunde, doar apasă mai tare pe accelerație, chiar dacă plouă. Mașina derapează pe asfaltul ud, iar Rebecka e nevoită să se prindă de marginea scaunului ca să nu se miște.

Simte cum i se pune un nod în stomac. Revede în minte ultimele douăzeci și patru de ore. Totul a fost perfect normal de dimineață. I-a pregătit micul-dejun înainte să fie ora de plecare la serviciu și au pălăvrăgit despre una-alta pe drum.

Se uită la haine: e îmbrăcată cu ceva nepotrivit? A mai purtat puloverul albastru-pal de multe ori, cu aprobarea lui, și pantalonii nu sunt prea strâmți.

Atunci pricepe.

Alaltăieri a fost cu Maria la o cafenea micuță din apropiere în pauza de prânz. S-a întâmplat doar de câteva ori. Maria o tot invită, iar ea nu vrea să pară nepoliticoasă. Colega ei e mereu amabilă și atentă. Au devenit prietene, chiar dacă Maria nu e membră a Luminii Vieții. Nu poate s-o refuze întotdeauna.

Probabil le-a văzut cineva din biserică și i-a spus lui Ole.

Cu înfrigurare, încearcă să-și dea seama ce poate fi folosit împotriva ei. N-au stat mai mult de jumătate de oră. Maria e atât de amuzantă încât e greu să nu râzi la poveștile ei. Poate cineva a remarcat că Rebecka atrăgea atenția asupra ei printr-un râs nepotrivit de zgomotos.

Se duc la cină la părinții ei. Ole cotește pe un drum forestier îngust. Mașina se oprește brusc.

Se întoarce cu fața la ea.

– Ai obligația să mă respecți.

Vorbește încet, pe un ton glacial.

– Dumnezeu a spus că o soție trebuie să dea ascultare soțului ei.

– Știu, șoptește Rebecka.

– Nu ai voie să umbli prin oraș fără mine.

E așa cum s-a temut: a văzut-o un membru al bisericii. Cum de a putut să fie atât de neatentă?

– N-o să se mai întâmple, promit. Te rog să mă ierți.

Își dă seama că el e supărat, ar fi trebuit să fie mai prevăzătoare. Ole vrea ca totul să fie perfect, Dumnezeu îi vede întotdeauna.

O apucă de mână și o strânge. O doare, dar nu la fel de tare ca rușinea care arde înăuntrul ei.

– Dacă mai faci, o să fie ultima oară când te mai duci la serviciu.

N-ar mai lăsa-o oare Dumnezeu să mai petreacă timp cu copiii? Ar pedepsi-o atât de aspru?

Își iubește slujba. N-a intenționat niciodată să rămână atâta timp la Micii Ghiocei, dar Ole n-a reușit să găsească alt post de contabil. În schimb, se dedică din tot sufletul Luminii Vieții.

Pastorul Jonsäter îi dă din ce în ce mai multe sarcini; uneori trebuie să stea până seara târziu ca să-și scrie predicile.

N-a fost niciodată mai stresat.

Ultimul lucru de care are nevoie este o soție care nu-l respectă sau nu-i sprijină munca importantă în numele lui Iisus.

– Promit, repetă Rebecka. Nu mai fac.

14

O ceață deasă acoperă Lacul Åre, ca un capac, atunci când Daniel se întoarce cu mașina de la Staa. La pornire avea vizibilitate bună, apoi, brusc, a dat de un zid de ceață de nepătruns. Încă se mai gândește la discuția din bucătăria lui Linus. Nu a dat semne că el ar fi fost cel care-l amenințase pe Johan, dar poate că știe să se prefacă îndeajuns de bine încât s-o ascundă.

Începe să se întrebe dacă nu cumva sunt și alte chestiuni în privința cărora Linus a ales să păstreze tăcerea.

– Ce părere ai despre problemele financiare ale lui Linus? o întreabă pe Hanna.

– Partea asta a fost realmente surprinzătoare. Atât ideea în sine, cât și faptul că a existat un conflict între el și Johan din pricina asta. N-a scos un cuvințel despre așa ceva în fața noastră.

Daniel îi dă dreptate: n-a existat niciun indiciu despre tensiunea care, era clar, existase între cei doi. Informația lui Marion a dat o nouă direcție cazului.

Ea mai spusese și că Linus fusese agresiv.

– Întrebarea este: cât de disperat era Linus? zice el, încetinind în spatele unui camion.

Hanna bate darabana pe coapsă cât se gândește.

– Trebuie să verificăm bine acordul de asociere dintre Linus și Johan, replică ea, și să ne uităm atent la finanțele personale ale lui Linus. Dacă e adevărat ce spune Marion, atunci Linus ar fi putut avea motive să-l vrea pe Johan mort.

Își scoate telefonul.

– Am să încerc iar să dau de Carl Willner. S-ar putea să știe mai multe despre relația lor.

Nu-i răspunde nimeni, dar, imediat ce încheie apelul, sună telefonul. Din discuție, Daniel înțelege că e dispeceratul regional din Umeå.

– Vești bune: o patrulă a găsit furgoneta lui Johan pe un drum secundar dintre Tångböle și Staa. Pe lângă Lacul Gev, dacă te ajută cu ceva acest detaliu.

Daniel știe în mare cam pe unde vine asta.

– Carina e deja pe drum într-acolo, cu un coleg, adaugă Hanna.

Daniel aruncă o privire la ceas: e aproape douăsprezece. I-a promis Idei că n-o să fie plecat toată ziua, după-amiază au în plan să-i facă o vizită mamei ei, Elisabeth, la Järpen, la o cafea și o prăjitură.

Intră pe următorul drum lateral și întoarce.

Cazul trebuie să fie prioritar, n-are de ales.

Cincisprezece minute mai târziu, ajung la Lacul Gev, iar banda albastru cu alb purtând însemnele poliției le arată calea. O zonă de câteva sute de metri a fost împrejmuită cu bandă de delimitare și, la fel ca ieri, în mijlocul drumului e parcată o mașină de poliție.

Daniel zărește furgoneta albă lângă o casă dărăpănată cu ferestre sparte și câteva scânduri lipsă de pe fațadă. De fapt, vede numai partea din spate a vehiculului, după colțul casei.

Cei doi se alătură Carinei, care de astă dată a ajuns aici înaintea lor. Aceasta deschide una dintre ușile din spate și un miros înțepător le invadează pe dată nările.

– Fir-ar! exclamă Daniel.

Carina deschide larg ambele uși ca să reducă impactul duhorii, care e în continuare aproape de nesuportat.

Lumina palidă a zilei dă la iveală interiorul furgonetei. Acesta i-a slujit lui Johan drept loc mobil de muncă. Pe laterale sunt fixate rafturi cu diferite echipamente pentru instalații sanitare stivuite în grămezi dezordonate. Cabluri negre atârnă din tavan în niște cârlige, iar într-un colț e un aspirator.

Ceea ce îi atrage însă atenția lui Daniel sunt petele mari și întunecate de pe covorul de cauciuc. Arată și miros a sânge uscat, n-are nevoie de un câine de poliție sau de un tehnician criminalist care să-i confirme presupunerea.

– Cred că am aflat cum a ajuns cadavrul lui Johan Andersson în locul în care a fost descoperit, rostește Hanna cu glas scăzut. Nu se poate să fi zăcut altcineva aici.

– Crezi că a fost ucis chiar aici, în interiorul furgonetei? întreabă Daniel.

– Ce zici de ipoteza asta: făptașul a scăpat de Johan pe Tångbölevägen, după care a condus furgoneta până aici și a ascuns-o cât de bine a putut, răspunde Hanna. Pe urmă a fost preluat de un complice.

Daniel încuviințează încet din cap.

– Asta ar însemna să fi fost implicați doi oameni, așa cum bănuiam, unul care să conducă furgoneta, iar celălalt ca să-l preia cu o altă mașină.

Hanna își dă seama că stă în zăpadă aproape până la genunchi. Cu un mormăit, se apleacă să o scuture de pe partea de sus a cizmelor.

– Nu știm dacă crima a fost plănuită sau dacă a fost comisă la impuls, arată Daniel. Judecând după metodă, a fost comisă cu sânge rece, dar asta nu înseamnă neapărat că a fost meticulos pregătită. Cu siguranță ceva n-a mers bine vineri seara, înainte să apuce Johan să plece.

– Așadar, persoana sau persoanele care îl amenințau trebuie să-l fi găsit înainte de plecare. Asta a dus la crimă, ceea ce înseamnă că furgoneta a trebuit să dispară.

Daniel înclină să-i dea dreptate. E bine că au găsit furgoneta. A fost un noroc chior, la fel ca descoperirea cadavrului lui Johan. Dacă băiețelul nu și-ar fi convins mama să oprească mașina ca să poată face pipi, Johan ar fi putut să rămână unde era, ascuns de zăpadă până la primăvară.

Au avut mai mult noroc decât s-ar fi putut aștepta, dar tot nu știu cine este ucigașul.

15

E trecut de ora două când Daniel și Hanna ajung înapoi la secție. Daniel i-a transmis scuze Idei printr-un mesaj în care i-a spus că a fost reținut, dar că e în drum spre casă.

S-au adunat în sala de consiliu împreună cu Anton și Raffe. Hanna tocmai a mai făcut o încercare de a-l contacta pe Carl Willner. Toți par obosiți, în afară de Anton, care debordează de energie.

Daniel le rezumă discuțiile cu Linus și Marion.

Raffe se lasă pe spate, cu brațele încrucișate. Astăzi, coada neagră de cal a fost înlocuită de un coc bărbătesc neted, care strălucește în lumina din tavan.

– Întrebarea este: cine e mai credibil, Linus sau Marion? zice el. Nu-mi place faptul că cei doi oameni care i-au fost cei mai apropiați lui Johan au povești atât de diferite.

– Asta-i problema, îi dă dreptate Hanna. Linus n-are nimic de bine de spus despre Marion. Susține că ea e atât de dificilă la firmă, încât orice socializare între familii e imposibilă, în vreme ce ea susține că Linus bea prea mult, e agresiv și nu-și face treaba cum trebuie.

– Amândouă afirmațiile ar putea fi adevărate, intervine Anton cu un surâs.

Daniel îi aruncă o privire colegului său. De ce o fi așa de binedispus? Contrastul cu expresia posomorâtă a lui Raffe este frapant. Anton pare aproape euforic, deși echipa anchetează un omor tragic.

– Linus a zis că Johan intenţiona să plece, spune Raffe. Care-i faza?

– Marion a insistat că Johan nu-i vorbise despre acest plan, replică Daniel. De ce să inventeze Linus aşa ceva, dacă el a comis crima?

Hanna se gândeşte preţ de o clipă.

– Dacă presupunem că Linus e făptaşul, atunci probabil că avea deja gata născocită povestea cu călătoria subită a lui Johan. După ce cadavrul a fost găsit atât de curând, a hotărât să păstreze aceeaşi versiune a faptelor. Sunt convinsă că ucigaşul nu voia ca Johan să fie găsit chiar în ziua de după crimă. Dacă ar fi fost *doar* „dispărut" – continuă ea, schiţând ghilimele în aer –, iar Linus ne dezvăluia că Johan plănuia să plece, atunci am fi căutat o persoană dispărută, nu un ucigaş. Ancheta ar fi avut un cu totul alt punct de pornire.

Daniel îşi freacă bărbia şi barba scurtă îl zgârie în palmă. E destul de sigur că Linus a fost surprins să-i vadă ieri. Era vizibil şocat când stăteau în bucătărie. Să nu fi fost din cauza veştii despre moartea lui Johan, ci fiindcă trupul îi fusese găsit atât de repede?

Linus nu avusese timp să se pregătească. Dacă îşi concepuse deja o explicaţie pentru absenţa lui Johan, e întru totul posibil ca el s-o fi păstrat, deşi împrejurările se schimbaseră.

Exact cum a sugerat Hanna.

Daniel arde de nerăbdare să facă o percheziţie acasă la Linus, dar nu au destule dovezi pentru a cere mandatul necesar. Trebuie mai întâi să confirme acuzaţiile lui Marion despre finanţele lui, iar cercetarea criminalistică a furgonetei este în desfăşurare. Carina e o tehniciană criminalistă meticuloasă şi foarte competentă. Dacă există amprente concludente, urme de ADN sau orice altceva care le-ar putea susţine ipoteza, ea o să le găsească.

Se întoarce către Raffe.

– Trebuie să ne uităm atent la situația financiară a lui Linus cât de curând posibil. Poți lua legătura cu agenția fiscală și băncile?

– Nicio problemă.

– Hanna, ce facem cu cel mai bun prieten al lui Johan, care nu răspunde la telefon?

Hanna pune coatele pe masă și-și lasă bărbia în palme.

– Mă gândeam să-i fac o vizită când terminăm. Stă în Duved, pe Karolinervägen. Mai vrea să vină cineva?

Daniel se uită la ceas. E trei fără cinci. Ar trebui să încheie ședința și să se ducă acasă la Ida. Ea nu i-a răspuns la SMS și cu siguranță nu se bucură că vor întârzia atât de mult la cafeaua și prăjitura de la maică-sa.

Dar cineva trebuie să stea de vorbă cu Willner.

– Vin eu, se oferă Anton ridicând mâna. Stau în Duved.

– Perfect.

Daniel e cât pe ce să spună că îi însoțește, chiar dacă n-are timp, dar Raffe duce discuția într-o altă direcție:

– Cum rămâne cu faptul că Johan Andersson e victima? În momentul acesta se vorbește mult pe rețelele de socializare. Știm când o să-i fie dată publicității identitatea?

– Cred că Grip are programată o conferință de presă la cinci, replică Daniel.

În ce-l privește, detestă orice fel de apariție în public. Când l-a rugat Grip să conducă departamentul special, singura lui condiție a fost să nu fie nevoie să stea pe un podium să răspundă la întrebări idioate de la jurnaliști.

Raffe dă din cap.

– E bine așa. Internetul fierbe de presupuneri.

Ședința s-a terminat. Daniel se ridică în picioare. Îi aude pe Hanna și pe Anton vorbind un pic despre Carl Willner, dezbătând ce mașină să ia la Duved.

Simte un junghi de vinovăție. Ar trebui să discute el însuși cu cel mai bun prieten al lui Johan. Willner e un martor-cheie, iar Daniel conduce ancheta. Numai că trebuie să-i dea întâietate Idei, care a fost singură cu Alice aproape tot weekendul. Vrea să fie prezent în viața fetiței, un bun partener pentru Ida, un bărbat care e alături de familia lui.

Și totuși... mersul la Carl Willner îi pare mult mai important decât o cafea cu soacra lui.

Cu toate că habar n-are cum are să-i explice Idei treaba asta.

16

Carl locuiește într-un apartament la est de centrul Duvedului. E de-o vârstă cu Johan, e necăsătorit și lucrează ca ofițer pentru dezvoltarea afacerilor în cadrul Consiliului din Åre.

Hanna îl urmează pe Anton. Pentru că el stă în Duved, era logic să ia două mașini, ca să nu fie nevoit să mai conducă înapoi până la Åre după aceea. Când cotește pe Karolinervägen, vede impresionanta catedrală de lemn din secolul al XIX-lea a localității, care are o capacitate de nouă sute de persoane și domină zona cu cele trei turle ale ei.

A ieșit soarele și lumina lui se reflectă în vitralii. Cerul de un albastru glacial oferă un fundal superb.

Hanna își aduce aminte că a fost la slujba din dimineața zilei de Crăciun atunci când era mică. Îi vine în minte o scenă plină de culoare a Nașterii Domnului și lumânări înalte pâlpâind în jurul corului, copii bucălați cântând „Noapte de vis". Câți ani să fi avut atunci? Cu siguranță nu mai mult de cinci sau șase. Familia își petrecea mereu vacanța din februarie la Åre, dar cu ocazia aceea se duseseră acolo și de Crăciun.

Cineva o ținea de mână; probabil tatăl ei. Mama o atingea rareori, era zgârcită cu sărutările și gesturile tandre. Lângă ea stătea Lydia, care adusese bomboane și îi dăduse una Hannei când aceasta începuse să se agite.

Erau alte vremuri, înainte să afle despre toate lucrurile îngrozitoare care se întâmplă în lume.

Amintirea dispare la fel de iute cum i-a apărut în minte.

Aruncă o privire ceasului din bord. Lydia și familia ei vor sosi cu avionul de după-amiază de la Stockholm. Urmează să aterizeze la Aeroportul Östersund cam pe la patru, ceea ce înseamnă că ar trebui să fie în Sadeln până la cinci și jumătate.

De-abia așteaptă să-și revadă sora. Lydia a susținut-o în disputa cu fostul ei șef și i-a fost de mare ajutor în chestiunea cu Christian și apartamentul pe care-l împărțiseră. Valoarea acestuia crescuse de când se mutaseră în el cu cinci ani înainte. Lydia încearcă acum să-l convingă pe Christian să-i dea Hannei o parte din profit când îl va vinde și își va lua altul, chiar dacă, din punct de vedere strict legal, el e proprietarul.

Ca de obicei, gândul la fostul ei iubit o întristează.

Au trecut mai bine de două luni de când i-a dat papucii. Habar n-avea că el se vedea cu altcineva, pe la spatele ei. Acum el trăiește cu Valérie și postează poză după poză, toate fantastice, pe rețelele de socializare. Se duc la restaurante, petrec weekenduri plăcute la castele, se bucură de plimbări uimitoare prin parcuri frumoase.

Hanna e conștientă că n-ar trebui să se uite la fotografiile de pe pagina lui de Facebook, dar uneori, mai ales seara târziu, nu se poate stăpâni și exact asta face.

Nu l-ar vrea înapoi, a depășit momentul. Dar supărarea nu i-a trecut, încă se mai simte înșelată și dezamăgită. Faptul că mama ei i-a invitat pe Christian și pe Valérie la cină a pus capac la toate.

Dacă ar putea măcar să obțină o parte din banii de pe apartament, i-ar putea considera drept un soi de compensație, cu atât mai mult cu cât ea a contribuit la plata dobânzii și comisioanelor lunare în anii în care au locuit împreună acolo.

Se strâmbă, realizând cât de naivă e. A căzut drept în capcana clasică pentru femei: împărțirea cheltuielilor fără vreun acord oficial de proprietate. Dacă rămâne fără nimic, nu va fi decât vina ei.

Cât de tâmpită a fost?

În fața ei, Anton semnalizează, apoi trage mașina în parcarea unui bloc roșu. Hanna îl imită și oprește motorul. N-are timp să se gândească la Christian, are treabă.

Speră să fie acasă Carl Willner, iar acesta să-i poată ajuta să rezolve misterul uciderii lui Johan Andersson.

REBECKA
2018
AUGUST

Cina de duminică la Ole și la Rebecka, cu oaspeții lor, pastorul Jonsäter și soția lui, Karin, e pe terminate. Rebecka își ia rămas-bun pe hol, iar Karin îi mulțumește pentru ultima oară. Bărbații au ieșit deja și stau de vorbă pe verandă.

Jonsäter îl ia părintește pe după umeri pe Ole și spune ceva. Rebecka zâmbește, știe cât înseamnă aprobarea pastorului pentru soțul ei.

Când mașina dispare, Ole intră la loc în casă. I-a pierit zâmbetul pe care-l afișa în fața oaspeților, expresia îi e întunecată și posomorâtă. Se uită neliniștită la el. Tăcerea lui îi provoacă agitație.

– A fost frumos, nu? rostește ea, ca să mai destindă atmosfera.

– Așa crezi?

Îi tresare stomacul și Rebecka se gândește bine, străduindu-se să-și dea seama ce anume a greșit.

I-a permis lui Ole să-i dicteze coafura și rochia, deoarece fusese o ocazie importantă. Nu multă lume poate să-l invite pe conducătorul bisericii la o cină intimă. A încercat să-l susțină pe Ole în timpul mesei, râzând cu un plus de entuziasm la glumele lui, dar a avut grijă să nu exagereze.

E limpede, n-a reușit.

Soarele coboară spre orizont, alunecând dincolo de vârfurile copacilor, iar ea tremură de la adierea răcoroasă care răzbate prin fereastra deschisă. Se uită pe furiș la Ole și încearcă zadarnic să-i deslușească expresia.

Soțul ei fermecător, bărbatul care pălăvrăgea ușor cu pastorul cu o clipă în urmă, a dispărut. E cât pe ce să spună că o să se apuce de strâns în bucătărie, când Ole o apucă de braț.

– Să nu-mi mai faci așa ceva!

Tonul lui e brutal. Ridică un deget arătător a amenințare.

– Ce-am făcut?

– Nu face pe nevinovata cu mine!

O strânge și mai tare de braț.

– Credeai c-am să stau să suport să mă întrerupi iar și iar în fața lui Jan-Peter?

Ochii îi sunt plini de dispreț. O împinge în fața lui spre sufragerie.

– De unde vine nevoia asta bolnavă să atragi atenția? De parcă ai vrea să-ți asculte toată lumea trăncăneala stupidă!

Rebecka nu crede c-a vorbit mult, dar, fără îndoială, el are dreptate. Ar fi trebuit să-și țină gura.

– Îmi pare rău, șoptește. N-am vrut.

– Chiar te crezi așa de interesantă?

Ole o împinge iar; aproape că-și pierde echilibrul.

– Nu încerc să par interesantă.

– Ești o femeie vanitoasă și care se amăgește! strigă el. Știi ce a zis Isaia despre asta?

Rebecka se face mică. Nu-i e permis să-și contrazică soțul. E greșit, o știe, dar nu a făcut lucrul de care el o acuză. Nu l-a întrerupt, asta nu s-a întâmplat. Ba dimpotrivă, a avut grijă să nu iasă în evidență.

Nu înțelege de ce-i așa de supărat.

Să fie dezamăgirea din el cea care vorbește, dezamăgirea pentru că nu reușesc să aibă un copil? Sau stresul provocat de faptul că încă nu și-a găsit o nouă slujbă? Ole vrea mereu ca totul să fie perfect.

Nedreptatea o face să deschidă gura. E pe punctul de a izbucni în lacrimi.

– Te rog, Ole, de ce trebuie să înțelegi întotdeauna greșit?

Ole se holbează la ea, de parcă ar fi spus ceva halucinant.

– Dai vina pe mine, soțul tău, pentru situația asta?! După ce-ai făcut?

Mai întâi pare uluit, apoi glasul își recapătă asprimea.

– Chiar n-ai nimic în capul ăla prost al tău?

Rebecka își dă seama că a întrecut măsura.

– Nu asta am vrut să spun, se bâlbâie ea. Nu dau vina pe tine.

Ole mai face un pas spre soția sa. Reacția lui vine pe nepregătite. Pur și simplu își încleștează pumnul și o pocnește tare în burtă. Lovitura e atât de puternică încât Rebecka se prăbușește la podea. Se chircește de durere, nu poate să respire. Frica îi face lacrimile să curgă, nu se poate abține.

Expresia din ochii lui Ole e terifiantă.

– Uite ce m-ai obligat să fac! zbiară el.

Îl aude mai degrabă decât îl vede cum își ia haina și iese din casă, trântind ușa. Rebecka rămâne locului, zăcând pe covor. Șocul e aproape mai rău decât durerea. A greșit și înaintea lui Dumnezeu, și a soțului ei.

L-a obligat pe Ole s-o lovească.

Cum de a putut ea să facă un lucru atât de groaznic?

17

Apartamentul e situat la mijlocul etajului al doilea. Pe o plăcuța e înscris numele locatarului – **WILLNER**. Anton sună la ușă.

– Să sperăm că e acasă, îi spune el Hannei, care așteaptă aproape de scară.

Nu se întâmplă nimic, așa că sună iar. În cele din urmă, rămâne cu degetul pe buton ceva mai mult, ca să se asigure că, dacă e cineva înăuntru, o să audă.

Ușa se deschide smucit și în prag apare un bărbat voinic, trecut de treizeci de ani, cu un prosop alb pe șolduri și care își usucă părul cu alt prosop.

– Ce mama naibii...? rostește el înainte să deschidă ușa de tot. Ușurel!

Apoi înlemnește cu privirea ațintită asupra lui Anton.

La rândul lui, acesta îl fixează cu privirea.

– Ah! exclamă Carl.

Anton are nevoie de câteva clipe să-și adune gândurile. Hanna își dă seama că e ceva nu tocmai în regulă. Se uită de la unul la altul.

– Vă cunoașteți? întreabă ea.

Anton își vine în fire. Se preface că n-a auzit întrebarea colegei sale și-și arată legitimația de polițist.

– Carl Willner?

Încearcă să vorbească perfect normal, dar nu prea reușește, ceea ce nu e deloc surprinzător, dat fiind că el și Carl stăteau întinși în patul lui Anton cu numai câteva ore în urmă.

– Ăă... da?

Carl a fost luat prin surprindere, e limpede. Liniștea încordată pare să se prelungească la nesfârșit. Hanna ar vrea să-i dea un brânci lui Anton și să-i spună să se adune.

El încearcă, dar nu știe cum să se comporte. N-are cum să-i explice că el și Carl s-au cunoscut în seara precedentă la Bygget și și-au petrecut noaptea împreună.

Îi transpiră palmele. Trebuie să găsească o cale de a trece peste următoarea oră.

Hanna i se alătură.

– Trebuie să discutăm cu tine, Carl, i se adresează ea. Putem intra?

– Despre ce e vorba?

– Probabil că ar fi mai bine să te îmbraci mai întâi.

Carl încuviințează din cap și dispare în dormitor, în timp ce Hanna și Anton se așază în living. Canapeaua și fotoliile sunt din piele deschisă la culoare, iar pe măsuța rotundă de cafea sunt reviste de fitness. Anton le recunoaște, are și el acasă câteva dintre publicații.

Hanna îi aruncă o privire întrebătoare.

– Ești în regulă?

Reușește să zâmbească.

– Absolut. Doar obosit, presupun. Am fost ieri la Bygget până seara târziu, cu Karro.

Ea nu-i mai pune întrebări. „Slavă Domnului!"

După câteva minute, Carl se întoarce. E desculț, îmbrăcat în blugi și un tricou alb. Bicepșii îi sunt la fel de impresionanți în lumina zilei ca ultima oară când i-a văzut Anton. Știe că trebuie să se comporte ca un profesionist, dar situația îl face să se simtă extrem de stingher. Foarte rar agață un tip într-un club. Åre e prea mic, iar el preferă să-și păstreze viața personală un secret. Poate că preferințele sexuale nu contează într-un oraș mare, dar aici e altceva. În ciuda turiştilor, Åre are o mentalitate tipică de oraş mic. Poliţia e un loc de muncă de modă veche, iar etosul forţelor de ordine este conservator.

Acesta este motivul pentru care nu şi-a dezvăluit încă orientarea la muncă. Atâtea aşa-numite bancuri cu homosexuali a auzit în cei zece ani de când călcase pentru prima dată în Academia de Poliţie încât le-a pierdut şirul.

– Am tot încercat să dăm de tine, începe Hanna pe un ton uşor acuzator. De ce n-ai răspuns la telefon?

Carl pare nedumerit, după care desface mâinile.

– Aha, deci voi aţi sunat de pe un număr ascuns?

– Da.

– Îmi cer scuze, dar nu răspund niciodată la asemenea apeluri.

– Nu ţi-ai ascultat mesajele?

Carl ridică din umeri.

– Am fost în oraş aseară, până târziu.

Îi aruncă o privire cu subînţeles lui Anton, care îl ignoră.

– De-abia m-am trezit, continuă Carl fără cel mai mic semn de jenă. N-am avut timp să-mi verific mesageria vocală.

Anton îşi aduce aminte de săruturile schimbate înainte să plece Carl din apartamentul lui. Simte că-i ard lobii urechilor. Mai are şi un sentiment groaznic că acesta nu ştie încă ce s-a întâmplat cu cel mai bun prieten al lui.

Hanna vorbeşte pe un ton mai blând:

– Trebuie să discutăm cu tine. E vorba despre prietenul tău, Johan Andersson.

Carl e năucit.

– Johan?!

Femeia ezită; şi-a dat seama că omul habar n-are de moartea lui Johan.

– A fost găsit omorât, ieri-dimineaţă.

În încăpere se așterne liniștea. Secundele se întind insuportabil, iar Anton îl vede pe Carl schimbându-se la față.

– Cum adică? Vrei să-mi spui că Johan a murit?

Expresia Hannei e plină de compasiune.

– Nu se poate să fie adevărat!

– Mă tem că este. Îmi pare rău că îți aduc asemenea vești. De aceea am tot încercat să dăm de tine.

Carl închide ochii. Anton ar vrea să-i pună o mână pe umăr, să-l consoleze, dar nu poate s-o facă cu Hanna de față. În condiții normale, ar da dovadă de căldură și empatie, dar în clipa de față stă țeapăn ca o scândură. Tot nu poate asimila faptul că și-a petrecut noaptea cu prietenul cel mai bun al lui Johan, un martor important în anchetă.

– Of, Doamne! rostește Carl după o lungă tăcere. Nici nu știu ce să zic...

Trage adânc aer în piept.

– Omorât, ați spus? El a fost cel găsit ieri în Tångböle?

– El e. Încă o dată, îmi pare rău.

Carl își împreunează mâinile în poală.

– Știu că nu-i ușor, continuă cu blândețe Hanna, dar trebuie să-ți punem câteva întrebări.

Lui Carl îi strălucesc în ochi lacrimile pe care nu le-a vărsat.

– Ai putea începe prin a ne spune cum v-ați cunoscut?

Anton e recunoscător că Hanna a preluat conducerea. El tot nu reușește să priceapă cum de a ajuns în impasul ăsta.

– Suntem prieteni din copilărie. Am fost colegi la școală. Am concurat și eu la schi alpin, dar n-am fost nici pe departe de nivelul lui Johan. Însă am rămas prieteni buni și, imediat ce s-a întors în Suedia, ne-am simțit de parcă n-ar fi plecat niciodată.

Anton abia dacă e în stare să se uite la Carl. Trebuie să-și vină în fire, nu poate lăsa totul în seama Hannei. Se află aici ca să-și facă treaba.

– Când l-ai văzut ultima oară pe Johan?

Încearcă să aibă un ton profesional, dar cuvintele îi sună oarecum pompos.

– Vineri. La „Pigo".

Lui Anton îi e cunoscut „Pigo". E unul dintre cele mai bune restaurante din Duved, cu un decor rustic și o vatră mare, deschisă. A mâncat de nenumărate ori pizza acolo, de-a lungul anilor.

– Ne poți spune cum v-ați petrecut seara? îl îmboldește Hanna pe Carl. Cu cât mai multe detalii, cu atât mai bine.

Carl înghite în sec de câteva ori.

– Am stabilit să ne întâlnim la șapte. Johan a întârziat un pic.

– Ți-a spus de ce?

– Doar că avea multe pe cap.

Carl caută cuvintele potrivite.

– Johan era aproape tot timpul binedispus; acum, însă, era neobișnuit de... agitat.

– Ți s-a părut că se purta la fel ca de obicei? În ce dispoziție era?

– Doar am pălăvrăgit, ca de obicei. Despre hochei, despre cum o să se descurce Modo în următorul meci...

I se strâmbă fața. Anton trebuie să facă un efort enorm ca să se abțină să nu întindă mâna să-l consoleze.

– Îmi cer scuze, mormăie Carl, ștergându-și o lacrimă. Pur și simplu nu pot să accept.

– Nicio problemă, îl liniștește Hanna. Nu ne grăbim.

– Ți-a spus Johan de ce era așa de agitat? întreabă Anton încercând să contribuie și el.

– Nu, dar el era mereu calm, de asta m-a mirat. Nu-i stă în fire să n-aibă stare. A plecat după numai douăzeci de minute, chiar dacă stabiliserăm să mâncăm o pizza împreună.

– A explicat de ce?

– Doar a zis că sunt mai multe chestii. Se pare că urma să plece a doua zi undeva și încă mai avea de făcut bagaje.

Hanna se uită la Anton. Carl tocmai le-a confirmat cele spuse de Linus despre planurile lui Johan, ceea ce înseamnă că acesta n-a mințit. Și totuși, soția lui Johan a afirmat că nu știa nimic despre vreo călătorie. Asta ar putea să însemne că n-a avut timp să se întoarcă la ea înainte să fie atacat.

– Știi unde avea de gând să se ducă atunci când a plecat de la restaurant? întreabă Anton.

– Acasă, presupun.

– Nu știi nimic despre planurile lui de călătorie? întreabă Hanna. Avea să rămână în Suedia sau se ducea în străinătate?

– Nu știu.

Tăcere. Carl își mușcă buza, de parcă emoțiile l-ar ajunge din urmă.

– Mi-am dat seama că se bucura că pleacă, adaugă el. Cu toate că părea foarte agitat, de parcă ar fi avut prea multe chestii la care să se gândească.

Ceva nu-i în regulă aici. Anton vede că Hanna e la fel de surprinsă. Ipoteza lor curentă se bazează pe presupunerea că Johan fusese forțat să plece din pricina unei amenințări, caz în care nu ar fi așteptat cu nerăbdare călătoria.

– La ce oră a plecat de la restaurant?

– Să mă gândesc... Chiar înainte de șapte și jumătate. Restul găștii trebuia să vină atunci, dar el a plecat înainte să apară ei.

– Avea furgoneta cu el?

– Cred că da. A băut doar o bere cu conținut scăzut de alcool, pentru că trebuia să conducă.

Anton încearcă să rezume conversația în minte. Au trecut doar puțin peste douăsprezece ore între vizita de la restaurant și momentul în care a fost găsit cadavrul lui Johan.

Unde a fost în orele alea?

– Ne apropiem de final? întreabă Carl cu vocea tensionată.

– Da, replică Hanna.

Carl se prăvălește la loc pe scaun. Afară se întunecă, deși e abia după-amiază. Nori negri au alungat soarele, iar lumina de dincolo de fereastră e cenușie. Carl e palid și, cu fața schimonosită de durere, departe de a fi tipul fermecător pe care l-a cunoscut Anton la Bygget aseară. Ar vrea să întindă mâna, s-o ia pe a lui sau, mai degrabă, să-i dea o îmbrățișare puternică.

– Ai spus că tu și Johan erați prieteni din copilărie, continuă Hanna. Prin urmare, presupun că îl știi și pe Linus Sundin, asociatul lui Johan?

– Am fost coleg la școală și cu el.

– Ce ne poți spune despre relația dintre Johan și Linus?

– Nu era... prea rea.

– Cum adică?

– Johan și cu Linus aveau... perspective foarte diferite despre afacere.

Hanna nu spune nimic. Îl așteaptă pe Carl să continue, chiar dacă acesta e vădit tulburat. Anton e impresionat. E o polițistă bună, cu o tehnică excelentă de interviu. Unde găsește o portiță cât de mică, intră.

– Linus bea prea mult, mărturisește Carl, fără tragere de inimă. A băut dintotdeauna, dar recent lucrurile s-au înrăutățit. Toată lumea a remarcat lucrul ăsta, dar știți și voi cum e... Nu-i ușor să-i spui cuiva că trebuie s-o lase mai moale cu băutura.

– Știi cumva dacă Johan a încercat? întreabă Anton.

– Nu, dar știu că era îngrijorat. Marion se ocupa de contabilitate și era la rândul ei îngrijorată. Firma a fost nevoită să plătească despăgubiri în mai multe ocazii când Linus era mahmur și nu se prezentase la diverse lucrări. Johan preferă moderația, el nu prea le are cu băutura.

Carl tace când își dă seama ce-a zis.

– Adică nu prea le *avea* cu băutura.

Pauza care urmează e dureroasă.

– Mă rog... nici lui Johan, nici mie nu ne place să ne îmbătăm, dar Linus nu are... limitele astea.

Coboară privirea și-și împreunează degetele. În ciuda strădaniilor lui, Anton nu poate să nu-și amintească ce au făcut azi-noapte, trupurile lor îngemănate în patul lui.

– Linus a dat dintotdeauna zdravăn de dușcă. Obișnuiam să glumim că e chitit să bea de fiecare dată mai mult decât oricine altcineva, dar acum se pare că și-a pierdut controlul.

– Știi dacă mai are și alte probleme?

Carl ridică ochii.

– În ce fel?

– Consumă droguri? clarifică Hanna. E dependent de jocuri de noroc?

– Nu, din câte știu eu.

– Are tendința să devină violent sau agresiv când e beat? întreabă Anton.

– Uneori.

Carl trage brusc aer în piept. Anton îi vede rotițele învârtindu-se când își dă seama de importanța întrebării.

– Credeți că Linus l-a ucis pe Johan?

REBECKA
2019
MAI

Mişcările Rebeckăi sunt încete şi greoaie când ajunge la grădiniţă de dimineaţă. E o zi superbă de primăvară, aerul e blând, chiar dacă nu-i încă ora opt, dar fiece oscior din trup o doare.

Ole a lovit-o iar, cu o zi înainte.

Nu ştie sigur când a început, nu-şi mai poate aminti cum stăteau lucrurile între ei înainte să înceapă. De data asta nici măcar nu ştie de ce a făcut-o. A venit acasă prost-dispus şi orice ar fi făcut sau ar fi spus ea nu era bine. Când a descoperit că la spălat îi dispăruse un ciorap, a avut pretextul perfect.

Ea se simte de parcă ar călca pe coji de ouă atunci când el e în dispoziţia asta, aşteptând un motiv ca să explodeze. Iar frica dinainte să se întâmple e aproape la fel de rea. Loviturile în sine sunt de-a dreptul o uşurare; măcar ştie că o să mai treacă vreo câteva zile până la următoarea ocazie.

Ole nu-şi cere niciodată scuze după aceea. Se poartă de parcă nu s-ar fi întâmplat nimic sau îi spune că ea e cea care l-a obligat s-o pedepsească. Că e prea vorbăreaţă, e o nevastă rea. El e doar unealta Domnului.

Ea trebuie să înveţe să se teamă de Dumnezeu.

Noaptea trecută, pe când stătea întinsă în pat, plângând pe muţeşte, Ole s-a băgat sub pătură. În întuneric, şi-a trecut mâinile peste trupul ei, i-a împins în sus cămașa de noapte și s-a rostogolit peste ea.

A durut-o atunci când a pătruns-o, dar a fost prea înfricoșată ca să protesteze. N-ar fi făcut decât să-l înfurie iar, obligându-l s-o lovească din nou.

Nu credea că va fi în stare să se ducă astăzi la lucru. Când și-a văzut ochii umflați și fața brăzdată de dâre de lacrimi în oglinda din baie, și-a dorit să sune și să anunțe că e bolnavă, dar Ole deja se pregătea să o ducă cu mașina la Micii Ghiocei. Nu îndrăznise să pomenească nimic despre statul acasă.

Au nevoie de banii pe care-i câștigă ea.

Ole nu a reușit să găsească vreun post nou, la aproape doi ani după ce a fost nevoit să plece de la firma de contabilitate. De-acum nici măcar nu e sigură că își caută o slujbă, fiindcă biserica îi ocupă tot timpul.

I-a auzit adeseori atât pe tatăl ei, cât și pe pastorul Jonsäter lăudându-l pe Ole pentru asiduitatea lui și simțul datoriei. Se întreabă dacă ei au habar cum își tratează soția atunci când nu se uită nimeni.

Oare știu, dar au ales să închidă ochii? Ce ar spune Dumnezeu despre asta?

Nu contează. Lui Dumnezeu nu-I pasă de lacrimile ei. Dacă I-ar păsa, nu l-ar lăsa pe Ole s-o țină tot așa.

Rebecka își pune haina în cui și o vede pe Maria îndreptându-se spre ea cu o cană de cafea, zâmbitoare ca de obicei. Maria i-a devenit una dintre cele mai bune prietene, chiar dacă nu e credincioasă.

Grădinița e o rază de lumină în viața Rebeckăi. E singurul loc în care se simte în siguranță.

Mariei îi dispare zâmbetul de pe chip atunci când dă cu ochii de ea.

– Ce-i cu tine? Ești bolnavă?

Rebecka își dă seama că probabil arată groaznic. Încearcă să dea impresia că totul e bine. Crede că are coaste fisurate, ba una dintre ele ar putea fi chiar ruptă, însă nu îndrăznește să meargă la un medic. Ce ar putea spune dacă ar fi întrebată cum s-a întâmplat?

Ar pedepsi-o Dumnezeu dacă ar dezvălui că soțul ei a lovit-o?

– Arăți groaznic, continuă Maria. Chiar crezi c-ar trebui să fii astăzi aici?

Rebecka reușește să zâmbească slab.

– Doar n-am dormit bine. Sunt sigură că o să-mi revin după ce beau o cafea.

Maria se uită ciudat la ea.

În ultimul an, de când Ole a devenit din ce în ce mai imprevizibil, Maria a întrebat-o de câteva ori care mai e situația acasă. I-a răspuns evaziv. E limpede că încearcă să se apropie de ea, dar rușinea e prea mare ca să-i permită să i se confeseze colegei sale.

Nu-i poate spune despre Ole, despre cât de frică îi e de propriul ei soț.

Numai ea e de vină pentru situația în care se află. Dacă ar fi mai iubitoare, dacă ar face ce trebuie mai des, atunci Ole n-ar trata-o așa.

E doar vina ei.

Se teme și de consecințe. Dacă și-ar face curaj și i-ar dezvălui Mariei adevărul, atunci colega sa i-ar spune că trebuie să-l părăsească. Dar asta ar însemna să abandoneze tot ce constituie viața ei: biserica, prietenii, verii. Tata și mama ar întrerupe orice legătură cu ea, ar deveni o paria. Nici măcar Lisen nu i-ar ține partea.

Viitorul lui Ole ca pastor ar fi în primejdie.

Cum ar putea să-i facă așa ceva?

18

Ida observă că Daniel stă ca pe ace. Au ajuns la mama ei doar în urmă cu douăzeci și cinci de minute, iar el deja n-are stare.

O cuprinde un val de dezamăgire.

Chiar nu se poate desprinde câteva ore, de dragul familiei lui? A fost plecat tot weekendul, iar ea a tânjit după compania lui.

Stau în bucătăria zugrăvită în galben a apartamentului din Järpen al lui Elisabeth, care locuiește acolo de la divorț. Ida și sora ei, Sara, aveau pe atunci doar trei și cinci ani. Nu prea mai țin legătura cu tatăl lor.

Elisabeth a adus pe masă cafea, rulouri cu scorțișoară și fursecuri asortate. Alice stă pe genunchii Idei și e binedispusă; se joacă cu o bucățică de rulou.

Sara intră și întinde brațele spre nepoata ei.

– Dulceață mică! o alintă ea pe Alice, îmbrățișând-o. Poți s-o saluți pe mătușica Sara?

Daniel își scoate telefonul din buzunarul de la spate și începe să butoneze. Ida se preface că nu observă. Au ajuns cu o oră întârziere pentru că el a stat mai mult la secție. Chiar atât de greu să-i fie să se deconecteze, măcar acum? E evident că are nevoie de odihnă.

– Ce mai e pe la serviciu? întrebă Elisabeth, zâmbindu-i cu căldură lui Daniel.

Acesta nu-i răspunde, pare complet absorbit de gânduri.

– Daniel, cu tine vorbește mama!

– Scuze, ce-ai spus?

– Te întrebam cum mai e pe la serviciu.

– Ancheta asta de crimă ne-a cam dat de lucru.

– Te referi la amărâtul care a fost găsit ieri în Tångböle? întreabă Sara.

Daniel încuviințează, iar Ida se foiește, stânjenită. E o poveste îngrozitoare și-i pare rău pentru familia victimei, dar și-ar fi dorit ca de caz să se ocupe altcineva, nu Daniel.

– Cine s-ar fi gândit că o să se întâmple așa ceva tocmai aici? adaugă Sara.

Alice e fericită acum, o trage de păr cu degețelele dolofane pe mătușa sa.

– Am auzit că ar fi Johan Andersson, intervine Elisabeth. Schiorul din Duved care a avut mult succes o vreme. Ar fi groaznic, dacă e adevărat.

Se uită la Daniel.

– El e?

– Încă n-am dat publicității numele. Îmi pare rău, dar nu pot să vorbesc despre asta.

Ida nu înțelege de ce trebuie să fie așa secretos. A văzut câteva postări pe Facebook în care se spunea că victima ar fi Johan Andersson; lumea comentase cu emoji-uri cu inimioare și fețe plângătoare. Cineva postase fotografia cu Johan pe podium, când câștigase medalia la campionatul mondial. Erau multe întrebări și supoziții, genul de lucruri obișnuite pe care le găsești online.

Îi pune o mână pe braț lui Daniel.

– Chiar trebuie să te comporți de parcă ai de-a face cu secrete de stat?

A sunat mai aspru decât intenționa, dar plecarea de acasă a umplut-o de încordare. Chiar când îi pusese salopeta de fâș Alicei, aceasta făcuse pe ea. Rochița drăguță cu care era îmbrăcată sfârșise direct la spălat, la fel și salopeta. Dacă Daniel s-ar fi întors mai devreme, ar fi ajuns la mama ei înainte ca dezastrul să se petreacă.

– Am o obligație de confidențialitate, Ida. N-am inventat-o eu, dar trebuie să o respect.

Daniel se întinde după un rulou cu scorțișoară.

– Sunt delicioase, Elisabeth! Tu le-ai făcut?

Ida intuiește că el încearcă să schimbe subiectul, dar mama ei pare încântată de compliment.

– Da. Secretul e să ungi aluatul cu mult unt și să pui zahăr în aluat iar apoi să-l lași mult timp la dospit.

– Daniel a lucrat nonstop weekendul ăsta.

Ida nu se poate abține.

– Ieri a plecat la serviciu la șapte și jumătate și nu s-a mai întors până la cină. La fel și azi, de aia am întârziat.

Daniel pare nedumerit, de parcă n-ar ști sigur de ce a adus ea vorba despre asta. E supărată pe el sau glumește?

– Of, Doamne! face Elisabeth. Pare epuizant. Nu poți să-ți iei liber mâine, ca să compensezi?

– Nu așa merg lucrurile.

Daniel zâmbește curajos. Ida știe exact cum stau lucrurile. A aflat în decembrie, când a dispărut fata aia. El se va întoarce la secție la ora șapte, mâine în zori. De obicei au o ședință de informare la șapte treizeci. Prin urmare, va trebui să se pună la curent și să parcurgă orice raport sosit în ultimele douăzeci și patru de ore.

Fixează cu ochii un punct îndepărtat, iar mintea pare că i se îndepărtează iar de prezent.

– Trebuie să te gândești la familie, îl mustră Elisabeth. Nu-i ușor să stai acasă singură cu un copil mic. Crede-mă, eu am trecut prin asta de două ori!

Cuvintele mamei o fac instantaneu pe Ida să se simtă mai bine. A exprimat exact ce simte ea, e o formă de validare după care tânjea. Nu vrea să pară pisăloagă atunci când îi spune lui Daniel că și-ar dori ca el să stea mai mult timp pe-acasă. Își iubește mult fiica, dar uneori simte că înnebunește când e singură acasă cu un bebeluș care plânge mereu.

Îl iubește pe Daniel, nicicând n-a fost mai îndrăgostită.

Elisabeth își trece o mână peste părul frumos coafat. E coafeză, la fel ca Sara, și e foarte conștientă de propria înfățișare. Ida a fost mereu mândră de felul în care arată mama sa.

– Îmi amintesc cât de greu era când erau fetele mici, continuă Elisabeth. Slavă Domnului că s-au schimbat vremurile, iar zilele astea tații își asumă și ei răspunderea!

Daniel zâmbește în continuare, dar Ida îi vede încordarea din bărbie. Brusc, se ridică în picioare și o ia pe Alice din brațele Sarei.

– Mă duc s-o schimb, spune el îndreptându-se spre baie.

Ida se simte vinovată, n-a vrut să creeze o atmosferă neplăcută pentru el.

Nu-și dorește decât ca bărbatul ei să înțeleagă cum se simte ea, fără să fie nevoită s-o exprime prin viu grai de fiecare dată.

19

Casa din Sadeln e cufundată în întuneric atunci când Hanna ajunge acasă, după vizita la Carl Willner. A făcut cumpărături anticipând sosirea Lydiei; e ora cinci și zece.

„Invazia are să ajungă aici în curând," își spune, zâmbind în gând.

Își aruncă cizmele din picioare, își agață geaca în cui și pornește să aprindă luminile. Începe cu livingul, continuă cu biblioteca și termină cu bucătăria uriașă.

Casa nu-i o căbănuță oarecare de weekend, ci mai degrabă o cabană elvețiană. Sora și cumnatul ei trăiesc la un cu totul alt nivel.

Începe să scoată alimentele cumpărate. Lydia i-a trimis o listă lungă cu „strictul necesar", așa că Hanna umple frigiderul cu brânză, cârnați și cantități impresionante de lapte și suc de portocale.

A fost incredibil de aglomerat la supermarket; nu ai cum să nu-ți dai seama că a început vacanța de schi. Toate casele erau deschise și tot era o coadă lungă la fiecare dintre ele.

Mintea îi umblă pe coclauri cât pune cumpărăturile la locul lor. Bifează în gând, punct cu punct, elementele de pe lista de sarcini ale zilei.

Se bucură că au reușit să dea în sfârșit de Carl Willner, dar mai sunt multe semne de întrebare în jurul morții lui Andersson. E bine că a putut Carl să le confirme problemele cu băutura ale lui Linus și faptul că acesta nu-și făcea treaba cum se cuvine.

Ce s-a întâmplat cu Anton? N-a părut deloc implicat în discuție și abia dacă a scos o vorbă, după care a plecat imediat ce au terminat, ceea ce nu-i stă nicidecum în fire.

Închide frigiderul și împăturește cele două pungi de cumpărături. Ca să se asigure, mai șterge încă o dată blaturile.

Informația furnizată de Marion, despre nevoia de bani a lui Linus, e interesantă. Încă n-au cercetat starea finanțelor familiei Sundin, dar se pare că bărbatul ar fi putut avea un motiv să-și omoare asociatul.

Atât Linus, cât și Carl au afirmat că Johan plănuia să plece foarte curând undeva. Hanna nu înțelege. De ce să facă Johan așa ceva dacă nu era amenințat? Iar dacă totuși era, atunci cine e cel care îl amenința? Nu putea fi Linus, el le spusese despre călătorie și era încă în Duved, iar Carl spusese că Johan părea fericit, de parcă abia aștepta să plece. Nu era comportamentul cuiva care încearcă să scape de o amenințare cu moartea.

Ceva nu se potrivește.

Numele lui Johan tocmai a fost dat publicității. Când ea era în drum spre casă, Grip își încheiase conferința de presă, iar la radio se transmitea o dezbatere despre uciderea cunoscutului schior. E de la sine înțeles că, din acest moment, presiunea pentru rezolvarea cazului o să crească.

Se uită la ceas: cinci și jumătate. Lydia și Richard ar trebui să ajungă din clipă în clipă. Totul arată bine, casa e pregătită. A cumpărat până și niște lalele viu colorate. Ca o ultimă tușă, Hanna aprinde lumânările din numeroasele felinare de sticlă.

Liniștea e spulberată de zgomotul unei mașini care intră pe alee. Vede un SUV mare și negru și distinge copiii în spate. Zâmbește și se îndreaptă spre ușă.

– Mătușica Hanna! strigă un glas vesel și, cât ai zice pește, Linnéa cea în vârstă de zece ani i-a și sărit în brațe.

Fabian, care are doisprezece ani, o urmează îndeaproape. Și el se repede spre Hanna, chiar dacă e aproape adolescent. Din urmă vin părinții lor, încărcați cu genți și valize.

Lydia pare încântată, în timp de Richard își dă ochii peste cap văzând agitația celor mici.

Hanna își îmbrățișează nepoata și nepotul, își îngroapă fața în părul lor. Parcă ieri erau mici, iar acum, iată-i, au crescut. O îmbrățișează și ei, iar tot stresul care-i mai persista în minte dispare imediat.

Se îndreaptă de spate și-i zâmbește surorii ei mai mari.

– Bun-venit acasă!

Lydia face un pas înainte, o cuprinde pe Hanna cu brațele și o trage la piept. Preț de o clipă, se simte ca atunci când făceau asta în copilărie.

Când Lydia e de față, totul e bine.

20

Anton stă în fotoliul lui preferat, în sufrageria slab luminată. Și-a deschis o sticlă de bere, dar a luat doar câteva guri din ea.

E trecut de zece, ar trebui să se ducă la culcare, dat fiind cât de puțin a dormit în noaptea trecută. Mâine-dimineață trebuie să fie prezent la ședință, imediat după șapte, ceea ce înseamnă că se va trezi la șase și un sfert, ca să aibă timp să facă un duș și să ia micul-dejun.

Televizorul e pornit, tocmai au început știrile și se vorbește despre o formă gravă de gripă care se răspândește în nordul Italiei. Nu prea ascultă. Gândurile i se învârt în jurul întâlnirii din acea după-amiază cu Carl Willner. Sentimentul de ireal când stătea pe canapea cu Hanna, încercând să-și joace rolul în interviu. Șocul resimțit când Carl deschisese ușa de la intrare.

Se poate să fi fost unul dintre cele mai stresante momente din viața lui. Carl era ultimul om pe care se aștepta să-l vadă. Cu siguranță Hanna și-a dat seama că era ceva în neregulă.

Sau oare doar și-o fi închipuind el? A reușit să păstreze aparențele?

Habar n-are.

Trebuie să înceteze să se mai gândească la Carl, dar nu se poate abține. Amintirile din noaptea petrecută împreună i se tot strecoară în minte. Atracția dintre ei a fost incredibil de puternică, au simțit că totul era așa cum trebuia. De aceea l-a lăsat pe Carl să-l însoțească acasă, cu toate că așa ceva era împotriva principiilor lui. I s-a părut firesc să-i propună să plece împreună de la clubul de noapte.

Impulsul a venit în clipa în care i-au ieșit cuvintele din gură. Carl s-a luminat la față și un fior cald l-a străbătut pe Anton.

Carl a trezit în el ceva ce n-a mai trăit de multă vreme. Aruncă o privire spre dormitor. Au trecut mai puțin de douăzeci și patru de ore de când erau acolo, împreună. Să-l sune pe Carl să-i explice? Să-i spună că a fost la fel de surprins ca și el când s-au văzut azi după-amiază?

Nu, asta ar încurca și mai tare lucrurile. Carl e martor într-o anchetă de crimă. Nu pot să aibă contact personal până nu se termină cazul – sau măcar până se apropie de încheiere.

Orice altceva ar fi lipsit de etică.

Hanna i-a aruncat o privire ciudată atunci când s-au despărțit, dar el s-a prefăcut că nu observă și i-a zis că trebuie să plece imediat. Speră că ea o să uite totul până mâine.

Speră să nu se lase influențat de gânduri și să-i scape ceva. Ar trebui, oare, să pună cărțile pe masă, să-l informeze pe Daniel?

Însă asta ar însemna să-și dezvăluie înclinațiile, iar Anton nu știe dacă e pregătit pentru așa ceva.

Și-a pus mereu aceeași întrebare: oare e momentul potrivit? Simte că îl obsedează chestiunea. Nu se rușinează de orientarea lui sexuală, nu vrea cu adevărat să se ascundă, dar ceva îl reține. E mai ușor să-i lase pe cei din jur să creadă că nu și-a găsit încă perechea potrivită.

Înțepăturile despre cum e el burlacul etern sunt de preferat glumelor nesimțite cu homosexuali, făcute pe la spatele lui.

Știe că-i stupid, dar stresul există.

Lui însuși i-a luat ceva timp până să recunoască adevărul. A avut mai multe prietene în liceu. A arătat întotdeauna bine, a fost mereu genul sportiv. Era mai puțin complicat să fie ca toți ceilalți și să se giugiulească cu fete la petreceri decât să recunoască faptul că, de fapt, pe el îl interesau băieții.

Tânjește să discute subiectul cu cineva, dar ajunge mereu la aceeași concluzie: e prea greu să le spună părinților, mai ales tatălui său, care a avut o carieră în armată.

Cum ar primi Karro dezvăluirea? Fără îndoială că ar accepta-o calm, dar dacă-i scapă porumbelul? Își iubește surioara, dar ea e impulsivă și cam gură spartă.

Îi vine iar în minte figura lui Carl. I-ar plăcea să-l mai vadă o dată, dar e exclus. Nu poate să-și riște cariera de dragul lui. Lucrurile încă n-au ajuns atât de departe.

Se întinde după sticla de bere și o strânge tare.

De ce trebuie să fie viața așa de afurisit de complicată?

REBECKA

2019

SEPTEMBRIE

Cînd ușa de la Micii Ghiocei se deschide, Rebecka e în genunchi, curățând resturile prânzului pe care Emmy cea de trei ani tocmai l-a vomitat peste tot pe podea. Fetița avea febră, au luat legătura cu mama ei care vine s-o ia.

Doar că bărbatul șaten din cadrul ușii nu pare să aibă nimic de-a face cu Emmy. E îmbrăcat într-o salopetă albastră și duce o trusă mare de scule. Trebuie să fie un meseriaș; instalator, judecând după sigla de pe haina lui.

Rebecka se ridică în picioare. Se strâmbă la cârpa dezgustătoare și o pune deoparte.

– Salut! rostește bărbatul.

Îi zâmbește cu căldură Rebeckăi și ochii îi strălucesc. Are gura generoasă, trupul în formă și suplu, ca al unui sportiv. „Atletic", își zice ea în sinea ei, automat, chiar dacă e conștientă că nu ar trebui să dea atenție felului în care arată bărbatul.

– Am venit să repar toaleta.

– Sigur, vino cu mine, am să-ți arăt unde e.

Toaleta personalului nu mai poate fi folosită de o săptămână. E bine că, în sfârșit, o să fie reparată.

Bărbatul o urmează pe coridor. Ea deschide ușa și-i arată:

– Aici e.

– Sunt sigur că putem da de capăt problemei ăsteia, spune el, apăsând butonul de tras apa fără ca să se întâmple nimic. Cât e de urgent? Stă lumea la coadă?

Îi face poznaș cu ochiul Rebeckăi, căreia îi trebuie câteva secunde să-și dea seama că glumește.

– Nu-i chiar așa de urgent, răspunde ea cu un râs stingher.

– Ce bine!

El zâmbește și mai larg. Scoate capacul rezervorului și studiază flotorul.

– OK, cred că știu care-i problema.

Are ceva în privirea de un albastru intens, o bucurie care pare ascunsă în ochii lui. Îi are înconjurați de o rețea de riduri fine, de felul celor pe care le capeți dacă mijești prea mult ochii în soare, afară.

Ea se simte de parcă s-ar mai fi întâlnit, cu toate că e sigură că asta nu s-a întâmplat.

– Cât de mult o să dureze? întreabă ea.

Râsul lui e spontan și din toată inima. Nu sună disprețuitor sau trufaș, ca al lui Ole, ci doar irezistibil de îmbietor, de parcă ar vrea să anunțe că viața e prea scurtă ca să fii nefericit.

Râsul lui lipsit de griji îi trezește o speranță îngropată adânc. Abia dacă-și mai amintește cum e să nu fie înspăimântată și tristă.

– Cât de mult se poate întinde o bucată de sfoară? îi replică el.

Inițial, Rebecka nu se prinde, pe urmă își dă seama că el glumește din nou.

– Am înțeles, spune ea, cu obrajii colorați în roșu-aprins.

Fără îndoială că el o crede complet idioată.

– Trebuie să verific dacă am piesele potrivite la mine, spune bărbatul. Ai zis că nu-i urgent, nu-i așa?

Zâmbește iar. Rebecka e convinsă că fața îi e stacojie. Ca să-și ascundă fâstâceala, face un pas înapoi. Ar trebui să plece, dar îi vine greu să se desprindă din loc. Amabilitatea și umorul care-i sclipesc în ochi o atrag ca un soare dătător de căldură. Iar ei îi e frig, mereu frig.

– Îmi cer scuze, rostește el, punându-i o mână pe braț. Glumeam doar, n-am vrut să te fac să te simți aiurea.

Trupul Rebeckăi e străbătut de un șoc atunci când îi simte atingerea.

Ce se petrece cu ea?

Devine conștientă de cât de aproape stau unul de altul, de cât de moale arată părul lui castaniu. Într-un colț al gurii are o cicatrice minusculă care îl face să pară ușor amuzat tot timpul. Aproape ca și cum ar aștepta ceva, ca și cum l-ar aștepta după colț o surpriză încântătoare.

Încă-și mai ține mâna pe brațul ei. Când ea își coboară privirea la degetele lui, vede o verighetă de platină.

E însurat.

Și ea e măritată.

– Parcă te cunosc de undeva, rostește el.

Cuvintele lui îi merg la inimă, de parcă i s-ar adresa numai și numai ei, cu toate că nu au vreun sens special.

– Trebuie să plec, îngaimă Rebecka și dispare grăbită.

21

E trecut de unsprezece. Ida s-a culcat, are nevoie de somn. Alice se trezește, de obicei, de două ori pe noapte, cerând să fie hrănită. Noaptea trecută a fost deosebit de grea, Ida nu a prea avut parte de odihnă.

Încearcă să împartă sarcinile cu soțul ei, dar se trezește adeseori când plânge fetița.

Ancheta noului caz de crimă i se derulează în minte. A primit câteva SMS-uri de la prieteni care au auzit că victima e Johan Andersson și o întreabă dacă știe mai multe despre caz, dat fiind că Daniel e polițist.

Se fac tot felul de presupuneri despre motivul uciderii schiorului care era un fel de erou local. Faptul că s-a întâmplat în timpul vacanței de sport, când locul e plini de turiști, nu prea are cum să nu le dea apă la moară amatorilor de teorii fantasmagorice.

Neliniștea i se strecoară în suflet, în ciuda strădaniilor sale de a i se împotrivi. Întoarce capul spre Daniel. Doarme dus, întins pe partea lui. Alice sforăie fericită în pătuțul ei.

Ida ar fi gata să moară pentru fiica ei, dar a fost complet nepregătită pentru cât de multă muncă presupune venirea pe lume a unui bebeluș. Sau pentru cât de mult avea să-i afecteze relația cu Daniel.

Se imaginase stând pe canapea cu dulceața cea mică. Nimeni n-o prevenise în privința sânilor din care i se scurge laptele, a schimbărilor hormonale bruște sau a nopților nesfârșite fără somn, cu un bebeluș cu colici.

N-a fost niciodată mai îndrăgostită de Daniel, dar uneori tot se simte abandonată. În după-amiaza asta a fost cu mintea aiurea când erau la mama ei. Abia dacă a participat la discuții.

Nu se poate să fie ca data trecută, când el nu se putea gândi la nimic altceva în afară de cazul Amandei Halvorssen. Dintr-odată, ea și Alice n-au mai însemnat nimic pentru el, iar asta a făcut-o să se simtă nesigură. Nu se așteptase niciodată să ajungă pe locul doi.

Când a fost cel mai rău, el a fost plecat zi și noapte. Într-o seară a ajuns acasă când ea era încă trează. Știa că-i epuizat, dar la fel era și ea. Colicii Alicei o înnebuneau. Parcă nimic nu ajuta, se simțea cea mai rea mamă din lume.

Daniel se așezase la masa din bucătărie să mănânce, dar ea nu-l putuse lăsa în pace, trebuia să discute cu el. Voia să-l facă să înțeleagă că le neglijează pe ea și pe fiica lui.

Se terminase cu un dezastru. Daniel avusese o răbufnire uriașă de furie. Își luase farfuria și o aruncase de perete, după care ieșise furtunos din apartament, lăsând-o pe Ida înconjurată de cioburi.

Incidentul o îngrozise.

Cine ar face așa ceva partenerului și copilului său? se întrebase Ida de multe ori.

Ar putea s-o facă iar?

Nu înțelege cum se poate înfuria un om atât de tare încât să-și piardă controlul. Chiar dacă s-ar fi supărat, ea nu și-ar fi permis niciodată să-și piardă cumpătul.

Daniel e adult, împart răspunderea pentru fiica lor. Daniel știa asta atunci când se hotărâseră să continue sarcina. De fapt, el era cel care și-o dorise mai mult la vremea respectivă, deși Ida n-ar recunoaște nicicând cu glas tare acum.

Când Daniel se întorsese în cele din urmă acasă, își ceruse scuze iar și iar. Făcuse tot posibilul s-o convingă să-l ierte. Încă mai e profund rușinat; Ida i-a văzut durerea din ochi când au discutat despre cele întâmplate.

Treptat, a început să înțeleagă fondul problemei. Daniel i-a spus despre firea lui iute la mânie cu care s-a luptat toată viața. A moștenit-o de la bunicul matern din Italia, cel care o înspăimânta atât de tare pe mama lui încât nu s-a mai întors acolo niciodată, nici măcar când tatăl suedez al lui Daniel i-a abandonat.

Ida expiră pe nas. Întinde mâna după telefon, se împotrivește ispitei de a intra pe Instagram ca să vadă ce se zice despre omorârea lui Johan. Vrea să-l susțină pe Daniel în munca lui, dar și el trebuie să înțeleagă cât îi este ei de greu să stea toată ziua singură cu Alice, mai ales în momentul acesta al anului, când e aproape imposibil să ieși cu căruciorul pe-afară din cauza zăpezii. Ea e o persoană activă și a lucrat ca instructoare de schi vreme de câteva sezoane. Într-un an normal, în săptămâna asta ar fi ocupată până peste cap.

Să stea închisă în apartament o scoate din minți.

Daniel se întoarce, iar răsuflarea îi e profundă și regulată.

N-o să-i permită să dispară așa din nou. Nici n-o să suporte altă ieșire. E doar o slujbă, pentru numele lui Dumnezeu!

Faptul că e polițist nu le poate conduce viața.

22

Cuticula degetului mare al lui Marion sângerează. Femeia stă la masa din bucătărie și observă abia când o picătură de sânge i se prelinge pe dosul palmei. Nu-și amintește să-și fi ros pielița; de fapt, habar n-are unde s-au dus orele de când s-a așezat aici.

Linge sângele, incapabilă să găsească energia să ia un șervet de hârtie.

E epuizată, dar îi e imposibil să se odihnească. De fiecare dată când se întinde în pat, inima i-o ia la goană. Locuiește aici de opt ani, dar tot ce e în dormitor îi pare ciudat, nefamiliar.

Ia telefonul și parcurge galeria de imagini, încercând să-și piardă privirea printre fotografiile vechi ale lui Johan, ca să se liniștească un pic.

Camera e cufundată în întuneric, singura lumină vine de la ecranul telefonului. Tonul de apel venit din senin o face să tresară.

Linus, iar.

Simte cum tot trupul i se face de gheață. I-a respins apelurile toată ziua, până când, în sfârșit, acestea au încetat. Sperase că asta însemna că Linus hotărâse s-o lase în pace.

E limpede că nu-i așa.

Cu un deget tremurând, atinge pictograma și refuză apelul. Fără îndoială, are legătură cu vizita pe care a primit-o el de la poliție; se teme că ea o să le spună ce fel de om este cu adevărat.

Ei i se pare în continuare profund neplăcut să se gândească la cearta de la birou din ianuarie. A fost oribilă, mai ales când Linus s-a apropiat și a țipat la ea, cerându-i să nu se bage în treburile firmei.

Ea și Johan nu și-ar fi putut închipui că era capabil să se schimbe în asemenea măsură și, astfel, să devină atât de agresiv. Johan se băgase rapid între ei, dar Marion rămăsese șocată câteva zile după aceea. Ar prefera să nu-l mai vadă niciodată pe Linus; o sperie.

Știe că el o învinovățește pe ea pentru conflict, deși, de fapt, doar el e vinovat. Marion făcuse tot posibilul să gestioneze situația în mod profesionist, să-și țină părerile pentru ea, dar când Linus începuse să nu-și mai facă treaba cum se cuvine, nu avusese încotro, îi spusese lui Johan.

Mai ales când apăruseră probleme cu autoritățile fiscale – nu mai avusese de ales, trebuie să vorbească.

Totul fusese din vina lui Linus, a nimănui altcuiva.

Nu a înțeles niciodată cum de s-a încrezut Johan în asociatul său. Nu s-a simțit niciodată liniștită în preajma lui, dar la început nici prin cap nu-i trecea cât de mult urma să se înrăutățească situația.

Johan era un om bun și sincer, Linus e necioplit și greu de înțeles.

Iar acum, umblă după răzbunare.

Ecranul se întunecă și Marion nu-și poate stăpâni un hohot de ușurare. Dar bărbatul sună iar. Și iar. Nu încetează, iar semnalul strident îi dă senzația că e cât pe ce să-i explodeze capul.

Bâjbâie pe telefon și aproape că-l scapă din mână când încearcă să-l treacă pe silențios. În cele din urmă, reușește.

Singurul sunet din încăperea întunecată e acum răsuflarea ei speriată.

Ecranul se luminează din nou. De astă dată, Linus i-a trimis un mesaj:

Te bag în pizda mă-tii dacă mă vorbești de rău la polițiști.

LUNI, 24 FEBRUARIE

23

E exact șapte și jumătate dimineața în momentul în care Daniel dă startul ședinței online de informare la care participă cei de la Östersund.

A ajuns la secție de aproape o oră. A citit materialele din ziua anterioară: rapoarte din interviurile din ușă în ușă și informații de la cetățenii care au sunat. Raffe stă lângă el, iar dincolo de masă sunt Anton și Hanna.

Tehniciana criminalistă Carina Grankvist este și ea prezentă, de la distanță. Azi poartă ochelari rotunzi, ceea ce îi conferă un oarecare aspect de bufniță.

– Bună dimineața, rostește Birgitta Grip.

Pare epuizată. Ochii îi sunt ca niște fante înguste sub pleoapele grele, iar între nas și gură sunt cute adânci. La rândul ei, a avut de lucru până peste cap, nu în ultimul rând din cauza presiunii exercitate de presă. Niciunul dintre ei n-a avut parte de odihnă pe săturate în weekend. Daniel a dormit mai puțin de cinci ore azi-noapte. A stat până târziu cu Alice, ca s-o îmbuneze pe Ida.

Se îndoiește că a reușit; oricum, e puțin probabil ca azi să ajungă acasă la o oră rezonabilă.

Simte că oboseala i-a pătruns adânc, până în oase.

Anton n-arată nici el prea vesel, deși n-are nici parteneră, nici copii. Părea așa de optimist ieri!

Grip bate cu pixul în masă. Lângă ea sunt mai mulți anchetatori din Östersund, dar și Jenny Ullenius, procuroarea. Aceasta e îmbrăcată cu un pulover polo și are cam patruzeci de ani. E nouă, Daniel n-a mai lucrat cu ea. Pare bucuroasă s-o lase pe Grip să conducă ședința.

– Circulă o mulțime de presupuneri despre cauza morții lui Johan Andersson, începe Grip. Nu știu câte întrebări s-au pus la conferința de presă de ieri.

Daniel nu este surprins. Soacra și cumnata lui deja își dăduseră seama cine e victima, deși nu exista încă un anunț oficial.

– Tabloidele au dat știrea, continuă Grip, iar internetul clocotește. Sunt tot felul de ipoteze, de la implicarea unei bande criminale la recuperatorii de creanțe. S-a pomenit chiar și de sinucidere.

– Johan merită mai mult de-atât, mârâie Raffe.

Daniel își aduce aminte de mâinile lui Johan legate la spate. Nimeni dintre cei care au văzut cadavrul n-ar folosi cuvântul „sinucidere".

– Am aflat ceva de la Criminalistică? întreabă Grip. Ce se aude cu autopsia?

– I-am dat un email Ylvei Labba și am rugat-o să trateze cazul cu prioritate, replică Daniel, dar s-ar putea să mai dureze ceva.

Ylva este patologul criminalist cu care au lucrat la cazul din decembrie. E conștiincioasă și eficientă, dar unitatea de patologie de la Umeå deservește tot Norrlandul. Efectuează cam cinci mii de autopsii pe an.

E un caz grav, de omor, dar Daniel nu-și pune mari speranțe că o să sară peste rând.

– Mai insistă! spune Grip, îndreptându-și atenția spre Carina. Care-i situația cu furgoneta victimei?

Figura Carinei devine mai clară pe ecran.

– Am început, dar ține seama că au trecut mai puțin de douăzeci și patru de ore de când a fost găsită! Examinez conținutul, dar până acum n-am dat peste nimic care ar putea fi arma crimei.

Daniel sperase exact opusul, dar puțini ucigași își abandonează arma crimei la locul faptei, chiar și atunci când acționează din pură panică. Făptașul din cazul de față a avut suficientă prezență de spirit și să mute cadavrul și să ascundă furgoneta.

– Putem, totuși, confirma că sângele de pe podeaua furgonetei este din aceeași grupă cu a lui Johan Andersson: B pozitiv, adaugă Carina.

– Vreo urmă lăsată de alte persoane? întreabă Hanna.

Se lasă pe spate în scaun, cu privirea ageră și concentrată.

– Da. Avem câteva fire de păr care nu se potrivesc cu ale victimei. Problema e, desigur, că nu putem afirma cu certitudine dacă au ajuns acolo când s-a comis crima sau cu altă ocazie.

Asta e o dilemă. Dacă în furgonetă găsesc ADN-ul lui Linus, prezența sa o să fie ușor de explicat. El lucra cu Johan, așa că bineînțeles că a fost înăuntru. Orice avocat al apărării bunicel ar arunca o umbră de îndoială asupra unei astfel de „probe".

– Am trimis totul la Centrul Național de Criminalistică din Umeå, încheie Carina. O să vedem ce au și ei de spus când termină.

– Peste o sută de ani, șoptește Hanna teatral.

Raffe zâmbește, dar e limpede că Grip nu se amuză. Daniel înțelege de ce, dar uneori o glumă e exact ce-ți trebuie ca să treci cu bine peste o zi grea.

– Cum rămâne cu finanțele lui Linus Sundin? sare ea.

Preia Raffe:

– N-a fost uşor să găsim informaţii, dat fiind că era duminică. Totuşi, am aflat câte ceva.

Răsfoieşte o grămadă de hârtii de pe masă; par nişte formulare de la autorităţile fiscale.

– Ne-am uitat la declaraţiile lui Linus din ultimii ani. A avut un venit anual de un pic peste patru sute de mii, în mare cam treizeci şi cinci de mii pe lună, ceea ce e normal pentru un instalator. A mai avut şi impozite reziduale însemnate, de circa cincizeci de mii, trei ani la rând. Au fost plătite mereu în ultima clipă.

– Ştim de unde provine impozitul rezidual? întreabă Jenny Ullenius. A avut venituri secundare sau a plătit prea puţin impozit iniţial?

Daniel înţelege de ce întreabă. Dacă Linus a plătit prea puţin impozit preliminar, gestul lui sugerează că a avut nevoie constantă de bani mai mulţi. Totuşi, dacă impozitul are legătură cu venituri secundare, de unde au provenit banii respectivi?

De ce să lucreze altundeva când avea propria lui afacere?

– Nu are datele personale înregistrate la vreun alt angajator, replică Raffe.

– Aşadar, trebuie să fie vorba de un impozit preliminar prea mic, remarcă Jenny. Interesant!

– Marion Andersson ar trebui să ştie, le atrage atenţia Hanna. Ea ţine contabilitatea firmei.

Notează scurt ceva şi-i face semn lui Daniel: „Trebuie să verificăm asta."

– Mă întreb dacă Linus şi Johan s-au certat şi din această cauză, zice ea.

– M-am mai uitat şi la casa lui Sundin, continuă Raffe. Valorează câteva milioane, dar e ipotecată până-n vârful coşurilor.

– Ştii cumva dacă mai are şi alte credite? întreabă Daniel. Datorii pe carduri de credit? Împrumuturi luate până la salariu?

– Verific azi.

– Și anchetele din ușă în ușă? întreabă Grip.

Daniel a parcurs rapoartele polițiștilor care au discutat cu sătenii din Tångböle – sau cum s-or fi numind ei, având în vedere că toate casele sunt atât de răsfirate.

– Nimic. Nimeni nu pare să fi văzut sau auzit ceva la primele ore ale dimineții de sâmbătă. Vremea a fost destul de proastă, desigur, cu ninsoare din abundență.

– Ai vorbit cu cel care a curățat zăpada? vrea Grip să știe.

Anton încuviințează.

– Am discutat cu tipul responsabil de zona Tångböle. A trecut pe acolo cu puțin înainte de șase, sâmbătă dimineață. Și-a urmat traseul cu plugul, nu-și amintește nimic deosebit.

Așa cum se așteptase Daniel, probabilitatea ca un șofer de plug de zăpadă să observe ceva nu e mare.

– Judecând după stratul de zăpadă de pe cadavru, Andersson zăcea acolo de câteva ore, spune Carina. Până dimineață s-au așternut doar zece centimetri, așadar cred că a fost depus acolo cam pe la miezul nopții. Concluzia mea, ținând seama de cantitatea de sânge din furgonetă, este că era deja mort când a fost aruncat.

Hanna se îndreaptă un pic de spate.

– Conform lui Carl Willner, Johan a plecat de la restaurant pe la șapte treizeci vineri seara. De la Linus ar fi plecat în jur de opt. Asta ne dă un interval de patru ore între momentul în care a fost văzut viu și moartea lui.

Daniel simte un junghi de iritare când aude menționat numele lui Willner. Încă mai e dezamăgit că nu a putut participa la discuția cu el.

– Așadar, marea întrebare este: unde s-a dus Johan după aia? se întreabă Hanna cu glas tare.

– Există vreun jurnal electronic în furgonetă? intervine Raffe. Dacă da, atunci o să putem vedea unde s-a dus după ce a plecat de la restaurant. Multă lume cu mașini de la firmă folosește dispozitive electronice ca să nu trebuiască să consemneze în scris toate deplasările pentru serviciu.

– Bună idee, o să arunc o privire, spune Carina.

– A mai avut Willner altceva interesant de oferit? întreabă Daniel.

Hanna îi pune la curent pe toți cu informațiile acestuia despre disputa dintre Linus și Johan, după care se întoarce către Anton.

– Mai ai ceva de adăugat?

Acesta clatină din cap, abia dacă a scos o vorbă.

– Cum a rămas cu lista de clienți pe care trebuia să v-o trimită Sundin pe e-mail? vrea să știe Grip.

Raffe își notează ceva.

– N-a ajuns încă. O să i-o cer din nou.

Daniel se apleacă în față.

– În ceea ce mă privește, o altă întrebare importantă e călătoria pe care o plănuia Johan. Sau, mai degrabă, afirmația că de-abia aștepta să plece.

Informația e derutantă, căci contrazice ipoteza că Johan a primit o amenințare gravă. Trebuie să discute cu oamenii care l-au cunoscut bine și să încerce să obțină adevărul. Poate că i-ar putea ajuta părinții lui? Nu se simțiseră în stare să răspundă la întrebări sâmbătă, când fuseseră înștiințați de moartea lui Johan, dar Daniel ar vrea să încerce din nou astăzi.

Ecranul se face negru și Grip dispare pentru câteva clipe. Vocea încă i se mai aude, dar e un pic bruiată.

– Ne apropiem de final? Mai e ceva?

„Ce zici de mai mulți polițiști implicați în investigație?" își spune Daniel. Ar avea nevoie de considerabil mai mulți anchetatori ca să termine totul, mai ales ținând cont de instrucțiunile lui Grip, care ar vrea ca ei să evite orele suplimentare – ceea ce n-au reușit deloc în weekend. Ridică mâna, neputând să-și ascundă nemulțumirea. Trupul îi e încordat de la frustrare și lipsă de somn.

– Care-i situația resurselor suplimentare? Echipa curentă e prea mică.

Grip se încruntă.

– Deocamdată nu mă pot lipsi de nimeni altcineva.

– Nu putem recruta oameni din altă parte a țării?

– Va trebui să te descurci cât de bine poți.

– Deci fără ore suplimentare și fără personal în plus. Cum te aștepți să rezolvăm cazul în condițiile astea?

– Daniel! zice Hanna cu o undă de avertizare în glas. O să ne descurcăm.

Acesta cedează.

– OK, replică el, adunându-și hârtiile.

Își împart repede sarcinile între ei; mai e încă multă lume cu care trebuie să stea de vorbă, prima pe listă fiind familia lui Johan. Se uită la Hanna.

– Ce-ar fi să începem cu părinții și fratele lui Johan, după care să-l sunăm iar pe Linus?

– Chiar acum?

– Da.

Daniel arată spre ecranul gol și-și îngăduie un zâmbet ironic.

– Mai bine să ne mișcăm imediat. N-aș vrea să se prăbușească plafonul de ore suplimentare.

REBECKA

2019

SEPTEMBRIE

Rebecka tocmai și-a terminat pauza de prânz când o furgonetă albă oprește în parcare. Ușa se deschide și bărbatul care a venit cu două zile înainte coboară cu o trusă de scule în mână.

Începe să tremure din tot trupul.

N-a fost în stare să se abțină să nu se gândească la el, cu toate că e nebunie curată. Ce ar face Ole dacă ar ști că ea se gândește la altcineva? Ce ar zice biserica?

Nici măcar nu știe cum îl cheamă.

În ultimele două zile a încercat să se convingă că scurta întâlnire nu a însemnat nimic, că ceea ce a simțit a fost pură închipuire. Nu poți să te îndrăgostești în câteva minute până peste cap de un om complet străin.

Totuși, imaginea zâmbetului lui plăcut i-a stăruit în minte. Râsul acela îmbietor, atât de natural și spontan. Aerul lipsit de griji, care o făcuse să se simtă ca pe vremuri, când era fericită și iubea viața.

O ia ba cu căldură, ba cu frig când îi aude glasul pe hol. Trebuie să se ducă, măcar să-l zărească o clipă.

Nu se poate abține.

– Bună... din nou! rostește el.

Chipul i se luminează într-un fel care o face să-și țină răsuflarea. Pare atât de emoționat s-o vadă! Atât de... încântat!

Ole nu s-a uitat niciodată așa la ea. Nici măcar atunci când s-au căsătorit.

– Speram să te văd din nou, continuă bărbatul.

Rebecka înghite în sec. N-are cuvinte, stă pur și simplu locului, mută.

El nu s-a ras azi. O umbră vagă îi acoperă bărbia și-l face să arate nerezonabil de atrăgător.

Îi vine să întindă mâna să-l atingă pe obraz.

– Scuze, n-ar fi trebuit să spun asta. N-am vrut să te fac să te simți iar stânjenită.

Râsul lui e zgomotos și din toată inima, la fel ca data trecută.

– Se pare că specialitatea mea e să te fac să roșești.

– Nu-i nimic, se bâlbâie Rebecka.

Ce-o fi, oare, în neregulă cu ea?

– Poate că ar trebui să mă prezint: mă cheamă Johan.

Ochii lui o atrag înspre el. El întinde mâna, iar când i-o strânge, ea se simte de parc-ar fi curentat-o ceva. Nu i s-a mai întâmplat ceva de genul ăsta.

– Rebecka, îngaimă ea, recăpătându-și puterea de a vorbi.

– Mă bucur să te cunosc, Rebecka.

Bărbatul dă impresia că abia a așteptat această întâlnire toată ziua.

Când încearcă să se gândească ce să-i spună mai departe, Frasse cel de doi anișori vine spre ea cu lacrimi în ochi. Johan se lasă pe vine până la nivelul băiețelului.

– Ei, ce s-a întâmplat aici? întreabă el, luându-l în brațe. Ți-a făcut cineva ceva?

Îl învârte pe Frasse până când acesta uită de necazuri și mai că se îneacă de râs. Îl lasă jos cu blândețe, după care îl petrece cu privirea până în sala de joacă.

– Sunt așa dulci la vârsta asta! exclamă Johan, cu un dram de nostalgie în glas.

Dintr-odată, tăcerea e palpabilă.

– Îmi dau seama că nu ne cunoaştem, dar mă întrebam...

Se întrerupe, ca şi cum s-ar simţi jenat.

Rebecka nu îndrăzneşte să se uite la el.

– Mă întrebam dacă ai vrea să bei o cafea cu mine?

Rebecka se codeşte. El e însurat, i-a văzut verigheta. Trebuie să fi observat că şi ea e măritată.

Ole ar ucide-o dacă ar zice da. Încă îşi mai aminteşte cât de furios a fost când s-a dus la o cafea cu Maria în urmă cu un an şi jumătate. Să se vadă singură cu Johan ar fi total contrar educaţiei ei şi în dezacord cu orice regulă a bisericii.

Nu trebuie s-o facă.

Şi totuşi, îşi aude propriul glas rostind:

– Mi-ar face plăcere.

24

Daniel aproape că ațipește pe scaunul din dreapta al mașinii, în drum spre Östersund, unde locuiesc de câțiva ani Torsten și Tarja Andersson. Când Hanna a sunat ca să-i anunțe de vizită, mama lui Johan le-a spus că și fratele acestuia, Pär, o să fie acolo.

– E totul în regulă? întreabă Hanna când ajung la Mörsil. N-ai mai scos o vorbă de jumătate de oră. Tot mai ești supărat pe Grip?

Daniel tresare.

– Alice s-a trezit de multe ori azi-noapte, răspunde el, întinzându-se ca să-și pună sângele în mișcare.

– Înțeleg.

Nu înțelege, dar Daniel nu se obosește să-i explice că nu doar lipsa de somn îl apasă. Atmosfera dintre el și Ida a fost glacială ieri, pe drumul spre casă de la Järpen. Indiferent ce i-a spus sau promis, ea i-a răspuns sec tot restul serii și s-a dus la culcare devreme.

Nu știe ce se petrece. Acum o săptămână erau toate bune, dar acum lucrurile s-au schimbat complet. Au trecut doar două zile de când a fost găsit cadavrul lui Johan. Daniel înțelege neliniștea Idei, dar a asigurat-o în repetate rânduri că o să facă tot ce-i stă în puteri.

Îi aruncă o privire Hannei, se întreabă dacă ea ar reacționa la fel într-o situație similară. Probabil că nu. Nu e doar o polițistă iscusită, ci dă dovadă de intuiție și empatie. Și nu-i nici pe departe atât de nesigură pe sine cum e Ida.

Hanna ține ambele mâini pe volan în poziția corectă. Câteva șuvițe de păr i-au scăpat din coada de cal prinsă neglijent. Lui Daniel îi place că nu e nevoit niciodată să-și aleagă atent cuvintele când e în preajma ei. Uneori, colega sa pare a ști ce urmează să zică înainte ca el să deschidă gura. Lucrează împreună doar de două luni și jumătate, dar lui i se pare că a trecut mult mai mult.

În Mattmar ajung în spatele unui camion cu plăcuțe de înmatriculare străine. Șoferul nu se grăbește, merge cu cel puțin cincisprezece kilometri la oră sub limita de viteză.

– Limita e de optzeci aici, fir-ar mama mă-sii de treabă! bombăne Hanna. Cât de greu o fi să citești indicatoarele?

– Nu stăm chiar așa prost cu timpul, replică Daniel.

– Unii n-ar trebui să aibă permis de conducere.

– Profită de ocazie să te bucuri de natură!

Nu se poate abține să n-o tachineze.

– E unul dintre puținele avantaje pe care le avem aici.

Funcționează: Hanna zâmbește și o gropiță mică, pe care el nu i-a remarcat-o până acum, îi apare pe obrazul drept.

Drumul e mărginit de mesteceni înalți învăluiți în promoroacă. Subit, pătura de nori se deschide și prin ea răzbate soarele, făcând peisajul alb să sclipească. Razele creează un nimb în jurul vârfului fiecărui copac, iar cristalele de zăpadă licăresc ca niște năluci care zboară pe lângă ele.

Daniel se relaxează. Proasta-dispoziție care l-a deranjat toată dimineața se risipește.

E așa de frumos aici!

25

Soarele strălucește nestingherit atunci când Hanna și Daniel ajung la apartamentul familiei Andersson, după un drum de o oră și ceva cu mașina.

Hanna parchează în stradă. E o zi superbă de iarnă, perfectă pentru începutul vacanței de schi. Lydia și familia ei sunt deja, cu siguranță, pe pârtie.

Urcă pe scări până la etajul al treilea. Soții Andersson s-au mutat aici în urmă cu cincisprezece ani, după ce le-au plecat copiii de acasă. Înainte de asta au locuit lângă Duved, nu departe de casa lui Linus.

Tarja deschide când sună ei la sonerie. Conform evidențelor lor, ea tocmai a împlinit șaizeci și șase de ani și s-a pensionat, dar pare cu cel puțin zece ani mai în vârstă. Are ochii stinși și obrajii supți.

Îi conduce în sufrageria curată lună, unde soțul ei, Torsten, e așezat într-un fotoliu. Pare oarecum amețit și e pământiu la față.

– Ne pare tare rău pentru pierderea voastră, începe Hanna. Am vrea să vă punem câteva întrebări despre Johan, dacă e în regulă.

Ochii Tarjei se umplu imediat de lacrimi.

– Nu pricepem nimic din toate astea, șoptește ea. Cine să fi vrut să-l ucidă pe Johan? Era cel mai cumsecade om din lume.

– Tocmai asta încercăm să aflăm și noi, o liniștește Daniel. Îmi dau seama că situația e foarte dificilă acum.

Se așază vizavi de părinții lui Johan pe o canapea gri, decorată cu perne albastre.

– Spuneți-ne despre fiul vostru, îi îndeamnă Hanna cu căldură.

Tarja se întoarce către soțul ei, dar acesta nu vorbește, ci privește pur și simplu în gol.

Nu-i prima oară când a văzut o astfel de expresie pierdută la un om care a aflat despre moartea cuiva. Suferința parcă ar umple sufletul până când nu mai rămâne loc pentru nimic altceva, fiindcă durerea ocupă fiecare cotlon.

Televizorul e pornit, dar soții Andersson par să-l ignore. Poate că zgomotul de fond îi ajută atunci când liniștea devine de nesuportat?

Tarja trage adânc aer în piept.

– Johan era băiatul nostru cel mic. Fratele lui, Pär, stă cu familia lui la Strömsund. E o diferență de șapte ani între ei.

Ochii îi fug către un birou din cealaltă parte a camerei, unde sunt expuse câteva fotografii de familie în rame negre de lemn. În capătul din dreapta e Johan, pe o culme alpină scăldată în soare, îmbrăcat în echipament complet de schi. Are un număr pe piept și zâmbește larg la aparat. Pare să aibă vreo douăzeci de ani; deja concura la vârsta respectivă. Probabil că avusese o cursă reușită.

Chipul lui radiază bucurie.

Hanna începe să înțeleagă de ce toată lumea vorbește despre bucuria lui de a trăi și despre personalitatea sa caldă.

– A fost un copil mult dorit, continuă Tarja, făcând o pauză ca să răsufle gâfâit. Un bebeluș mai dulce nici că-ți puteai închipui.

– Când ați vorbit ultima oară cu el? întreabă Daniel.

Hanna observă că vocea lui e mult mai blândă decât de obicei. Poate părea foarte direct, aproape grosolan în anumite contexte, dar în situațiile dificile dă dovadă de multă empatie. L-a văzut discutând răbdător, cum puțini reușesc, cu cei profund șocați.

Totodată, poate fi exigent și intransigent, ori de-a dreptul certăreț, cum a fost cu Grip azi-dimineață.

E impresionant de adaptabil. N-a mai lucrat niciodată cu un coleg care s-o facă să se simtă atât de în siguranță.

– Cred că... weekendul trecut.

– Și cum vi s-a părut atunci?

Tarja se trage de mâneca de la cardigan. E un pic uzat la coate, bluza într-o culoare pală i se vede prin țesătură.

– La fel ca întotdeauna. La fel de vesel și încântător.

– N-a spus nimic care să vă frapeze? Ceva ieșit din comun? N-a părut tulburat sau neliniștit după glas?

– Nu, nu, deloc.

Tarja clipește.

– Ar fi trebuit? De ce mă întrebi?

– E o întrebare de rutină, explică Hanna rapid.

– Bine.

Însă cuvintele ei nu par s-o fi liniștit pe Tarja. Acum își trage agitată cu degetele de fustă, ca și cum supărarea i-ar fi atât de mare că nu poate sta locului.

Hanna se întreabă cum ar reacționa mama ei în aceleași împrejurări. Ar suferi la fel de profund dacă ar muri ea?

Dacă ar fi vorba despre Lydia, mama ei ar fi răvășită.

– Cât de des luați legătura? vrea să știe Daniel.

– Johan se pricepea să păstreze contactul cu noi. Vorbeam o dată sau de două ori pe săptămână.

– Și cât de des vă vedeați?

Tarja își mușcă buza.

– O dată pe lună, poate. Nu atât de des cum ne-am fi dorit. Johan avea mereu multe de făcut, îi era greu să se desprindă, iar noi nu voiam să-l cicălim... .

I se frânge glasul. Scoate o batistă din buzunar și se șterge ușurel la ochi.

– Și afacerea lui? zice Hanna. Mergea bine treaba?

– Cred că da. Era tot timpul plecat la vreo lucrare nouă, toată lumea îl plăcea.

Sunetul soneriei le întrerupe discuția. Torsten abia dacă reacționează, dar Tarja se scuză și se duce să răspundă.

Începe să plângă în hohote imediat ce se deschide ușa de la intrare. Hanna aude sunet de voci scăzute și, după câteva minute, Tarja se întoarce cu un bărbat înalt, trecut de patruzeci de ani. Asemănarea dintre mamă și fiu e izbitoare; acesta trebuie să fie Pär, fratele lui Johan.

E bine că Pär era în drum spre Östersund, gândește Hanna. I-a scutit de dat o fugă la Strömsund.

Pär întinde mâna și se prezintă. E palid și încordat, dar calm. Poartă un pulover verde-închis și pantaloni kaki din twill. E director la un liceu și pare să emane autoritatea calmă necesară pentru un asemenea post.

– Tocmai discutam despre Johan, spune Daniel. E bine că ești și tu aici, avem câteva întrebări să-ți punem.

Pär încuviințează din cap. Își aduce un scaun și se așază lângă fotoliul Tarjei.

– Când ai vorbit ultima oară cu fratele tău?

– Vineri. De fapt, voiam să iau legătura cu voi să vă spun despre ultima noastră conversație, dar sunt în stare de șoc de când am auzit vestea. Nu puteam gândi, de parcă aș fi fost închis în întuneric. Pur și simplu... n-am putut.

REBECKA
2019
OCTOMBRIE

Au căzut de acord să se întâlnească la marginea crângului aflat la câteva sute de metri de creșă.

Johan e deja acolo așteptând când ea sosește, cu inima cât un purice, în pauza de prânz. Nu îndrăznește să meargă la o cafea cu el, nu poate să riște să afle Ole, chiar dacă nu s-ar întâmpla nimic mai mult.

În schimb, s-au hotărât să facă o plimbare prin pădure.

Neliniștea din trup îi dispare imediat ce-i vede zâmbetul larg. Pare atât de fericit încât Rebecka nu poate să nu se simtă captivată. E minunat să fii tânăr și fără griji, chiar dacă numai pentru puțină vreme.

Azi n-are țepi în barbă. Se întreabă cum s-ar simți obrajii lui moi sub buricele degetelor ei.

– Ai venit!

Îi aude încântarea din glas.

– Am spus că o să vin, nu?

– Mă temeam că o să te răzgândești. Am ajuns mult prea devreme… Sunt aici de aproape jumătate de oră.

Râde jenat.

– Voiam să fiu sigur, să nu ne ratăm.

Sună atât de sincer și direct și atât de încântat, încât Rebecka abia de mai poate să respire. Nu-și poate aminti ultima oară când i-a vorbit cineva astfel.

– Ești frumoasă, spune el.

– Mulțumesc!

N-a putut să se îmbrace cu nimic deosebit în dimineața asta, ca să n-o ia Ole la întrebări, dar la serviciu și-a dat cu puțin rimel și luciu de buze. O să se șteargă pe față înainte să vină soțul ei s-o ia, după-amiază.

E încântată că Johan a observat.

Pornesc pe cărarea care-i duce iute la adăpost de ochii unor eventuali curioși. Temperatura de afară e sub zero grade și primul îngheț licărește în copaci. Pe iarbă e un strat subțire de gheață, iar frunzele uscate le pârâie sub tălpi.

Johan o face pe Rebecka să se relaxeze.

E adeseori timidă, n-a fost niciodată genul care să stea ușor de vorbă cu străinii. Dar el îi pune întrebări despre slujba de la creșă și pare realmente interesat de ce are ea de zis. Îi descrie copiii, îi spune cât de fericită e când i se cațără în poală după ce se trezesc. Pe Ole nu l-a interesat niciodată ceea ce face, nici măcar pe vremea când îi confunda nevoia de a o controla cu dragostea.

– Ai vrut dintotdeauna să lucrezi cu copiii?

– De când eram mică. Poate pentru că n-am frați sau surori.

Urmează o pauză în conversație, dar nu contează. În compania lui Johan, tăcerea nu e stânjenitoare.

– Ai copii? îl întreabă Rebecka după o clipă.

– Nu, din nefericire, dar mereu mi-am dorit să fiu tată.

Îi trece o umbră peste față, o seriozitate pe care nu i-o mai văzuse. Se scutură un pic, cu o expresie melancolică.

– Viața nu merge întotdeauna așa cum te aștepți, nu-i așa?

Rebecka știe câte ceva despre asta.

Continuă să vorbească. Johan o ascultă fără să întrerupă, ca și cum tot ce ar avea de spus ar fi fascinant și important. O jumătate de oră trece pe nebănuite, de parcă ar fi fost doar cinci minute.

– Trebuie să mă întorc, spune Rebecka, dorindu-și să poată rămâne.

– Deja? Nu poți să mai stai un pic?

Clatină din cap. Stau aproape unul de altul, se uită unul în ochii celuilalt. Când Johan expiră, răsuflarea lui formează un nor alb.

Rebecka stă cu ochii pironiți pe buzele lui, ca în transă. Sunt roz pal, moi și îmbietoare.

I-ar plăcea să le sărute.

Johan o atinge pe cot, apoi își scoate mănușile și-i prinde mâna într-ale lui.

Pielea lui e caldă.

Ei îi zvâcnește tot trupul.

– Trebuie să te văd din nou, spune el, cu glas răgușit. Te rog, spune-mi că ne putem întâlni foarte curând!

26

Oare de când stă acolo și se holbează la computer?

Marion se uită la ceas: e unsprezece, aproape de miezul zilei, ceea ce înseamnă că stă acolo de câteva ore. Totuși, nu e în stare să lucreze, nu se poate concentra.

Gândurile îi sunt încâlcite, frica i se târăște peste tot, ca niște furnici pe piele.

Se ridică de la masa de lucru din camera mică pentru oaspeți care servește drept birou. Amețeala o face să se clatine, trebuie să se țină de cadrul ușii ca să nu cadă.

Ar trebui să mănânce ceva, dar nu-i e foame. N-a reușit să bage nimic în gură în ultimele două zile. Mirosul de mâncare îi întoarce stomacul pe dos.

N-a vorbit cu fratele ei, Florian. Nu se poate hotărî să-l sune, după toate câte s-au întâmplat.

Îi sună mobilul. Răspunde automat, chiar dacă ultimele trei apeluri au fost de la presa de scandal.

– Bună dimineața! spune o voce necunoscută. Numele meu este Rafael Herrera și te sun de la poliția din Åre.

I se strânge stomacul. „Gata cu veștile proaste, nu mai pot îndura încă ceva."

– Da?

– Ai timp să vorbim?

Știe că el n-are cum s-o vadă, dar încuviințează din cap.

– Da.

– Aş avea câteva întrebări despre afacerea pe care soțul tău o deținea împreună cu Linus Sundin.

Marion se întoarce şi se aşază la computer. Lumina albastră rece iluminează ecranul şi-şi vede reflexia slabă în el.

– Treaba e că... Am avea nevoie de o listă a clienților firmei. Sundin ne-a promis că ne-o trimite, dar n-am primit nimic. Ai putea să ne ajuți tu?

– Bineînțeles. Absolut.

Îşi notează.

– Am parcurs şi declarațiile de impozit ale lui Sundin pe ultimii câțiva ani. Pare să fi optat să plătească prea puțin impozit preliminar. Cum tu eşti cea care ține contabilitatea firmei, mă întreb dacă ai putea să explici cum de s-a întâmplat asta?

Marion se scurge în scaun. Era exact ceea ce o îngrijorase.

De câțiva ani încoace, Linus o rugase să rețină o sumă mai mică drept impozit preliminar atunci când se plăteau salariile. Ea protesta şi insista că nu-i corect, dar el devenea agresiv şi îi spunea că el şi Johan dețin afacerea şi ea trebuie să facă ce i se cere.

Când încercase să discute chestiunea cu soțul ei, acesta îi replicase că nu mai voia să se certe cu Linus, nu când atmosfera era deja atât de toxică. Nu era un capăt de țară, Linus era cel care avea să aibă de achitat impozitul rezidual. Marion îi repetase că era o greşeală şi se puteau trezi cu Fiscul pe cap. Ce avea să le spună inspectorilor?

Însă Johan refuzase să o asculte şi iat-o acum la telefon cu poliția, care vrea să ştie ce s-a întâmplat.

O s-o tragă la răspundere? La urma urmei, ea se ocupă de contabilitate.

Inima îi bate să-i spargă pieptul. Johan s-a dus, nu poate depune mărturie că soția lui a obiectat la şmecheria fiscală a lui Linus, iar Linus n-o să recunoască în veci că el a insistat ca plata să fie mai mică. În schimb, o să dea vina pe Marion.

Linus nu poate s-o sufere. Ar fi încântat dacă ea ar păți-o pentru asta. Stresul îi gonește prin sânge în timp ce încearcă să găsească un răspuns. Polițistul așteaptă în continuare la telefon.

– Îmi pare rău, nu mă simt prea bine, spune ea. Pot să te sun eu?

Urmează o pauză scurtă.

– Nicio problemă, dar cât mai repede, te rog!

Marion pune telefonul jos și-și lasă fruntea în palme.

De cum închide ochii, își închipuie cadavrul însângerat al lui Johan în zăpadă. Își amintește fiecare cuvințel pe care l-au rostit polițiștii sâmbătă, când i-au spus cum a fost găsit. De atunci abia dacă a dormit.

Imaginile îngrozitoare o bântuie și când e trează, și în coșmaruri, când zace în pat, pe jumătate adormită. Johan, pe care l-a iubit atât de mult. Bărbatul cu care a crezut că o să rămână pentru tot restul vieții. Ar fi trebuit să îmbătrânească împreună, să nu se despartă niciodată.

Era jumătatea ei, sufletul ei pereche. De dragul lui își părăsise țara natală, familia și prietenii și se mutase la distanță de jumătate de Europa.

Iar acum e singură-singurică în Suedia cea rece ca gheața, fără să aibă pe nimeni la care să apeleze.

Cum de s-a ajuns aici?

Privirea îi cade pe mobilul negru de lângă mouse. Îi apar broboane de sudoare deasupra buzei superioare. A promis să-l sune pe polițist, dar nu are răspunsuri convingătoare la întrebările lui.

De ce nu pot s-o lase în pace?

27

Informația că Pär a vorbit ultima oară cu fratele său vineri a luat-o pe Hanna prin surprindere. Ar putea fi o piesă-cheie din puzzle.

Nu-și ia ochii de la el, cum stă așa, lângă mama lui. Tatăl, Torsten, încă arată de parcă ar fi într-o lume numai de el știută. De-abia dacă a deschis gura de când au ajuns ea și Daniel.

– Ai vorbit cu Johan vineri? Când?

– Pe la cinci și jumătate. Eram în mașină, mă întorceam de la serviciu.

– Cum ți-a părut?

Pär zâmbește trist.

– Părea fericit și încântat. Surescitat chiar, de parcă avea prea multă energie.

Hanna recunoaște descrierea din discuția cu Carl Willner. Ceva l-a entuziasmat așa de tare pe Johan, încât nu avea stare. Dar ce anume?

– Părea cumva speriat?

Imediat ce o spune, își dorește să n-o fi făcut. Regula numărul unu: nu pune întrebări care să-i sugereze un răspuns martorului.

– Nu, nu, deloc.

– Despre ce ați vorbit?

Pär își ferește privirea. Frații trebuie să fi semănat foarte bine: amândoi au constituție atletică și trăsături regulate, dar durerea l-a afectat pe cel prezent. Arată palid și tras la față.

– A întrebat dacă poate să vină la noi.

– Când? intervine Daniel.

– Mai mult sau mai puțin imediat.

– Imediat?

– Da. Voia să vină sâmbătă seară.

Așadar, misterioasa călătorie urma să fie la fratele lui, în Strömsund. Hanna se simte ușurată că au stabilit, în sfârșit, unde se ducea Johan.

– M-a cam luat prin surprindere. Am fost mereu apropiați, dar Johan n-a propus niciodată o vizită spontană, ca acum. I-am explicat că nu era tocmai momentul potrivit, pentru că fuseserăm invitați în oraș în seara aia, toată familia.

– Și el ce-a zis?

– M-a rugat să-i las o cheie, ca să poată intra singur în casă.

– Deci a fost destul de insistent?

– A, da! Și m-a întrebat și dacă ar putea să stea cel puțin o săptămână.

Asta se potrivește cu ceea ce li s-a spus deja: Linus a zis că Johan intenționa să fie plecat pe perioada vacanței de schi, dacă își amintește Hanna bine.

Dar... de ce?

– Ți-a spus ceva despre motivul vizitei? întreabă ea.

Speră în sinea ei că fratele o să aibă răspunsul, motivul pentru care Johan a fost obligat să plece din Duved așa de repede.

Totul depinde de întrebarea aceasta.

– Treaba e că...

Pär îi aruncă o privire mamei lui, de parcă l-ar îngrijora posibila ei reacție.

– Johan mi-a spus că n-o să fie singur, că va aduce pe cineva cu el. Ar fi trebuit să vă sun mai devreme, dar, așa cum am zis, vestea că a murit a fost un șoc. N-am mai gândit limpede.

– Pe cine urma să aducă?

– N-a vrut să-mi spună la telefon, doar că urma să-mi explice situația când ne vedeam.

Pär trage adânc aer în piept.

– Pe urmă... m-au contactat colegii voștri, alaltăieri, și mi-au spus că Johan... a murit.

I se schimonosește fața și-și acoperă gura cu mâna. Tarja îl bate pe umăr în timp ce și ei i se umplu ochii de lacrimi.

Hanna încearcă să asimileze noua informație. Johan intenționa să meargă la Strömsund, la fratele lui, însoțit de o persoană necunoscută.

Daniel rostește întrebarea evidentă:

– Urma să fie însoțit de un bărbat sau de o femeie?

– Nu știu.

– Nu era vorba despre Marion? întreabă Hanna, doar ca să se asigure, deși femeia le-a declarat deja că nu știa nimic despre planurile de călătorie ale soțului ei.

– Nu părea să fie vorba despre ea.

– Mai ții minte cum s-a exprimat exact? Dacă te gândești la momentul acela?

Pär închide ochii, concentrându-se.

– A zis... că o să fac cunoștință cu cineva care e important pentru el, dar că nu trebuie să spun nimănui că vin în vizită. M-a pus să-i promit înainte să încheie apelul.

REBECKA

2019

OCTOMBRIE

E patru şi un sfert dimineaţa când Rebecka deschide ochii. Camera e cufundată în întuneric. Ole e întins pe spate lângă ea şi doarme dus.

O dor coastele. El a împins-o într-o comodă alaltăieri.

Răsuflarea lui îi aminteşte de jurămintele maritale sacre pe care le-a făcut înaintea lui Dumnezeu. Trebuie să-l iubească şi să-i dea ascultare pentru tot restul vieţii. El e un pastor respectat, care a fost acum oficial desemnat drept succesorul lui Jonsäter.

Şi totuşi ea stă întinsă în pat gândindu-se la altcineva.

Îi vin lacrimi în ochi. Îşi îngroapă faţa în pernă ca să nu i se audă hohotele de plâns. Nu poate risca să-l scoale din somn pe Ole, nu poate să-i trezească nici cea mai mică bănuială că nu ar fi totul aşa cum trebuie să fie.

Cum poate cineva să fie atât de fericit şi, totodată, atât de nefericit? Când se gândeşte la Johan parcă îi trece un val de căldură prin trup. Privirea lui o face să uite tot. Nu îşi doreşte decât să se afunde în braţele lui şi să rămână acolo. Frica pe care o poartă cu ea, care i-a devenit parte din viaţă, ca o a doua piele, i se topeşte în prezenţa lui. El emană o fericire şi un sentiment de siguranţă care nu seamănă cu nimic trăit de ea vreodată.

El îi readuce bucuria de a trăi, pe care Ole i-a luat-o, încetul cu încetul, cu comportamentul lui obsedat de control și schimbările violente de dispoziție.

Știe cu certitudine absolută că Johan n-o să-i facă rău niciodată.

În ciuda acestui lucru, nu s-au sărutat încă. El a ținut-o mai mult de mână și s-au îmbrățișat, în cele câteva ocazii pe care le-au furat pentru o plimbare secretă prin pădure.

E prea înfricoșată ca să meargă mai departe. Dacă Ole ar afla ce face ea... De fiecare dată se jură că n-o să-l mai vadă niciodată pe Johan, dar e imposibil să reziste. El tot găsește pretexte ca s-o vadă la serviciu. Mai întâi a fost toaleta care trebuia reparată, apoi s-a ocupat de țevile de la bucătărie.

I-a dat numărul ei de telefon, dar i-a spus să fie cu băgare de seamă. Are voie să-i dea mesaje numai când e la grădiniță, iar ea șterge fiecare mesaj de îndată ce l-a citit.

Ole îi cunoaște codul de deblocare a telefonului, el l-a ales când a început ea să lucreze și avea nevoie de propriul ei telefon.

Nu îndrăznește să se gândească la consecințe dacă el ar descoperi vreun mesaj de la Johan.

Își strecoară privirea prin spațiul dintre jaluzea și cadrul ferestrei. Prima zăpadă e pe drum. Noaptea neagră de octombrie pândește afară. Temperatura a scăzut deja sub zero, iar gheața o să se aștearnă în curând. Vine iarna cea lungă în Norrland, grea și întunecată ca gândurile confuze care o torturează în fiecare noapte.

Nu există nicio soluție, niciun viitor luminos la care să spere în ceea ce o privește.

Trebuie să-l uite pe Johan, chiar dacă el spune că locul lor e împreună și că n-a mai simțit așa ceva.

Rebecka încearcă să-și reprime lacrimile și strânge cu putere din ochi.

Nu mai trebuie să-l vadă.

Asta nu poate să ducă decât la nefericire pentru amândoi.

28

După vizita făcută părinților lui Johan s-au oprit la un chioșc de pe stradă ca să cumpere burgeri, cartofi prăjiți și cola. Revenind la mașina de poliție fără însemne încărcați cu fast-food, Daniel se oferă să conducă. Așa e echitabil, căci Hanna a condus până la Östersund.

Scoate mașina din parcare și se îndreaptă spre E14. Plănuiesc să-l viziteze din nou pe Linus. Apasă pe accelerație imediat ce ajung pe autostradă. E deja unu fără un sfert și a început să ningă. Ștergătoarele lucrează la viteză maximă. Depășește un Audi înainte ca drumul să se reducă la o singură bandă pe sens.

Hanna pare pierdută în gânduri.

– Trebuie să aflăm pe cine plănuia Johan să ia cu sine la fratele lui, rostește ea după o vreme.

– Spui chestii deja știute...

Daniel îi zâmbește ca să mai destindă atmosfera. Suferința părinților și fratelui lui Johan li s-a transmis și lor, a fost o ușurare să iasă la aer curat.

– Pe cine ai lua la fratele tău dacă ai face-o în secret?

– Sunt singur la părinți, n-am niciun frate, replică Daniel.

De fapt, nu-i tocmai adevărat. Tatăl lui și-a întemeiat o familie nouă în Umeå după ce a părăsit-o pe Francesca, mama sa. Ea își lăsase familia extinsă din Italia de dragul lui, ceea ce nu l-a împiedicat s-o sune într-o zi de la serviciu să-i spună că a cunoscut altă femeie.

În dimineața următoare plecase deja.

Daniel era prea mic ca să-și mai aducă aminte tot ce se întâmplase, dar i-au rămas în minte anumite instantanee. Mama lui pe hol, plângând, cu receptorul în mână. Singurul telefon din apartament era pe peretele de lângă ușa de la intrare și încă o mai vede, rezemată de cadrul acesteia, cu fața schimonosită de disperare. Are o amintire vagă despre cum a dat fuga s-o consoleze, dar brațele lui mici nu i-au ajuns decât până la talie.

Ea nici măcar n-a observat, era prea preocupată de discuția cu tatăl lui.

Urmează un gol în memorie. Are o soră vitregă, cu opt ani mai mică, și un frate vitreg, cu cinci ani mai mic, pe care nu i-a mai văzut de când avea zece ani. Atunci au încetat vizitele sporadice la tatăl lui.

A trecut un sfert de secol și n-a mai vorbit cu el de atunci, nici măcar când mama a murit într-un accident la Sundsvall, cu zece ani în urmă.

O mai trăi? Nu e sigur. Își alungă gândurile despre tatăl său, așa cum a învățat să facă atunci când îl copleșesc emoțiile.

– OK, să ne gândim, reia Hanna. Pe cine a vrut Johan să ia cu el la Strömsund? E puțin probabil să fie unul dintre prietenii lui. Tu ce crezi?

Daniel clatină din cap.

– Habar n-am.

– Ce-ai zice de o iubită?

– Ar risca el să-i prezinte o iubită fratelui său? O femeie despre care Marion nu știa nimic?

Depășește o altă mașină, de astă dată un Volvo.

– Sincer să fiu, nu văd rostul să se ducă acasă la fratele lui dacă așa stau lucrurile. Dacă Johan intenționa să-și părăsească soția, atunci cu siguranță putea s-o facă și fără să plece din Åre pentru o săptămână, nu? Și... de ce i-a cerut fratelui său să păstreze secretul?

– Poate că nu voia să riște ca Pär să-i zică ceva lui Marion din greșeală, înainte să apuce el să-i spună?

– Și de ce n-ar fi putut să-i explice asta fratelui său?

– Pär a spus că Johan n-a vrut să-i dezvăluie identitatea celeilalte persoane la telefon. Asta înseamnă că situația era prea delicată. L-a pus să promită că n-o să spună nimănui despre vizită.

Daniel își sprijină brațul stâng pe marginea geamului, analizând în tăcere informația.

Brusc înțelege.

– Nu cred că de Johan era vorba.

Hanna ridică ochii și ajunge la aceeași concluzie.

– Nu el avea nevoie să se ascundă! exclamă ea. Ci cealaltă persoană.

29

Hanna și Daniel ajung la Duved chiar înainte de ora trei. Ea încă se mai gândește la persoana misterioasă care-l însoțea pe Johan. Poate știe Linus ceva?

Îl găsesc în bucătăria casei zugrăvite în alb. N-a răspuns nimeni când au bătut, dar ușa nu era încuiată. Linus e îmbrăcat într-o salopetă albastră și stă la masă, având în față un pahar cu lichid limpede atunci când intră ei.

Se ridică repede și toarnă conținutul paharului în chiuvetă, după care îi invită să ia loc. Hanna îi simte mirosul de votcă din răsuflare. Arată frânt, cu ochii obosiți și injectați.

Raffe a sunat chiar înainte să ajungă ei și i-a informat că Linus a luat o serie de împrumuturi până la salariu, în valoare totală de câteva sute de mii de coroane. Și-a epuizat și limita de credit de pe cardul bancar.

Îl paște falimentul, un lucru pe care nu l-a menționat la vizita lor anterioară.

– Mai avem câteva întrebări și, de data asta, vrem răspunsuri sincere, începe Daniel.

Lăsă să se subînțeleagă: „Spre deosebire de data trecută, când ne-ai ascuns informații importante."

– Când ai vorbit ultima oară cu Johan?

– Vineri, când a trecut pe-aici.

– Ești absolut sigur?

– Da!

– Poate că ai vrea să-ți regândești răspunsul, zice Hanna. Acum știm despre problemele tale financiare. Ai datorii enorme și casa îți e ipotecată până la maximum. În plus, plătești de multă vreme un impozit prea mic pe venit. Ai de achitat impozit rezidual de ani de zile.

– Cine v-a spus asta?

– Am primit informația de la agenția fiscală, replică Hanna.

– V-a spus cineva povești?

Ea îi aruncă o căutătură cruntă și glacială.

– Ar fi mai bine dacă ne-ai răspunde la întrebare în loc să-ți faci griji pentru asta.

Tonul ei îl înfurie pe Linus Sundin.

– Mă acuzi de ceva?

Se apleacă peste masă și-și încleștează pumnul în fața ei.

– Stai jos! răcnește Daniel băgându-se între cei doi.

Linus nu se mișcă.

– Stai jos!

Daniel îi arată scaunul, rămânând însă scut uman între Hanna și Linus, care, în cele din urmă, decide că e mai bine să fie cooperant. Are o expresie ursuză.

Hanna se străduiește cât poate de bine să pară neafectată, dar izbucnirea lui a luat-o prin surprindere. Reacția grabnică a lui Daniel a fost foarte binevenită, chiar dacă e obișnuită să-și poarte singură de grijă. Se uită recunoscătoare la el. Pentru o clipă a crezut că Linus o s-o pocnească.

– Știm că ai avut o dispută serioasă cu Johan despre finanțele firmei, zice Hanna pe un ton neutru. Voiai să scoți un salariu mult mai mare, mult mai mult decât își permitea firma. Potrivit unui martor, aproape v-ați luat la bătaie în birou.

Își amintește afirmația lui Marion că nu-l văzuse niciodată pe Linus atât de agresiv.

– Deci cum explici asta? adaugă Daniel.

– Rahat.

Linus își încrucișează brațele.

– Bănuiesc că vine de la Marion? Nu m-a plăcut niciodată.

Pufnește tare.

– Las-o pe Marion în pace! replică ferm Daniel.

Hanna n-are nicio intenție să-l slăbească pe Linus.

– Negi că ai dificultăți financiare?

– Și ce-are asta de-a face cu chestiunea? Nu-i treaba voastră. E ceva personal.

I se împleticește limba la ultimele câteva cuvinte, iar mirosul de votcă e și mai puternic acum. Ultima oară când s-au întâlnit, te puteai înțelege mai bine cu el, cu toate că părea mahmur. Cu o cantitate însemnată de alcool în el, e alt om. Dacă băutura îl face belicos, atunci au toate motivele să creadă ce le-a spus Marion.

– Moartea lui Johan Andersson înseamnă că tu moștenești jumătate din partea lui din firmă, zice Daniel, ceea ce te face acționar majoritar cu șaptezeci și cinci la sută și-ți dă dreptul să decizi ce se întâmplă cu resursele societății.

– Înțelegi ce presupune asta? întreabă Hanna.

Linus pare revoltat.

– Înseamnă că ai un motiv financiar puternic ca să-l omori pe Johan Andersson, îl lămurește Daniel.

– Mă acuzați de crimă?

Acum Linus nu mai pare chiar așa ostil.

– Unde ai fost între șapte treizeci vineri seara și șapte treizeci sâmbătă dimineață? întreabă Hanna înăsprindu-și vocea.

După micul spectacol al lui Linus, nu se simte dispusă să continue cu prudență. Poate că o să cedeze dacă-l iau tare.

– Am fost aici.

– Poate să confirme cineva?

– Soția mea era acasă – și fiul meu.

– Erai treaz când a apărut Johan vineri?

Linus nu răspunde.

– Treaba e că mă întreb dacă nu cumva erai atât de beat și supărat, că ți-ai pus în minte să tranșezi problema cu Johan o dată pentru totdeauna.

Hanna face o pauză pentru ca vorbele ei să-și atingă ținta.

– Pe urmă, dintr-una într-alta, ați început să vă certați și situația a scăpat de sub control. Poate că moartea lui a fost un accident. Poate că l-ai împins și el a căzut aiurea și și-a zdrobit ceafa. După care ai fost nevoit să te ocupi de problemă. I-ai folosit furgoneta și ai ascuns cadavrul lângă Tångbölevägen, ca să nu te bănuiască nimeni.

Linus s-a albit la față. Se uită la Hanna cu ură curată, după care strânge cu putere din buze. O vreme nu vorbește.

– Nu mai scot niciun cuvânt fără avocatul meu.

REBECKA
2019
NOIEMBRIE

Zăpada lucește în lumina aurie a soarelui de după-amiază când Rebecka se îndreaptă cu mașina spre căbănuța din pădure. Aparține unui prieten de-al lui Johan și e situată într-un loc izolat de lângă Kall.

În pofida hotărârii ei de a nu se mai vedea cu Johan, n-a putut să reziste. Nu atunci când s-a ivit șansa de a petrece o noapte împreună. S-a rugat la Dumnezeu de atâtea ori s-o ajute și, în cele din urmă, a auzit-o! Pe neașteptate, Ole a anunțat-o că urmează să plece cu pastorul Jonsäter.

Două zile în care poate să răsufle nestingherită, fără să se teamă că o să-i facă el rău.

Recent, a lovit-o cu piciorul atât de tare în spate încât a doua zi a găsit sânge în urină.

Situația e din ce în ce mai rea, de parcă Ole și-ar fi dat seama instinctiv că ea tânjește după alt bărbat, chiar dacă n-are de unde să știe ce se petrece.

Rebecka strânge mai tare volanul și încearcă să-și alunge gândurile negre. Vrea să se bucure de peisajul superb de iarnă, nu să-și facă griji.

Cabana zugrăvită în roșu e înconjurată de zăpadă proaspătă, albă și sclipitoare. Cerul are o nuanță perfectă de albastru. Reflexia soarelui în oglinda retrovizoare o face să zâmbească.

Totul e ca un vis. Perspectiva unei nopți împreună cu Johan e amețitoare. Nu-i vine să creadă că realmente se va întâmpla.

Nimeni n-o să-i găsească aici.

Rebecka e deopotrivă îngrozită și fericită când parchează mașina și coboară în albul orbitor. Aude zgomotul unui motor și mașina lui Johan se ivește la cotitură. Începe să râdă tare, nu se poate abține, e tare încântată. Nerăbdătoare, înaintează anevoios prin zăpadă spre el și, imediat ce bărbatul coboară din mașină, i se aruncă în brațe. El își pierde echilibrul și cad amândoi, încă îmbrățișându-se.

Rămân întinși pe jos, ca niște îngeri de zăpadă, iar el o acoperă cu o ploaie de sărutări.

Rebecka se întreabă dacă Dumnezeu poate s-o vadă acum.

Dacă se bucură să-i îngăduie această clipă.

Ceva mai târziu în acea seară, stau întinși în patul dublu din singura încăpere a cabanei.

Johan a făcut focul și strălucirea portocaliu-roșiatică a flăcărilor luminează pereții. Tâmplele lui sunt transpirate, iar părul șaten închis i se ondulează la ceafă.

Au făcut dragoste de câteva ori. Au făcut dragoste într-un fel pe care Rebecka nu-l crezuse posibil, încet și cu blândețe. Johan s-a străduit din răsputeri să se asigure că și ea simte plăcere.

Pentru prima oară în viața ei a avut orgasm.

Johan îi urmărește conturul obrazului cu degetul arătător, apoi continuă pe umăr și pe claviculă. E un gest simplu, dar tandrețea lui o mișcă până la lacrimi. E atât de blând cu ea, atât de drăgăstos cu fiecare atingere!

– Te iubesc, șoptește el. N-am mai fost niciodată așa de fericit, nici măcar atunci când am câștigat campionatul național de slalom pentru juniori.

Râde, jenat de comparație. Rebecka zâmbește, el i-a povestit despre cariera lui de schior. Poate că de aceea s-a gândit ea că parcă-l știa de undeva atunci când s-au întâlnit pentru prima oară.

– Știu că povestea asta s-a întâmplat repede de tot, dar te iubesc, repetă el, cu vocea plină de emoție.

Ea se uită în ochii lui albaștri și știe că fiecare cuvânt e adevărat.

Înghite în sec. Ar vrea să spună „Și eu te iubesc!", dar frica n-o lasă să vorbească.

Ce o să se întâmple dacă recunoaște? Dumnezeu o s-o pedepsească?

Îi mângâie obrazul ca să nu fie nevoită să spună nimic. Focul trosnește și în aer zboară scântei.

– Ai putea să-l părăsești, spune Johan încet.

E prima oară când a pomenit de această idee. Rebecka a încercat să evite să vorbească despre Ole, dar Johan a reușit să scoată niște informații de la ea. Restul l-a pus singur cap la cap.

Nu-i niciun secret că biserica urmează învățăturile Bibliei și că o femeie trebuie să dea ascultare soțului ei. Rebeckăi i-a fost mereu evident că există diferențe între bărbați și femei. Abia de curând a început să se întrebe de ce doar bărbații iau hotărârile, iar femeile li se conformează.

De ce are atât de puțin control asupra vieții ei?

Privirea lui Johan coboară pe trupul ei și se oprește la vânătăile proaspete de pe spate. Sperase ca el să nu le observe, dar urma loviturilor sălbatice de picior ale lui Ole se vede clar.

– Nu poți să-l lași să se poarte cu tine așa. Dă-mi voie să te ajut!

– Ssst!

Nu vrea să irosească timpul prețios pe care-l au împreună vorbind despre Ole. Tot ce are deja îi aparține lui, dar aceste douăzeci și patru de ore sunt numai și numai ale ei. N-o să-i permită umbrei lui negre să le ia în stăpânire.

– Nu e proprietarul tău, continuă Johan. Am putea să fim împreună, să ne clădim un viitor.

Îi depune un sărut ușor pe frunte.

– O să divorțez de Marion. Ne-am îndepărtat, în ziua de azi suntem mai degrabă ca niște prieteni sau ca un frate și o soră.

În ciuda vorbelor lui, ea îi simte vinovăția din glas, iar faptul că își face atâtea probleme în legătură cu soția lui o face să-l iubească și mai mult.

Johan e de treabă și atent. Un om bun.

– Eram foarte tânăr atunci când ne-am cunoscut, explică el. N-aveam decât douăzeci și doi de ani. Nu pricepeam eu ce-i aia dragoste adevărată.

Pare trist.

– Dacă am fi avut copii, poate că lucrurile ar fi stat altfel, dar nu s-a întâmplat niciodată.

Rebecka cunoaște prea bine năzuința, visul de a avea un copil.

– De ce nu? întreabă ea.

– Pur și simplu n-a mers. Bănuiesc că nu eram meniți să fim părinți. Acum e prea târziu. Marion are patruzeci și patru de ani.

Încă un surâs trist.

– Mi-ar fi plăcut o casă plină de copii, neastâmpărați mici pe care să-i duc la săniuș sau pe pârtiile de schi. Mereu am visat la o familie mare.

Vocea lui e calmă și iubitoare, Rebecka ar putea sta întinsă lângă el să i-o asculte ore în șir. Își amintește cum l-a consolat Johan pe Frasse în ziua aceea la grădiniță, cu câtă blândețe l-a luat pe băiețel în brațe.

Johan ar fi fost un tată minunat.

Apoi îl vede cu ochii minții pe Ole. Pentru prima dată se simte ușurată că n-a rămas însărcinată cu el.

– Încă mai țin mult la Marion, dar nu-i de-ajuns ca să rămânem căsătoriți. N-ar fi corect pentru niciunul dintre noi. În plus, ea n-a fost niciodată fericită în Suedia, de multe ori spune că i-ar plăcea să se întoarcă acasă, în Germania.

Rebecka se ghemuiește lângă el, cu capul pe umărul lui.

– Vreau să fiu cu tine, spune Johan în șoaptă. Nu mă pot gândi la altceva. Ești în gândurile mele tot timpul, din clipa în care mă trezesc până în clipa de dinainte să adorm. Vreau să fim împreună pentru totdeauna.

Îi ridică bărbia cu două degete și-i mângâie buzele cu ale lui.

– Dragă Rebecka, vreau să am copii cu tine. Dacă asta vrei și tu, desigur.

Rebecka nu-i în stare să-i răspundă. E cea mai mare dorință a ei să fie mamă, dar e imposibil. E stearpă.

Johan îi interpretează greșit tăcerea.

– Am putea să adoptăm, dată fiind... problema mea, adaugă el, brusc încordat. Marion și cu mine am discutat ideea, dar ea n-a vrut. Noi doi am putea încerca...

Rebecka se luptă să-și stăpânească lacrimile. Nu există nimeni altcineva pe care să și-l dorească drept tată al copilului ei. Locul lor e unul lângă altul. Se simte de parcă ar fi știut-o când a dat prima oară ochii cu el, de parcă soarta ar fi decis să-i aducă laolaltă, în ciuda oricărui obstacol.

Își îngroapă fața în pieptul lui, cu gâtul blocat de lacrimi. Ar vrea să-și închipuie o viață cu el, dar povestea nu poate să continue. Trebuie să nu se mai vadă. N-are cum să existe un viitor împreună pentru ei, nici vise frumoase de happy-end.

S-ar putea să-l poată păcăli pe Johan, dar nu pe ea sau pe Iisus. Viitorul ei e deja stabilit. E soția lui Ole. Soția pastorului.

Noaptea asta este tot ce-și poate îngădui.

Mâine o să se întoarcă acasă, va continua să dea ajutor în biserică şi să răspândească cuvântul lui Dumnezeu pe Pământ, alături de prietenii şi rudele ei.

Nu se poate desprinde, nici măcar de dragul lui Johan.

Ziua şi noaptea asta petrecute împreună sunt un dar preţios, nimic altceva.

O să-i ajungă pentru toată viaţa.

30

Soarele a apus atunci când Hanna și Daniel ajung la secție, pentru o scurtă informare.

Daniel se îndreaptă spre sala de ședințe. A fost o zi lungă, în care a condus mult. Se freacă la ochi. După întâlnirea cu Linus Sundin a rămas fără energie. Sperase ca individul să cedeze; în schimb, ceruse un avocat.

Are comportamentul unui om vinovat.

Linus era în mod limpede băut și devenise vizibil agresiv, arătând o parte a lui pe care nu i-o mai văzuseră. Au discutat care sunt șansele ca el să fi fost făptașul, dată fiind brutalitatea cu care a fost ucis Johan, iar în clipa asta lui Daniel nu-i e greu să-și închipuie o astfel de posibilitate.

Beat fiind, Linus ar fi putut ucide.

Se deschide ușa și intră Anton și Raffe, urmați de Hanna, care are în mâini două căni de ceai aburind. Pe una i-o dă lui, după care se așază lângă el.

– Am pus lapte, așa cum îți place.

Daniel îi zâmbește, recunoscător.

Anton își scoate blocnotesul.

– Avem un martor de încredere care ne-a contactat în legătură cu furgoneta lui Johan Andersson, începe el.

– Grozav! exclamă Daniel.

Chiar aveau nevoie de niște vești bune.

– Tatăl unei adolescente a văzut-o parcată pe Klubbvägen, la sud de centrul de reciclare din Staa, pe la nouă seara, vineri. Își ducea cu mașina fiica și o prietenă la o petrecere în apropiere. Când s-a întors la miezul nopții să le ia, nu mai era acolo.

– Perfect! replică Hanna. Asta ne confirmă intervalul de timp.

– A zis că a observat furgoneta deoarece contactase firma în noiembrie să repare o toaletă. A recunoscut numele, adaugă Anton.

– Carina spunea că ea crede că trupul a fost mutat la Tångbölevägen cam pe la miezul nopții, dată fiind cantitatea de zăpadă care îl acoperea, le amintește Hanna tuturor. Se potrivește perfect. Deci, după vizita lui Johan la Linus, furgoneta a fost adusă înapoi la Staa, dar nu la Johan acasă, pe Dalövägen. În schimb, a stat parcată o vreme pe Klubbvägen.

– Oare de ce, mă întreb, intervine Raffe, scoțând din buzunar o cutiuță de tablă cu tutun de prizat.

– Dacă există un jurnal electronic în vehicul, s-ar putea să aflăm, replică Daniel. Carina a promis să verifice, dar încă n-au aflat nimic.

– Poate că făptașul a intrat în panică și a avut nevoie de un răgaz de gândire? sugerează Hanna. Dacă Linus l-a ucis pe Johan într-un acces de furie, n-avea cum să aibă un plan pregătit.

– Poate, îi dă dreptate Daniel.

Întâlnirea cu Linus din acea după-amiază a fost revelatoare în multe privințe. Bărbatul pare că nu își prea poate controla impulsurile, mai ales dacă e băut.

Anton își mângâie bărbia.

– Mă întreb dacă Johan era deja mort atunci sau dacă zăcea pe podeaua furgonetei, bătut și plin de sânge, și a murit mai târziu?

Ochii îi sunt atrași de fotografia feței stâlcite a lui Johan, agățată pe perete.

– Sper că amărâtul a fost inconștient măcar, ca să nu sufere.

În încăpere se lasă o tăcere dureroasă.

– După ce a oprit pe Tångbölevägen, ucigașul probabil s-a dus cu mașina la Lacul Gev, zice Hanna după vreun minut, de vreme ce era ascunsă după hambarul vechi unde a fost găsită ieri.

Daniel vede acum șirul evenimentelor. Încep să-și facă o imagine clară asupra situației și a felului cum a decurs ea. Cu o singură excepție importantă.

Cine a condus furgoneta?

31

O aromă minunată de tocăniță de vânat umple casa când Hanna ajunge la Sadeln. Să fie întâmpinată cu o masă caldă îi dă o senzație neobișnuită.

Lydia e în bucătărie și are pe ea un șorț maro de piele. Ca de obicei, arată deopotrivă șic și eficientă: poartă un pulover polo și blugi albastru-închis, de firmă. Până și coafura ei arată perfect, în ciuda faptului că probabil a stat sub o cască de schi toată ziua.

Hanna devine acut de conștientă de propria ei înfățișare. Nu s-a deranjat să se machieze în dimineața asta, pur și simplu și-a tras hainele pe ea și a fugit.

– Iată-te! zice Lydia cu un zâmbet larg. Minunat, cina e aproape gata!

– Mulțumesc mult de tot, sunt lihnită!

Hanna adulmecă recunoscătoare aroma.

– Să știi că nu-i nevoie să mă aștepți seara. O să am un program ciudat de lucru toată săptămâna – cazul ăsta nou îmi ia tot timpul.

Lydia e avocat și știe că nu poate să-și întrebe sora despre o anchetă aflată în desfășurare. În schimb, gustă tocănița și plescăie din buze.

– Unde-s copiii? vrea să știe Hanna.

– I-a dus Richard la Copperhill să înoate. Trebuie să se întoarcă dintr-o clipă într-alta.

Sună perfect. Hotelul Copperhill, care e la doar cinci minute de drum cu mașina, are un complex cu piscină fantastic.

– Să pun masa?

Hanna deschide sertarul cu farfuriile grele de ceramică pentru cină și scoate cinci, împreună cu tacâmurile aferente.

– Apropo, m-a sunat mama, zice Lydia peste umăr.

– Așa deci...

I se strânge inima. Ce i-o mai fi îndrugat mama de data asta?

– A zis că te-ai înfuriat pe ea alaltăieri.

– Mă întreb de ce, mormăie Hanna.

Știe că sună copilărește, dar încă suferă că mama ei a ales să țină legătura cu Christian. Să-i ia lui partea în loc să țină cu fiica ei. Ea n-are copii, dar, dacă ar avea, nu le-ar face niciodată așa ceva.

– Ce contează? continuă ea. Oricum preferă să vorbească cu tine.

Ultima remarcă nu era necesară, nu e vina Lydiei că a fost mereu preferata mamei. Ulla n-a intenționat niciodată să aibă mai mult de un copil; familia a fost un mic trio perfect până când a apărut Hanna, total neplanificată.

Unde mai pui că ea și cu mama ei sunt ca yin și yang. Nu doar personalitățile le sunt diferite, ci au și valori complet opuse. Lumea mamei ei se întemeiază pe superficialitate, pe felul cum o văd alții. Ca atare, viața trebuie să fie perfectă, iar asta-i include pe toți membrii familiei.

Lydia, cu diploma ei în Drept, e un exemplu strălucit de reușită, în vreme ce Hanna, cu cariera în poliție și hotărârea ei de a lupta pentru femeile abuzate și vulnerabile pare, cumva, ceva de care să te jenezi.

Mama a perceput până și agresiunea din Barcelona, pe care Hanna încă o consideră traumatică, drept un afront. Nu pentru că fiica ei a fost agresată fizic și rănită, ci pentru că, în adâncul ei, Ullei îi e rușine să aibă o fată care a fost violată. Atitudinea ei față de femei e la un milion de kilometri distanță de a Hannei. Uneori crede că ar fi mai bine să rupă orice legătură cu mama. Ar fi, oare, mai ușor pentru toți cei implicați?

Lydia oftează și deschide ușa cuptorului, să verifice o tavă cu cartofi wedges.

– Scuze, dar știi cum e, adaugă sora ei. Dacă o sun, mereu e ceva care nu e suficient de bine. Dacă n-o sun, ți se plânge ție.

Nu-i pomenește de cina cu Christian, n-are energie să aducă vorba de asta chiar acum. Trântește ultimul cuțit și ultima furculiță cu atâta putere încât zăngăne toate de pe masă.

– Orice aș face, tot nu-i bine.

– Nu-i adevărat.

– Ba da.

Hanna nu-și poate stăpâni tonul tăios.

– Mamei nu-i place faptul că sunt singură, nu se potrivește cu imaginea ei de familie fericită și reușită. E supărată că eu și Christian ne-am despărțit, fiindcă el era ginerele perfect, cel puțin după părerea ei. N-a fost vina mea, dar ea tot mie mi-a luat-o în nume de rău.

Simplul gând la discuția de sâmbătă îi stârnește supărarea și dezamăgirea. Se întoarce la masă și pune șervețele de hârtie. Iritant, îi vin lacrimi în ochi. Mama a rănit-o mult prea des. I-a luat ani de zile să-și construiască o carapace pentru autoapărare; se simte mai bine atunci când evită apropierea de ea.

Slavă Domnului, părinții ei locuiesc acum în Spania, așa că strategia asta funcționează destul de bine!

– Îmbătrânește, nu înțelegi? spune Lydia.

– Are doar șaptezeci și cinci de ani.

– N-ați putea încerca să faceți pace?

Lydia vine lângă ea și o strânge de umăr.

– Putem să schimbăm subiectul? mormăie Hanna.

I s-au împăienjenit ochii și e nevoită să clipească de câteva ori ca să vadă iar clar.

– Trebuie să mă duc la baie, zice și se îndepărtează.

32

La magazinul ICA din Duved e coadă.

Anton a aruncat câteva chestii la nimereală în coş, inclusiv spaghete şi un pachet de chifteluţe pe care le poate prăji. De data asta nu se mai deranjează să calculeze carbohidraţii sau să se gândească la sport. Vrea doar să se ducă acasă, să mănânce şi să meargă la culcare cât mai repede.

Îi zumzăie urechile de epuizare. Gata cu nopţile cu patru sau cinci ore de somn, astă-seară are să se culce devreme.

Cu sacoşa de alimente în mână, o taie pe Karolinervägen. Nu se poate abţine să nu arunce o privire la blocul lui Carl, aflat la câteva sute de metri spre est. Duved e un oraş mititel, nu înţelege cum de nu s-au mai întâlnit până acum. Pe de altă parte, el e cu câţiva ani mai tânăr, iar Carl a locuit o vreme la Gävle.

E frig şi întuneric când se îndreaptă prin zăpadă spre propriul apartament. Tremură, dar impulsul de a face un ocol pe lângă locuinţa lui Carl e mai puternic.

O să fie doar câteva minute în plus.

Şovăie, apoi schimbă direcţia.

Se opreşte în parcarea de vizavi de intrarea principală şi lasă jos plasa. Îşi freacă mâinile ca să se încălzească. Temperatura a scăzut şi mai mult: acum sunt minus cincisprezece grade Celsius. Rânduri de ţurţuri ca nişte colţi ascuţiţi atârnă de streaşina de deasupra ferestrei lui Carl de la etajul al doilea. Gheaţa transparentă străluceşte în lumina felinarelor. Apartamentul e cufundat în întuneric, pare să nu fie nimeni acasă.

Își dă seama că n-are importanță. N-ar trebui să se afle în locul ăsta, nu poate să ia legătura cu Carl în niciun fel câtă vreme ancheta continuă.

Ce naiba caută aici?

Cu un oftat, se apleacă să ia sacoșa, după care cineva îl strigă pe nume.

– Anton?

Carl se apropie de el dinspre biserica de peste drum. Poartă o căciulă albastru-închis de lână. Pe modelul ei tricotat s-au așezat fulgii de zăpadă, ceea ce-i conferă un aspect pufos, drăgălaș.

Carl arată în toate privințele la fel de bine ca ieri.

– Mi s-a părut mie că tu ești.

După glas, pare încântat.

Anton roșește. Nu-și poate aminti când s-a întâmplat ultima oară.

– Eu voiam doar...

Nu-și găsește cuvintele. Ce voia să facă? N-are un răspuns mulțumitor, știe doar că ar trebui să plece înainte să se facă și mai tare de râs.

– A fost cam aiurea ieri, zice el cu obrajii arzând.

Expresia serioasă a lui Carl nu-l ajută.

– De ce nu mi-ai spus că ești polițist?

Anton n-are un răspuns mulțumitor nici la întrebarea asta.

În general încearcă să evite să-și menționeze profesia atunci când cunoaște pe cineva. A învățat că oamenii fie se distanțează, fie îi pun zeci de întrebări sau îl supun la o prelegere despre toate chestiile pe care ar trebui să le facă poliția mai bine.

– Nu mă așteptam să te cunosc în cadrul unei anchete de crimă, replică el.

Răspunsul lui nu sună din cale-afară de prietenos, nici nu e o scuză. E lipsit de tact, având în vedere că interlocutorul său și-a pierdut cel mai bun prieten. Anton își regretă aproape instantaneu vorbele.

Carl pare atât surprins, cât și îndurerat.

– Nu vreau decât să spun că am fost la fel de surprins ca tine, adaugă Anton în grabă, cu sentimentul că a înrăutățit situația. Îmi pare rău, n-am vrut să fiu atât de lipsit de tact.

Se întoarce. Vântul ridică o pungă de plastic ruptă și o învârte în aer. Aceasta e purtată apoi de-a lungul străzii, înainte să fie înghițită de întuneric.

Anton ar vrea și el să fie înghițit pe loc de întuneric.

– Îmi pare rău, zice iar. Nu te-aş răni pentru nimic în lume.

Carl tremură, bate din picioare de câteva ori.

– E în regulă.

Ezită, apoi continuă.

– Ai vrea... ți-ar plăcea să urci la un pahar de vorbă?

E ultimul lucru pe care ar trebui să-l facă ei doi.

Dar Anton încuviințează din cap și-l urmează pe Carl spre intrarea principală.

REBECKA

2020

IANUARIE

În sfârşit, s-a terminat şi vacanţa de Crăciun. E întuneric atunci când Rebecka descuie uşa de la intrare de la Micii Ghiocei. Dimineaţa de ianuarie e năprasnic de rece, iar flori de gheaţă îmbracă ochiurile ferestrelor. Totuşi, uşurarea îi inundă trupul atunci când păşeşte înăuntru.

E timpul să se întoarcă la lucru şi a tânjit după această zi. Chiar dacă a fost ocupată până peste cap cu toate evenimentele bisericii dedicate sărbătoririi naşterii lui Iisus, abia dacă a putut să suporte fiecare moment. Ochii credincioşilor aţintiţi asupra lui Ole când predica sau explica semnificaţia vreunui pasaj din Biblie i s-au părut o bătaie de joc, întocmai ca imnurile sau colindele la care a trebuit să participe şi ea.

Atmosfera de la Lumina Vieţii a devenit atât de apăsătoare, încât e prea greu de respirat.

Tânjeşte după Johan în fiecare clipă. Faptul că a refuzat să-l mai vadă din ziua şi noaptea petrecute la cabană în noiembrie n-a contat. I-a trebuit un efort de voinţă enorm ca să reziste. El e iubirea vieţii ei, dar nu există altă cale.

N-au niciun viitor împreună.

Ole e soţul ei.

Doar că... îi e un dor disperat de Johan. E ca o durere fizică, o rană deschisă care nu vrea să se vindece dacă nu e el lângă ea.

S-a rugat lui Dumnezeu în fiecare seară, l-a rugat s-o ajute, s-o elibereze de dragostea asta interzisă.

Singură... nu poate.

Fiecare aspect al vieții sale o face să se gândească la Johan, la felul în care a privit-o, în care a atins-o. La orele petrecute întinși unul lângă altul în noaptea aceea minunată.

Când Ole îi caută trupul în întunericul dormitorului, e nevoită să-și muște buza ca să-și ascundă dezgustul.

Încearcă să se gândească la el ca la o pedeapsă pe care o merită. E crucea pe care trebuie s-o poarte. *Trebuie* să izgonească toate gândurile la Johan. Fiecare zi e un chin și, în același timp, relația cu Ole se înrăutățește. S-a străduit cât a putut de mult să-i facă pe plac, dar în perioada Crăciunului au fost câteva incidente. Ole a profitat și de cel mai mic pretext ca s-o pedepsească.

Dacă ar afla despre relația ei cu Johan...

I se ridică părul pe brațe.

Habar n-are de ce ar fi el în stare. A renunțat să mai spere că se va schimba. Violența crește continuu, de parcă el ar fi renunțat la orice limită care îl reținea.

Își atârnă haina în cuierul obișnuit și lasă să-i scape un geamăt. O doare brațul după ultima ceartă. Urmele strânsorii de fier a lui Ole sunt clar vizibile pe piele, iar gâtul și umerii o dor. E tare încordată zilele astea, nu se poate relaxa. Cum e Ole prin apropiere, memoria mușchilor reacționează. I se crispează trupul, totul se contractă.

Rebecka își scoate căciula și-și scutură părul.

E recunoscătoare pentru că are în față o zi întreagă la Micii Ghiocei. Creșa e refugiul ei, singurul lucru care o mai ține în viață. Uneori visează la un alt fel de existență, una cum are Maria, care ia deciziile singură. Probabil că Maria are și control asupra banilor ei. Salariul Rebeckăi e plătit direct în contul bancar al lui Ole.

Cuvintele lui Johan îi stăruie în minte.

„Nu poți să-l lași să se poarte cu tine așa."

Ușor de zis, dar... ce poate ea să facă? Soarta i-a fost deja stabilită. Aparține Luminii Vieții. Are să umble prin Valea Domnului tot restul vieții.

Dumnezeu o pune la încercare.

În plus, cine ar crede-o dacă și-ar face curaj și ar spune adevărul despre Ole, despre motivul pentru care vrea să-l părăsească?

Toți ceilalți cred că e un om minunat.

Încăperile sunt tăcute și goale. Rebecka se relaxează, pentru prima oară după săptămâni întregi. La ferestre încă mai atârnă stele de Advent, a căror strălucire caldă mai păstrează atmosfera de Crăciun. Maria n-o să vină decât peste jumătate de oră, așa că Rebecka are un pic de timp pentru sine.

Se duce în camera personalului și își face o cafea. Miroase ciudat. Strâmbă din nas, pune cana jos și verifică borcanul. E expirat? Nu, e bun, e departe de termenul expirării.

I se ridică un val de greață din burtă. Abia ajunge la toaletă înainte să vomite. Durează câteva minute până să se simtă în stare să se ridice și, chiar și atunci, trebuie să se țină de chiuvetă cu o mână cât se spală pe față cu cealaltă.

Se uită în oglindă: e palidă și cu ochii afundați în orbite, în ciuda meniului de Crăciun de la care a pus ceva pe ea. Ole a comentat de mai multe ori, atrăgându-i atenția că s-a îngrășat. Pantalonii îi stau întinși peste pântec, majoritatea hainelor nu-i mai vin cum trebuie. Și-a promis că o să se țină departe de prăjituri și fursecuri de acum înainte.

Simplul gând la mâncare o face să vomite iar.

Ochii îi sunt atrași spre zona din jurul buricului, care iese ușor în afară. În ultimele câteva zile, a deranjat-o puțin și sutienul, ca și cum i-ar fi devenit prea mic. Cu siguranță n-a mâncat chiar așa mult!

În minte i se strecoară un gând, atât de inimaginabil încât nu-l poate exprima în cuvinte. Își acoperă gura cu palma, își privește fix reflexia feței pământii.

Ar putea să fie... însărcinată?

N-o mai țin picioarele. Cade la podea și-și lasă capul pe genunchi. Trage adânc aer în piept de câteva ori.

I s-a accelerat pulsul.

E imposibil, nu se poate să fie adevărat. E măritată cu Ole de șapte ani și n-a rămas gravidă. Nici măcar o pierdere de sarcină n-a avut cu el. Cum se poate să se fi întâmplat acum?

Dacă nu cumva...

Nu poate să existe decât o singură explicație.

Numără înfrigurată pe degete. Sunt șase sau șapte săptămâni de când și-a petrecut noaptea cu Johan. Nu i-a trecut prin cap să folosească niciun fel de protecție – știa că-i infertilă. Pe lângă asta, Johan îi spusese că nici el nu putea să aibă copii.

Și totuși, sunt prezente toate semnele!

Nu i-a mai venit de ceva vreme ciclul. Uneori îi vine neregulat, așa că nu și-a bătut capul și, în plus, mintea i-a stat numai la problema cu Johan.

Își trece vârfurile degetelor peste pântec. Ar putea să fie o viață mică acolo înăuntru?

Se ridică iar în picioare, se uită în oglindă. Își trage puloverul în sus, ca să vadă mai bine.

Dintr-o parte nu e nicio îndoială că burta îi iese în afară așa cum n-o face de obicei.

Și sânii îi sunt mai mari.

E un dezastru și totuși e copleșită de bucurie, zâmbește și râde. Și-a dorit de atâta amar de vreme să fie mamă, visează la un copil al ei de mulți ani! Uneori s-a retras și a plâns când le-a văzut pe altele cu micuții lor sau cu burtici de gravide.

Când te gândești că o să fie și ea mamă! Când te gândești că Dumnezeu i-a dat și ei un asemenea dar!

O cuprinde frica.

S-ar putea să nu fi numărat exact, dar știe cam când a avut ultima oară ciclu, iar în săptămânile de după noaptea din cabană a reușit să-i evite avansurile lui Ole, pentru că nu suporta ideea ca el să fie înăuntrul ei.

Trebuie să fie copilul lui Johan.

Nimic altceva n-are logică.

Ea și Ole încearcă de ani buni. Probabilitatea ca ei să zămislească acum e din ce în ce mai mică. A citit, de fapt, despre fenomen: partenerii dintr-un cuplu infertil pot avea, în mod surprinzător, copii când cunosc pe altcineva.

Uluitor! Asta trebuie să li se fi întâmplat ei și lui Johan.

Rebeckăi începe să-i tremure tot trupul. E gravidă cu Johan. Lovită de panică, își acoperă fața cu mâinile și începe să scâncească, iar ochii i se umplu de lacrimi.

Ole nu trebuie să afle niciodată că ea poartă copilul altui bărbat.

Deja îl cunoaște foarte bine, a devenit din ce în ce mai obsedat de control și violent. Dacă secretul ei ar fi dezvăluit, furia lui n-ar cunoaște limite.

Dacă Ole află adevărul despre copilul ei, cine știe ce ar putea să le facă?

Și ei, și lui Johan.

33

Daniel n-a terminat încă de mâncat când Ida se scoală de la masă și pune farfuria în mașina de spălat vase. A fost nevoită să pregătească ea cina pentru că el a ajuns foarte târziu acasă; de obicei, el se ocupă de masa de seară. Mâine va trebui să încerce să plece mai devreme de la serviciu; poate ar putea să gătească *pasta al pomodoro* cu busuioc proaspăt, o preferată a familiei.

Își dă seama că Ida a rămas lângă chiuvetă, cu spatele la el. A vorbit foarte puțin toată seara, dacă stă să se gândească.

– Ești în regulă?

Ida se întoarce; nu-i place expresia ei.

– N-o să fie iar ca în decembrie, nu?

Încordarea din glasul ei e inconfundabilă.

– Atunci când n-ai fost deloc aici?

El îi zâmbește liniștitor.

– Nu-ți face griji! Promit să fac tot ce-mi stă în putință.

Nu există nicio garanție că o să-și poată ține promisiunea, dar nu poate să i-o spună, nu acum, când pare atât de supărată.

– Toată lumea vorbește despre uciderea lui Johan, zice ea. Șeful de la turism a dat un interviu la televizor astăzi. A spus că e important pentru întreaga regiune ca această crimă să fie elucidată cât mai repede. Asta nu înseamnă că o să lucrezi la orice oră?

Ida are dreptate. Daniel e perfect conștient, încă de pe vremea când era la Göteborg, că anchetele de crimă tind să-ți înghită tot timpul.

– Dacă te pui în primejdie? continuă ea cu glas tremurat. S-a spus că a fost o crimă neobișnuit de brutală. Ar putea fi riscant să găsiți criminalul.

– Am totul sub control. Iar de data asta avem mai multe resurse: Hanna ne e alături încă de la început. Asta o să conteze enorm, ea are multă experiență de la poliția din Stockholm.

– Nu-mi pasă de Hanna! i-o taie Ida, aproape țipând. Pentru tine îmi fac eu griji, nu înțelegi?

– Scumpo…

Se ridică și se duce la ea să o îmbrățișeze, dar ea îi dă brațele la o parte. Îi curg lacrimile de supărare.

– Ești plecat ore întregi, iar eu sunt stresată și speriată! Am încercat să te sun de două ori astăzi și n-ai răspuns!

Tocmai punea întrebări în cadrul anchetei, în ambele dăți, mai întâi la părinții lui Johan, apoi acasă la Linus. Nu putea să-i răspundă atunci, când se afla în toiul unei conversații delicate. Bineînțeles, ar fi trebuit s-o sune după aceea, dar atât el, cât și Hanna își petrecuseră drumul de întoarcere la secție analizând ce aflaseră, apoi intraseră direct într-o ședință.

– Îmi pare rău, n-am vrut să te supăr. Hanna și cu mine anchetam…

Ida îl întrerupe.

– Deci era și ea acolo? Bine că măcar ea apucă să te vadă!

Într-o clipă a trecut la furie și sarcasm.

Daniel probabil că a pomenit de Hanna de câteva ori în ultimele luni, poate chiar a și lăudat-o când și când, dar atâta tot. Ea a jucat un rol important în cazul Amandei Halvorssen, pentru care a plătit un preț personal mare.

Simte un val de iritare, deși realmente nu vrea să se certe în seara asta. De ce se leagă Ida de Hanna? N-are nimic de-a face cu problema lor. Ba dimpotrivă, fără contribuția ei ar fi nevoit să lucreze și mai multe ore. Totuși, știe că nu este momentul potrivit să atragă atenția asupra acestui lucru.

– Tu nu știi ce greu e? zice Ida printre lacrimi. Când nu răspunzi și eu stau aici întrebându-mă dacă asta înseamnă că ai pățit ceva? Dacă o să apară cineva la ușă să-mi spună că s-a întâmplat ceva îngrozitor...

– Ah, Ida!

Daniel mai face o încercare s-o îmbrățișeze și de data asta ea nu i se împotrivește. Își lasă capul pe umărul lui și scoate un hohot de plâns înăbușit.

– Nu trebuie să-ți fie teamă, îi șoptește el la ureche. Promit să am grijă. N-o să mi se întâmple nimic.

Ida dă din cap, când din pătuț se aude un țipăt.

– Mă duc să văd eu de ea, spune el repede. Tu odihnește-te, poate faci o baie?

– E în regulă.

Îi zâmbește tremurat și se îndreaptă spre camera Alicei. Daniel se așază la masă cu sentimentul puternic că discuția a fost cât pe ce să scape de sub control. Măcar nu și-a ieșit din fire. Se pare că Ida devine tot mai agitată. Nu-i semn bun când o bagă și pe Hanna în conversațiile lor.

Cu un oftat, își ia farfuria.

Chiar se străduiește tot timpul, dar nu e niciodată suficient.

35

Anton nu poate să doarmă. Ce naiba a făcut?

Stă întins pe spate în patul dublu, având-ul pe Carl lângă el. Acesta trebuie să fi adormit de cel puțin o oră, dar Anton nu-și poate deconecta mintea.

Tot ce și-a propus a dispărut de îndată ce a intrat în apartament și a rămas singur cu el. Atracția a fost prea puternică, n-a putut să-i reziste. L-a dorit.

Acum chiar că a dat de belea.

Dacă află colegii lui... S-ar putea să fi pus în pericol toată ancheta. Ar fi trebuit să plece de mult, dar trupul lui se împotrivește. Nu vrea să iasă în frig. Vrea să rămână peste noapte, să se trezească în același pat cu Carl. Să ia micul-dejun împreună.

Anton și-a dorit cu înfocare un asemenea bărbat de multă vreme. Strânge la piept un colț de cearșaf. Povestea asta e o nebunie. Nu poate să înceapă o relație în momentul de față. Nu poate nici măcar să riște să fie văzut cu Carl. Deja au întrecut măsura. El e polițist și ar trebui să dea dovadă de o judecată sănătoasă, atât în viața profesională, cât și în cea personală.

Și totuși, iată că și-a încălcat toate principiile.

Se uită la trupul adormit al lui Carl. Acesta stă întins pe burtă, cu un picior tras într-o parte. Un braț e vârât sub pernă, celălalt întins.

Anton ar putea sta să-l privească ore în șir. Carl e frumos în lumina palidă a lunii. Are spatele bine conturat și musculos, pielea îmbietor de moale și caldă. Are un scorpion negru tatuat pe umărul stâng.

Se apleacă și-și trece buzele peste ceafa lui. Carl inspiră adânc, dar nu se mișcă.

Ceea ce s-a întâmplat între ei n-ar fi trebuit să se întâmple. El voia doar să-i explice de ce fusese așa de stânjenitoare situația de la discuția de ieri. Voia să-l lase pe Carl să-l vadă în versiunea de sâmbătă, adevăratul Anton, nu polițistul în misiune oficială.

Doar că... începuseră să se sărute aproape de cum intraseră pe ușă.

Ca doi adolescenți excitați.

Anton oftează. Pe urmă stătuseră în halate de baie, mâncând chifteluțele și spaghetele pe care le cumpărase el mai devreme. Nu fusese tocmai un festin, dar amândurora le era foame și li se păruse firesc să gătească împreună. Împărțiseră sarcinile, nu se încurcaseră unul pe altul.

Totul e ușor cu Carl, de parcă s-ar cunoaște de ani de zile. Emoțiile lui Anton au început deja să se dezvolte, vrea să-l protejeze și să-l susțină, nu în ultimul rând pentru că acesta tocmai și-a pierdut cel mai bun prieten. Nu-și poate închipui cum te simți într-o asemenea situație.

Fără îndoială că de aceea a pus Carl atâtea întrebări despre caz. Dacă au un suspect, cum a fost comisă crima, ce s-a întâmplat de fapt cu Johan...

Anton s-a străduit cât a putut să evite răspunsurile concrete. Și așa e destul de rău că a petrecut noaptea cu un martor important – categoric nu-i poate împărtăși informații confidențiale. În același timp, voia să-l liniștească pe Carl, să-l consoleze în situația asta groaznică.

În cele din urmă, Carl a părut să înțeleagă ce încearcă el să facă.

Anton se foiește, se așază mai comod. E convins că bărbatul de lângă el n-a vrut să-i facă niciun rău. E încă profund șocat și supărat. În plus, a fost una dintre ultimele persoane care l-a văzut pe Johan în viață, e firesc să se simtă implicat, vrea să știe cum merge ancheta.

Telefonul lui e pe noptieră, pe o carte. Când se întinde să vadă cât e ceasul, Anton observă că respectiva carte e una de imnuri. Carl o fi bisericos? N-a pomenit nimic de felul ăsta.

E aproape miezul nopții. Chiar trebuie să plece. Nu poate să rămână până dimineață. Duved e un oraș mic. I-ar fi imposibil să explice dacă l-ar vedea cineva.

Trebuie să păstreze distanța față de Carl, măcar până va fi prins ucigașul lui Johan.

REBECKA

2020

VINERI, 21 FEBRUARIE

– Te simți bine? întreabă Maria.

Ea și Rebecka sunt în oficiu, beau o cafea. E după-amiază și majoritatea copiilor au fost deja luați de părinți. Urmează weekendul.

– Ai fost tare deprimată în ultima vreme, continuă aceasta. De la Crăciun, ca să fiu sinceră.

Rebecka dă din cap indiferentă.

– Bănuiesc că-s doar obosită.

Maria e amabilă, dar nu poate s-o ajute cu nimic. Nimeni nu poate. Burta îi crește pe zi ce trece și în curând n-o să mai fie în stare s-o ascundă. Are și tensiunea prea mare. A fost în secret la centrul de sănătate de câteva ori ca să-și facă niște analize. Ultima dată, doctorul a părut îngrijorat, dar i-a spus că o s-o caute imediat ce ies rezultatele analizelor.

Nu știe ce să facă. Nu poate să ia legătura cu Johan, n-ar face decât să înrăutățească lucrurile. Timp de trei luni lungi l-a ignorat complet. Nu i-a răspuns la niciun mesaj, pur și simplu le-a șters imediat.

N-are rost să apeleze la părinții ei. N-o să-i țină niciodată partea, iar reacția tatălui său e mult prea ușor de prevăzut. Aproape că poate să-i audă vocea mânioasă când o să afle. O soție trebuie să-i dea ascultare soțului și să-i rămână credincioasă.

Cum poate ea să-i dezvăluie tatălui ei că e doar o adulteră?

Nu îndrăznește nici măcar să se gândească la furia lui Ole atunci când adevărul o să iasă la iveală. El o maltratează deja pentru chestii mărunte: ciorapi care dispar la spălat sau prea multă sare în mâncare. Se teme din ce în ce mai tare că o să-i facă rău copilului. Dacă loviturile lui de picior afectează fătul?

În fiecare noapte stă întinsă lângă el în pat întrebându-se dacă să-i spună că e gravidă. Să se comporte ca și cum ar fi copilul lui. Să se prefacă încântată.

Numai că în fiecare dimineață o părăsește curajul.

Maria aruncă o privire pe geam.

– S-a întors frumosul nostru instalator. Mă întreb ce-o mai vrea azi?

Rebecka tresare când vede furgoneta albă a lui Johan în parcare. I se oprește inima, după care îi vede chipul prin parbriz și simte că parcă stă să-i plesnească de fericire.

I-a fost atât de dor de el! N-au mai vorbit din noaptea aceea de la cabană. A ales să nu-i spună despre copil, pentru că se teme tare mult de consecințe, dar, ah, cât a mai tânjit după el!

Johan se îndreaptă cu pași mari spre ușă.

– Poți să-i dai tu drumul înăuntru? zice Maria. Trebuie să mă duc la toaletă.

Rebecka încearcă să se adune.

– Nicio problemă.

Frigul intră odată cu el. Geaca lui groasă e descheiată. Expresia sa, de obicei veselă, a dispărut, e clar tensionat și are cearcăne negre sub ochi.

– Trebuie să vorbesc cu tine, spune el încet.

– Nu.

Nu se poate uita la el. Dacă-i întâlnește privirea, o să fie prea greu. Și așa e tare dureros.

– Lasă-mă-n pace! Uită de mine!

El mai face un pas spre ea și o apucă de încheietura mâinii; degetele lui îi ard pielea descoperită și trezesc iar toate amintirile pe care a încercat să le îngroape.

– Te rog, Rebecka! Nu-mi face asta!

E atât de aproape să izbucnească în lacrimi, că nu poate să scoată un sunet.

– Încerc să dau de tine de luni de zile. De ce mă eviți? Ce-am făcut?

Rebecka înghite cu putere în sec.

– Tu... tu n-ai făcut nimic. N-are legătură cu tine.

– Și atunci cu ce?

Cu coada ochiului, Rebecka vede că Maria a reapărut și se uită gânditoare la ei. Doi copii de cinci ani se fugăresc pe hol, țipând cât îi ține gura.

„Asta nu e bine."

Johan încă o ține de braț. Ea se trage în spate și-i dă mâna la o parte.

– Pleacă! Nu mai putem să ne întâlnim.

– De ce?

Rebecka răsuflă greu.

– Ne iubim, zice Johan, un pic mai tare acum.

Nu mai suportă. Disperarea care i se citește în ochi e ca un cuțit care se răsucește în ea. Știe că n-ar mai trebui să stea nici măcar un minut în compania lui, dar nu-și poate controla sentimentele. Glasul o trădează:

– Ne vedem la marginea pădurii în cincisprezece minute.

Johan se uită întrebător la ea, cu un amestec de ușurare și neliniște.

– Promiți?

Ei îi pulsează stresul prin fiecare părticică a trupului. Trebuie să-l scoată de aici înainte să mai atragă atenție. În orice clipă ar putea apărea un părinte, cineva care să-i spună lui Ole ce a văzut. Nu e în siguranță nicăieri.

– Da, promit, dacă pleci chiar acum.

36

Daniel se simte de parcă ar fi dormit de cel mult cincisprezece minute când se trezește Alice, chiar dacă deșteptătorul îi spune că au trecut două ore. Geme în sinea lui, dar reușește să se strecoare afară din pat și să o ia în brațe înainte s-o deranjeze pe Ida.

Cu fiica lui în brațe, se duce în bucătărie și încălzește un biberon în timp record. Nu peste multă vreme, Alice suge nerăbdătoare din laptele ei pentru bebeluși. Când îi vede expresia mulțumită, știe că a meritat să se scoale, chiar dacă-l doare tot trupul. Tare-i mai place să fie doar ei doi, a tânjit după asta toată ziua.

Ea miroase a bebeluș proaspăt îmbăiat.

Inspiră mirosul dulce și se așază în fotoliul din sufragerie. E plăcut să stea aici pe întuneric, cu numai o veioză care să lumineze în colț.

Gândurile îi zboară aiurea, așa cum o fac adesea. Vrea să fie prezent în clipa aceea alături de copilul lui și totuși nu poate să se deconecteze de la cele întâmplate peste zi, care i se derulează în minte precum un film. Creierul lui continuă să prelucreze informația și nu are ce face în această privință.

Se simte ușurat că a evitat o nouă ceartă cu Ida și că a fost în stare să-și țină firea. Totodată, însă, e cu inima îndoită: i-ar fi plăcut să stea până mult mai târziu la secție aseară. Încă mai sunt o mulțime de chestii de discutat cu echipa, trebuie să găsească unghiuri noi de abordare, să studieze fiecare piesă de puzzle.

I-ar plăcea să stea în liniște cu Hanna, să revadă informațiile încă o dată. Nu se poate abține să nu-și tot pună întrebări despre călătoria la Strömsund, plănuită în grabă, a lui Johan. Trebuie să fi existat un motiv întemeiat, care probabil avea legătură cu persoana pe care intenționa să o ia cu el. Străinul misterios.

Cu cât se gândește mai mult la problemă, cu atât mai convins e că persoana respectivă știe ceva de importanță vitală. Altfel de ce ar fi atât de delicată chestiunea identității, faptul că Johan nu a vrut să-i spună nici măcar fratelui lui la telefon?

Își mai amintește ceva ce a menționat Raffe chiar înainte să ajungă el acasă.

La prânz, Marion îi trimisese o listă cu ultimele lucrări ale firmei. Johan își petrecuse cea mai mare parte din săptămâna anterioară la un șantier din Sadeln. Raffe luase legătura cu maistrul, conform căruia Johan plecase devreme vineri după-amiază, chiar dacă erau în urmă cu lucrarea. Se pare că se tot dusese la o grădiniță numită Micii Ghiocei din Ånn, al cărei nume apărea pe lista lui Marion.

Ånn. Nici măcar sat nu e, doar o adunătură de clădiri și o gară veche. Dacă-și amintește Daniel bine, nu sunt mai mult de șaptezeci de locuitori, la limită destui pentru o grădiniță, dar prea puțini pentru o băcănie sau un restaurant. La mică distanță se află Tabăra Ånn, un centru care instruiește rezerviști voluntari.

Cătunul se află în direcția opusă față de Sadeln, la aproximativ patruzeci de kilometri de șantierul unde lucra Johan și nouăsprezece kilometri de Staa, unde locuia.

E ceva distanță. Dacă s-a dus acolo atât de târziu într-o vineri după-amiază, trebuie să fi fost ceva important.

Alicei i-a alunecat capul în îndoitura brațului lui. Își schimbă poziția ca să-și poată termina ea laptele.

La grădiniță trebuie să existe o persoană de contact cu care să poată vorbi. Poate că Johan a menționat ceva când a fost acolo, un indiciu care ar putea să facă lumină în privința călătoriei subite la Strömsund.

Pune jos biberonul gol și o duce pe Alice în dormitor. O așază în pătuțul de sub fereastră. Ei deja îi cad pleoapele și trupul îi e relaxat. Aproape că i-a adormit în brațe.

Ida nu s-a mișcat. Stă întinsă pe spate, cu ochii închiși. Părul lung e răsfirat pe pernă și de pe un umăr i-a alunecat tricoul.

E atât de frumoasă!

Îl cuprinde o tandrețe bruscă. O mângâie blând pe obraz, iar ea scâncește ușurel înainte să se întoarcă pe o parte. El se vâră la loc în pat și se cuibărește lângă ea ca să-i simtă căldura trupului.

Totul o să fie bine între ei, își spune. Traversează o etapă mai grea, li se întâmplă tuturor proaspeților părinți din când în când. Un copil e muncă grea, mai ales când e primul. Încă învață cum să fie o familie.

Și totuși, ceva nu-i dă pace.

Îi ia multă vreme să adoarmă.

37

Lui Marion i se învolburează o mie de gânduri în cap în timp ce tremură în fața siluetei puternice a lui Linus. E atât de înalt și bine făcut! Nu se poate pune cu el, nici măcar cu un cuțit în mână.

El poate să facă ce vrea.

Ochii îi gonesc dintr-o parte într-alta, căutând o cale de scăpare. E prea târziu să se ascundă, dar ușa băii e întredeschisă. Poate s-ar putea strecura pe sub brațul lui, să se refugieze acolo?

Numai că nu există încuietoare, doar un simplu zăvor. El ar putea să deschidă lesne ușa împingând-o cu umărul.

Stresul îi micșorează câmpul vizual.

Dacă Johan ar fi acasă, Linus n-ar îndrăzni în veci s-o amenințe așa.

Numai că Johan e mort.

– Ieși! zice ea cu glas răgușit.

Se străduiește să-și țină vocea egală, să țină isteria sub control ca să nu-și dea Linus seama cât de înspăimântată e. Când e beat, e total imprevizibil, n-are limite.

L-a mai văzut schimbându-se într-o clipă.

E în stare de orice.

Prin ușa de la intrare răzbate un vânt înghețat, dar e prea speriată ca să-l roage s-o închidă.

– Îți pierzi vremea aici, continuă ea. N-am spus o vorbă poliției. Du-te acasă la familia ta!

Linus n-o ascultă. E în lumea lui și singurul lucru care-i bâzâie prin creier e lista de nedreptăți închipuite.

Vrea numai și numai un lucru.

Să-și verse supărarea pe ea.

– Chiar crezi că poți să scapi cu asta? șuieră el.

– O să chem poliția dacă nu pleci chiar acum.

– Credeam c-ai făcut-o deja.

E atâta venin în remarca lui, încât Marion icnește.

Linus o împinge cu putere. Cât pe ce să cadă, dar reușește să se prindă de cadrul unei uși și să-și păstreze echilibrul, încă ținând cuțitul la spate.

„Nu trebuie să ajungi pe podea," îi șoptește o voce lăuntrică. „Dacă o să fii întinsă pe jos, o să fii și mai vulnerabilă."

Când Linus întinde iarăși mâna după ea, Marion scoate cuțitul și i-l îndreaptă spre piept. Aproape fiecare mușchi îi tremură, dar, în chip miraculos, reușește să-și păstreze mâinile ferme.

Sunt doar la vreo treizeci de centimetri unul de altul. O mișcare bruscă și lama i-ar pătrunde în inimă.

Îi simte mirosul transpirației de la subraț.

– Ieși! spune ea din nou.

El se uită fix la cuțit, ca hipnotizat.

– Te previn, Linus!

Bărbatul tot nu se mișcă. Abia când se preface ea că se aruncă spre el se dă un pas înapoi, apoi încă unul. Furia îi dă lui Marion puteri noi.

– Ieși dracului din casa mea! țipă.

Fața lui Linus se schimonosește.

– O s-o regreți! Nu scapi tu așa ușor de mine!

Marion ridică mâna.

– Ne-ai făcut destul rău mie și lui Johan.

– Mă întorc eu! strigă el și iese din casă.

Portiera unei mașini se trântește, urmată de răgetul motorului. Zăpada sare în jurul anvelopelor când se îndepărtează.

Prin ușa de la intrare, Marion îi urmărește cu privirea stopurile roșii cum dispar pe drum.

Trage aer în piept gâfâind. N-o mai țin picioarele, cuțitul cade zângănind pe podea. Se lasă în genunchi și-și îngroapă fața în palme.

Preț de câteva minute se leagănă înainte și înapoi, incapabilă să se ridice. În cele din urmă, o rafală înghețată care vine prin ușă o aduce în simțiri. Se scoală anevoie în picioare, se duce împleticit la ușă și o închide, rezemându-se de cadru. Cu un ultim efort uriaș întoarce cheia în broască și-și croiește drum până la canapea, pe care se prăbușește.

Bezna ferestrei care dă spre terasă se cască spre ea. Marion plânge în hohote pe întuneric. În viața ei nu s-a simțit mai singură.

Prin minte îi trece un singur gând.

„A zis că se întoarce."

REBECKA

2020

VINERI, 21 FEBRUARIE

Rebecka se îndreaptă grăbită spre liziera pădurii, unde s-a înțeles să se întâlnească cu Johan. „E o nebunie." Face taman ce nu ar trebui să facă, ceea ce și-a promis că n-o să facă: o să rămână iarăși singură cu el.

Totuși, i-a râs inima de îndată ce l-a văzut. Tare a mai tânjit după el!

I-a îndrugat o scuză Mariei, a zis că are o treabă de făcut și aproape că a dat buzna afară pe ușă.

Vede silueta înaltă a lui Johan în depărtare. El o așteaptă la locul lor obișnuit, lângă poteca unde brazii pitici îi ascund privirilor altora. I se sfâșie inima să-i vadă chipul nefericit. Cum poate ea să-l facă să priceapă că trebuie s-o lase în pace, când singurul lucru pe care și-l dorește e să i se arunce în brațe și să-i spună despre copil?

Expresia lui răvășită n-a ușurat situația. Johan, cel care e mereu pus pe râs…

Soarele de iarnă se ascunde după nori groși. Fulgi înghețați umplu aerul și acoperă copacii cu o ceață melancolică.

Sau poate lacrimile îi împăienjenesc ei vederea.

– În sfârșit, ai apărut! exclamă el, întinzându-se după ea.

Rebecka se dă înapoi, nu-și poate permite să-i simtă brațele cuprinzând-o sau n-o să fie în stare să-și ducă hotărârea până la capăt. Trebuie să-l facă să realizeze că totul s-a terminat între ei.

– Nu ne mai putem vedea, spune ea ferm, străduindu-se să pară neafectată.

El pare un copil necăjit. Fața îi e deschisă și lipsită de apărare, durerea vie și palpabilă. E vina ei. Ea i-a provocat o asemenea suferință. Își aduce aminte că Dumnezeu o pune la încercare, așa cum a făcut-o de multe ori în trecut. Trebuie să-și păstreze credința puternică.

– Te iubesc, zice el. Vreau să trăiesc cu tine.

– Asta nu se poate.

– De ce nu?

Disperarea Rebeckăi crește. De ce îngreunează el așa de tare situația? Înghite cu putere în sec.

– N-am să-l pot părăsi niciodată pe Ole. Sau biserica. Am promis dinaintea lui Dumnezeu că o să-i fiu credincioasă soțului meu pentru tot restul vieții.

Johan nu pare să asculte, sau nu vrea.

– De ce?

– Ți-am spus: e imposibil.

Johan o privește vreme îndelungată, de parcă încearcă să-i citească cele mai intime gânduri. Pentru o clipă, Rebecka crede că asta și face și că el știe că minte.

Bărbatul nu poartă căciulă și părul castaniu îi e acoperit de fulgi, care se topesc încet, înlocuiți de cristale de gheață proaspete, perfecte, care aterizează și rămân pe el.

Vrea să i-i dea la o parte cu vârfurile degetelor, dar nu îndrăznește să se apropie de el. Riscul de a-și pierde controlul e prea mare. În schimb, își vâră adânc mâinile în buzunare și-și înfige unghiile în carnea palmelor.

Ceva pâlpâie în ochii lui Johan, de parcă acesta ar fi luat o decizie.

– OK atunci, o să se las în pace.

Cuvintele o taie ca un cuțit, cu toate că ea l-a împins la asta.

– ...Cu o condiție.

Aprobă din cap.

– Uită-te în ochii mei și spune-mi că nu mă iubești!

Rebecka trage adânc aer în piept. A făcut așa un efort să-l alunge, și-a făcut glasul atât de rece și indiferent, încât nu poate să cedeze acum.

Numai că el îi cere singurul lucru pe care nu i-l poate da.

Deschide gura să-i răspundă. Nu iese nimic. Nu poate s-o facă.

– Spune-o și gata!

Glasul lui Johan e aspru.

– Apoi o să plec și îți promit că n-o să te mai deranjez.

Rebecka se pierde. Fața i se schimonosește și lacrimile pe care a încercat atâta să și le reprime se revarsă.

– Te iubesc, Johan. Te iubesc atât de mult! Mi-aș da viața să fiu cu tine, dar e exclus. E prea periculos.

Dintr-un pas mare e lângă ea, cuprinzând-o cu brațele. O strânge atât de tare la piept, că ea abia dacă mai poate să respire. Nu contează. Vrea ca timpul să stea în loc, nu vrea să fie despărțită de el, acum că sunt din nou împreună.

După o vreme, el slăbește strânsoarea și se uită întrebător la ea.

– De ce te temi? De Ole?

Rebecka își întoarce fața de la el, copleșită de rușine, doar despre soțul ei vorbesc.

– Ar fi în stare de... orice, recunoaște ea. Dacă află ce-am făcut.

Johan clatină din cap.

– Dragă Rebecka, nu ne poate face rău.

Habar nu are cât de rea e situația. Johan nu l-a văzut niciodată pe Ole când pune furia stăpânire pe el, când se transformă din pastorul carismatic într-un bătăuș violent, imediat ce se închide ușa de la intrare.

Johan e un om bun, cum ar putea el să înțeleagă psihologia unuia care-și lovește intenționat soția?

Iar acum ea trebuie să se gândească și la copil.

– Nu poți să rămâi cu el de frică, continuă Johan îmbrățișând-o mai strâns încă o dată. Nu i se poate permite să scape nepedepsit pentru că-ți face rău.

– Nu știi cum e...

– Trăim în Suedia, Rebecka, nu ești proprietatea lui. Doar în Biblie se întâmplă ca femeile să fie omorâte cu pietre pentru că-și părăsesc soții. Toată lumea are dreptul să divorțeze.

Se înșală. Nu a vrut să-i spună despre sarcină, faptul că ar afla despre ea n-are cum să ușureze situația. Totuși, pare singurul mod de a-l face să înțeleagă cât de disperată e ea și de ce relația lor trebuie să se încheie cu orice preț.

– Pentru numele lui Dumnezeu, Rebecka, putem s-o rezolvăm! Îți promit.

O prinde de umeri și ea se uită în ochii lui.

– Încetează, Johan! Sunt însărcinată.

El rămâne fără cuvinte. Ochii i se îndreaptă spre burta ei și zăbovesc acolo preț de câteva clipe, apoi o îmbrățișează iar și o sărută pe frunte.

– Nu contează. Te iubesc așa de mult, încât pot fi alături și de tine, și de copil. N-ai de ce să-ți faci griji.

Nu-și dă seama că el este tatăl. Înainte să apuce Rebecka să vorbească, se dă înapoi încruntându-se.

– Ești sigură că-i al lui Ole?

Nu poate să mintă în privința asta.

– E al tău. Sunt în luna a patra.

Timpul se oprește. În depărtare aude un tren frânând, apoi fluierând în crepuscul.

Johan deschide gura și o închide la loc.

– Ești sigură? zice el în cele din urmă.

Ea dă din cap neajutorată.

– Trebuie să fie. Nu există altă explicație. Nu poate să fie al lui Ole.

Johan clipește de câteva ori, ca și cum nu și-ar îngădui să creadă ceea ce tocmai i-a spus, apoi expresia i se schimbă, ochii îi strălucesc și zâmbetul îi e mai larg ca oricând.

– E fantastic!

O sărută pe obraz.

– Tu ești fantastică!

Reacția lui o face să râdă ușurată. Își amintește noaptea lor la cabană, cât de minunată a fost. Cea mai frumoasă zi și noapte din viața ei.

Copilul a fost zămislit într-un val de fericire.

El îi ia mâinile într-ale lui.

– *Trebuie* să-l părăsești, spune cu o gravitate nouă în glas. Nu vreau să te întorci acasă. Trebuie să pleci de lângă el chiar astăzi.

Soarele după-amiezii dispare după vârfurile copacilor și temperatura scade rapid. Chipul lui Johan e în umbră, dar Rebecka îi citește îngrijorarea din ochi.

– Vorbesc serios: trebuie să-l părăsești imediat pe Ole. O să te ajut.

– Astăzi? Nu-i posibil.

Nu poate s-o facă: se uită Dumnezeu la ea.

– Rebecka, gândește-te la copilul nostru!

Încearcă, dar în mintea ei nu e decât haos. Toate se întâmplă atât de repede, simte că i se învârte capul. Habar n-are ce să facă. În plus, aici nu e vorba numai de ea și Ole; și Johan e căsătorit.

– Ce o să-i spui lui Marion?

– Mă ocup eu de Marion, nu-ți face tu griji de asta! E o femeie rațională, cu inimă bună. O să înțeleagă, sunt sigur. Nu mai suntem un cuplu de multă vreme.

Rebecka vede iubirea din ochii lui. De dragul ei, e pregătit să lase totul în urmă.

I-a scăpat o șuviță de păr de sub căciulă, el i-o strecoară cu tandrețe după ureche.

– Ascultă-mă! E esențial să nu mai stai sub același acoperiș cu omul ăla.

Are dreptate. Cu siguranță urmează și mai multă violență. Deja se teme că Ole o să-i tragă un șut atât de puternic în burtă, încât copilul o să aibă de suferit.

În timp ce încearcă să ia o hotărâre, pe lângă ei trece o rafală de vânt rece ca gheața. Brusc devine acut conștientă că îngheață de frig. Vântul e aspru și-i înțeapă obrajii, degetele încep să-i amorțească. Bate din picioare ca să pună sângele în mișcare, aude zăpada pârâindu-i sub cizme.

Ar trebui să se întoarcă la grădiniță, deja a lipsit prea mult. E vineri și e aproape patru și un sfert.

– Nu vreau să mai dormi acolo încă o noapte, spune Johan ferm. Nu trebuie să rămâi peste weekend, dacă ți-e așa teamă de el.

Rebecka știe că poate să aibă încredere în Johan, acesta nu-i vrea decât binele. E așa o ușurare să-l lase pe el să preia controlul! E epuizată de toate emoțiile care-i gonesc prin trup, nu mai poate gândi limpede.

– Trebuie să-mi adun lucrurile, replică ea. Nu pot să dispar așa, pur și simplu.

– Te iau în seara asta. Ai putea să ajungi în parcarea de pe Björkvägen? E destul de aproape de casa ta.

Rebecka încuviințează din cap, amețită de încântare, încercând să-și pună creierul în mișcare.

– Mâine ar fi mai bine.

Johan se încruntă.

– De ce?

– Ole n-o să fie acasă. Conduce o ședință de studiu biblic la biserică.

Lui Johan nu-i prea surâde ideea.

– O să-mi fie mai ușor să plec atunci, continuă Rebecka, altfel sigur o să mă vadă făcându-mi bagajele.

Într-un final, Johan se dă bătut.

– OK. În acest caz o să te iau din parcare mâine seară la ora șapte. Putem să ne ducem la fratele meu la Strömsund. Ar fi bine să stăm departe săptămâna viitoare sau cam așa ceva, să lăsăm să se liniștească apele.

Rebecka se uită la ceas.

– Trebuie să plec.

Johan o trage la piept și o sărută prelung, apoi o mângâie cu blândețe pe burtă. E ceva reverențios în mișcarea lui, iar el are lacrimi în ochi.

– O să avem un copil.

Glasul îi e plin de emoție.

– Tu și cu mine. O să fim o mică familie.

Rebecka îl bate ușor cu palma pe obraji. Nu-i vine să creadă că tocmai a promis să-l părăsească pe Ole. Părinții ei probabil că n-o să mai vorbească niciodată cu ea, și nici rudele sau Lisen.

Dumnezeu are s-o pedepsească, dar de dragul lui Johan e pregătită să plătească prețul.

De dragul copilului lor nenăscut.

– Ne vedem mâine! strigă el în urma ei, cu atâta iubire încât Rebecka începe să plângă.

MARȚI, 25 FEBRUARIE

38

Soarele palid de iarnă își împrăștie lumina peste valea Åre. Hanna și Daniel se îndreaptă spre grădinița din Ånn. E opt și douăzeci, iar ei tocmai au terminat consultarea de dimineață cu cei de la Östersund.

Hanna se ghemuiește pe locul din dreapta. Cina de aseară a fost foarte plăcută, după ce Richard și copiii s-au întors de la Copperhill, dar a dormit prost: noaptea i-a fost plină de vise agitate despre mama ei și Christian. Când s-a trezit, la cinci și jumătate, a renunțat să mai încerce să adoarmă la loc și s-a dus devreme la serviciu.

Daniel iese în marșarier din parcare. Drumul e acoperit cu un strat gros de zăpadă, plugul încă n-a ajuns atât de departe. Urmele adânci ale pașilor unui pieton sunt încă vizibile pe trotuarul năpădit de zăpadă.

Nu e nici țipenie de om și e o plăcere să nu vezi pretutindeni turiștii care vin în vacanța de schi. Ieri parcarea cea mare de la magazinul de băuturi era plină și, pentru prima oară, mașinile care se târau pe acolo în căutare de loc nu erau Tesla cu plăcuțe de înmatriculare norvegiene.

– Nu-mi pot scoate din cap furgoneta lui Johan de lângă lac, zice Hanna ca să spargă liniștea. Cum a ajuns șoferul înapoi?

Daniel tresare, de parcă ar fi fost cu mintea în cu totul alt loc. Mai face așa uneori, dispare în propriile gânduri. Cum călătoresc des între Åre și Östersund, Hanna s-a obișnuit.

– Scuze, ce ziceai?

Își dă la o parte o șuviță de păr castaniu-închis din frunte. E un pic prea lungă, i-ar prinde bine o tunsoare. În același timp, îi conferă o oarecare blândețe, îndulcind cumva asprimea care-i poate domina caracterul.

– Dacă presupunem că Linus Sundin a condus furgoneta până acolo, atunci cineva trebuie să-l fi preluat. Cum altfel ar fi ajuns acasă?

– Sună rezonabil.

– Ce-ai zice de soția lui?

– Sandra?

– Da.

– De ce-ar fi făcut-o?

În ce o privește pe Hanna, e un simplu calcul.

– Au un băiețel împreună. Dacă Linus se va duce la închisoare pentru uciderea lui Johan, atunci Sandra o să rămână singură cu copilul. E un motiv suficient de bun pentru mine.

Soția e cea mai ușoară opțiune, la cine altcineva să mai fi apelat?

– Uite ce cred eu, continuă ea. Linus și Johan au început să se certe când a ajuns Johan, cearta a degenerat, iar Johan ar fi putut fi mort de la ora opt. S-ar putea să fi murit în bucătăria familiei Sundin.

Face o pauză ca să-și adune firele raționamentului.

– Linus îl aruncă în furgonetă, dar rămâne cu o mare problemă: ce să facă cu cadavrul și furgoneta? Dacă scapă de cadavru și apoi ascunde mașina, n-are cu ce merge, așa că își convinge soția să-l ajute.

Atenția lui Daniel e fixată ferm pe șoseaua din fața lor. Tocmai au trecut de Tångböle, unde a fost găsit Johan sâmbătă.

– Deci... de ce era parcată furgoneta pe Klubbvägen?

– Ca să câștige timp.

Hanna și-a petrecut prima parte a dimineții revăzând un scenariu posibil. Nu au avut ocazia să discute ieri, înainte ca membrii echipei să se ducă fiecare în treaba lui.

– Nu cred că a fost mai complicat de atât. Trebuia să-și dea seama ce să facă și la ora opt seara încă e multă lume pe afară. Era mai ușor să scape de cadavrul lui Johan mai încolo, fără să-l vadă nimeni.

Trec de indicatorul pentru Ånn și apar o serie de case roșii din lemn. Daniel face dreapta și o ia pe un drumeag spre vârful unui deal.

– Cred că Sandra l-a luat pe Linus de pe Klubbvägen cu mașina familiei, după care s-au dus acasă și au așteptat câteva ore până să scape de cadavru.

Au ajuns la o clădire roșie cu un singur nivel: grădinița Micii Ghiocei.

– Ar trebui să ne ducem să vorbim cu Sandra după ce terminăm aici, conchide Hanna.

Daniel parchează la câțiva metri de intrare.

– Mie-mi convine. Dar dacă nu Linus e vinovatul? Cum rămâne cu însoțitorul misterios al lui Johan?

– Te referi la persoana pe care plănuia să o ia cu sine la fratele lui?

– Exact. Poate că Johan a plecat de la Linus de acasă chiar după ora opt și a pornit spre Klubbvägen să se întâlnească cu persoana asta. Ceva n-a mers bine și a dus la moartea lui. Însoțitorul său a aşteptat câteva ore, apoi s-a dus cu maşina pe Tångbölevägen şi a scăpat de cadavru.

Daniel opreşte motorul.

– E foarte asemănător cu situaţia pe care ai descris-o tu, doar că vorbim de un cu totul alt făptaş.

Hanna se uită la el.

– Nu tu erai ăla destul de convins că Linus e omul nostru?

– Nu afirm că nu e, spun doar că nu ar trebui să ne pripim cu concluziile. Au trecut doar câteva zile de când a fost găsit Johan. Încă n-avem nici măcar rezultatul autopsiei.

Hanna ştie că el are dreptate. E unul dintre lucrurile care-i plac la Daniel: faptul că mereu e gata să ia în calcul unghiuri noi de abordare. La el nu e niciodată vorba de orgoliu, n-are rost să te agăţi de o ipoteză dacă apare altă posibilitate.

– În acest caz, spune ea desfăcându-şi centura de siguranţă, întrebarea e: cum dăm de străinul ăsta misterios?

Daniel zâmbeşte pentru prima oară în ziua aceea.

– Se cheamă muncă poliţienească, draga mea colegă.

39

Când calcă pragul grădiniței Micii Ghiocei îi întâmpină imaginea unor costume de fâș care atârnă ordonat în cuier și a unor cizmulițe aliniate pe podea. Daniel remarcă toate desenele colorate de pe pereți și aroma unor rulouri proaspăt coapte.

– Bănuiesc că ar fi bine să te obișnuiești cu un astfel de mediu, zice Hanna cu un surâs. Nu mai e mult până să intre și Alice la grădiniță.

– N-am ajuns chiar acolo încă.

Alice are abia cinci luni. Planul e ca Ida să stea cu ea acasă până la opt luni, pe urmă să treacă Daniel în locul ei. El urmează să intre în concediu de paternitate în mai. Cumva e un clișeu ca bărbații să-și ia concediu de paternitate vara, dar așa s-a nimerit. În plus, în sezonul mort e mai puțin de lucru.

Cercetează locul din priviri, căutând pe cineva cu care să vorbească. Când a verificat și răsverificat lista de clienți și lucrări ale firmei, a reieșit că Johan a fost aici de multe ori în decursul toamnei, după care a urmat o pauză în decembrie și ianuarie, până la vizita de săptămâna trecută. Se poate să nu fie ceva important, dar vrea să afle ce se petrecea. Ceva trebuie să-l fi făcut pe Johan Andersson să bată atâta drum de la Sadeln la Ånn într-o zi de vineri.

Ca invocată de gândurile lui, își face apariția o tânără blondă, cu un pulover verde-închis. Daniel îi arată legitimația și o lămurește că au câteva întrebări. Există vreo încăpere în care ar putea discuta numai ei trei?

Femeia pare luată prin surprindere, dar îi conduce în camera personalului. Pe blatul fixat de-a lungul unui perete se află un cuptor cu microunde și un filtru de cafea cu carafa pe jumătate plină. În mijlocul încăperii e o masă rotundă, cu o hortensie albastră, superbă, în ghiveci.

– Serviți-vă cu cafea, eu trebuie să-i spun colegei că o să lipsesc un pic.

Daniel își toarnă o ceașcă, dar Hanna nu vrea cafea. Se așază la masă și educatoarea se întoarce cât ai clipi.

– Scuze, săptămâna asta suntem mai puțini decât ar trebui, așa că e un pic de agitație pe aici.

Întinde mâna.

– Maria Törnlund. Cu ce vă pot fi de folos?

– Am vrea să te întrebăm despre un meseriaș care pare să fi fost aici destul de des astă-toamnă. Îl cheamă Johan Andersson și e de la o firmă numită Instalații Sanitare Andersson și Sundin.

– Știu cine e. Așa cum spui, a fost aici de câteva ori. E schiorul acela fantastic de pe vremuri. S-a întâmplat ceva?

– E mort, o informează Hanna. A fost ucis.

Mariei îi zboară mâna la gură.

– Poftim?!

– S-ar putea să fi citit în ziar, spune Daniel. Un bărbat a fost găsit lângă drum, în Tångböle, sâmbătă.

– Of, Doamne!

Maria trage brusc aer în piept, ochii i se umplu de lacrimi. Nu e prima oară când Daniel vede o asemenea reacție. Pentru majoritatea oamenilor, genul acesta de informație este imposibil de asimilat. Faptul că o persoană pe care au văzut-o vie a fost găsită ucisă pur și simplu nu are nicio logică.

– Nu-mi vine să cred că e adevărat! A fost aici vineri! N-am făcut legătura cu el... Am fost plecată în weekend, nu m-am pus la curent cu știrile.

– Nu-i problemă, o asigură Daniel, dar avem câteva întrebări despre ultima vizită a lui Johan.

Maria are o expresie vinovată, chiar dacă e greu să-și dea seama de ce.

– Nu sunt eu persoana potrivită cu care să vorbiți, zice ea. A avut mai mult de-a face cu colega mea, Rebecka Nordhammar.

40

Nori grei, albaştri-cenuşii, pândesc dincolo de crestele muntelui cunoscut drept Snasahögarna, dar soarele de dimineaţă străluceşte cu putere peste Åreskutan, unde Marion şi-a croit drum folosindu-se de piei de focă ataşate la schiurile ei de fond. A plecat din casă dimineaţă devreme şi nu s-a oprit, urmând traseul de la telescaunul VM8 la vale şi apoi în sus, până la Åreskutan.

N-a mai încercat niciodată o asemenea ascensiune. Îi picură sudoarea pe sub haine şi o dor muşchii coapselor. I-a trebuit fiecare strop de energie ca să ajungă pe culme, dar măcar creierul i s-a putut odihni pentru câteva ore.

După asta tânjea când a pornit. Trebuia să-şi umple mintea cu altceva decât imaginile trupului stâlcit în bătaie al lui Johan şi figura furioasă a lui Linus. Singurul lucru care i-a venit în minte a fost să se epuizeze complet şi e o uşurare să-şi simtă inima bătând cu putere de la efortul fizic, nu de frică.

E în siguranţă aici sus. Nu poate ajunge nimeni la ea.

Îşi lasă greutatea pe beţe şi privirea sa cuprinde munţii de la sud-est. Priveliştea e magnifică şi îi dă puteri noi, aproape o face să uite de realitatea groaznică.

Jos de tot, la fundul văii, vede întinderea ovală a Lacului Åre, acoperit de zăpadă, care seamănă cu o glazură albă. Cursul de apă ce porneşte din el şerpuieşte încet până dispare din vedere, pe lângă Berge, Ängena şi Duved. Când ajunge la Staa, unde locuieşte ea, nu-i mai mare decât un pârâu.

Iar mai departe întrezăreşte Norvegia.

Anul trecut, ea și Johan au fost în vizită la niște prieteni norvegieni din Trondheim. Drumul cu mașina a durat câteva ore. Dacă închide ochii, își poate închipui fața lui strălucind de încântare, râsetele de la cină când au făcut glume pe seama felului de mâncare național norvegian neoficial, tocana de miel cu varză.

Alungă amintirea și-și întoarce fața spre soare.

Aerul e nemișcat, în mod excpețional. Ca singură dovadă a vânturilor puternice care în mod normal bat aici sus stau formațiunile remarcabile de zăpadă din jur. Vântul a comprimat neaua în forme ciudate, construind troiene. Unele atârnă peste marginea prăpastiei în unghiuri atât de imposibile, încât par gata să se prăbușească dintr-o clipă în alta.

Trage adânc aer în piept, își umple plămânii. A adorat dintotdeauna munții, s-a simțit mai în largul ei în aer liber decât înăuntru. Acesta a fost locul în care s-a simțit în siguranță.

Åre nu seamănă cu Alpii unde a crescut ea. Aici nu există pârtii de trei mii de metri, nici coborâri nesfârșite cu schiurile, dar a ajuns să iubească munții Suediei. E un alt fel de iubire, are mai degrabă legătură cu a fi una cu natura, decât cu aventurile nebunești în afara pârtiilor, pe buza unor râpe periculoase. În loc să urmărească zăpada perfectă, a captivat-o schiul fond, senzația de alunecare silențioasă pe lângă brazii printre crengile cărora se strecoară soarele.

Ea și Johan ieșeau adeseori împreună și a învățat să parcurgă circuitul de treizeci și doi de kilometri în aproape același timp ca el. Uneori se duceau la Ullådalen atunci când frigul iernii făcea loc temperaturilor mai blânde ale primăverii timpurii.

A ajuns să iubească Suedia așa cum îl iubea pe Johan.

Durerea o strânge ca o gheară în piept.

Se apleacă și scoate pieile de focă pentru urcat, ca să poată coborî pe schiuri. Suprafața păroasă e un amestec de nailon și mohair, care oferă cea mai bună aderență și ține cel mai mult.

O cuprinde oboseala. N-a dormit cine știe ce după apariția nedorită a lui Linus, doar câteva ore agitate pe canapea. Imediat ce închidea ochii i se învolburau în minte gânduri terifiante.

Poate ar trebui să ia legătura cu poliția, să spună ce s-a petrecut, dar cine știe la ce ar putea să ducă gestul ei? Consecințele ar putea fi grave. Nu e pregătită să ia asupra sa vina pentru greșelile financiare ale lui Linus sau să devină țap ispășitor pentru nechibzuința lui.

E periculos și imprevizibil. Noaptea trecută a crezut că o s-o omoare. Ce o să facă dacă se întoarce, dacă încearcă să intre iar în casă? Poate suporta să stea acolo la noapte?

Dacă nu, unde să se ducă?

O copleșește dorința de a se lungi în zăpadă. De a nu se mai întoarce. Apoi trage adânc aer în piept și împinge pieile în rucsac. Când ajunge acasă, o să-și sune fratele să discute toată situația.

Florian e înțelept, o s-o ajute.

41

Hanna aude copiii jucându-se de cealaltă parte a peretelui din camera personalului. Sunetul, glasurile și râsul lor au ceva atât de inocent în ele!

– Ai zis că ar trebui să vorbim cu Rebecka Nordhammar, colega ta, îi spune Daniel Mariei. Poți să te duci s-o chemi, te rog?

Maria clatină din cap.

– Mă tem că nu. A sunat să anunțe că e bolnavă, de asta suntem doar două aici.

– Știi cumva cât o să lipsească de la serviciu?

– Nu sunt sigură. Tot restul săptămânii, poate?

Maria trage de covorașul de sub ghiveci.

– De fapt, a telefonat soțul ei, nu ea. Ieri-dimineață.

Hanna se încruntă. Probabil că nu-i niciun motiv de îngrijorare, dar informația declanșează ceva în ea.

– Soțul Rebeckăi?

– Da, Ole.

– A zis ce a pățit?

Hanna nu se poate abține să nu întrebe. De ce și-ar lăsa o femeie în toată firea soțul să sune în numele ei și să spună că e bolnavă? Ăsta e genul de lucru pe care-l fac părinții pentru copiii lor școlari.

– Doar că are febră și nu poate să vină. De ce?

– Trebuie să fi avut o febră incredibil de mare, dacă n-a putut să sune chiar ea.

După expresia de pe chip, Maria pare că și ea crede cam la fel. Coboară glasul:

– Probabil că n-ar trebui s-o spun, dar am impresia că soțul Rebeckăi ține destul de mult... s-o controleze.

Pare jenată, își dă o șuviță de păr după ureche.

– Adică... Ole e chiar simpatic, dar mereu o aduce cu mașina la serviciu și o ia la finalul zilei. A făcut asta în fiecare zi de când a început ea să lucreze aici, acum doi ani și jumătate. E destul de ciudat, pentru că nu intră niciodată să salute, doar stă și așteaptă.

Maria se uită la Hanna ca și cum ar vrea să spună: „E cam sinistru."

Hanna simte vechea furie scăpărând înăuntrul ei. De-a lungul anilor petrecuți la Poliția Metropolitană din Stockholm a cunoscut o grămadă de bărbați care voiau să-și controleze partenerele. Totuși, situația maritală a soților Nordhammar n-are nimic de-a face cu cazul. Au venit aici să afle despre Johan Andersson, nu să sape într-o căsnicie cu un echilibru de putere strâmb.

– Sunt credincioși, continuă Maria. Rebecka și soțul ei aparțin de biserica numită Lumina Vieții, ați auzit de ea? Cred că Ole e pastor, de fapt.

Numele nu-i e cunoscut Hannei, dar Daniel încuviințează.

– Cred că-i o mișcare cam conservatoare?

– Da, replică Maria. Am citit despre ea de când Rebecka a venit să lucreze aici. Biserica e în zona asta de multă vreme și are o organizație-soră în Norvegia. E foarte... tradiționalistă.

– Ce înseamnă asta? întreabă Hanna.

– Folosesc Biblia drept cel mai important îndrumar al lor. E autoritatea centrală. Membrii trebuie să-i urmeze regulile cât de mult posibil. Mai mult sau mai puțin *ad litteram*, dacă înțelegeți ce vreau să zic.

Dezaprobarea Mariei e clară.

– Așadar... bărbatul deține puterea?

Hanna nu-și poate ascunde disprețul. Mereu pare să existe un pretext ca bărbații să le conducă pe femei. Daniel o avertizează din priviri, dar Maria îi dă dreptate.

– Cam așa ceva. Când Rebecka a început la noi, am întrebat-o de câteva ori dacă i-ar plăcea să ne vedem la un pahar de vin după serviciu. La început am crezut că nu vrea, dar, pe parcurs, mi-am dat seama că nu-i permite soțul ei, că ar trebui să-i ceară lui voie.

Maria își freacă încheietura mâinii.

– Cred că nici măcar nu a îndrăznit să-l întrebe. Sinceră să fiu, îmi fac griji pentru ea, dar ori de câte ori încerc să deschid subiectul zice că sunt caraghioasă.

Hanna simte frustrarea cunoscută. A mai văzut genul acesta de comportament, bărbați care-și conduc nevestele cu mână de fier. Bărbați care pretind întâietate, cu fiecare ocazie. Uneori, acest lucru rămâne doar o nevoie exagerată de control, cu monitorizare permanentă, alteori însă degenerează în violențe grave.

Căminul e cel mai periculos loc pentru femei, conform tuturor statisticilor.

Daniel își drege glasul și face un semn discret spre ceasul de pe perete. Deja au stat mai bine de cincisprezece minute. Hanna ar vrea să-i mai pună Mariei câteva întrebări despre colega ei, dar nu de asta se află aici. E timpul să meargă mai departe. Totuși, își notează în minte să stea de vorbă cu Rebecka atunci când va prinde ocazia. Există ajutor pentru femeile vulnerabile.

– Să revenim la vizitele lui Johan Andersson, spune Daniel. Numai Rebecka a avut de-a face cu el?

Maria dă din cap că da.

– Ai idee în ce dispoziție era vineri?

– Mă tem că nu. Nu am vorbit cu el deloc.

– De ce venise? întreabă Hanna.

– Nu știu. Astă-toamnă am avut niște probleme cu instalația sanitară, așa că a venit destul de des atunci. Credeam că totul e bine acum, așa că m-a surprins să-l văd vineri. Nici măcar nu știam că-l rugase cineva să treacă pe la noi.

– Cât a stat?

– Zece minute, poate. Nu mult, oricum.

– Și n-a vorbit decât cu Rebecka?

– Da, pe hol.

Hanna îi aruncă o privire lui Daniel, dar el mâzgălește în carnețel. Nu are nicio logică. De ce să bată Johan atâta drum cu mașina de la Sadeln ca să vorbească atât de puțin cu Rebecka?

– Ne-ai putea da numărul de telefon al Rebeckăi?

– Nicio problemă.

Maria își scoate telefonul și găsește detaliile de contact. Hanna notează numărul și-i dă cartea ei de vizită.

– De fapt, am încercat să o sun, spune Maria, dar nu răspunde, intră direct mesageria vocală.

Daniel se ridică în picioare.

– Mulțumim pentru ajutor. Dacă ai vești de la Rebecka, ai putea s-o rogi să ia legătura cu noi?

– Desigur.

Maria îi însoțește la ușă. Chiar când să iasă, Hanna observă că se oprește, ca și cum ar mai avea ceva de adăugat, după care însă ridică mâna și îi salută.

De cum ajung pe E14, Hanna încearcă s-o prindă la telefon pe Rebecka Nordhammar.

„Salut, ați sunat la Rebecka," rostește un glas un pic cam slab. „Vă rog să lăsați un mesaj după semnal."

Hanna explică cine este și o roagă s-o sune cât de repede posibil, apoi se întoarce către Daniel, care mijește ochii chiar dacă parasolarul e coborât. Norii albaștri-cenușii care amenințau să se rostogolească dinspre Norvegia mai devreme au fost înlocuiți de un soare strălucitor.

– Niciun răspuns. O să mai încerc mai încolo.

– OK.

– Am senzația că Rebecka ar putea fi importantă, mai ales după ce a spus Maria.

Daniel dă din cap că-i de acord cu ea. Se îndreaptă către salonul de frumusețe unde lucrează Sandra, soția lui Linus Sundin. Plănuiesc s-o întrebe unde a fost soțul ei vineri seară. Nu știu dacă ea o să fie pregătită să discute cu ei, ținând seama de atitudinea lui Linus ultima oară când l-au văzut.

Totuși, Hannei nici prin cap nu-i trece să uite de situația de acasă a Rebeckăi Nordhammar. Când o să reușească să discute cu ea, o să întrebe despre ce au vorbit ea și Johan vineri după-amiază, apoi o să aducă în discuție ce se petrece cu soțul femeii.

REBECKA

SÂMBĂTĂ, 22 FEBRUARIE 2020

Fulgii de zăpadă se învolburează în aer în parcarea de pe Björkvägen, unde Rebecka îl așteaptă pe Johan. Abia dacă a dormit în ultimele douăzeci și patru de ore, are nervii zdrențe. E pe punctul să facă un pas irevocabil, care o să schimbe tot.

Are să-l părăsească pe Ole și o să înceapă o viață nouă cu Johan, de dragul copilului lor, mica minune care crește în ea.

Își pune o mână protectoare pe burtă. Copilul ei va fi crescut într-un cămin sigur, cu tatăl lui adevărat, nu un om violent al lui Dumnezeu. Știe că face ceea ce trebuie, oricât de greu i-ar fi să acționeze împotriva educației primite.

Se uită iar la ceas. Șapte și jumătate; Johan a întârziat foarte mult. Deja stă acolo de jumătate de oră. Bate din picioare încercând să se încălzească un pic. E foarte frig, simte aerul geros în nări.

„Unde e?"

Într-un final aude zgomotul unei mașini care se apropie. Oftează ușurată. Vrea să fie departe de tot înainte să ajungă Ole acasă și să descopere că a dispărut.

Mașina întoarce și se oprește. Farurile o orbesc la început, dar poate distinge o siluetă întunecată care coboară de pe locul șoferului.

E ceva în neregulă. Înălțimea nu e cea care trebuie, ținuta e diferită.

„Ăsta nu e Johan."

Împietrește. Bărbatul care tocmai a ieșit din mașină este Ole, care se îndreaptă spre ea.

„Nu se poate. E imposibil."

Inima îi bate nebunește.

Johan ar fi trebuit s-o ia de aici. De dragul lui și-a strâns lucrurile esențiale și s-a strecurat afară din casă. Ole ar trebui să fie la Snasadalen, conducând o ședință de studiu biblic. De aceea și-a amânat ea fuga de vineri pe sâmbătă, ca el să n-o poată prinde.

Și totuși, iată-l în fața ei în zăpadă, în ochi arzându-i o asemenea furie încât e nevoită să-și ferească privirea.

– Ce faci aici? șuieră el.

Rebecka nu e în stare să scoată niciun sunet. Cu un minut în urmă îi clănțăneau dinții de frig, acum corpul îi tremură de frică pură. Ar trebui s-o rupă la fugă, să se refugieze în pădure, dar nu se poate mișca.

A avut coșmaruri despre o astfel de situație.

Expresia lui Ole e severă. Ochii îi ard, iar chipul îi e atât de schimonosit, încât e aproape de nerecunoscut.

Toate limitele par să fi dispărut.

Rebecka simte cum îi crește panica în suflet. Ce o să-i facă?

O rafală de vânt năprasnic de rece îi azvârle zăpada în față. Pulpanele paltonului lui Ole flutură în urma lui, ca niște aripi mari și negre de liliac.

Vântul îi urlă Rebeckăi în urechi.

„Știe."

– Ești o târfă, zice Ole. Te-a văzut Dumnezeu.

Rebecka abia dacă mai poate să stea dreaptă, cât pe ce s-o lase picioarele. Geanta îi cade din mână și aterizează pe zăpadă.

Cum de s-a întâmplat asta? Cum de a putut Ole să știe că o s-o găsească aici, pe Björkvägen? Exact la ora asta? A fost foarte grijulie, n-a spus nimănui despre planurile ei, nici măcar mamei sau lui Lisen. Și nu și-a luat cu ea decât câteva lucruri, atâtea câte a putut băga într-o geantă obișnuită.

Atunci își dă seama. Ole i-a luat urma cu telefonul. Îi cunoaște codul, a știut precis unde e, încă de la început.

I-a citit oare și SMS-urile lui Johan? Le-a șters pe toate, dar poate că n-a fost suficient de rapidă?

Dă ochii roată, disperată, dorindu-și să apară furgoneta albă a lui Johan și s-o salveze.

Portiera din dreapta a mașinii lui Ole se deschide și coboară încă un bărbat. Pastorul Jonsätter. Îi privește de la distanță, dar nu dă semne că ar interveni.

A venit să-l ajute pe Ole s-o ducă acasă.

Nu are scăpare.

Când Ole o apucă de braț și o împinge spre mașină, Rebecka nu i se împotrivește. N-are rost. Toate eforturile ei au fost în zadar. Cum o fi putut crede că o să scape?

Ole o împinge pe bancheta din spate. Se îndreaptă spre E14. În mașină nu e rece, dar Rebecka tremură violent. Brațul o doare în locul de unde a apucat-o el.

Nimic nu are logică.

De ce n-a venit Johan? Au stabilit să se întâlnească la șapte. A așteptat jumătate de oră. Unde e?

Nu vrea să creadă că el s-a răzgândit, că s-a hotărât să rămână cu Marion, dar desigur că ar putea să fie asta. Sau l-a obligat oare Ole pe Johan s-o abandoneze?

Se poate să-i fi făcut ceva?

Nu-și poate reține un icnet. Ole a lovit-o de multe ori, dar așa nu l-a mai văzut niciodată. Dacă i-a făcut ceva groaznic lui Johan?

Își pune mâna pe burtă, încearcă să găsească putere.

Soțul ei discută încet cu Jan-Peter Jonsäter. Nu aude ce zic din cauza zgomotului motorului. Nu cutează să se uite la el, iar pastorul nu i-a adresat niciun cuvânt.

Mașina se smucește când cotesc pe un drum mai îngust. După câteva minute se opresc și Rebecka își dă seama că sunt în Handöl, în fața superbei case a familiei Jonsäter de pe la începutul secolului XX.

Pastorul își desface centura, întinde mâna după clanța portierei.

Rebecka se ridică în capul oaselor. O s-o lase singură cu Ole. Trebuie să fi văzut cât de mânios e el, cât de dur s-a purtat cu ea, și totuși n-a făcut nimic.

Îl urmărește cu privirea cum coboară din mașină și dispare în casă.

„Oprește-te!" vrea ea să țipe. „Nu mă lăsa cu el!"

Cuvintele îi îngheață pe buze. Jonsäter n-o să-i țină niciodată partea. Dacă ar fi avut un pic de compasiune pentru ea, n-ar fi venit și el ca s-o oprească să plece.

În biserică bărbații conduc, iar în ochii lui ea a păcătuit împotriva lui Dumnezeu și a lui Ole. Cum alege Ole să se poarte cu ea e o chestiune între soț și soție.

Ole calcă accelerația și se întoarce spre E14, unde face la stânga în loc de dreapta. Rebecka nu înțelege, ei locuiesc în direcția opusă.

Când ridică ochii îi întâlnește în oglinda retrovizoare privirea neagră, atât de plină de ură că se face mică pe bancheta ei.

Îi curg lacrimile pe obraji. Nu se îndoiește că Ole o s-o pedepsească.

O să o facă în numele lui Dumnezeu.

N-are ce iertare să primească.

42

Salonul de frumusețe unde lucrează Sandra Sundin e în piața centrală din Åre, chiar lângă clădirea neagră care adăpostește stația din vale a funicularului, ce datează din 1910.

Când ajung, Daniel vede cabina pornind spre Fjällgården, hotelul situat la aproape două sute de metri mai sus pe munte. Funicularul e o amintire din vremuri trecute. Inspirația a venit de la Davos, din Elveția, iar planul era să se creeze o stațiune suedeză de schi care să poată concura cu destinațiile de iarnă europene. O modalitate modernă de a urca pe munte era necesară ca vizitatorii să nu se chinuie să ajungă pe pârtii, ducându-și schiurile grele cu ei.

– Am mers cu aia de câteva ori, zice el arătând spre cabină, care tocmai dispare din vedere.

Hanna râde cu nostalgie în ochi.

– Și eu. E fantastic că încă mai merge. Îl foloseam în fiecare iarnă în care am venit aici când eram mică.

Daniel își amintește că ea i-a povestit că își petrecea împreună cu familia vacanța de schi din februarie la Åre.

Se îndreaptă spre salonul Sandrei și se întâlnesc cu trei bărbați care vin din direcția opusă, ducându-și schiurile pe umăr și deplasându-se cu pas greoi și inegal din cauza unui costum de slalom și a bocancilor cu talpă plată și rigidă.

Daniel simte un ghimpe de dorință să iasă pe pârtie. Norii s-au împrăștiat și pârtiile sunt scăldate în lumina soarelui. Cerul e de un albastru clar dincolo de munții albi, unde schiorii entuziasmați profită din plin de vremea perfectă.

A trecut ceva de când a abordat un slalom. Viața i-a fost tare plină de când cu Alice. Când și când el și Ida au pornit pe schiurile lor de fond cu Alice în sanie, dar atâta tot. N-au avut timp pentru nimic altceva, chiar dacă schiul alpin este sportul lor preferat. Ida a lucrat câțiva ani ca instructoare și, la drept vorbind, tehnica ei e mult mai bună decât a lui.

Fără îndoială că ei îi e dor și mai tare decât lui.

Ridică ochii la Åreskutan. Aerul e atât de limpede că vede stația din vârf, cabina roșie a funicularului tocmai ajunge, iar pasagerii sunt gata de debarcare.

Muntele îl cheamă.

Îi place la nebunie să stea acolo sus, mai ales dimineața, când pârtiile sunt goale. Preferă să coboare pe schiuri pe traseul din spate, evitând majoritatea turiștilor.

Senzația pe care i-o dă alunecarea pe zăpada proaspătă e inegalabilă.

Nu te poți relaxa niciodată pentru că nu poți prevedea ce se ascunde sub pătura de nea. Uneori vezi o piatră în ultima clipă și trebuie să virezi într-o parte, alteori apare din senin un copac culcat la pământ de vânt. Alegerea celui mai bun traseu printre crevase necesită concentrare totală.

În ciuda regulilor de a nu schia în afara traseelor amenajate, exact asta îi place să facă. Își poate impune propriul ritm fără să fie nevoit să țină seama de dorințele altcuiva. E un fel aparte de libertate pe care îl iubește: independență totală, când ești una cu natura.

Johan trebuie să fi simțit și el același lucru. Era un schior foarte talentat și, bineînțeles, crescuse în Duved. Însă el n-o să mai stea niciodată sus pe Åreskutan, privind în vale...

– Vii? strigă Hanna de la câțiva metri mai încolo.

Tocmai deschide ușa salonului.

După o ultimă privire către munte, Daniel se grăbește s-o ajungă din urmă.

REBECKA

2020

SÂMBĂTĂ, 22 FEBRUARIE

Ole conduce într-o tăcere de rău augur.

Timpul n-are însemnătate.

Rebecka habar nu are unde se află sau ce oră este. Ole i-a luat telefonul înainte s-o împingă pe bancheta din spate și nu poate să-și vadă ceasul pe întuneric. Tot ce știe e că a lăsat E14 în urma lor.

E singură cu el și totul e pierdut. Visul unei altfel de vieți nu mai există.

Mașina gonește pe drumuri înguste, cu brazi înalți care se profilează amenințător de o parte și de alta. Nu se schimbă nimic, kilometru după kilometru. Rebecka încearcă să se orienteze, dar afară e întuneric beznă și nu există iluminat stradal. N-a văzut indicatoare sau clădiri care i-ar putea oferi un indiciu.

E posibil să fi trecut granița în Norvegia?

E tare derutată, nu-și amintește dacă au trecut prin Storlien. După ce l-au lăsat pe pastorul Jonsäter, a căzut într-un soi de transă. S-a făcut ghem și a închis ochii, s-a gândit la Johan ca să se izoleze de lumea din jurul ei.

Se deplasează mult prea repede. Mașina derapează la fiecare curbă, iar ea se luptă cu greața. Nu se poate să vomite în mașină. Ole e foarte strict în privința tapițeriei, iar asta ar înrăutăți situația.

– Unde mergem?

Niciun răspuns.

– Unde mergem? repetă ea, mai tare de astă dată.

– Taci din gură, jigodie împuțită!

Vorbele cad ca o lovitură de bici.

– Altfel mă opresc în clipa asta și-ți arăt ce le face Dumnezeu curvelor ca tine!

După asta, Rebecka nu mai îndrăznește să deschidă gura. Nu l-a văzut niciodată pe Ole atât de mânios. Umerii îi sunt lăsați, strânge bine volanul. Nu trebuie să-l enerveze și mai tare.

Scâncește încet și se uită pe geam. Ar putea să deschidă portiera, să se arunce afară?

Iarăși o curbă care face mașina să trepideze cu atâta violență, încât ei îi scapă un icnet. E prea riscant să sară la viteza asta, i-ar putea face rău copilului.

În plus, e și un ger năprasnic. Zăpada s-ar putea să-i amortizeze căderea, ar putea să fie în stare să fugă să se ascundă în pădure, dar ar muri înghețată în câteva ore.

Disperarea îi umple inima.

Nimeni nu știe unde e. Johan n-a venit la întâlnirea cu ea.

E total la mila lui Ole.

43

Când pleacă de la salonul de frumusețe, Hanna se gândește că discuția cu Sandra Sundin a fost o adevărată dezamăgire.

Ea și Daniel stau în mijlocul pieței, iar zăpada sclipește în lumina puternică a soarelui. Trebuie să-și facă mâna dreaptă pavăză la ochi ca să vadă cum trebuie. Locul e plin de oameni care se bucură de vremea frumoasă.

– Sandra nu ne-a spus nimic ce nu știam, zice ea cu un oftat. A recunoscut că au probleme financiare, dar asta n-a fost tocmai o noutate. Presupun că am putea spune că informația ei întărește motivul lui Linus.

Daniel ridică din umeri.

– La ce te așteptai? Linus refuză să stea de vorbă cu noi fără reprezentant legal, așa că evident că nevastă-sa o să-l protejeze cât de bine poate.

Chiar și așa, Hanna sperase la un rezultat mai bun.

– Trebuie să-l fi cunoscut pe Johan de multă vreme. Am crezut că s-ar putea să se ofere să ne ajute de dragul lui.

– Și să-și bage bărbatul în rahat? afișează Daniel un zâmbet ironic. Ia-ți gândul! N-o să ajungem nicăieri cu Sandra.

Dă ochii roată și arată spre Werséns, care e în diagonală față de ei.

– Ce zici de o pizza? Ar trebui să mâncăm înainte să ne întoarcem la secție.

Nimeni nu face pizza mai delicioasă decât Werséns, iar Hanna e lihnită după o dimineață lungă.

– Sună bine.

O ia înainte și deschide ușa. Locul e plin ochi și trebuie practic să se zbată să ajungă la o masă goală dintr-un colț. Hanna de-abia așteaptă să se termine săptămâna, chiar dacă obișnuia să vină la Åre cu părinții în vacanța de schi. Pe atunci nu-și dădea seama ce invazie înseamnă asta pentru populația locală. Restaurantul aglomerat amintește mai degrabă de un oraș european decât de un orășel din Norrland.

Când vine mâncarea, Hanna aproape că se aruncă pe pizza ei vânătorească, generos încărcată cu carne de ren sotată, gălbiori și sos de hrean. Practic, sunt singurii care mănâncă acolo și nu sunt în vacanță sau îmbrăcați în costum de schi și pare că sunt și singurii care beau bere fără alcool.

– Dumnezeule, ce foame mi-a fost! zice ea în chip de scuze.

Daniel zâmbește, și el își savurează pizza. A ales ceva mai italienesc, cu salam cu trufe, rucola și parmezan.

– Nu-i problemă, zice el. Chestia asta e delicioasă.

Ca să fie siguri, evită să vorbească despre discuția cu Sandra, cu toate că Hanna o reia în minte. Restaurantul e prea aglomerat, mesele prea aproape una de alta. Ultimul lucru de care are nevoie ancheta e bârfă pornită de la cineva care a tras cu urechea la o discuție privată.

Observă că femeia de la masa de lângă ei, care bea vin roze și e îmbrăcată cu un poncho șic de blană gri, le-a aruncat de câteva ori priviri curioase. Arată din cap spre ea și-i spune lui Daniel pe șoptite:

– Crezi că știe că suntem polițiști?

El se uită discret la vecina lor, care acum pare complet absorbită de telefon.

– Contează?

Hanna clatină din cap și-și îndeasă în gură ultima bucată de pizza. Nu sunt în uniformă, dar lumea le ghicește deseori meseria. Asta este, mulți dintre colegii lor afirmă același lucru.

După ce au mâncat, se întorc la mașină. Fiecare loc de parcare din piață era ocupat, așa că au fost nevoiți s-o lase în parcarea de la gară.

În după-amiaza asta au o ședință prin conexiune video cu Östersundul. Hanna speră că o să vină rezultatul autopsiei, ca să poată afla ce s-a întâmplat cu adevărat când a fost omorât Johan.

44

Daniel împinge ușa sălii de conferințe cu o cană de cafea în mână. Toată echipa se întâlnește prin legătură video și, ca de obicei, încep prin a trece în revistă situația actuală. Jenny Ullenius e și ea acolo, așa cum obișnuiesc procurorii în anchetele de crimă.

La fel ca ieri, e îmbrăcată complet în negru.

Birgitta Grip întreabă ce măsuri s-au luat, după care o lasă pe Ylva Labba să vorbească.

Patologa criminalistă e la biroul ei într-un halat alb descheiat. Părul negru e mai scurt decât data trecută când a văzut-o Daniel, e tuns frumos într-un bob care se oprește la bărbie. Îi scoate în evidență pomeții, dar în același timp îi dă un aspect mai aspru, mai rece, mai distant.

Daniel pune preț pe competența Ylvei, dar n-o să înțeleagă niciodată de ce un doctor e atras de o asemenea disciplină. De ce să te specializezi în cadavre mutilate când ai putea lucra cu cei vii? În unele dintre cazurile de omor la care a lucrat la Göteborg, simpla vedere a victimelor maltratate l-a făcut să vomite. La fel s-a simțit sâmbătă când i-a văzut cadavrul lui Johan.

Ylva își începe raportul și el ascultă cu atenție:

– Am stabilit că Johan Andersson a murit ca urmare a unui traumatism grav al osului parietal stâng, care protejează lobul parietal. Lobul occipital a fost și el afectat într-o anumită măsură.

Continuă cu o descriere tehnică a stazei sângelui, a fracturilor provocate de strivire, a multiplelor fragmente de oase și a efectului lor asupra funcțiilor vitale ale creierului. Daniel a mai auzit terminologia în alte contexte, dar uneori îi vine greu să țină pasul. Concluzia e mai mult sau mai puțin aceeași ca atunci când au găsit cadavrul: moartea lui Johan a fost cauzată de câteva lovituri puternice în ceafă, care i-au strivit craniul și au distrus părți esențiale din creier. Ar fi murit aproape instantaneu și probabil era mort de șase până la douăsprezece ore când i-a fost găsit cadavrul.

– Ce ne poți spune despre arma crimei? întreabă când termină Ylva.

– Cred că un soi de unealtă plată, judecând după aspectul leziunilor și efectul asupra pielii din jur.

– Ai putea să ne spui mai clar? vrea să știe Raffe.

– Înclin spre un ciocan mic.

Un ciocan? Asta găsești în mai toate gospodăriile din nordul Jämtlandului, își zice Daniel. Ia de caută acul în carul cu fân!

– Și celelalte leziuni? întreabă el. Cum au apărut?

– Asta e mai dificil de stabilit.

Ylva afișează o imagine mărită a feței stâlcite a lui Johan, care îl umple imediat de groază pe Daniel. Văzut de aproape, e clar cât de rău a fost bătut. Pielea și vasele de sânge sunt rupte și nasul îi stă într-un unghi foarte ciudat.

– La naiba! nu se poate abține Raffe.

Ylva comentează sec imaginea.

– Victima avea nasul fracturat, răni pe pometele drept și urme de strivire pe toată fața.

Daniel lasă informația să se absoarbă, după care Hanna dă glas chestiunii la care se gândesc toți:

– Adică a fost torturat?

Raffe se foiește tulburat pe scaun.

– Nu pot confirma asta.

Ylva face o pauză.

– Nu-i ușor să stabilești o cronologie exactă, deoarece cadavrul a fost expus multe ore frigului.

Caută printr-o grămadă de hârtii din fața ei.

– Totuși, cred că majoritatea leziunilor faciale au survenit rapid una după alta. Afectarea pometelui drept corespunde unei lovituri puternice de pumn, fapt indicat de aspectul atât al pielii, cât și al țesutului de sub ea, însă cauza celorlalte leziuni e mai puțin clară.

– Ai putea să încerci o părere?

– O ipoteză e că după ce a fost aplicată prima lovitură, el a căzut cu fața în jos, incapabil să se salveze, fiindcă mâinile îi erau deja legate la spate. Numărul de zgârieturi superficiale susține această teorie, ele fiind distribuite uniform, de parcă ar fi fost făcute toate în același timp. Nu pot spune sigur dacă și-a rupt nasul înainte, după sau în timpul căderii.

– Și momentul producerii leziunilor faciale și a celor de la ceafă? întreabă Anton.

Stă cu brațele încrucișate și pare la fel de obosit ca ieri, având cearcăne negre sub ochi. Daniel l-a văzut rareori așa apatic. Ceva nu e în regulă, dar acum n-are timp să se gândească la asta.

– Altă întrebare dificilă, dar sunt gata să spun că au survenit destul de aproape în timp unele de altele.

Daniel e dezamăgit, sperase la niște răspunsuri mai categorice de la patologă. Însă știe că se străduiește și ea cât de mult poate, și chiar a dat prioritate cazului, altfel ar fi trebuit să aștepte mult mai mult autopsia.

Ylva se uită la ceas.

– Cred că astea sunt toate informațiile pe care vi le pot oferi. Chiar ar trebui să...

Hanna se încruntă.

– O ultimă întrebare. Era Johan băut?

Ylva clatină din cap.

– Nu există nicio urmă de alcool sau de substanțe chimice în sângele lui.

Ceea ce se potrivește cu afirmația lui Carl Willner că Johan a băut doar o bere slab alcoolizată la „Pigo".

Patologa dispare de pe ecran și Grip bate cu pixul în birou de câteva ori ca să le atragă tuturor atenția.

– Cum stăm cu furgoneta? i se adresează ea Carinei. Ai găsit jurnalul electronic?

Carina își aranjează căștile auriculare.

– Și da, și nu. Există jurnal, dar încă n-am reușit să accesăm informația. Va trebui să revin cu un răspuns mai încolo.

– În furgonetă erau truse cu scule, nu?

Daniel încearcă să-și închipuie interiorul.

– Ai putea să verifici dacă lipsește ceva? Ar fi interesant de știut dacă arma a provenit din echipamentele lui Johan.

Dă ochii roată.

– Mă gândesc că asta ne-ar putea da o idee despre cât de spontană a fost crima, dacă făptașul a apucat primul lucru care i-a căzut în mână sau dacă a adus arma cu el.

Grip aprobă din cap sugestia.

– Și apelurile telefonice? Ceva progrese?

Celularul lui Johan e în continuare dispărut. Au solicitat companiei de telefoane o listă a tuturor celor cu care a ținut legătura în ultimele șase luni.

– Încă așteptăm, răspunde Raffe.

Daniel rezumă în sinea lui desfășurarea evenimentelor:

Știu că Johan a ajuns acasă la Linus Sundin la opt fără douăzeci vineri seara. Sandra a încercat să spună cât mai puține când au vorbit cu ea mai devreme, dar a dezvăluit faptul că existaseră tensiuni considerabile între cei doi bărbați. A mai confirmat și că Johan a stat cel mult douăzeci și cinci de minute.

Întrebarea e dacă lucrurile au scăpat de sub control atunci și acolo. S-au încăierat în bucătărie?

Conform Sandrei, nu a existat violență fizică în timpul vizitei lui Johan, dar ar putea să mintă. N-ar fi prima oară când o femeie minte de dragului soțului ei.

Lui Daniel i se pare din ce în ce mai suspectă insistența lui Linus în legătură cu prezența avocatului său.

Dacă-i caută prin casă, cu toate câte le are Carina la dispoziție, n-o să fie greu să găsească dovada unei încăierări. Sângele îndepărtat prin frecare poate fi văzut cu lumina infraroșie. Un tehnician criminalist bun poate găsi urme de păr și os.

– Ar trebui să facem o percheziție acasă la Linus, spune el. Să trimitem tehnicienii criminaliști, câinii, toată trupa.

Grip nu pare din cale-afară de entuziasmată. Nici procuroarea.

– Vorbim despre o familie cu un copil, unde suspectul nu are cazier, arată ea.

Daniel e conștient de asta, dar nu renunță.

– Linus a avut atât motivul, cât și ocazia. Refuză să coopereze fără reprezentant legal.

– E prea devreme.

– Nu c-am avea alți suspecți.

– Ne putem permite să mai așteptăm o zi.

– Care-i problema? replică Daniel, nițeluș cam tare.

Jenny Ullenius se încruntă.

– Nu avem o bază de pornire suficient de bună, zice Grip.

Daniel înțelege de ce ezită ea. Se cheamă testul proporționalității. Conform statului de drept, o măsură nu trebuie să fie văzută drept disproporționată în raport cu efectul ei.

– Nu avem probe criminalistice care să-l lege pe Linus Sundin de crimă, spune Ullenius cu fermitate.

N-a scos aproape niciun cuvânt până în acest moment – de ce trebuie să-i țină partea lui Grip acum?

– Cu siguranță ăsta e și rostul unei percheziții la domiciliu, nu? Să găsim dovezi noi.

Daniel aude cât de agresiv îi sună cuvintele. Grip îl fixează cu privirea prin ecran, cu o expresie care i-ar putea îngheța sângele în vene.

– Aduceți-mi ceva nou și mai vorbim!

45

Idei i-a luat patruzeci şi cinci de minute s-o îmbrace pe Alice şi s-o pună în cărucior pentru plimbare. Când ies în cele din urmă în stradă, deja transpiră pe sub geaca de puf.

Se îndreaptă către oraş, unde se întâlneşte cu Tove, una dintre cele mai bune prietene ale ei, la o cafea.

Piața e aglomerată când ajunge. Un bar improvizat a fost amenajat în fața magazinului Stadium și o coadă lungă de oameni așteaptă să cumpere bere și vin fiert aburind. Ida se strecoară printre grămezi de zăpadă ca să ajungă la cafenea. Alice a adormit, așa că găsește un loc pentru cărucior chiar lângă vitrină ca să poată sta cu ochii pe ea.

Rămâne pe loc o clipă admirându-și fiica. Alice e tare frumoasă așa întinsă, cu ochii închiși. Obraji roz, gene lungi. Gura e ca un boboc de trandafir mic de tot. Un val de iubire intensă îi inundă trupul. E de neînțeles că a fost cândva nesigură în privința maternității, ce-o fi fost în capul ei?

Intră, iar Tove îi face semn de la o masă din colț, căci toate celelalte sunt ocupate.

– Ce de oameni! exclamă Ida când o îmbrățișează pe Tove.

– O vacanță de schi obișnuită, vine replica însoțită de un zâmbet a prietenei sale.

Ca de obicei, cafeneaua miroase uimitor. Lângă casă sunt etalate ispititor prăjituri și fursecuri proaspete. Comandă fiecare câte un latte și o felie de tort de ciocolată.

– Ai auzit că se închid stațiunile de schi din nordul Italiei? zice Tove după ce sunt servite.

Ida clatină din cap. Nu s-a uitat aproape deloc la știri și nici n-a citit ziarele online în ultimele zile, în principal din cauză că nu vrea să afle mai multe despre omorârea lui Johan. Situația e deja proastă și își face griji pentru siguranța lui Daniel. Cine știe ce se poate întâmpla când vânează un ucigaș? Daniel e tare conștiincios, chiar și când ar trebui să se pună pe primul loc, mai ales acum că are o fetiță mică de tot.

Tove continuă pe același subiect:

– E coronavirusul ăla din China, se răspândește. Închid practic totul ca să oprească infecția, tot sistemul de telescaune. Și școlile.

– Cu siguranță nu pot închide o întreagă stațiune de schi! protestează Ida și ia o înghițitură de cafea, care îi lasă un gust delicios de nucă. Cum se face asta?

– Oamenilor li se spune să stea acasă și să păstreze distanța față de oricine nu este din familia lor.

– Sună nebunesc. Măcar e legal?

– În aparență. Incredibil!

Ida întoarce capul, se uită pe fereastră. Vede piața ticsită de schiori, se gândește la ce vine după schi, la cozile lungi care se formează la telescaune, la telecabinele unde oamenii stau înghesuiți ca sardelele. Åre se bazează pe turism, un sezon de schi bun e vital pentru afacerile locale.

Propria ei slujbă ca instructoare de schi depinde de asta.

– Sper să n-ajungă aici, spune ea cutremurându-se.

Tove plimbă latte-ul în pahar.

– Ei, și ce crezi despre omorârea lui Johan Andersson? Nu-i groaznică? Presupun că Daniel nu prea stă mult pe-acasă acum.

– Nu.

Ida ia o îmbucătură mare din tort. Trebuie să aibă și ea o consolare când Daniel e plecat atâta timp. Pe de altă parte, știe că ar trebui să fie mândră de el. Moartea lui Johan e o crimă îngrozitoare care trebuie elucidată.

Se străduiește cât poate să nu se plângă.

– Lucrează tot timpul, adaugă ea. Abia dac-am mai schimbat o vorbă în ultimele zile.

Tove își pune mâna peste a ei.

– Nu poate să-ți fie ușor.

Aruncă o privire în jur, ca și cum ar vrea să se asigure că nu ascultă nimeni.

– Nu știu dacă ar trebui să ți-o spun, dar l-am văzut din întâmplare pe Daniel azi la Werséns.

Ida ridică ochii. Cum de are Daniel timp să meargă la restaurant când lucrează nonstop?

– Lua prânzul cu o femeie șatenă cam de aceeași vârstă cu el, o informează Tove. Păreau să se simtă bine.

Șovăie, se uită adânc în ochii Idei.

– Nu înțelege greșit, dar... e totul în regulă între voi doi?

REBECKA
2020
SÂMBĂTĂ, 22 FEBRUARIE

Mașina se oprește brusc, smulgând-o pe Rebecka din transă. Se uită atentă pe geam, dar nu vede decât întuneric. Și zăpadă. Treptat, ochii i se obișnuiesc și reușește să distingă contururile unei clădiri, ale unui câmp gol și ale unei păduri dese în fundal.

Simte nevoia disperată să urineze, dar încearcă să se țină.

Ole coboară și ia o lopată de zăpadă din portbagaj. Rebecka aude un pocnet când o încuie înăuntru. S-au oprit pe drum, e imposibil să meargă cu mașina până la casă din cauza zăpezii.

Îl privește cu ochii mari cum pleacă.

Furios, bărbatul curăță o potecă de la drum până la ușă, după care intră și aprinde lumina, dând la iveală o căsuță de lemn cu un nivel. E foarte părăginită, tencuiala se cojește și din acoperiș lipsesc câteva țigle.

Frica îi străfulgeră Rebeckăi trupul cu forțe noi.

De ce se află aici? Ce plănuiește el să facă?

De-acum tremură, motorul e oprit, iar temperatura din mașină scade rapid. Trebuie că afară sunt cel puțin minus douăzeci de grade Celsius.

Portiera se smucește și Ole îi face semn să coboare.

Se supune, nu are de ales. Își ia tăcută geanta și merge greu în urma lui. Intră într-un hol rece cu linoleum crăpat pe podea.

Aerul are un miros închis, de mucegai. Un fel de miros de bătrân, un amestec de praf impregnat și urină stătută îi asaltează nările.

Pe perete se află un crucifix mare cu silueta lui Iisus decolorată. Ochii lui lipsiți de expresie privesc în gol la Rebecka. Ar vrea să cadă în genunchi și să-L implore s-o salveze, dar știe că nu are rost.

Și-a dat seama unde sunt. Ole a mers la casa bunicului său din partea mamei, la nord de Meråker. Bunicul lui s-a stins în urmă cu câțiva ani și, fiindcă soția lui e moartă, la fel ca mama lui Ole, acesta a moștenit căsuța. El a pomenit din când în când de ea, dar Rebecka n-a mai fost aici.

Sunt în Norvegia.

Realizarea acestui fapt o face să se clatine. Locul e mărginaș și izolat, a dispărut orice speranță că va veni cineva s-o salveze. Ole a adus-o undeva unde poate face ce vrea el.

Își amintește cel mai grav incident, cu șase luni înainte, când și-a pierdut controlul și a crezut că o s-o omoare.

Mâinile lui o apucaseră de gât și nu mai putuse respira. Totul se făcuse negru.

Nu-i dăduse drumul până nu leșinase.

Ar putea să mai facă același lucru și în seara asta? N-are cine să-l oprească, dar de data asta ar fi două vieți în joc. Dacă ea moare, copilul n-o să supraviețuiască.

Ole nu-și ia ochii de la ea.

Pare absurd, dar Rebecka trebuie să ceară voie să urineze. Nu se mai poate ține, dintr-o clipă în alta o să se scape pe ea.

– Baia? șoptește.

Ole arată spre una dintre uși. Rebecka intră grăbită, simțind că stă să-i plesnească vezica.

Baia minusculă e la fel de murdară ca restul casei și miroase dezgustător. În vasul de toaletă sunt crăpături întunecate și pete galbene care se pierd în țeava de scurgere.

Când a terminat, mai că nu se poate ridica în picioare. Se întinde și pune o mână pe perete ca să se sprijine.

E îngrozită la gândul de a se întoarce în hol, dar n-are încotro. Nu există încuietoare la ușa băii. Ole ar putea pur și simplu s-o trântească de perete și să-și târâie soția afară.

Cu degetele tremurând, își ridică pantalonii și se închide la șliț. În oglinda crăpată își vede frica de pe chip.

Apoi apasă pe mâner ca să tragă apa și iese din baie.

48

E aproape șase și jumătate. Hanna e încă la secție și tocmai i-a trimis SMS Lydiei că n-o să ajungă la cină. Se pregătește să-i lase încă un mesaj Rebeckăi Nordhammar când vede că Daniel își strânge lucrurile.

Se ridică și se duce la biroul lui.

– Telefonul Rebeckăi Nordhammar e în continuare oprit, spune ea din cadrul ușii. Tocmai am încercat din nou.

– Las-o pe mâine! replică el concis.

După glas pare că încă se mai resimte după mustrarea lui Grip. Hanna s-a aflat și ea în situații similare, dar uneori trebuie să stai și să încasezi când șeful nu e de acord.

– N-ar trebui să ne ducem la Rebecka? se aventurează ea. Ca să ne asigurăm?

Daniel nu ascultă, pare stresat.

Flutură telefonul.

– Trebuie să plec, tocmai a sunat Ida.

Hanna se întoarce la biroul ei, după care se concentrează încă o dată la computer. E ciudat că Rebecka nu răspunde și nici n-a sunat-o înapoi, mai ales având în vedere câte mesaje i-a lăsat. Întinde mâna după carnețel și găsește numărul Mariei Törnlund, sperând în zadar că Rebecka a ținut, în schimb, legătura cu ea. Măcar merită verificat.

Maria răspunde imediat și Hanna explică de ce a sunat.

– Îmi pare rău, nu, Rebecka nu m-a căutat. N-am mai vorbit cu ea de vineri, replică femeia, după care trage adânc aer în piept ca şi cum s-ar pregăti pentru ceva. Am ceva ce poate ar trebui să vă spun…

Ezită.

– Dar nu vreau să înrăutăţesc situaţia.

– Ascult bucuroasă, îi zice Hanna ca s-o ajute.

După o scurtă tăcere, Maria continuă:

– Mă tem că Rebecka nu-i în realitate bolnavă, ci i-a făcut Ole ceva, spune ea, împiedicându-se de cuvinte. Pricepi ce vreau să spun?

– Da.

Hanna îşi ia pixul.

Pricepe exact ce vrea să spună Maria. După şapte ani la Unitatea de Violenţă Domestică la Stockholm, n-are nicio problemă în a înţelege relaţiile toxice. A văzut mult prea multe exemple.

– Cred că durează de multă vreme. S-a întâmplat să-i văd o dată Rebeckăi antebraţele atunci când şi-a suflecat mânecile să picteze cu copiii. Avea nişte echimoze negre-vineţii, genul de urme care rămân când te apucă cineva prea strâns.

Maria aproape că pare să vorbească din experienţă.

– Şi au mai fost o mulţime de alte ocazii în care mi s-a părut că fusese maltratată. Am încercat să discut cu ea, dar n-a vrut şi a fost mereu atentă să nu-şi mai suflece mânecile.

Tace. Hanna ia notiţe detaliate, dar nu încearcă s-o îmboldească.

– Poate ar fi trebuit s-o întreb direct ce se petrece, dar n-am îndrăznit.

Îi aude vinovăţia din glas.

– Aş fi părut prea… băgăreaţă. Iar soţul ei făcea o impresie atât de bună, cel puţin la început! Era greu de crezut că el ar…

– Ce s-a întâmplat mai apoi?

– Cred… cred că violenţa s-a agravat. Rebecka a devenit din ce în ce mai abătută. Eu am făcut tot ce-am putut, am discutat despre o prietenă într-o situație similară care primise ajutor. Altă dată am lăsat pe masa din camera personalului niște broșuri despre protecție pentru femeile abuzate. M-am gândit că s-ar putea să ia una, să vadă că este disponibil ajutor.

– Și a luat?

– Nu, la finalul zilei erau toate la locul lor. Poate că s-a uitat, totuși, la ele?

Hanna știe ce dilemă dificilă e să te temi că o prietenă sau rudă e supusă la violență în casă, dar să nu ai dovezi concrete. E greu să știi ce să faci. Multă lume alege să păstreze tăcerea, temându-se să intervină sau să facă acuzații nefondate. A nu părea prea băgăcios face parte din spiritul suedez, iar uneori oamenii își fac griji că i-ar îngreuna situația persoanei vulnerabile.

E curajos din partea Mariei să-și împărtășească suspiciunile cu poliția.

– Mai e ceva, zice ea. Motivul pentru care sunt atât de îngrijorată în privința Rebeckăi.

– Continuă.

– Cred că Johan și Rebecka își erau... dragi unul altuia.

Hanna e luată prin surprindere.

– Adică se iubeau?

Vrea să fie sigură că n-a înțeles greșit.

– Era ceva în felul în care s-au privit când a fost el aici vineri. Își ținea mâna pe brațul ei, iar expresia de pe chipul lui... Johan părea răvășit.

Hanna notează fiecare cuvințel.

– La puțină vreme după ce a plecat, Rebecka a dispărut. A fost plecată jumătate de oră, chiar dacă eram la închidere. Când a revenit, era întoarsă pe dos, nu se putea concentra deloc. Mă întreb dacă nu s-a furișat să se întâlnească cu el.

– Mulțumesc mult de tot că mi-ai împărtășit această informație, Maria. E neprețuită.

– Ieri a sunat soțul Rebeckăi și a zis că e bolnavă, iar ea n-a răspuns la telefon când am încercat s-o contactez câteva ore mai târziu. Mi se învârtea capul. Mă întreb dacă Rebecka și Johan aveau o relație secretă.

Hanna aude frica prelingându-se printre cuvintele Mariei.

– Dacă a aflat Ole?

E cât pe ce să izbucnească în plâns.

– Dacă i-a făcut el ceva îngrozitor Rebeckăi?

REBECKA

2020

SÂMBĂTĂ, 22 FEBRUARIE

Stresul îi umple Rebeckăi urechile cu un bâzâit când iese din baie.

Ole o așteaptă în bucătăria dărăpănată. Pe masă e o Biblie veche cu copertă neagră și litere ornamentate.

Stă în mijlocul podelei cu brațele încrucișate. N-are niciun pic de căldură, doar dezgust în ochi. Calmul lui aparent o îngrozește.

Arată spre unul dintre scaune. Rebecka înțelege, el o să țină un proces. Ea e acuzata, iar el va fi atât procuror, cât și judecător.

– Ai *o singură* șansă să spui adevărul, zice Ole cu glas monoton.

Se comportă de parcă ar avea în fața lui pe cineva cu totul străin, nu soția cu care a trăit șapte ani. Rebecka se prinde de marginea scaunului, copleșită de panică oarbă. Nu-i poate spune despre Johan, despre relația lor, dar dacă minte și se dovedește că Ole deja știe că avea o aventură, atunci e pierdută.

Se uită fix la fața lui, căutând un indiciu, orice ar putea-o ajuta să ia o decizie. Să fie oare pur și simplu un joc crud de-a șoarecele și pisica? Totul depinde de găsirea răspunsului potrivit.

Viața copilului ei nenăscut.

– Ole, nu face asta, te rog!

– O singură șansă.

Maxilarul îi e încleștat.

– Ce vrei să știi? șoptește ea.

E greu să vorbească cum trebuie. Gâtul îi e plin de lacrimi, nasul îi curge. Se zbate să-și rețină hohotele de plâns, Ole n-a suportat niciodată s-o vadă plângând.

– M-ai mințit.

Expresia de pe chipul lui e rece ca gheața.

– Ai zis că nu te simți bine. Ai zis că o să te culci devreme, ca să scapi să nu vii la biserică împreună cu mine. În schimb, ți-ai făcut bagajul și ai plecat din casă.

Îi zâmbește sarcastic.

– Ce căutai în parcare?

Rebecka încearcă să-și dea seama ce vrea Ole. Ar trebui oare să-și recunoască infidelitatea?

Probabil; el vrea ca ea să-și mărturisească păcatele cu glas tare, ca la biserică. Aruncă o privire spre Biblia grea. A păcătuit, o știe deja.

Tușește ca să mai câștige puțin timp.

– Eu..., începe ea, dar nu-i vin cuvintele.

Teama de a spune ce nu trebuie o face incapabilă să continue.

– Da?

Ole vine spre ea. O ia de bărbie și răsucește atât de tare, că-și aude oasele pârâind.

– Adevărul! Dă-i drumul!

Se simte de parcă îi este dislocată bărbia. Nu-și poate reprima un strigăt de durere.

– Taci dracului din gură!

– Stai așa! O să-ți spun!

Îi curg lacrimile pe obraz când el îi dă drumul. Ole face un pas înapoi și o privește întrebător.

– Plecam, icnește ea, hotărâtă să nu pomenească numele lui Johan.

– Mă părăseai? replică el aproape scuipând întrebarea.

N-are rost s-o nege.

– Da, șoptește Rebecka, plecând capul.

– Sunt soțul tău. Ai promis dinaintea lui Dumnezeu că o să mă iubești și o să-mi dai ascultare. Trupul tău îmi aparține mie!

– Știu.

Atmosfera e densă și încărcată de furie.

Ceva umed i se scurge Rebeckăi în chiloți, chiar dacă tocmai a fost la toaletă. Frica o pune în imposibilitatea de a-și controla vezica.

Lasă să-i scape un hohot.

Ole își încleștează și descleștează pumnii. Rebecka deja are impresia că îi simte strânsoarea în jurul gâtului, lipsa de oxigen când aceasta devine din ce în ce mai puternică.

Deja aude țiuitul din urechi, întocmai ca ultima dată.

„O să mă ucidă."

47

Hanna își lasă bărbia în palme în timp ce se gândește la discuția cu Maria Törnlund.

Secția e tăcută, biroul ei e singurul care mai are lampa aprinsă.

Dezvăluirea Mariei despre o posibilă relație amoroasă între Johan și Rebecka ar putea influența tot cursul anchetei. De fapt, Rebecka ar putea fi cheia atacului asupra lui Johan și s-ar putea să fie și victimă în povestea asta.

Descrierea soțului ei obsedat de control îi declanșează Hannei toate alarmele. E ca o listă de semne ale unei relații distructive.

Tastează „Lumina Vieții" în caseta de căutare. Ecranul se umple imediat cu rezultate.

Potrivit Wikipediei, biserica există în Jämtland de când a fost întemeiată în anii '50 în Snasadalen, o zonă apropiată de granița cu Norvegia. Corpul religios e alcătuit din o sută de membri și aparține de Biserica Evanghelică Liberă. Majoritatea membrilor locuiesc între Storlien și Järpen, în timp ce sala parohială e în continuare în Snasadalen.

Când caută cu ajutorul Google Maps, descoperă că se află la poalele unui munte cunoscut drept Snasahögarna, la mică distanță după Handöl.

Soții Nordhammar locuiesc în Enafors, la nu mai mult de zece minute depărtare.

Continuă și găsește o pagină de start. Clar nu sunt chiar așa de modă veche, dacă au prezență online. Apare un banner verde-pal, cu o cruce albă. Textul de sub ea rezumă misiunea sacră a bisericii: să-L facă pe Iisus cunoscut și iubit de toți oamenii de pe Pământ. Biserica e o comunitate iubitoare, binecuvântată de Dumnezeu. Atunci când Îl alegem pe Cristos, ne alegem unul pe altul în credință, speranță și iubire. Urmându-L pe Domnul și înfăptuind lucrarea Lui împreună, scopul este acela de a încuraja alți oameni să-L primească în inimile lor.

Sună ca o idilă biblică, dar Hanna observă că toți pastorii sunt bărbați și că rolul femeii e descris doar în termeni de creștere și sprijin. Femeia e lăudată ca soție și mamă.

Este evident că femeile sunt văzute mai degrabă doar ca receptacule pentru produs copii decât ca persoane cu dreptul de a lua propriile decizii.

Cu cât citește mai mult, cu atât îi displace mai tare toată chestiunea și îi crește îngrijorarea pentru siguranța Rebeckăi.

Fiecare filă de pe pagina de start dă la iveală imnuri de slavă pentru dragostea lui Dumnezeu și cum se răspândește în biserică duhul lui Iisus. Membrii nu trebuie să se pună pe primul loc, ci să-i slujească pe ceilalți, să fie atenți la nevoie altora, să prindă putere prin rugăciune și închinare.

Pare un ciclu religios fără sfârșit.

Găsește o secțiune care descrie structura bisericii. Membrii aparțin diferitelor grupuri familiale care se întâlnesc în casele lor. De asemenea, li se cere să ajute la o serie de treburi cum ar fi îngrijirea diverselor locuri, conducerea grupurilor de studii biblice și pregătirea cafelei de după slujbe.

Hanna e gata să pună pariu că de la femei se așteaptă să se ocupe de cele mai multe dintre aceste activități.

În lumea ei, asta se cheamă forță de muncă neplătită.

O chestie care-i atrage îndeosebi atenția sunt mic-dejunurile „casnicelor", luate la comun, unde accentul se pune pe mese frumos aranjate, atmosferă creștină și promovarea încrederii reciproce. Hanna clatină din cap. Oamenii ăștia își dau seama, oare, că trăiesc în secolul XXI?

Se lasă pe spate în scaun. Descrierile pline de lirism ale unei existențe fericite sub protecția lui Dumnezeu nu se prea potrivesc cu ce i-a spus Maria Törnlund despre viața Rebeckăi. Soțul ei o aduce cu mașina la serviciu și o ia de acolo în fiecare zi. Faptul că trebuie să ceară voie să iasă la un pahar de vin, vânătăile pe care a încercat să le ascundă...

Genul acesta de control nu stă mărturie iubirii față de femei sau siguranței lor.

Cu cât citește mai multe despre Lumina Vieții, cu atât mai tare mesajele organizației i se par ca venite de la un cult și despotice. Se gândește la secta penticostală din Knutby din urmă cu câțiva ani, unde supunerea oarbă față de pastori și femeia cunoscută drept Mireasa lui Cristos au dus la crimă, abuz și exploatare sexuală.

Caută pe Google „Ole Nordhammar" și vede o poză a unui bărbat atrăgător, cu o linie a maxilarului puternică. Pare să aibă cam patruzeci de ani, trăsături regulate și păr negru, des. E ceva în ochii lui... Îi captează atenția într-un mod aproape hipnotic.

Să fie asta imaginea unui om care-și bate nevasta?

Studiază fotografia, chiar dacă știe că nu există vreun aspect „tipic". Adevărul e că majoritatea abuzatorilor arată perfect normal: nu sunt nici deosebit de frumoși, nici deosebit de urâți. Numitorul lor comun este profilul psihologic, nevoia de a-și exercita puterea și controlul, adeseori ca să compenseze pentru nedreptățile de care au avut parte mai înainte în viață.

Caută o poză a Rebeckăi Nordhammar, dar nu găsește nimic. Nu pare să fie pe nicio platformă de socializare online, dar poate asta nu-i chiar așa de ciudat. Dacă biserica e chiar pe cât de conservatoare pare, atunci genul acesta de preamărire de sine probabil că nu este permis.

Îi trimite repede un SMS Mariei, întrebând-o dacă are o poză cu Rebecka.

Ar fi realmente bine să stea de vorbă cu ea față în față. Toate instinctele îi spun că e important, dat fiind cât de îngrijorată era Maria în privința siguranței ei.

Și ținând cont de suspiciunile ei despre o relație cu Johan.

O idee minusculă începe să prindă rădăcini. Hanna aruncă o privire la ceasul de pe perete. E doar șase patruzeci și cinci.

Nu-i prea târziu să se ducă până la Rebecka acasă, la Enafors, chiar acum.

48

Anton se îndreaptă grăbit spre parcare. Și-a petrecut cea mai mare parte a după-amiezii luând legătura cu prietenii și cunoștințele lui Johan, iar acum a întârziat la repetiția formației de jazz care are loc marțea.

Se pregătește să descuie portiera când își aude numele. Când ridică privirea, îl vede pe Carl în fața centrului de sănătate, care se află în aceeași clădire cu secția de poliție.

– Salut! strigă Anton, apoi se duce la treptele late unde așteaptă Carl.

Ca să fie sigur, dă ochii roată, dar nu-și vede niciun coleg.

– Ce cauți aici?

– Îmi fac și eu niște analize înainte să închidă, răspunde celălalt arătând din cap spre centrul de sănătate, unde o asistentă îmbrăcată în alb tocmai trece pe lângă ușile de sticlă.

Vine mai aproape de Anton.

– Unde te-ai dus azi-noapte? întreabă el coborând glasul. Nu mai erai de dimineață, când m-am trezit.

Anton își lasă stânjenit greutatea de pe un picior pe altul. Intenționase să scrie un bilet, dar nu se putuse hotărî ce să zică și nici nu voise să lase ceva care putea trăda faptul că fusese acolo din motive personale.

Expresia din ochii lui Carl îl face pe Anton să se gândească la orice altceva, numai la etică și măsuri de precauție nu. Un junghi de dorință puternică îi străbate rapid trupul când își aduce aminte spinarea goală a lui Carl în lumina blândă a nopții. Pielea caldă pe care-și trecuse buzele.

Carl întinde mâna și-l atinge pe Anton pe umăr.

– M-am simțit bine ieri, murmură el. Mă întrebam dacă ai vrea să luăm cina mai încolo săptămâna asta?

Anton înghite în sec. Tare i-ar mai plăcea! Mai mult decât orice, vrea să-l cuprindă pe Carl cu brațele și să se ducă acasă cu el chiar acum, dar știe cum ar da asta.

Hanna încă n-a plecat. L-a cunoscut pe Carl și, categoric, l-ar recunoaște dacă l-ar vedea stând lângă Anton. I s-a părut că ea deja avea bănuielile ei în privința relației lor încă de duminică, iar astăzi, mai devreme, Daniel l-a întrebat dacă se simte bine. Ignorase întrebarea, dar există totuși o limită pentru câte poate pretexta.

I-ar plăcea să poată discuta subiectul cu Carl, dar e în criză de timp. Nu poate să se lase prins într-o lungă explicație despre caz chiar în acest moment, sau despre cum ar trebui să se comporte în calitate de polițist. Hanna sau vreun alt coleg ar putea să apară în orice clipă și să-i vadă discutând.

– Pot să te caut eu pentru chestia asta? întreabă el cu indiferență în glas.

Carl se crispează, își retrage brațul. Căldura din ochi îi dispare și capătă o expresie de suferință și dezamăgire.

Anton nu-l poate condamna. El se comportă ca un măgar cu un bărbat care-și plânge un prieten apropiat. Nu-i e de ajutor.

– OK, zice Carl inexpresiv. Înțeleg.

Își ridică fermoarul gecii până sus.

– De fapt, în clipa asta am multe la care să reflectez. Chestia cu Johan... tocmai mă îndreptam spre biserică să organizez o slujbă în memoria lui. Mulți oameni îi simt lipsa.

Anton nu suportă faptul că trebuie să-l trateze pe Carl cu răceală, dar simte nevoia să se îndepărteze până nu-i vede cineva. Se uită demonstrativ la ceas, arătând clar că se grăbește.

Se lasă o tăcere penibilă.

– Apropo, cum mai merge ancheta? întreabă Carl. Am auzit că a interogat-o cineva pe Sandra la serviciu.

Anton se încruntă.

– De unde știi asta?

– Voi chiar îl bănuiți pe Linus?

Anton se străduiește cât poate de bine să păstreze masca la locul ei, să nu dezvăluie cât de aproape de adevăr e Carl. Acesta însă se apropie și-l prinde de braț.

– Credeți că Linus e în spatele chestiei ăsteia?! Serios?

– Îmi pare rău, replică Anton blocându-și toate emoțiile. Nu am voie să discut cazul.

Pleacă grăbit, înainte să apuce Carl să-i mai pună vreo întrebare.

Nici că s-ar putea urî mai tare.

49

Drumul până la Enafors durează mai mult decât se așteptase.

Locul e chiar mai mic decât Ånn, dar are gară și linia de cale ferată de la Sundsvall la Storlien taie satul și nici nu e departe de Snasadalen, unde își are sediul Lumina Vieții.

Potrivit hărții e la o distanță de patruzeci de kilometri, iar deplasarea ar trebui să dureze cam patruzeci de minute. Numai că e întuneric pe șosea, care mai și șerpuiește, chiar dacă e același drum european care continuă spre Norvegia. În plus, Hanna o ia în direcția greșită. E nevoită să întoarcă și caute ieșirea potrivită.

Cea care duce la casa familiei Nordhammar.

Are timp să se gândească. Ar putea vizita ei neașteptată s-o pună în și mai mare pericol pe Rebecka? Dacă trăiește într-o sectă care exercită un control strict, siguranța i-ar putea fi afectată de apariția Hannei, mai ales dacă Ole află că pune întrebări despre relația soției lui cu Johan. Dat fiind ce i-a spus Maria, însă, nu îndrăznește să aștepte. Ar fi la fel de riscant și să nu facă nimic.

În umbră se ascunde un criminal. Rebecka ar putea să posede informații vitale.

Doar că Hanna va trebui să fie cu băgare de seamă.

Casa din Enafors e cufundată în întuneric când ajunge. Nu-i nici măcar opt, cu siguranță lumea nu s-a dus la culcare, nu? Conform evidențelor publice, la adresă locuiesc două persoane, fiindcă Ole și Rebecka n-au copii.

Oprește motorul și se dă jos din mașină. Stă pe loc o clipă, se uită la clădirea de lemn vopsit în roșu, cu două niveluri și ferestre cu rame albe. O potecă îngustă duce la ușa neagră din față, unde o lampă stingheră aruncă o lumină rece.

Drumul se sfârșește aici. Casa e singură lângă o mică zonă de întoarcere, acoperită în cea mai mare parte de un troian mare de zăpadă. Dincolo de grădină nu e nimic decât pădure și un izlaz. Până să ajungă aici, Hanna a trecut pe lângă niște case și o rulotă ruginită, dar nu se vede niciun vecin.

Studiază zona cu atenție. Judecând după urmele din zăpadă, o mașină trebuie să fi fost recent parcată acolo. Vede și urmele late unde aceasta a dat cu spatele și a întors.

Să însemne asta că soțul a plecat undeva?

E Rebecka singură acasă?

Întinde gâtul să se uite la etaj. E rezonabil să presupună că Rebecka stă în pat, dacă e prea bolnavă ca să sune la serviciu sau măcar să răspundă la telefon.

Sunt trase jaluzelele? N-are cum să știe sigur.

Se duce la ușa de la intrare și apasă pe sonerie. Aceasta răsună cu ecou prin casă, dar nu răspunde nimeni. Încearcă iar, dar cu același rezultat.

Tăcerea e apăsătoare. Hanna răsuflă mai greu acum. A făcut ce trebuie venind de una singură aici?

Instinctul îi zice că da. Rebecka ar putea fi o persoană importantă pentru caz și s-ar putea să nu fie deloc bolnavă, ci doar în primejdie.

Își scoate telefonul și sună iar la numărul femeii, cu urechea lipită de ușă.

Niciun sunet.

I se învolburează mintea. Dacă Rebeckăi realmente nu-i e bine, s-ar putea să-și fi pus telefonul pe silențios și nu realizează că Hanna încearcă să dea de ea, ceea ce pare puțin probabil, fiindcă în ziua de azi lumea își ține telefonul la îndemână. La un moment dat, Rebecka ar trebui să observe câte apeluri pierdute are.

Hanna trebuie să fi lăsat șapte sau opt mesaje până acum. Apasă pe reapelare, dar încă o dată apelul intră direct în căsuța vocală.

Pune telefonul deoparte. După o scurtă ezitare întinde mâna și încearcă clanța.

Ușa e încuiată.

Ce se întâmplă cu familia Nordhammar?

Unde este Rebecka?

În depărtare urlă un câine singuratic. Sună amenințător și îi întărește senzația că e ceva în neregulă. Decide să se ducă în spatele casei.

Imediat ce iese de pe cărarea curățată, înaintarea devine dificilă. Zăpada e adâncă, la fiecare pas se sparg pojghițe de gheață. Într-o clipită i-au și înghețat gambele.

În cele din urmă ajunge la o verandă lată care dă spre izlaz. Pune o mână pe balustrada de lemn și se uită la ușa verandei. E din sticlă, ar trebui să poată vedea înăuntru dacă își lipește fața de ea.

O voce lăuntrică îi spune că ar trebui s-o lase baltă, să se ducă acasă și să se întoarcă pe lumină cu Daniel. Așa ar fi cel mai sigur, probabil și pentru Rebecka.

Numai că ea ar putea să zacă rănită înăuntru, singură și abuzată, având nevoie disperată de ajutor.

Hanna respiră mai rapid. Vede ceața albă din fața gurii ei la fiecare expirație. Nu poate să stea pe loc, trebuie să se hotărască.

Să plece sau să încerce să intre în casă.

Întunericul pulsează în jurul ei. Aproape că-și poate auzi gândurile contradictorii în liniștea din jur.

Se simte de parcă niște degete înghețate i-ar atinge fruntea.

Cu o ultimă privire de jur-împrejur, pornește pe trepte în sus.

50

Gerul o pișcă de obraji când se uită cu atenție în casa întunecată. Își lipește fața de ușa verandei și mijește ochii să vadă mai bine. Se uită într-o sufragerie, distinge canapeaua, două fotolii, o măsuță de cafea, un lampadar și o bibliotecă.

Nu e nicio lumină pe nicăieri. Casa pare goală, lipsită de viață.

Își scoate telefonul și pornește lanterna. O îndreaptă spre încăpere, dar nu descoperă nimic nou în afară de o biblie în centrul măsuței de cafea. E demonstrativ lăsată la vedere, ca și cum s-ar dori să le amintească tuturor de canonul lui Dumnezeu.

Senzația că nu este nimeni acasă devine tot mai puternică.

Hanna trage adânc aer în piept, inspiră mirosul zăpezii. La Stockholm sunt multe mirosuri și toate se pierd într-un terci gros. Aici, unde aerul e rece și limpede, lucrurile stau altfel. E înghețat și proaspăt, cu o undă de sare.

Adulmecă iar și devine conștientă de ceva mai neplăcut: scânduri putrede în pereții de lemn. La fel de putrede ca valorile demodate care au pus stăpânire pe Lumina Vieții.

Aruncă o privire în jur. Dincolo de grădină pândesc umbrele, copacii devin una cu fundalul. Liniștea este atât neospitalieră, cât și supărătoare. Rebecka trăiește în acest loc pustiu de la vârsta de nouăsprezece ani, când s-a măritat cu Ole.

Ar trebui să intre sau să plece? Tremură și bate din picioare. O dor lobii urechilor de frig. E o idee proastă să intre într-o proprietate fără permisiune. Contravine regulilor, nu are autoritatea s-o facă. Dacă este prinsă, gestul o să fie privit drept o abatere profesională.

Și totuși, e convinsă că asta trebuie să facă. La drept vorbind, n-ar fi prima oară când forțează niște limite. Toți polițiștii o fac uneori, cel puțin așa își spune ea. N-ai cum să respecți regulile până în cele mai mici detalii, n-ai avansa în veci într-o anchetă.

Dacă Rebecka zace înăuntru, grav rănită, atunci Hanna nu și-ar putea ierta lipsa de acțiune.

Decizie luată. Se află aici acum, nu poate să dea înapoi și nici n-o s-o facă.

Întinde mâna și încearcă clanța. Ușa e încuiată. Fereastra e și ea închisă și imposibil de deschis.

Are ea tupeul să spargă un geam?

Înainte să se poată hotărî, liniștea e alungată de un lătrat puternic și agresiv care răsună printre copaci. Urletul a venit de la mare distanță mai devreme, dar acum câinele e mult mai aproape.

Se întoarce, încercând să stabilească de unde vine sunetul. Câinele latră iar, mai tare de astă dată. Categoric se îndreaptă înspre ea. E prea riscant să rămână, n-are arma de serviciu la ea.

Când o repriză nouă de lătrat umple aerul, Hanna coboară în fugă treptele. E la fel de dificil să-și croiască drum prin zăpadă pe drumul de întoarcere la mașină. Se mișcă pe cât de repede poate, dar tot e prea încet.

Ocolește colțul casei și vede un câine uriaș gonind pe drum. Seamănă a doberman și trebuie să aibă vreo treizeci, poate treizeci și cinci de kilograme. Latră neîncetat și iuțește pasul când o vede.

Inima îi bate să-i spargă pieptul.

Câinele e la doar câțiva metri de ea când Hanna se aruncă spre mașină. Smucește portiera din dreapta și reușește să intre și s-o trântească la loc înainte ca fiara să atace. Se ghemuiește pe scaun, rămânând cu privirea fixă la fălcile amenințătoare de dincolo de geam. De pe colții ascuțiți se prelinge salivă, ghearele tari zgârie furioase vopseaua, cu un râcâit puternic.

În depărtare vede un bărbat venind în fugă spre ei, ceea ce o trezește din paralizie.

Nu se poate lăsa prinsă.

Cu viteza luminii, se mută, zvârcolindu-se, pe locul șoferului și pornește motorul. Face o întoarcere disperată și necontrolată la 180 de grade, calcă accelerația și se îndepărtează.

Când trece pe lângă stăpânul câinelui, lasă capul în jos ca să n-o poată recunoaște. Bărbatul are o căciulă groasă și un fular ridicat peste bărbie, e imposibil să-i vadă fața.

Aruncă o privire în oglinda retrovizoare: câinele a rămas tot acolo, neclintit și lătrând isteric.

51

Sala de repetiții e în pivnița unei case cu două calcane de pe Lienvägen. Bobo, liderul neoficial al formației, locuiește în ea și a instalat izolare fonică ca să poată repeta fără să-și înnebunească de cap familia.

Anton cântă cu același grup de băieți de aproape cinci ani și de obicei se întâlnesc o dată pe săptămână. Sunt amatori fericiți, dar, din când în când, mai prind și câte o cântare plătită la unul dintre localurile din zonă. Încă mai sunt oameni care apreciază o seară de jazz bun în loc de muzica house și dance din vârful topurilor.

Ajunge ultimul, ducând cu el cutia saxofonului. Bobo îl întâmpină.

– Nu credeam că mai ajungi, acum c-a fost omorât Johan Andersson. Groaznică treabă!

Clatină din cap.

– Cum mai merge? Aveți un suspect?

Anton îi zâmbește obosit, încercând să transmită un mesaj simplu:

„Putem să discutăm despre altceva?"

Înțelege că oamenii sunt și îngrijorați, și supărați. Propria lui mamă l-a sunat mai devreme, familia îi cunoaște pe părinții lui Johan. Însă au fost câteva zile grele, atât pe plan personal, cât și profesional. Tot ce-și dorește acum e să stea jos, să cânte câteva ore și să evite să se gândească la orice altceva în afară de muzică.

Mai ales după întâlnirea neașteptată cu Carl. Încă îi e rușine pentru comportamentul lui, pentru distanța pe care s-a simțit obligat să o impună. Oftează. Ce-i făcut e bun făcut. Îi salută pe ceilalți băieți, Nisse de la tobe și Charlie de la contrabas, și se așază. Azi a luat cu el saxofonul tenor cel mare: acordat în Si bemol, are o sonoritate gravă și rotundă, perfectă pentru sunetul melancolic al jazzului. Căldura lui evocă imagini ale unor cluburi pline de fum, cocteiluri la modă, domni în smoching și doamne elegante cu porttigaret în colțul gurii.

În seara asta nu vrea decât să se cufunde în atmosferă, să uite de Carl.

Își trece mâna peste instrument. Cântă încă din școala generală, a învățat să alterneze între saxofonul tenor și cel mic, alto, acordat în Mi bemol.

Lumina din tavan se reflectă în alama roz când își trece cureaua pe după gât și-și pune saxofonul pe piept. Încearcă niște note și lasă sunetul sfâșietor să exprime tot ce n-a putut el să-i spună lui Carl cu o oră în urmă.

Bobo, care e la clape, ridică mâna indicând că e momentul să înceapă.

– O să pornim cu „Take Five", zice el.

E o piesă clasică în Re minor din anii '50, înregistrată de Dave Brubeck cu saxofonistul și compozitorul Paul Desmond. Interpretată în măsura de patru pe cinci, are una dintre cele mai frumoase melodii de saxofon din tot jazzul. A fost compusă pentru saxofonul alto, dar în seara asta va trebui să meargă și cu cel tenor.

Charlie cântă partea introductivă simplă de tobe, după care intră Bobo cu acordurile familiare de pian.

Anton își pune buzele pe muștiuc și-și umple plămânii cu aer. De regulă e capabil să se piardă în muzică, i-a fost adesea refugiu, mai ales când era chinuit de îndoieli sau cădea îndelung pe gânduri din cauza identității sale sexuale.

De astă dată, însă, când degetele îi ating clapele vede numai chipul lui Carl dinaintea ochilor.

52

E aproape zece seara când Hanna ajunge înapoi la casa din Sadeln.

Pe drumul de întoarcere de la Enafors s-a oprit în Duved să mănânce ceva și să se adune. Câinele acela nebun o înspăimântase și nu voia să se ducă acasă s-o vadă Lydia și Richard cu nervii atât de evident zdruncinați.

Hanna își cunoaște sora și așa ceva ar duce inevitabil la o liotă de întrebări. A trimis în schimb un scurt SMS în care spunea că o să ajungă târziu de la serviciu.

Se furișează la parter prin intrarea din spate și se duce drept în camera ei ca să n-o vadă cineva. Tocmai a început să se dezbrace când se aude o bătaie ușoară în ușă: Lydia. E desculță și, pentru prima oară, are pe ea un tricou de facultate albastru-decolorat, genul pe care ar l-ar purta Hanna.

– Ești în regulă?

– Da.

Sora ei o privește cu oarecare scepticism.

– Ești sigură?

Hanna își scoate o șosetă.

– A fost o zi lungă, atâta tot. Am plecat la șase azi-dimineață.

Lydia se reazemă de cadrul ușii.

– Chiar trebuie să muncești așa mult?

Pare îngrijorată.

– Uneori e necesar.

Hanna schițează un zâmbet, dar îi iese mai degrabă o grimasă. E ruptă de oboseală și nu și-o poate scoate din cap pe Rebecka. E și mai îngrijorată de când cu vizita la Enafors: casa aceea întunecată și părăsită e rău-prevestitoare.

– Mă întrebam dacă ai vrea un pahar de vin sau o ceașcă de ceai. Presupun că ai mâncat? Richard a făcut o lasagna mare și a mai rămas o mulțime, dacă ți-e foame.

Bunătatea Lydiei o face pe Hanna să zâmbească. Faptul că are cineva grijă de ea îi produce o senzație neobișnuită, dar plăcută. N-a mai avut-o de multă vreme.

Sora ei mai mare i-a fost mereu ca o mamă.

– Ar fi grozav, numai lasă-mă câteva minute. Ceai mai degrabă, nu vin, te rog, că și mâine trebuie să mă scol devreme.

De la momentul acela din decembrie când viața îi era o mare harababură, Hanna a lăsat-o mai moale cu băutul. A crezut că o să fie dificil, dar de fapt a fost ușor. Având șansa unei noi vieți și o nouă slujbă în Åre, pornirea nestăvilită să bea pur și simplu s-a stins.

În ultimele două luni, abia dacă s-a mai atins de sticla de vin.

Hanna se duce sus și găsește un foc trosnind în vatra mare. Lydia a aranjat pe masă ceșcuțe și farfurii cu model floral și a aprins lumânări în diferite felinare. Mai sunt și un borcan cu miere și un platou de rulouri cu scorțișoară proaspăt scoase din cuptor.

Miroase minunat.

– Tu le-ai făcut? întreabă Hanna.

– Nu. Să recunoaștem meritele acolo unde se cuvine: le-am luat de la brutăria locală. Sunt delicioase.

Hanna își înfige dinții într-un rulou cald. Lydia are întru totul dreptate: are un gust dumnezeiesc. În timp ce mestecă, simte cum i se lasă umerii. Înainte să se ducă la culcare, trebuie să revadă evenimentele de peste zi, dar în clipa de față pot să mai aștepte. E plăcut să stea cu sora ei și să se deconecteze o vreme de la serviciu.

– Unde-s ceilalți?

Lydia arată din cap spre dormitorul principal.

– Richard s-a dus deja la culcare. Era obosit, a schiat toată ziua pe pârtiile lăturalnice de pe Skutan cu niște prieteni și un ghid. Copiii presupun că sunt în camerele lor cu iPadurile.

Râde resemnată.

– Nu mai are rost să încerc să le restricționez asta. Fac ce vor ei, indiferent de ce zic eu.

Nu-i stă în fire Lydiei să se recunoască învinsă. Hanna e impresionată fără să vrea de nepoata și nepotul ei. Dacă stă să se gândească, ei chiar seamănă cu mama lor.

Soarbe din ceaiul galben-pal pe care l-a turnat sora sa. E din turmeric, în aparență ultima modă printre practicanții de yoga și wellbeing.

Lydia face frecvent yoga.

– Cum te mai simți cu adevărat? o întreabă aceasta aplecându-și capul într-o parte. După toate câte s-au întâmplat după ce ai plecat din Stockholm?

Hanna n-a stat să se gândească la asta. Ultimele două luni au trecut surprinzător de repede. E fericită în Åre și îi place să lucreze cu echipa de aici. La început își făcuse griji că Anton s-ar putea simți călcat pe bătături, dar pe el nu pare să-l deranjeze.

Se înțelege cu Daniel într-un fel pe care nu a îndrăznit niciodată să-l creadă posibil. El îi cere adesea părerea și o ia bucuros la cazuri. Uneori, cea mai plăcută parte a zilei e atunci când stau în mașină și discută.

Îi place stilul lui ușor lapidar, care ascunde o empatie profundă. În plus, e foarte interesat de gătit, grație moștenirii lui italiene. I-a spus că mama lui, Francesca, era o bucătăreasă extraordinară și își poate petrece un întreg drum de la Åre la Östersund discutând despre diferite feluri de ulei de măsline sau despre cel mai bun mod de a păstra parmezanul.

– Grozav, replică ea. Mult mai bine decât credeam.

– Excelent, pentru că am niște vești bune.

Lydia zâmbește misterioasă.

– Christian a fost de acord să-ți dea patruzeci la sută din valoarea la care a ajuns apartamentul din Solna.

Hanna face iute un calcul mental. Sunt bani mulți, ar trebui să fie cam pe la... o jumătate de milion de coroane[1], poate chiar mai mult.

– Uau! Ești uluitoare!

Lydia surâde.

– Măcar atâta poate să facă și el. S-a purtat de tot rahatul față de tine.

Parcă e un judecător care-și anunță verdictul. Hanna nu se poate abține să zâmbească și ea. Data următoare când o să cunoască un tip – dacă o să cunoască – e hotărâtă să încheie un contract obligatoriu din punct de vedere legal înainte să se mute împreună.

– Așa e, replică ea, punând o linguriță de miere în ceai. Numai că nu a fost doar vina lui că ne-am despărțit. Pur și simplu nu ne potriveam foarte bine.

Se uită lung la lumânarea din cel mai apropiat felinar de sticlă. Flacăra se mișcă hipnotic înainte și înapoi, având inima albastră subțire înconjurată de o aură de portocaliu și galben. Trădarea lui Christian încă doare, dar își dă seama că nu mai suferă după el. Timpul petrecut în Åre a ajutat-o să se vindece.

– N-ar fi trebui să fiu cu el, mărturisește, atât pentru sine, cât și Lydiei. Avem țeluri și valori complet diferite. Noua lui prietenă i se potrivește mult mai bine.

---

1 – Aproximativ 43 000 de euro. *(n. trad.)*

– Şi atunci, de ce ai rămas? Ai rezistat cinci ani, zice Lydia.

Hanna își roade buza de jos. S-a întrebat și ea același lucru în ultimele săptămâni.

Christian a umblat neabătut după ea la început. Era cam făt-frumos și ea se simțise, probabil, mai flatată decât ar fi fost sănătos. În plus, mama și tatăl ei îl adoraseră din capul locului, fusese prima dată când le plăcuse prietenul său și asta o făcuse să se simtă acceptată.

– A avut mare succes la draga noastră mamă, spune ea încercând și nereușind să ignore întrebarea printr-o glumă. Cred că ea e mai supărată decât mine că ne-am despărțit.

– Dă-o dracului! răbufnește Lydia cu venin neașteptat.

Hanna râde, dar nu-și poate ascunde amărăciunea.

– Ție ți-e ușor de zis.

Lydia a fost lumina ochilor mamei ei, amândouă o știu. N-are nicio intenție să se plângă, nu e vina surorii ei că părinții lor au preferat-o mereu.

– Știi cum e ea.

Lydia se întinde peste masă și o strânge pe Hanna de mână.

– Îmi pare rău pentru felul în care te-a tratat. În care s-a comportat când erai mică. Tu știi ce simt eu, nu?

Tonul rugător din glasul ei e surprinzător. În lumina lumânărilor, durerea unei conștiințe vinovate i se citește pe toată fața și în ochii albaștri.

Hannei i se pune un nod în gât. Sora ei i-a fost mereu ancoră în viață, chiar și când i-a fost cel mai greu și călătorea prin Europa, spre oroarea părinților ei. Sau când se înscrisese la Academia de Poliție, în ciuda dorințelor lor exprese.

Numai Lydia o încurajase atunci.

După atacul de la Barcelona, când șeful ei respingător și mult mai în vârstă o dusese cu forța într-o pivniță înghesuită, cu podea de pământ, și o violase, la Lydia căutase sprijin.

Nu și-a învinovățit niciodată sora pentru situația în care s-au aflat în copilărie, pentru faptul că mamei lor nu părea să-i pese de fiica mai mică sau că tatăl lor avea atâta oroare de certuri că nu se băga niciodată.

Acum înțelege brusc că Lydia se consideră vinovată.

– Nu e vina ta.

O strânge și ea de mână pe sora ei și-i zâmbește trist.

– N-a fost niciodată.

Ochii Lydiei se umplu de lacrimi.

– Chestia e că... nu așa pare.

Clipește de câteva ori și-și dă o șuviță de păr la o parte de pe frunte. Cu coada de cal și tricoul decolorat, e departe de imaginea avocatei de succes care vorbește despre a le face pe femei să se simtă puternice și dă interviuri la știri despre spețe de referință.

I se schimbă expresia, de parcă i s-ar umple mintea de prea multe amintiri nefericite.

– Mereu am avut conștiința vinovată în ceea ce te privește. A fost tare multă nedreptate. Voiam să îndrept lucrurile, dar nu știam cum, în afară de a interveni ca un soi de tampon și de a încerca să-ți dau ce nu putea mama.

– Nu era răspunderea ta.

Lydia strânge ceașca în palme.

– Era de parcă... eu aveam totul și tu nimic. Eram cea mai mare, așa că toată atenția se concentra pe mine. Când ai apărut tu, mama și tata erau amândoi mai în vârstă și mai obosiți. Mi-a fost ușor la școală pentru că eram o elevă bună, n-a trebuit să mă străduiesc cine știe ce. Când aveam douăzeci și trei de ani am fost suficient de norocoasă să-l cunosc pe Richard și de atunci carierele ne-au avansat foarte lin. Pe când tu l-ai cunoscut pe Christian, care s-a purtat ca un bou absolut. Mai stăm și foarte bine financiar, în vreme ce tu muncești douăzeci și patru de ore din douăzeci și patru pentru un salariu de polițistă ridicol de mic.

Remarcile Lydiei sunt surprinzătoare. Hanna nu și-a închipuit niciodată că așa gândește sora ei. De ce să se învinovățească ea pentru felul în care s-a purtat mama lor? Cum de poate să creadă că Hanna ar avea resentimente față de ea după toate câte a făcut pentru sora sa?

– Nu-i nevoie să-ți ceri scuze, spune. E o chestiune între mine și mama, nu între noi două. Tu și Richard ați muncit incredibil de mult ca să ajungeți unde sunteți.

Dă dintr-o mână, arătând spre decorul impresionant.

– Și mai sunteți și foarte generoși. Locuiesc aici de săptămâni bune fără să plătesc chirie.

Lydia pufnește.

– Nu mi-ar trece niciodată prin cap să-ți cer bani!

– Ei bine, sunt foarte recunoscătoare.

Hanna ridică ceașca în cinstea surorii ei.

Glasul Lydiei e mai sigur acum.

– Orice-ar fi, nu înțeleg atitudinea mamei și tatei față de tine și de mine. Sau mai degrabă a mamei. La noi în familie, găina e cea care cântă.

Hanna n-are de gând s-o contrazică.

– M-am gândit mult la problema asta de când am și eu copii, zice Lydia cu vocea tremurându-i de indignare. Nu pricep cum poți să tratezi doi frați sau surori diferit. Mă uit la Linnéa și la Fabian și-i iubesc nespus pe amândoi. Cum poți să-l iubești pe unul dintre copiii mai tare decât pe celălalt? Cum poți să-ți îngădui asta?

„Evident, unii oameni pot", își zice Hanna. Părinții lor sunt un exemplu grăitor.

– Mai înainte de toate, nu înțeleg cum poți s-o arăți așa de deschis ca mama, continuă Lydia.

Doare, chiar dacă e adevărat. Lydia dă glas unui lucru pe care Hanna îl știe de multă vreme și totuși e uluitor de dureros să audă ceea ce a stat ascuns în adâncul ființei ei. E tare rușinos că ea însăși n-a fost în stare să privească adevărul drept în față.

Mama o iubește mai mult pe Lydia, ceea ce e o rană care s-ar putea să nu se vindece niciodată.

Numai că nu e vina Lydiei că relația Hannei cu mama ei e atât de toxică și, mai ales, nu e treaba surorii ei să o compenseze.

Lydia i-a fost mereu alături. Hanna se ridică repede în picioare, strânge masa și-și îmbrățișează cu putere sora.

– Mulțumesc! zice ea din toată inima. Ești cea mai bună soră mai mare pe care ar putea s-o aibă cineva.

REBECKA
2020
SÂMBĂTĂ, 22 FEBRUARIE

Când Rebecka ridică privirea, Ole stă în fața ei cu pumnul încleștat, gata să lovească.

Închide ochii, își încordează trupul așa cum procedează mereu când el recurge la violență. Își ține ambele brațe în fața pântecului. Trebuie să-și protejeze copilul, e singurul lucru care contează.

Lovitura puternică în mijlocul pieptului o dă jos din picioare. Scaunul cade cu zgomot și Rebecka aterizează pe șold pe podeaua de lemn.

Nu poate să respire și partea pe care a căzut arde. O doare incredibil de tare și nu-și poate reține un geamăt puternic. Se ghemuiește instinctiv ca să-și salveze copilul.

– Te rog! își aude ea propria voce strigând. Te rog, încetează!

– Ești o târfă! răcnește Ole. O târfă afurisită care trebuie pedepsită.

Un șut violent în spate o face să țipe. Zace pe podeaua bucătăriei și încearcă să se ridice sprijinindu-se de piciorul scaunului, dar un alt șut o face să-și piardă iar echilibrul.

Îi curge ceva umed din nas. Gustul sângelui îi umple gura.

Ole o s-o ucidă.

Îl strigă pe nume, sperând să apeleze la rațiunea lui, dar el nu pare s-o audă.

Cu ultimele puteri, țipă:

– Gândește-te la copil!

Cumva vorbele pătrund până în creierul lui, fiindcă loviturile se opresc subit.

Nu se poate mișca. Rămâne unde e, scâncind de durere. Când deschide ochii, Ole s-a dat înapoi. Răsuflă greu și încheieturile degetelor îi sunt roșii de sânge.

Al ei.

– Copil? icnește el, îndepărtându-se puțin câte puțin până ajunge la blat.

– Sunt însărcinată, șoptește Rebecka.

Ole se uită fix la ea, cu neîncrederea întipărită pe față.

– E adevărat?

– Jur.

Dă ochii roată disperată, zărește Biblia pe masă. Se ridică pe jumătate în șezând și se întinde după ea.

– Jur pe Sfânta Scriptură, spune, ținând-o în mână. Mi-e martor Dumnezeu!

Îi curge în continuare sânge din nas și și-l șterge cu cealaltă mână.

– Trebuie să mă crezi. Sunt însărcinată în trei luni.

În ciuda situației, are prezența de spirit să scadă câteva săptămâni. Dacă spune adevărul, Ole o să poată calcula că nu el e tatăl.

– E al meu?

– Normal că e al tău!

Viața ei depinde de capacitatea de a-l convinge că el este tatăl, altfel n-o să iasă vie de acolo.

El răsuflă greu în continuare.

– De ce nu mi-ai spus?

– N-am îndrăznit...

Frica îi îngroașă vocea și i-o face răgușită.

– M-am temut să nu pierd sarcina. N-am vrut să spun nimic până nu treceam de douăsprezece săptămâni.

Nu știe dacă el o crede, dar vede în ochii lui că șovăie. Măcar nu e sigur că ea minte. Dacă ar putea să-i sădească îndoiala în minte... Dacă ar crede că-i copilul lui, după atâția ani împreună, atunci n-o s-o ucidă astă-seară.

Trebuie să câștige timp. Să-i câștige încrederea.

– Am fost așa de fericită! minte ea, minunându-se că o poate face în împrejurările de față. Numai că n-am vrut să risc să te dezamăgesc dacă nu mergeau bine lucrurile.

A reușit? Fața lui se îmblânzește un pic de tot, în atitudinea lui e mai puțină agresivitate.

După care expresia de dispreț revine.

– E *al lui*?

Nu pomenește numele lui Johan, dar Rebecka se simte de parcă cedează podeaua sub ea.

– Ce vrei să spui? Nu există nimeni altcineva.

Ole face un pas spre ea și Rebecka se dă înapoi de teamă, dar, chiar când credea c-o s-o atace iar, el se oprește. I se mișcă bărbia, ca și cum s-ar pregăti să spună ceva, dar nu se poate hotărî.

O prinde de încheietură, o trage în sus, o târâie din bucătărie pe scări în sus până într-un dormitor mic, unde o împinge pe pat.

– Trebuie să mă gândesc, murmură el. Trebuie să mă rog la Dumnezeu pentru îndrumare.

Dispare înainte ca Rebecka să apuce să reacționeze. Sunetul cheii care se răsucește în broască o face să tremure.

Trec câteva minute, apoi aude zgomotul ușii de la intrare trântindu-se în urma lui. Se târâie până la fereastră și vede mașina îndepărtându-se pe drum. Fasciculele farurilor dispar iute în întunericul dens.

Nu-și poate înăbuși un hohot de plâns. Ole a lăsat-o singură în căsuța asta rece și umedă. N-au cum să fie mai mult de douăsprezece grade Celsius înăuntru și n-are nimic de mâncat și nici de băut.

Pe peretele opus e o broderie înrămată. Două rânduri în norvegiană, înconjurate de nişte flori brodate în cruciulițe.

Herren er min hyrde, jeg mangler ikke noe.

„Domnul este Păstorul meu: nu voi duce lipsă de nimic." Psalmul 23. Psalmul lui David.

Cuvintele sunt încă o palmă peste față.

Ce ar spune Domnul despre situația ei acum când i-a fost luat totul?

Se lasă să cadă pe pat şi se înfăşoară într-o pătură, chiar dacă miroase a mucegai. O doare peste tot. Cu prudență, îşi lasă degetele să-i treacă peste corp: nu pare să fie rupt nimic, doar are dureri groaznice, mai ales la şold. Crede că a reuşit să-şi protejeze pântecul de şuturile lui Ole. Indiferent ce i s-o fi întâmplat lui Johan, trebuie să protejeze copilul lor. Nimic altceva nu contează.

Cade în genunchi şi îşi impreunează mâinile pentru rugăciune, cu toate că în adâncul inimii ei a început să se întrebe dacă mai are vreun rost.

– Iisuse, ajută-mă! şopteşte ea în întuneric. Salvează-ne!

MIERCURI, 26 FEBRUARIE

53

Aproape s-au ivit zorii când Hanna parchează lângă secția de poliție, pe Kurortsvägen. A dormit șapte ore și se simte atât odihnită, cât și concentrată. I-a prins bine conversația între patru ochi cu Lydia aseară: gândurile negre legate de copilăria ei încep să se împrăștie.

Pe drumul spre serviciu a luat o hotărâre. Trebuie să meargă la casa familiei Nordhammar imediat după informarea de dimineață. Instinctul îi spune că Rebecka este punctul central al anchetei.

Își trece cartela peste cititor și intră pe ușă. Azi a ajuns ultima, toată lumea e deja în sala de conferințe. Abia dacă are timp să-și toarne o cafea înainte să înceapă ședința.

Daniel rezumă situația din prezent, apoi fiecare de la masă vorbește pe rând.

Raffe a continuat să sape în finanțele lui Linus Sundin, împreună cu anchetatorii de la Östersund. Raportează contacte frecvente cu banca și cu companii care oferă credite până la salariu.

– Sundin tocmai nu a reușit să achite unul dintre împrumuturile astea și creditorul îl amenință cu Autoritatea de Executare. Nu arată bine.

După ce a terminat de vorbit, scoate discret punguța cu nicotină de sub buza superioară și o învelește într-un șervețel.

Daniel îi dă cuvântul lui Anton, care a continuat să discute cu cei din cercul de cunoștințe al lui Johan Andersson.

– Am stat de vorbă cu câțiva dintre prietenii lui Johan, în afară de Carl Willner, inclusiv cu cei cu care trebuia să se întâlnească el vineri seara la „Pigo". Din nefericire, n-a menționat planurile de a pleca.

Anton continuă să împărtășească informațiile pe care le-a obținut. Doi dintre bărbați au confirmat că Johan era dezamăgit de treaba cu Linus; fără îndoială, Carl Willner nu era singurul care auzise de problemele dintre cei doi proprietari ai firmei.

Soarele străpunge norii și strălucirea lui intră pe fereastră. Explozia bruscă de lumină îi împarte lui Anton fața în două: o jumătate e luminată, cealaltă e în umbră. Hanna se gândește la discuția cu Carl Willner de alaltăieri și la cât de stânjenit păruse Anton.

Daniel îi face semn din cap. Să pomenească oare de vizita la Enafors? Nu e sigură de reacția colegilor, dacă le dezvăluie că s-a dus acolo de capul ei seara târziu.

Alege calea de mijloc, dând raportul despre întâlnirea cu Maria Törnlund la grădiniță și convorbirea telefonică de aseară, despre bănuielile Mariei în privința unei relații între Johan și Rebecka. Pe urmă spune că s-a documentat despre Lumina Vieții. Mai oferă și o statistică despre controlul coercitiv și subliniază faptul că Ole Nordhammar insista să-și ducă soția la serviciu și să o ia de acolo cu mașina în fiecare zi. Într-un final, arată că Johan nu avea un motiv de serviciu să se afle la Micii Ghiocei vineri și că, potrivit Mariei, părea răvășit.

Brusc reacționează Raffe, întrerupând-o pe Hanna în mijlocul propoziției:

– Rebecka Nordhammar – se întâmplă să ai numărul ei de mobil?

– Da.

Scoate telefonul și afișează numărul pe ecran.

Raffe îl tastează pe laptop.

– Stai așa... Slabe speranțe, dar lasă-mă să verific ceva!

Degetele îi zboară pe tastatură, apoi întoarce computerul să vadă toți. Un document mărit umple ecranul: rând după rând de numere. După o clipă, Hanna își dă seama că se uită la o listă de apeluri telefonice, coloane de numere și ora și durata fiecărui apel.

– E de la compania de telefonie și are legătură cu telefonul mobil al lui Johan, explică Raffe. A venit ieri, târziu.

Întoarce iar laptopul și mai găsește un document care arată niște numere și ore.

– Ăștia sunt abonații cu care a ținut Johan legătura prin SMS în ultimele șase luni. N-am apucat încă să parcurg lista, dar e evident ce numere apar cel mai des.

Hanna se uită fix la listă.

– Trei apar frecvent pe parcursul toamnei, continuă Raffe. Atât la apeluri, cât și la SMS-uri. Unul e al lui Marion, al doilea al lui Linus.

– Și al treilea? întreabă Hanna, deși răspunsul e chiar în fața ei.

– Se pare că e al Rebeckăi Nordhammar, dacă numărul pe care îl ai este corect.

Este. Hanna l-a apelat de atâtea ori, că-l știe pe dinafară.

– Interesant! comentează Daniel. Asta ne oferă o legătură concretă între Johan și Rebecka.

– Pot să mă uit și eu mai bine? zice Hanna aplecându-se în față.

Acum că știe ce caută, tiparul e limpede. Rebecka și Johan și-au trimis SMS-uri regulat. Toată treaba a început în septembrie, a continuat în octombrie și a culminat în noiembrie, după care a încetat.

– Lipsește vreo perioadă?

Raffe se încruntă, iar ochii lui căprui închis se uită atent la ecran.

– Adică?

– Aici! replică Hanna arătând coloana din stânga. De la data asta din noiembrie, numai Johan i-a trimis SMS-uri Rebeckăi.

Derulează în jos.

– După asta, n-a primit de la ea nici un mesaj.

Raffe se apleacă și el.

– Ai dreptate, zice și își pune pixul după ureche.

– Poți să afișezi iar lista apelurilor?

Se conformează și Hanna trece în viteză cu privirea peste coloane.

– Uite: de la data asta din noiembrie, e aceeași poveste. Johan o sună pe Rebecka, dar ea nu-i răspunde și nici nu-l sună înapoi.

Raffe îi aruncă o privire admirativă.

– Bine surprins!

– Așadar, zice Hanna. Johan și Rebecka au avut o perioadă de un pic sub trei luni în care au ținut frecvent legătura prin telefon, din septembrie până la mijlocul lui noiembrie. După care s-au oprit brusc. Johan a continuat să o sune și să-i trimită SMS-uri Rebeckăi vreme de câteva săptămâni până la Sfânta Lucia, la jumătatea lui decembrie, dar ea n-a răspuns. Pe urmă liniște.

– Nu l-a mai băgat în seamă fără nicio explicație, zice Anton. Dacă presupunem că aveau o aventură, ea a terminat-o.

– Exact.

Hanna își împreunează mâinile la ceafă și gândește cu glas tare.

– După care, vineri după-amiază, Johan apare la grădiniță să stea de vorbă cu Rebecka. Maria Törnlund îi vede de la depărtare: par să aibă o discuție intensă și emoțională, iar el pare foarte supărat.

– În ziua următoare, Johan e mort, adaugă Raffe. Două zile mai târziu, soțul Rebeckăi sună să anunțe că ea e prea bolnavă să mai vină la serviciu.

– Și acum nu poate da nimeni de ea, continuă Hanna.

– Am putea presupune că Rebecka e persoana pe care plănuia Johan s-o ia la Strömsund? se întreabă Daniel.

– Cred că da.

Hanna își permite un mic surâs, sunt pe aceeași lungime de undă.

– Categoric pare că Johan și Rebecka au avut o relație secretă în toamnă. Dacă vizita lui de vineri de la grădiniță a fost o ultimă încercare disperată de a o convinge să-și părăsească soțul?

– Adică urmau să fugă împreună acasă la fratele lui?

Anton pare sceptic.

– Nu seamănă a intrigă de roman de dragoste?

Raffe zâmbește.

– Ceea ce nu înseamnă neapărat că nu-i adevărat, subliniază Hanna.

Daniel se ridică în picioare, se duce la tablaă și ia un marker albastru-închis. Scrie numele Rebeckăi și al lui Johan cu o săgeată cu vârf dublu între ele, apoi adaugă numele lui Linus și o altă săgeată care îl leagă pe Johan de Linus.

– Unde vine Marion în toată treaba asta? întreabă el, adăugându-i numele cu majuscule.

Hanna își desface părul și și-l prinde la loc în timp ce se gândește la întrebare. Marion n-a dat niciun semn că Johan plănuia s-o părăsească. Potrivit ei, ea și Johan aveau o căsnicie fericită. Nu a avut decât lucruri bune de zis despre soțul ei, chiar dacă era șocată și supărată.

– Poate că Johan n-a avut timp să-i spună că pleacă. Poate c-a fost ucis înainte să aibă ocazia s-o facă?

– S-ar putea, îi dă dreptate Daniel. E posibil să fi intenționat să stea de vorbă cu ea sâmbătă, chiar înainte să plece.

Studiază tabla.

– Ce mai știm?

Anton se încruntă, își împreunează vârfurile degetelor.

– Știm că Johan se întâlnește cu Rebecka vineri după-amiază între trei și patru, apoi își sună fratele la cinci și jumătate și-i spune că vine sâmbătă seara târziu însoțit de o persoană necunoscută. După care bea o bere cu Carl Willner la „Pigo". Potrivit lui Carl, nu e calm ca de obicei, ci agitat, părând să nu-și găsească locul. În plus, pleacă mai repede decât stabiliseră. Ultima oară e văzut acasă la Linus Sundin, puțin după ora opt. La nici douăsprezece ore după aceea, e găsit mort la Tångböle.

– Excelent rezumat! remarcă Daniel.

Hanna ia cuvântul.

– Mie mi se pare că agitația a lui Johan provine din faptul că o convinsese în cele din urmă pe Rebecka să-și părăsească soțul. Johan era cel insistent, după cum vedem din lista de apeluri telefonice și SMS-uri. Dacă ea a fost de acord pe neașteptate, atunci asta ar lămuri călătoria subită. Johan a mai făcut o ultimă încercare s-o tragă de partea lui și ea a zis da.

– Dacă nu cumva e adevărat exact opusul, zice Anton.

– Ce vrei să spui?

– Și dacă Johan o urmărea pe Rebecka și tăcerea dintre ei se datora faptului că reușise să-l convingă într-un final s-o lase în pace?

Hanna nu răspunde. Bineînțeles, există un mod diferit de a privi situația. Există tot timpul, e important să nu te blochezi la o anumită ipoteză prea devreme. Numai că tot ce a auzit despre Johan contrazice interpretarea asta. Fiecare martor a vorbit despre căldura și firea lui optimistă. Era un prieten bun, atent și empatic care nu devenise un om acru, în ciuda faptului că i se încheiase atât de brusc și nedrept cariera de schior.

Ar putea fi Johan un prădător nebun? Nu crede.

Raffe pare să fie de acord.

– Sincer să fiu, mi se pare greu de crezut așa ceva. Nu există nimic în trecutul lui Johan care să sugereze un astfel de comportament.

– OK, zice Daniel. Să presupunem că ne uităm la o poveste de dragoste și că Rebecka era persoana pe care intenționa Johan s-o ia la Strömsund... De ce a trebuit să facă totul în secret?

Hannei motivul i se pare limpede ca bună-ziua.

– Pentru că era îngrozită de soțul ei, desigur. Tot ce am auzit despre Ole Nordhammar sugerează un bărbat cu o nevoie puternică de a exercita control și o tendință pronunțată spre violență.

Face o pauză, gândindu-se la ce i-a spus Maria Törnlund.

– Colega ei a zis că a văzut vânătăi pe antebrațele Rebeckăi. Comportamentul acesteia atunci când Maria a încercat să aducă vorba despre ele este și el tipic pentru femeile care au suferit violență domestică. Sunt rușinate și jenate și încearcă să ascundă ce se petrece în loc să accepte ajutor. Dacă Ole e un bărbat care-și bate nevasta, atunci e puțin probabil să fi devenit mai puțin periculos dacă Rebecka i-a spus despre planul ei de a pune capăt căsniciei.

Își termină cafeaua, care nu are gust prea bun. De regulă pune și lapte, dar nu mai aveau.

– După părerea mea, Rebecka n-ar fi îndrăznit să-și informeze soțul că are de gând să plece. Johan a avut grijă să nu riște nici el, de aceea nu i-a spus fratelui său pe cine aducea cu el.

– Sună rezonabil, îi dă dreptate Daniel.

Se întoarce către tablă și adaugă numele lui Ole Nordhammar cu o săgeată care-l leagă de Rebecka.

– Așadar, ce știm despre soții Nordhammar?

Hanna a adunat câteva informații înainte să plece la Enafors în seara precedentă.

– Ole Nordhammar e unul dintre pastorii bisericii cunoscute drept Lumina Vieții. E cu paisprezece ani mai în vârstă decât soția lui și a crescut în sânul bisericii. S-au căsătorit în 2012, când Rebecka de-abia împlinise nouăsprezece ani și el avea treizeci și trei. A fost angajat drept asistent contabil la o firmă mică din Järpen până în 2017, dar în ultimii ani s-a dedicat în principal muncii sale din biserică. Cuplul nu are copii și locuiește la Enafors.

Se oprește să răsufle. Poate ar fi bine ca după ședință să-i spună lui Daniel despre vizita ei?

– Rebecka are douăzeci și șapte de ani acum. Părinții sunt și ei activi în cadrul bisericii și locuiesc în Storvallen, aproape de Storlien. Ea a urmat programul de îngrijire a copilului și activități recreative de la liceul din Järpen și a început să lucreze la grădinița Micii Ghiocei acum trei ani. Înainte de asta pare să fi fost casnică, deși cuplul nu are copii, așa cum am zis.

Ultimul comentariu este observația ei, dar contribuie la imaginea de ansamblu a lui Ole Nordhammar, simte ea. I se pare greu de crezut că Rebecka ar fi ales să stea tot timpul acasă de la o vârstă atât de tânără, chiar dacă credința era importantă pentru ea. Trebuie să se fi simțit singură petrecându-și timpul în casa izolată din Enafors, cât era soțul ei la serviciu.

Încă o dată, acest comportament se potrivește profilului tipic de partener cu dorință de control. Rareori începe prin violență, în schimb femeia este izolată social până nu mai are unde să se ducă. Abia atunci când încrederea în sine i-a fost distrusă și e total dependentă de soțul ei se transformă abuzul mintal în violență fizică.

– Atâta știu până acum, încheie ea.

Luând un marker roșu, Daniel desenează o linie punctată între Johan și Ole, apoi încercuiește numele acestuia din urmă.

– Dacă ipoteza e adevărată, atunci mai există o persoană cu un motiv puternic să-l atace pe Johan Andersson, spune el înainte să se așeze.

Nimeni din încăpere nu pare înclinat să nu fie de acord cu el.

– Trebuie să dăm imediat de Ole și Rebecka Nordhammar.

Hannei îi vine în minte imaginea casei întunecate și părăsite din Enafors.

Sentimentul că Rebecka nu mai e acolo.

– S-ar putea să fie mai greu decât credeți, spune ea.

REBECKA

2020

DUMINICĂ, 23 FEBRUARIE

Johan stă pe marginea patului. O ia în brațe pe Rebecka. Ea e încă pe jumătate adormită, dar e suficient să-i simtă mirosul cunoscut ca să știe că e iar în siguranță.

Dragul de Johan!

O mângâie cu blândețe, o leagănă înainte și înapoi ca pe o fetiță.

– Sunt aici acum, șoptește el tandru. Te iubesc. Nu mai ai de ce să te temi. O să am grijă de tine și de copilul nostru.

Încep să-i curgă lacrimile pe sub pleoapele închise. Johan a venit într-un final, n-a dezamăgit-o.

O s-o ajute să scape din locul ăsta.

Se apleacă mai mult spre el și dă cu umărul în perete. Deschide ochii și realizează că este în continuare încuiată în dormitorul oribil.

Coșmarul nu s-a terminat. Johan a existat doar în închipuirea ei. O doare unde a lovit-o Ole cu pumnii și picioarele.

Fericirea din urmă cu câteva clipe face loc întunericului. Nu are rost să lupte. Ar trebui să se ridice, să încerce să găsească o cale de ieșire, dar trupul refuză s-o asculte. O dor toate, nu i-a mai rămas niciun strop de putere.

Lumina zilei se strecoară prin fereastra murdară: trebuie să fie duminică.

Închide ochii, se cufundă iar într-un somn agitat.

Când se trezește din nou, încă e lumină.

Simte nevoia disperată să urineze și se ridică în capul oaselor. Cercetând din priviri încăperea, vede o găleată veche de tablă chiar lângă ușă și o pungă de plastic aruncată pe podea lângă ea.

Ia găleata și-și face nevoile. Inițial e prea speriată ca să verifice dacă e sânge în urină, după care se hotărăște să se uite. Culoarea e normală și o încearcă un sentiment puternic de ușurare. Nu există niciun semn că sarcina i-a fost afectată de atac.

Copilul ei e încă viu.

Nu mai contează nimic altceva. Trebuie să răzbată de dragul copilului ei nenăscut.

Întinde mâna după punga de plastic și găsește două sticle de apă, o pâine feliată și un cârnat afumat. Ole trebuie să se fi întors și s-o fi lăsat cât dormea ea. Nu-i pasă de ce, în clipa asta îi e prea foame și prea sete ca să stea să găsească motive.

Desface dopul uneia dintre sticle și bea cu atâta lăcomie că apa îi curge pe bărbie. Are buzele crăpate, gâtul uscat ca praful. Când s-a săturat, se lasă la loc pe pat. Broderia îi atrage din nou privirea, încearcă să rostească o rugăciune, dar cuvintele refuză să iasă. În minte i se învolburează mult prea multe întrebări. De cât timp e închisă aici? Cu siguranță Ole n-o poate ține încuiată la nesfârșit, nu?

Sau da? Poate că n-o să i se dea drumul niciodată.

Încearcă să se gândească la Johan. La cum părinții ei sau Maria trebuie că se întreabă unde o fi dispărut, dar nu-i folosește la nimic. O copleșește un val de frică atât de puternic, încât i se taie răsuflarea și gâfâie după aer.

Camera se micșorează, pereții se apleacă spre interior. Tavanul e cât pe ce s-o strivească și în câmpul vizual îi apar punctulețe negre.

Rebecka închide ochii și scoate un geamăt puternic. Își încleștează pumnii și-și înfige unghiile în palmă cu atâta forță că aproape că-i plesnește pielea.

Ciudat, dar durerea o ajută. Cumva, e posibil să respire iar. Trage aer în plămâni inspirând prelung și tremurat. După o vreme îndrăznește să deschidă ochii.

Camera arată la fel ca acum o clipă.

Își cuprinde trunchiul cu brațele. Încearcă să-și amintească senzațiile din visul despre Johan, să-și spună că el o mai ține în brațe, că îi mângâie părul.

Nu poate să cedeze și să se piardă cu firea, trebuie să-și păstreze mintea limpede.

De dragul copilului ei. O repetă ca pe o mantră.

De dragul copilului lor nenăscut.

54

Au trecut de Ånn și în curând o să ajungă la Enafors. Ceasul de bord arată nouă fără cinci, informarea de dimineață a fost mai lungă decât de obicei. Daniel se simte odihnit – Alice a avut o noapte liniștită.

Hanna își drege glasul.

– Trebuie să-ți spun ceva.

El îi aruncă o privire întrebătoare.

– Să nu te superi, dar aseară am făcut ceva din proprie inițiativă. M-am dus acasă la Rebecka Nordhammar. Doar să mă uit un pic.

Daniel simte un junghi familiar de iritare.

– De una singură? Fără sprijin?

– Păi, da, zice Hanna cu vinovăție în glas.

Înainte să apuce să spună el ceva, adaugă:

– Nu era nimeni acasă, nu s-a întâmplat nimic.

Nu-i nevoie să fii geniu ca să-ți dai seama de consecințele posibile. Dacă bănuielile lor în ce-l privește pe Ole Nordhammar sunt întemeiate, lucrurile ar fi putut să meargă foarte prost. Dacă ar fi fost acasă când a apărut Hanna?

– Știai asta când ai plecat? Că e goală casa și că Ole nu e acolo?

– Nu tocmai.

Daniel oftează.

– Îți dai seama că ar fi trebuit să discuți cu mine mai întâi?

– Da.

Hanna lasă capul în piept.

– Numai că eram tare îngrijorată din cauza Rebeckăi după discuția cu colega ei. N-am crezut că e bine să aștept până azi.

O curbă strânsă aflată la o sută de metri mai încolo îl obligă pe Daniel să încetinească. Soarele strălucește, dar peste noapte a căzut multă zăpadă și asfaltul e acoperit cu un strat alb, gros. Știrile despre trafic de la radio tocmai i-au informat pe ascultători că un camion a derapat și a ieșit pe șosea lângă Krokom.

Iritarea i se risipește. Intuiția Hannei și capacitatea ei de a acționa rapid i-au ajutat adesea să progreseze, ca în cazul Amandei Halvorssen, cu toate că acțiunile ei aproape că au dus la o catastrofă cu acea ocazie. Nu-i încântat de mica sa deplasare, dar măcar a fost sinceră și i-a spus despre ea.

– Putem să cădem de acord că asta e ultima dată când pornești de capul tău fără să vorbești mai întâi cu mine?

– Absolut. Promit.

Răspunsul vine instantaneu, aproape înainte să fi terminat el de vorbit. În același timp, Hannei îi bâzâie telefonul. Îl ridică încât să poată vedea și el ecranul.

– Uite, o poză cu Rebecka!

Daniel vede o tânără blondă înconjurată de copii, după care își îndreaptă imediat atenția la condus.

– Am rugat-o pe Maria Törnlund să trimită o fotografie recentă, explică Hanna uitându-se fix la fața Rebeckăi. Mă întreb cum o fi să crești cu asemenea idealuri creștine puternice. Te face oare mai vulnerabil, mai ușor de influențat? Aproape că poți vedea că-i credincioasă.

În ciuda dezamăgirii provocate de acțiunile Hannei din seara trecută, Daniel trebuie să zâmbească auzind genul ăsta de generalizare.

– Îți bazezi analiza pe poză sau pe ceea ce știi deja?

Colega lui râde și atmosfera dintre ei revine la normal.

– Nu toată lumea care trăiește într-un soi de sectă e manipulată într-un fel sau altul? zice ea. Cu toate că există o diferență între a intra într-o sectă și a te naște în ea.

Daniel nu e sigur dacă e întru totul corect să descrie Lumina Vieții drept „un soi de sectă". O verificare rapidă în baza de date a poliției nu a evidențiat ceva vrednic de remarcat. Nu există nimic care să dea de bănuit despre conducătorii ei. Sunt o mulțime de biserici libere care activează fără elemente nesănătoase.

Lumina Vieții nu e neapărat de condamnat pentru că Ole Nordhammar s-ar putea să fie un bărbat care își abuzează nevasta.

– La ce te referi? întreabă el.

– Oamenii care intră într-o sectă nu se așteaptă să fie manipulați, dar mie mi se pare că trebuie să aibă un gol lăuntric. Le lipsește un scop superior, poate un sentiment al legăturii. Un sentiment că au fost lăsați pe acest pământ ca să realizeze ceva.

Daniel își aduce aminte că Hanna a făcut câteva cursuri de psihologie la facultate, ceea ce-i asigură o înțelegere adevărată a problemei, mult mai bună decât tot ce ar putea sugera el.

– Și tocmai asta și oferă organizațiile religioase ca Lumina Vieții, continuă ea. Îi fac pe oameni să simtă că sunt importanți și că e nevoie de ei – cu asta îi atrag, în parte. În combinație cu o credință arzătoare, desigur. Îți oferă șansa să schimbi ceva.

În calitate de polițist, Daniel recunoaște în sine însuși ceva din ce spune ea. De-aia se înrolează oamenii în armată – ca să contribuie, să simtă că e nevoie de ei, să poată să-i ajute pe alții.

Cel puțin așa e la început.

– Dacă ți s-ar spune că ai putea scăpa de toate problemele tale și de durere și să salvezi sufletele altora în același timp... Cine ar putea să reziste?

Daniel nu e sigur dacă întrebarea Hannei îi e adresată sau era doar retorică.

Probabil că oricine poate fi prins în mrejele unei secte dacă se folosesc instrumentele psihologice potrivite. Poate că e același mecanism pe care îl folosesc bandele ca să recruteze adolescenți pentru infracțiuni grave. Încă o dată, tentația de a găsi sentimentul că aparții undeva, o legătură, ocazia de a te simți deosebit, ales.

– Fă la dreapta, îi întrerupe Hanna șirul gândurilor.

Au ajuns la Enafors. Daniel semnalizează, iese de pe E14 și intră pe un drumeag. Nu a terminat discuția.

– Ai zis că există o diferență între cei care intră într-o organizație și cei care se nasc în sânul ei, ca Rebecka.

– Da. Eu percep asta ca pe ceva complet diferit.

Glasul Hannei este ferm și clar.

– Dacă o luăm pe Rebecka drept exemplu, ea a fost crescută în sânul bisericii de când era copil. E singura viață pe care o cunoaște. Dacă ar fi să se rupă de Lumina Vieții, atunci probabil ar pierde legătura cu familia și prietenii. Așa funcționează genul ăsta de organizație, de-aia e atât de greu să pleci.

– Și totuși, se pare că ea exact asta a făcut.

Daniel oprește mașina când ajung la capătul drumului. Sunt acasă la Rebecka.

– Ceea ce spune multe despre emoțiile puternice care trebuie să fi fost implicate, replică Hanna.

55

La lumina zilei, casa pare mai mică. E totodată și într-o stare mai proastă decât și-a dat ea seama aseară. Impresia generală e de paragină și abandon.

– Ar fi un semn bun să fie o mașină pe aleea de acces auto, îi spune lui Daniel. Locul pare părăsit.

Speră să nu mai fie prin preajmă câinele agresiv. S-a hotărât să nu-i spună nimic despre el, nu i se pare necesar să explice cât de aproape a fost să fie atacată sau de ce a atras atenția câinelui.

Cei doi sună la sonerie, dar Hanna nu se așteptă să răspundă cineva. După cam un minut, Daniel încearcă din nou, după care bate în micul ochi de geam din partea superioară a ușii. Se dă în spate și se uită la etaj.

– Alo! strigă el cu mâinile pâlnie la gură. E cineva acasă?

Hanna își scoate telefonul și apelează numărul Rebeckăi, dar încă o dată intră căsuța vocală. Trebuie să fi lăsat vreo douăsprezece mesaje până acum, rugând-o s-o contacteze. E din ce în ce mai convinsă că Rebecka e în primejdie.

– Nu cred că sunt înăuntru, spune ea. Locul îți dă senzația că e părăsit.

– Probabil ai dreptate.

– Hai să mergem prin spate, sugerează Hanna, folosindu-se de urmele pe care le-a lăsat cu o seară în urmă.

Când ajung la verandă, urcă treptele spre ușa de sticlă. Acum vede ușor în sufragerie. Acolo se află o canapea și fotolii bleumarin și, sub o măsuță pătrată de cafea, un covor mare, țesut din cârpe. O masă de stejar într-o nuanță închisă, cu scaune sculptate ornamental, se află în celălalt capăt al camerei.

Hanna își notează în minte detaliile, de la fețele de pernă croșetate manual la perdelele albastru-pal. Pereții sunt decorați cu tablouri în rame aurite, toate foarte demodate.

E greu de crezut că o tânără ca Rebecka, în vârstă de numai douăzeci și șapte de ani, și-ar decora casa în felul ăsta.

Hanna bănuiește că știe cum stau lucrurile. A descoperit din evidențele publice că mama lui Ole Nordhammar a murit de cancer în urmă cu câțiva ani, iar tatăl lui în vârstă de optzeci și patru de ani s-a mutat la un cămin din Duved. Ole n-are frați sau surori. Asta trebuie să fie casa părinților lui, de aceea și arată atât de mohorâtă și învechită. Rebecka stă printre mobilele vechi ale socrilor ei.

Dată fiind imaginea pe care și-a făcut-o despre personalitatea lui Ole, i se pare perfect logic, într-un mod deprimant. Rebecka n-a avut niciun cuvânt de zis în privința aspectului casei sale.

Hanna a mai văzut genul ăsta de oameni.

O roade ceva, o amintire de ieri pe care nu prea știe de unde s-o apuce. Se uită lung în sufragerie încă o dată.

– Mie mi se pare goală, zice Daniel. Mergem?

Atunci își dă seama.

Ieri-seară pe măsuța de cafea era o Biblie grea. În dimineața asta, a dispărut.

Cineva trebuie să fi fost aici peste noapte.

56

După vizita la casa goală, Daniel a propus să meargă la părinții Rebeckăi, așa că acum se duc la Stefan și Ann-Sofie Ekvall la Storvallen. Ferma acestora e aproape de granița cu Norvegia, cam la cincisprezece minute de Enafors.

În timp ce Daniel conduce, Hanna caută numărul lui Ole. Acesta nu răspunde, ceea ce îi sporește senzația prevestitoare de rău.

Trec de stația de autobuz și ajung la un grup de clădiri zugrăvite în roșu. Daniel parchează în fața casei, lângă un hambar.

O femeie abia trecută de cincizeci de ani, cu părul grizonat, deschide ușa. Pare alarmată când aude că sunt de la poliție, dar, înainte să apuce să spună ceva, i se alătură un bărbat cu chipul ars de soare și bătut de vânturi, cam de aceeași vârstă.

Trebuie să fie tatăl Rebeckăi. Hanna vede asemănarea cu fotografia pe care i-a trimis-o Maria.

– Putem intra? Avem câteva întrebări despre Rebecka, fiica voastră.

Lui Ann-Sofie îi zboară mâna la gât, unde o cruciuliță de argint atârnă de un lănțișor.

– S-a întâmplat ceva?

– Doar am vrea să vă punem câteva întrebări, repetă Hanna cu glas liniștitor. Însă s-ar putea să fie mai bine dacă am putea intra și sta jos.

Ann-Sofie îi conduce în bucătărie. Hanna se întreabă câte bucătării și sufragerii a văzut în cariera ei, de regulă ținând în mâini o cană de cafea făcută în grabă și cu neliniște de către proprietarul casei.

Mama Rebeckăi își face de lucru cu aparatul de cafea, Stefan Ekvall stă cu brațele încrucișate. Hanna observă că e un bărbat solid, cu aer autoritar. A ajuns doar de câteva minute, dar nu are nicio îndoială cine conduce în casă.

Din când în când, Ann-Sofie se uită neliniștită la el, ca și cum ar verifica dacă se poartă cum trebuie și n-o să fie admonestată de soțul ei.

Hanna se întreabă cât de implicați or fi fost ei în decizia fiicei lor de a se mărita atât de tânără, cu un bărbat cu paisprezece ani mai mare decât ea.

– Începem? zice Stefan, în timp ce soția lui continuă pregătirile în fundal. Despre ce e vorba?

57

Anton e ocupat să verifice informațiile sosite prin hotline-ul special. Nimic util până acum, dar următorul bilet de pe biroul lui e despre un martor care l-a auzit pe Linus făcând comentarii agresive la adresa lui Johan.

Ia legătura cu persoana care a sunat, o femeie pe nume Elin Algren, care lucrează ca asistent stomatolog în Järpen. Iese la iveală faptul că ea se aflase la aceeași terasă ca Linus cu numai o săptămână înainte de moartea lui Johan.

– Ce te-a făcut să reacționezi când l-ai văzut pe Linus? întreabă Anton.

– Nu trăgeam cu urechea, el vorbea atât de tare că aproape striga. Era imposibil să nu auzi fără să vrei.

– Mai ții minte cum s-a exprimat? Cu cât poți fi mai precisă, cu atât mai bine.

– Înjura întruna. Asta mi-a atras atenția din capul locului, părea tare supărat. Tot repeta „muistul de Johan" și „muista de Marion", cam așa ceva.

Anton își notează că Linus a dat dovadă de ostilitate vădită față de soții Andersson, ceea ce confirmă afirmația lui Marion că devenise agresiv în timpul certei de la birou.

– OK, ce a mai zis?

Urmează o clipă de tăcere, ca și cum Elin s-ar strădui din greu să-și amintească.

– Nu sunt sigură, dar mă dusesem la bar să comand un pahar de vin și, când l-am primit, m-am așezat în altă parte. Cred însă că Linus a zis că Johan și cu nevastă-sa îl frecau la melodie tot timpul, că n-avea și el un pic de liniște.

Anton continuă să tasteze notițe în timp ce Elin vorbește. Informațiile de la ea spun multe despre caracterul lui Linus.

– În mare, cam cât ai stat pe lângă Linus?

– Poate zece minute, nu mai mult.

– Și în ce stare era?

Elin scoate un hohot de râs nervos.

– Era foarte beat, roșu la față, nu-și putea concentra privirea. Aproape că i se împleticea limba. Sigur nu era treaz.

– Era agresiv?

E o întrebare care sugerează răspunsul căutat, dar Anton alege să o pună dat fiind ce le-a relatat mai devreme Marion.

– Părea foarte... belicos.

Anton mai pune câteva întrebări, dar Elin i-a spus tot ce știe.

– Încă o chestie: ce te-a făcut să iei legătura cu noi?

– Păi... știu cine sunt și Linus, și Johan. Åre e mic. O mai cunosc și pe soția lui Linus, Sandra. Când am văzut că a fost omorât Johan, m-am dus pe pagina de Facebook a poliției și acolo se spunea că, dacă știe cineva ceva, să ia legătura cu autoritățile.

Trage adânc aer în piept.

– M-am tot întrebat dacă să vă sun...

– Mă bucur mult că ai făcut-o, îi spune Anton ca s-o liniștească.

– Pot să te întreb ceva?

– Desigur.

– N-ai să-i spui lui Linus că am vorbit cu tine, da?

Teama din glasul ei e inconfundabilă.

– Pot să rămân anonimă, nu-i așa?

– N-ai de ce să-ți faci griji în privința asta. Nu în stadiul ăsta.

Anton verifică datele de contact ale lui Elin și îi mulțumește pentru ajutor înainte să închidă, după care rămâne pe loc, cu telefonul în mână, și privește în gol. Dincolo de fereastră, soarele strălucește, dar la radio a fost o alertă de vreme foarte rea. Dinspre nordul Norvegiei o să vină peste Jämtland un vânt cu forța unei furtuni.

Nu știe ce să creadă.

Hanna pare convinsă că Ole și Rebecka Nordhammar sunt cea mai sigură pistă în acest moment. Are o ipoteză detaliată despre o aventură între Rebecka și Johan, combinată cu un soț gelos care și-a pierdut mințile.

E însă oare rezonabilă ipoteza? Uneori Hanna tinde să se lase dusă de val, mai ales când e și violență domestică la mijloc, din cauza experienței ei în domeniu de la Poliția Metropolitană din Stockholm.

El nu e în niciun caz sigur că Ole Nordhammar e omul pe care-l caută. Mai sunt încă multe indicii care arată spre Linus Sundin. Avea un motiv financiar puternic și categoric, și forța fizică necesară să-i ia viața lui Johan. Mai multe persoane au vorbit despre iuțeala lui la mânie și mai are și obiceiul bine documentat să bea prea mult.

Cine știe ce s-ar fi putut întâmpla la nervi dacă și-ar fi pierdut controlul?

REBECKA

2020

LUNI, 24 FEBRUARIE

Rebecka stă întinsă pe o parte, în pat. Afară e lumină, ceea ce înseamnă că a mai trecut o noapte de când a fost adusă la căsuța din Norvegia. Somnul i-a fost întrerupt și neliniștit, plin de coșmaruri despre Ole și ce s-ar putea să-i facă atunci când se va întoarce.

Nu-i e foame, dar știe că ar trebui să mănânce. Are nevoie de hrană, altfel copilul n-o să supraviețuiască.

Copilul lui Johan, pe care o să-l crească împreună, dacă reușește să scape de aici.

Nu-și poate reține un hohot de plâns, după care se ridică în capul oaselor și caută prin pungă. Se silește să înghită niște pâine și o felie de cârnat, chiar dacă îi vine să verse, după care bea niște apă și simte că a mai căpătat un pic de energie.

Gândește mai limpede acum.

Sâmbătă chiar a crezut că Ole intenționează s-o ucidă. Pare să se fi răzgândit, cel puțin temporar, de vreme ce i-a adus mâncare și apă. Trebuie să fie datorită sarcinii. A încetat s-o mai lovească după ce i-a spus despre copil. Atunci a târât-o sus și a încuiat-o în dormitor.

I-a fost acordat un răgaz, dar cine știe cât o să dureze acesta?

Cumva, trebuie să evadeze până se întoarce el.

„Gândește-te!" Maria cu siguranță i-a simțit lipsa când nu a apărut la serviciu de dimineață. E rareori bolnavă, colega ei ar trebui să reacționeze, să încerce să dea de ea.

Numai că Ole s-ar putea întoarce în orice clipă.

Se duce la fereastra murdară. Nu e foarte mare, din cauza acoperișului în pantă, și e împărțită în patru ochiuri. Poate că s-ar putea târî afară pe acolo?

Trupul îi e înțepenit, dar se apleacă în față ca să vadă ce distanță e până la pământ. Priveliștea îi dă amețeli, trebuie să fie trei sau patru metri, dacă nu mai mult.

E prea sus. Riscă să-și rupă picioarele sau, și mai rău, să-i facă rău copilului. Nu merită riscul să ajungă să zacă pe pământ, în frig, poate într-o stare și mai proastă decât cea de acum.

Ar muri înghețată în câteva ore.

Și a mai și început să ningă. Vizibilitatea va scădea aproape de zero când se va întuneca. Pădurea deasă de brazi care înconjoară căsuța o înspăimântă și habar n-are cum să-și găsească drumul spre civilizație. Ole i-a spus în trecut că locul e izolat, dar nu și-a dat seama cât de tare. Habar n-are cum s-a descurcat bunicul lui Ole să trăiască singur în cocina asta dărăpănată.

Privirea îi e atrasă de ușa încuiată. Trebuie să o deschidă, e singura cale.

Studiază fiecare centimetru din cameră. În afară de pat, cu pătura urât mirositoare și perna pătată, mai e o comodă la perete.

Deschide fiecare sertar pe rând. Cel de sus se înțepenește, dar în cele din urmă cedează cu un râcâit puternic. Găsește teancuri de haine mâncate de molii și-și pune pe ea două pulovere groase, chiar dacă mirosul aproape că o sufocă.

Sertarele de sub el nu au decât gunoaie și ziare vechi, nimic care s-o poată ajuta.

Se lasă în genunchi și se uită sub pat; podeaua e plină de cocoloașe de praf.

Mai e și o noptieră de pin cu o carte de imnuri pe ea, dar când deschide sertarul, o vede.

O trusă de cusut… cu o croșetă subțire. Poate că reușește să forțeze încuietoarea cu ea? Să iasă din casă înainte să se întoarcă Ole? Habar nu are unde o să se ducă mai apoi, dar, cu siguranță, trebuie să fie pe undeva oameni care o s-o ajute.

Se freacă pe burtă ca să prindă puteri, după care se lasă pe vine lângă ușă și strecoară croșeta în gaura cheii.

58

Ann-Sofie Ekvall nu-și găsește astâmpărul. De-abia s-a așezat la masa din bucătărie, că și sare iar în picioare turnându-le tuturor cafea, apoi aducând un platou cu fursecuri de casă și întrebând dacă vrea cineva lapte.

Pune laptele pe masă, se așază și imediat se ridică să aducă zahăr, chiar dacă nu l-a cerut nimeni. Pe drumul de întoarcere șterge uscătorul de vase, care e deja curat lună.

Lipsa ei de stare îi provoacă agitație Hannei. I-ar plăcea să-i spună mamei Rebeckăi să stea jos ca să poată începe să discute.

În cele din urmă, femeia se lasă să cadă pe scaun și rămâne acolo.

Stefan Ekvall stă cu ochii ațintiți la Daniel. Nu prea pare să-și dea seama că e și Hanna de față.

– Zici că ai întrebări despre fiica noastră? spune el.

Hanna se întreabă dacă a folosit intenționat singularul, ca să n-o ia în seamă pe ea. Nu-i place cum bărbatul își îndreaptă toată atenția spre Daniel, chiar dacă bănuiește că polițistele nu sunt privite cu ochi buni în congregația conservatoare.

Stefan îi confirmă toate opiniile preconcepute despre cum sunt văzute femeile în cadrul Luminii Vieții. E dureros de clar că el e capul familiei.

Soția lui abia dacă îndrăznește să vorbească.

Totuși, e important să-și țină mintea deschisă. Nu trebuie să permită propriilor prejudecăți să stea în calea anchetei. Cele aflate până acum despre Lumina Vieții indică o organizație cu un puternic caracter patriarhal, ceea ce nu înseamnă, însă, că s-a comis vreo infracțiune.

Daniel își deschide carnețelul la o pagină curată.

– Colega mea și cu mine ne aflăm aici pentru că încercăm de câteva zile să luăm legătura cu Rebecka.

Accentuează cuvântul „colega", fapt pentru care Hanna îi este recunoscătoare.

– N-a mai fost la serviciu de vineri. Am fost la casa ei din Enafors. E goală.

Daniel arată că, deși a sunat să anunțe că este bolnavă, ea nu pare să fie acasă. Au sunat-o în repetate rânduri, dar nu răspunde la mobil. Nici Ole.

– Aveți cumva idee pe unde ar putea să fie fiica și ginerele dumneavoastră?

– Nu.

Stefan e îmbrăcat în haine de lucru: salopetă cu bretele detașabile peste o cămașă de flanel în carouri.

– Când ați vorbit ultima oară cu Rebecka?

– Când a fost...? Vineri, poate?

– E normal? intervine Hanna, uitându-se la Ann-Sofie. Cât de des vorbești cu ea de obicei?

Din nou, răspunde Stefan, chiar dacă Hanna i-a adresat întrebarea mamei Rebeckăi.

– O dată pe săptămână, probabil. Cel puțin o dată la două săptămâni.

Vocea lui are un timbru grav de bas.

– Aveți idee dacă Rebecka și Ole ar putea să fi plecat undeva? întreabă Daniel. Ar putea să fie în vizită la prieteni?

– Nu, din câte știm noi, dar nu avem genul acesta de informație despre viața lor de zi cu zi. Rebecka e femeie în toată firea.

– Nu v-ar spune dacă ar pleca? insistă Hanna.

Ann-Sofie se joacă nervoasă cu cruciulița de la gât.

– Credeți că s-a întâmplat ceva? răbufnește ea. E Rebecka în pericol?

– Nu-ți putem răspunde, zice Daniel, dar e foarte important să dăm de ea și de soțul ei.

– De ce?

În ochii lui Stefan e o undă de neliniște. O oarecare reacție într-un final. Pesemne are inima de piatră dacă nu se îngrijorează când apar doi polițiști care încep să pună întrebări despre fiica lui.

– Ajungem și la asta, continuă Daniel. Când l-ai văzut ultima oară pe Ole?

– Trebuie să fi fost... duminică, la biserică, la slujbă.

– A fost și Rebecka acolo?

– Nu, Ole a venit singur. A zis că ea era răcită foarte tare și trebuia să stea acasă.

– Cum ai reacționat la asta?

– N-am stat să mă gândesc prea mult.

Hanna își împreunează mâinile în poală și preia interogatoriul:

– Cum era relația dintre fiica ta și soțul ei?

– Ole e un om bun și un pastor excelent. E foarte prețuit în cadrul bisericii și face mari eforturi să răspândească cuvântul Domnului. Predicile lui sunt foarte populare printre membrii noștri.

Stefan a ales să-l laude pe Ole în loc să răspundă la întrebare. Hanna încearcă să-și reprime iritarea.

– Ai zice că Ole și Rebecka sunt fericiți împreună?

Ann-Sofie sare în picioare și aduce cafetiera.

– Fiica noastră a avut noroc să se mărite cu un bărbat așa de ispravă, zice Stefan cu fermitate.

Hanna se îndoiește foarte tare de asta, dar mândria din glasul lui Stefan e sinceră și fără tăgadă. Nu încape nicio îndoială de partea cui e.

– Ole o să-i urmeze în cele din urmă lui Jan-Peter Jonsäter, conducătorul nostru din prezent.

Tatăl Rebeckăi nu pare să știe cât de gravă s-ar putea să fie situația fiicei sale. Sau nu vrea să știe. Hanna se uită la Ann-Sofie, care e complet concentrată să umple ceașca soțului ei. Până acum n-a scos un cuvânt despre relația lui Ole cu Rebecka.

Ar putea să ia taurul de coarne. Încearcă să-i surprindă privirea lui Daniel ca să se asigure că e de acord, dar nu reușește. Decide să treacă, totuși, la fapte.

– Avem motive să credem că fiica voastră a fost supusă la violență domestică. Sunteți conștienți de asta?

Stefan tocmai s-a întins după ceașca de cafea, dar își lasă mâna să cadă. După expresia de pe chip, nu-i vine să creadă.

– Ce-a făcut Rebecka?

Presupunerea că ea e cauza violenței o înfurie. De ce se dă mereu vina pe femeie în asemenea împrejurări? Nedreptatea îi umple gura cu un gust amar.

– Vrei să spui că o femeie trebuie *să fi făcut ceva* ca să provoace abuzul domestic?

E perfect conștientă că-i distorsionează răspunsul, dar tot își îngăduie replica tăioasă.

– Îmi interpretezi greșit vorbele, spune Stefan.

– În cazul ăsta poate ai vrea să explici cum ar trebui să-ți fie interpretat comentariul.

Daniel își drege glasul: un semnal discret, dar categoric că trebuie să bată în retragere.

– Ești la curent cu vreun incident violent în căsnicia fiicei voastre? zice el înainte ca Hanna să apuce să deschidă din nou gura.

– Nu-mi pot închipui așa ceva.

Tonul lui Stefan nu suportă contrazicere.

– Așa cum am zis, Ole e unul dintre pastorii noștri. E profund dedicat bisericii și este un membru foarte iubit al comunității.

De parcă asta l-ar opri să-şi bată nevasta în intimitatea propriului cămin. Maria Törnlund a văzut vânătăile de pe braţele Rebeckăi. Hanna trebuie să-şi muşte limba ca să se abţină de la încă o remarcă sarcastică.

– Rebecka n-a pomenit de nicio violenţă din partea soţului ei?

– Absolut deloc.

Îl ignoră pe Stefan şi-şi îndreaptă atenţia spre Ann-Sofie, care stă cu mâinile în poală, frecându-şi un deget mare cu celălalt. Pielea e din ce în ce mai roşie, dar femeia nu se opreşte.

– Dar ţie, Ann-Sofie?

Îi foloseşte intenţionat numele ca s-o forţeze să vorbească.

– Eşti mama ei, nu ţi-a spus Rebecka despre cum stau lucrurile acasă?

E o întrebare menită să genereze un anumit răspuns, dar n-are cum altfel. Nu când Stefan e atât de dominant.

Ann-Sofie îşi fereşte privirea. Hanna ar putea să jure că se luptă să-şi reţină lacrimile.

– N-am discutat subiectul niciodată, zice femeia uitându-se rugătoare la soţul ei. Rebecka a fost mereu fericită cu Ole, nu-i aşa?

– Eu nu mai ascult prostiile astea! spune Stefan.

E cât pe ce să se ridice când Hanna îi aruncă o nouă întrebare.

– Care este părerea bisericii despre divorţ?

Chipul lui Stefan e lipsit de expresie, de parcă n-ar înţelege la ce se referă.

– E posibil să divorţezi şi să rămâi membru al Luminii Vieţii? îl lămureşte Hanna. Sau cei care trec prin asta sunt nevoiţi să plece?

Pentru prima oară, tatăl Rebeckăi surâde slab.

– Ceea ce a unit Dumnezeu, omul să nu despartă! Matei, capitolul nouăsprezece, versetul şase. Nu e o chestiune de părere. Iisus s-a pronunţat deja în această privinţă.

Daniel intervine iar:

– Știți dacă fiica voastră avea o relație cu un bărbat numit Johan Andersson?

Ann-Sofie trage tare aer în piept. Hanna așteaptă reacția lui Stefan. Daniel a pus o întrebare foarte riscantă: dacă părinții îi spun ginerelui, siguranța Rebeckăi ar putea fi primejduită.

– Nu-mi pot închipui așa ceva! replică răstit Stefan. Fiica noastră e o femeie decentă.

Dă la o parte ceașca de cafea cu o iritare prost ascunsă. Lingurița nefolosită zăngăne pe farfurioară.

– Cine-i omul ăsta?

– Johan Andersson a fost un cunoscut schior din Duved, explică Daniel. După ce i s-a încheiat cariera, a devenit instalator și a efectuat câteva lucrări la grădinița din Ånn unde lucrează fiica voastră. Avem motive să credem că se cunoșteau bine. Din nefericire, Johan a fost găsit omorât sâmbătă în Tångböle, poate ați citit despre caz.

– Omorât...?

Ann-Sofie se prinde de marginea mesei cu atâta putere că i se albește pielea subțire de pe încheieturile degetelor și venele albastre care-i traversează tendoanele încordate i se văd ca niște șerpi.

– Fiica noastră nu s-ar implica niciodată în așa ceva! replică Stefan revoltat.

– Rebecka e în pericol? șoptește Ann-Sofie.

– E sub protecția lui Dumnezeu, o informează soțul ei. N-are să i se întâmple nimic.

Felul în care Stefan respinge grijile pe care și le face soția lui sugerează că nu e prima oară când se întâmplă asta. Ann-Sofie nu protestează, pur și simplu se lasă un pic mai jos pe scaunul ei. Hanna s-a săturat. Trebuie să scoată din conversația asta ceva care i-ar putea ajuta s-o găsească pe Rebecka.

Au puțin timp la dispoziție, presimte ea.

Se uită iar la Ann-Sofie, se întreabă dacă poate să rămână câteva clipe singură cu ea.

– Aş putea să merg la baie? întreabă.

– Bineînțeles.

– Poți să-mi arăți unde e?

Se ridică în picioare, nedându-i de ales Annei-Sofie decât să facă la fel. Mama Rebeckăi o conduce afară din bucătărie şi arată spre o uşă de pe hol. Hanna şovăie: are nevoie ca femeia să se îndepărteze mai mult de bucătărie ca să nu le audă Stefan discuția.

Ann-Sofie se apropie.

– Chiar trebuie să luăm legătura cu Rebecka, spune Hanna încet.

– Credeți că Ole i-a făcut rău? întreabă cealaltă, abia auzit.

„În sfârşit!"

– Asta bănuim, prioritatea noastră e să-i găsim. Dacă ştii unde ar putea să fie Ole şi Rebecka, atunci trebuie să-mi spui. De dragul Rebeckăi.

Ann-Sofie aruncă o privire de jur-împrejur, ca să se asigure că n-o să fie auzită.

– Vorbiți cu pastorul Jonsäter. Dacă ştie cineva unde e Ole, atunci el e acela.

59

De cum se urcă Daniel în maşină, Hanna începe să-i spună despre conversaţia de pe hol.

– A zis că ar trebui să vorbim cu pastorul Jonsäter, zice ea, punându-şi centura. Întrebarea e: unde-l găsim?

Îi caută numele pe Google, în timp ce Daniel dă cu spatele şi pleacă. Cu coada ochiului, el o vede pe Ann-Sofie privind de la fereastra bucătăriei, cuprinzându-şi strâns trupul cu braţele. Nici urmă de soţul ei. Stefan Ekvall nu ştiuse cum să-i dea mai repede afară din casă.

Daniel geme în sinea lui. E foarte încântat că Hanna a reuşit să scoată ceva de la mamă, dar a fost vizibil tăioasă cu tatăl Rebeckăi, creând fricţiune şi făcându-l să intre în defensivă.

Au ajuns la intersecţia cu E14. Daniel se opreşte ca să dea prioritate unui camion cu remorcă şi plăcuţe de înmatriculare de Norvegia.

Hanna îşi drege glasul, de parcă i-ar fi citit gândurile.

– Scuze dacă l-am luat un pic cam tare. M-am simţit foarte frustrată când ticălosul ăla arogant a refuzat să recunoască gravitatea situaţiei!

Pufneşte pe nas.

– „Rebecka e sub protecţia lui Dumnezeu", intonează ea, imitând surprinzător de bine vocea şi pronunţia lui Stefan Ekvall, ba reuşind chiar şi să se încrunte la fel.

Daniel nu poate să nu zâmbească.

– De parcă ar folosi la ceva! zice Hanna cu vocea ei normală. Nu înțeleg cum se poate amăgi singur. Nimeni n-a mai vorbit cu Rebecka și nici n-a mai văzut-o de vineri după-masă. Acum e miercuri, ceea ce înseamnă că a dispărut de cinci zile.

Izbește cu pumnul strâns în scaun. Îi e evidentă frustrarea, dar ascunde altceva: o profundă îngrijorare pentru o femeie vulnerabilă. În clipa asta, binele Rebeckăi are prioritate înaintea oricărui alt lucru în mintea Hannei.

Daniel știe cât de ușor e să fii complet absorbit de un caz, același lucru i s-a întâmplat și lui. N-ar trebui să-și permită să se implice atât de mult personal, dar de aceea și e o polițistă bună. Hannei îi pasă.

– Dacă ar fi dispărut fiica mea, n-aș fi stat să turui rugăciuni!

„Nici eu," își zice Daniel. Vede fetișoara dolofană a lui Alice cu ochii minții. Ochii ei atât de albaștri. Îl cuprinde o dorință intensă. Vrea să lase lumea afară și să o țină în brațe. Și-a promis că o să plece la timp astăzi. O să-i facă baie lui Alice și o s-o bage în pătuț, în loc să-și petreacă toată seara la secție prins cu probleme polițienești fără număr.

– Așadar, ce facem cu pastorul Jonsäter? întreabă el.

Hanna ridică telefonul.

– L-am găsit. Jan-Peter Jonsäter, căsătorit cu Karin. Locuiesc în Handöl, ar fi trebuit să ghicesc. Mișcarea a fost fondată la Snasadalen și acolo se află biserica și centrul comunitar.

Daniel se uită pe fereastră. În depărtare vede muntele impresionant cunoscut drept Snasahögarna. Se află la sud, un lanț muntos cu patru vârfuri, de cealaltă parte a lacului față de Åreskutan. Storsnasen, cel mai înalt, măsoară o mie patru sute șaizeci și trei de metri deasupra nivelului mării.

Snasadalen se află la poalele muntelui. Acolo a fost întemeiată în anii '30 Lumina Vieții de către câteva zeci de familii evlavioase.

O pornește spre est, către Enafors și Handöl. Potrivit mamei Rebeckăi, pastorul Jonsäter e omul care ar trebui să știe unde e Ole.

De dragul Rebeckăi, Daniel speră să fie adevărat.

Îi dă dreptate Hannei, situația începe să-i dea sentimentul că devine o urgență.

60

O alee elegantă, cu mesteceni înalți, acoperiți cu puf, duce la locuința lui Jan-Peter și Karin Jonsäter din Handöl. Casa din lemn galben-muștar este împodobită cu elemente cioplite, ferestre cu mai multe ochiuri de geam și perdele albe de dantelă.

Hanna ridică privirea. Dintr-unul dintre coșuri iese fum, ceea ce înseamnă că ar trebui să fie cineva acasă. Daniel o ajunge din urmă la ușă, care face parte dintr-o verandă de sticlă. Îi pune o mână pe umăr.

– Mai ușurel de data asta, bine?

Nu trebuie să spună mai multe, Hanna dă imediat din cap că da.

– Nu-ți face griji.

N-are nicio intenție să permită opiniilor pastorului să o scoată din sărite. E pregătită.

Bat la ușă și le deschide o femeie frapant de elegantă, trecută de șaizeci de ani. E îmbrăcată cu o fustă plisată și un pulover din lână de miel, iar părul argintiu vârstat cu alb îi e prins într-o coadă joasă de cal. Trebuie să fie Karin.

– Am dori să vorbim cu pastorul Jonsäter, spune Daniel, arătându-i legitimația de polițist.

– Poftiți! Soțul meu e în biroul lui.

Un câine mare și negru stă întins pe podeaua bucătăriei. Seamănă cu cel care a fugărit-o pe Hanna în seara precedentă. Se ridică pe jumătate și mârâie amenințător, iar ei îi vine greu să-și reprime un tremur.

Karin îi conduce într-o încăpere cu lambriuri de lemn închis la culoare și un birou lat în stil englezesc. La el stă un bărbat înalt, cu ochelari pe nas și sacou de tweed, care ridică privirea când ei apar în cadrul ușii.

– Au venit doi polițiști la tine, îl informează Karin înainte să se întoarcă spre Hanna și Daniel. Pot să vă ofer o cafea? Sau un pahar de apă cu gheață?

– Nu-i nevoie, mulțumesc, replică Daniel și Hanna exprimă șoptit același lucru.

Karin pleacă din cameră, închizând cu grijă ușa în urma ei.

Pastorul Jonsäter pune jos stiloul, un model elegant, negru cu două cercuri aurii în jurul tijei. Pare scump, la fel ca restul decorului. După vizita la casa soților Nordhammar și la ferma unde locuiesc părinții Rebeckăi, Hanna nu se așteptase la o locuință așa de bine mobilată. E mai degrabă o vilă luxoasă de vară din zona Stockholmului decât o reședință permanentă în nordul îndepărtat din Jämtland.

O pendulă Mora[2] impunătoare, decorată cu elemente de artă populară, ticăie în colț. Limbile arată unsprezece treizeci.

– Cu ce vă pot fi de folos? întreabă politicos pastorul, dar fără curiozitatea pe care ar trebui să i-o suscite situația.

– Încercăm să luăm legătura cu Ole și Rebecka Nordhammar, explică Daniel. Ne întrebăm dacă nu cumva știi unde sunt.

Jonsäter își reazemă coatele de birou cât se gândește la întrebare.

– De ce vreți să vorbiți cu Ole și Rebecka?

Are un glas profund și liniștitor, cu unda de autoritate care vine de la numeroșii ani la conducere. Hannei nu-i e greu să și-l închipuie în amvon. Are părul de culoarea oțelului, încă des, și

2 – Marcă de pendule produse în secolele al XVIII-lea și al XIX-lea în localitatea suedeză Mora și foarte apreciate în ziua de azi de iubitorii de antichități. (*n. trad.*)

emană putere și încredere în sine. Ea se simte de parcă li s-ar fi acordat o audiență, chiar dacă au venit cu treburi polițienești.

– Ne aflăm în mijlocul unei anchete de omor și trebuie să le punem câteva întrebări lui Ole și Rebeckăi. Încercăm să dăm de ei de câteva zile, dar nu am reușit. Casa lor pare să fie goală.

Daniel adaugă că ancheta cu pricina este în cazul morții lui Johan Andersson, dar nu menționează posibila legătură dintre Rebecka și acesta.

Hanna crede că e o mișcare înțeleaptă. Nu e sigură ce gen de informație i-ar pica bine omului din fața lor.

– Pare grav, zice Jonsäter. Mi-ar plăcea să fiu de ajutor, dar n-am mai vorbit cu Ole de duminică, atunci când ne-am văzut la biserică.

Dă paginile unei agende de birou, care pare plină de întâlniri și programări.

– Ați încercat să-l sunați pe mobil? sugerează el pe un ton plăcut.

– Am încercat, răspunde Hanna la fel de plăcut. I-am sunat atât pe Ole, cât și pe Rebecka în repetate rânduri, dar fără succes.

– Să mă gândesc.

Jonsäter se freacă pe frunte.

– Ole a venit singur la biserică duminică. Cred că Rebecka era bolnavă – o răceală, poate?

Își scoate ochelarii, îi cântărește în mână.

– Poate că erau plecați puțin cu treabă când ați trecut voi? Ar trebui să mai încercați.

Hanna simte cum ajunge rapid la capătul răbdării.

– Nu cred că înțelegi gravitatea situației, spune ea, făcând un efort uriaș să rămână calmă. Rebecka n-a mai fost văzută de vineri. Nimeni n-a mai luat legătura cu ea de cinci zile. Avem motive să credem că ar putea fi în pericol, iar faptul că nu putem să dăm nici de soțul ei e foarte îngrijorător.

Jonsäter stă cu spatele la o bibliotecă întinsă pe tot peretele, rând după rând de tomuri groase de teologie. Titlurile dezvăluie conținutul, multe sunt în engleză.

Hanna se întreabă dacă el crede că are legătură directă cu Dumnezeu. Probabil că asta înseamnă să fii pastor în Lumina Vieții.

– Îmi pare foarte rău, spune Jonsäter, clătinând din cap. Din nefericire, nu știu cum vă pot ajuta eu.

REBECKA

2020

LUNI, 24 FEBRUARIE

Pe Rebecka o dor mâinile după ce și-a petrecut câteva ore încercând să forțeze încuietoarea. Are pielea roșie unde i-a intrat croșeta în carne, iar genunchii o dor de la poziția incomodă în care a stat. Acum e întinsă pe pat, resemnată în fața eșecului.

A încercat și a tot încercat fără succes, întorcând și răsucind croșeta în toate felurile imaginabile.

Nimic n-a funcționat și acum afară se lasă seara. Lumina din cămăruță pălește. Ziua se apropie de sfârșit. În curând o să fie iarăși singură în întuneric.

Ole s-ar putea întoarce în orice clipă.

Se rostogolește pe o parte și-și simte burta ieșindu-i în afară, ca și cum micuțul din ea i-ar aminti să nu se dea bătută.

Dar ce poate să facă ea? Doctorul la care a fost ultima oară când s-a dus la centrul de sănătate era îngrijorat. Urma să ia legătura cu ea săptămâna asta ca să discute rezultatele: tensiunea nu arăta prea bine. I-a spus clar să evite stresul.

Iar acum zace aici, închisă de propriul ei soț.

Ochii i se umplu din nou de lacrimi. Se face ghem pe salteaua cu denivelări și încearcă să-și păstreze moralul ridicat. Cu siguranță Maria o să se întrebe unde e. Și Johan – știe cât e de speriată de Ole. Nu-i reușește, gândurile negre se strecoară înapoi. Ea și copilul o să moară aici.

Ce rost mai are să încerce să evadeze?

Îi e sete și se întinde după sticla de apă, dar după câteva înghițituri se oprește și o pune la loc pe noptieră. S-ar putea să fie singurul lucru pe care o să-l aibă de băut vreme îndelungată. Dacă Ole nu mai aduce alta?

Își împinge mâinile între coapse. El nu s-a putut hotărî s-o ucidă când a aflat de sarcină, dar poate că e gata s-o lase să moară de foame și de sete în schimb?

Vocea lăuntrică are un răspuns și la asta.

Pentru că atunci Ole n-ar fi direct răspunzător. Aceasta s-ar putea să fie ultima lui faptă creștinească înainte să o abandoneze forțelor naturii. Are conștiința curată. Nu poate fi tras la răspundere pentru ce se întâmplă când se termină mâncarea și apa.

Rebecka se străduiește cât poate ea de bine să se împotrivească sentimentului din ce în ce mai puternic de deznădejde, dar e atât de obosită că nu mai poate gândi limpede. Se lasă iar pe pernă și-și închide ochii. Timpul trece. Când îi deschide iar, e întuneric.

Dincolo de fereastră, lumea e un zid negru.

Închide încă o dată ochii, încearcă să-și închipuie că totul e cald și primitor, cu lumini blânde care strălucesc. E cu Johan, în brațele lui. Își amintește căbănuța împrumutată, focul care trosnea vesel când stăteau ei împreună în pat, flăcările frumoase galben-portocalii care dansau.

Nu merge.

Cu un oftat de dezamăgire, se ghemuiește din nou pe o parte. Când lasă greutatea pe șoldul lovit, o străfulgeră un junghi de durere prin tot trupul. O doare atât de tare, că se chircește.

Lacrimile încep să curgă iarăși, chiar dacă știe că plânsul nu ajută. Deja a plâns destul.

Pereții scârțâie, un zgomot pustiu care îi întărește sentimentul de vulnerabilitate și izolare.

Își împreunează mâinile în rugăciune, așa cum a făcut-o de atâtea ori în viața ei. Buzele ei formează cuvintele familiare:

„Tatăl nostru, care ești în Ceruri..."

Vrea să creadă că o s-o ajute Domnul, dar în sufletul ei începe să priceapă adevărul.

Nu e vrednică de ajutor. A mințit, a trădat și a păcătuit. I-a greșit atât soțului, cât și lui Dumnezeu.

Merită să moară aici în întuneric.

61

Anton e la el în birou, citește raportul preliminar despre furgonetă al Carinei. Biroul îi e plin, dar toate hârtiile sunt sortate în teancuri ordonate. Nu-i place să fie înconjurat de dezordine.

Raportul conține o mulțime de amănunte tehnice. În ciuda împrejurărilor tragice, Carina folosește un limbaj expresiv, aproape poetic ca să descrie cercetarea. Vorbește despre tiparele de răspândire a stropilor și despre silueta decedatului conturată de sângele uscat de pe podea. Despre cum obrazul lui Johan a stat lipit de covorașul de cauciuc, lăsând o amprentă unică pe denivelările acestuia.

Echipa a cercetat cu meticulozitate furgoneta în căutare de amprente, ADN și alte urme biologice, la fel ca și orice altceva ar fi putut lăsa în urmă făptașul, cum ar fi fibre din haine sau amprente de pantofi.

Carina declară că furgoneta nu a fost spartă de cineva din afară, ca atare făptașul trebuie să fi avut acces la chei, ceea ce se potrivește cu ipoteza despre cum a avut loc uciderea lui Johan Andersson.

O cantitate considerabilă de material a fost trimis la Centrul Național de Criminalistică din Umeå pentru mai multe analize, dar Anton remarcă faptul că amprentele lui Linus sunt peste tot prin partea din spate a interiorului furgonetei. Categoric a fost acolo la un moment dat.

Desigur, asta se poate explica și prin faptul că Linus a lucrat cu Johan, dar lui tot i se pare interesant. Încă o dată, asta le susține bănuiala că Linus e ucigașul.

Citește în continuare. Telefonul îi bâzâie în buzunarul de la spate. Îl scoate și vede că are un SMS de la Carl:

Pot să te sun?

Îi tresare stomacul. Crezuse că între ei s-a terminat totul, după comportamentul lui stângaci de aseară.

Aruncă o privire împrejur. Daniel și Hanna sunt tot plecați, încercând să dea de Ole și Rebecka Nordhammar. Raffe e în biroul lui aflat mai încolo pe coridor, pare să fie ocupat la telefon.

Doar ca să se asigure, Anton închide ușa înainte să răspundă la SMS.

Carl îl sună imediat.

– Îmi pare rău să te deranjez.

– Nicio problemă. Ce mai faci?

– Ăă... Nu e vorba de noi, zice celălalt.

Anton nu știa că există un „noi", ceea ce-l înveselește enorm.

– M-a sunat Sandra Sundin acum câteva minute. Se întreba dacă știu pe unde-i Linus.

– Cum?

Carl scoate un sunet ca și cum și-ar drege glasul sau ar tuși.

– Părea îngrijorată.

– De ce?

– Se pare că n-a venit acasă azi-noapte și nu răspunde la telefon.

– Vrei să spui c-a dispărut?

– Așa pare. A dat ea niște telefoane, dar nu l-a văzut nimeni. I-am spus că o să iau legătura cu tine.

Conversația nu se desfășoară chiar cum se așteptase Anton și, bineînțeles, nu-i poate spune lui Carl nimic despre anchetă, nici dacă ar vrea.

– Credeam că poate... l-ați arestat fără să-i spuneți Sandrei?

– Nu așa merg lucrurile, răspunde Anton repede. Însă pot s-o sun.

– Mulțumesc.

E momentul să închidă, dar nu se poate hotărî să-i spună la revedere când i s-a oferit încă o șansă. Și-a petrecut jumătate de noapte treaz, frământându-se din pricina felului în care s-a purtat cu Carl. Și-l închipuie iarăși, dormind în lumina lunii.

– Ai pomenit de cină...

– Da?

E o undă de nerăbdare în vocea lui Carl, nu-i așa? Sau poate că doar i se pare lui Anton. Nu știe dacă mai există speranță, dar se hotărăște să riște totul. E cât pe ce să propună o întâlnire vineri când ușa biroului e dată de perete.

În cadrul ei stă Raffe, cu telefonul în mână.

– Tocmai am primit un apel de la dispeceratul regional din Umeå despre o moarte care are legătură cu ancheta noastră, trebuie să ne ducem imediat acolo.

Încă o ocazie pierdută. Anton rămâne pe loc ca prefăcut în stană de piatră.

Raffe a pornit deja.

– Vii? strigă el peste umăr.

– Trebuie să plec, zice Anton mult prea tăios și închide.

62

Drumul de la Handöl la Duved durează jumătate de oră, cu toate că Daniel conduce cât poate de repede.

– Mai ușor! strigă Hanna când el se angajează într-o depășire riscantă pe E14.

Anton a dat mai departe alerta de urgență de la dispeceratul regional chiar când plecau ei de la pastorul Jonsäter. O mașină a intrat într-un perete de stâncă lângă Duved, cu consecințe fatale. Deocamdată nu e clar dacă a fost un accident sau vehiculul a fost scos forțat de pe drum.

E unu și cinci când ajung la locul respectiv, care deja a fost izolat cu bandă alb-albastră. Câteva mașini de poliție stau aliniate, iar agenți în uniformă deviază circulația.

Daniel observă câțiva adolescenți curioși la marginea zonei. Unul filmează, ținând telefonul sus în aer și mișcându-l dintr-o parte într-alta ca să surprindă cât mai mult.

– Nu poate să-l oprească cineva pe idiotul ăla? bombăne el, înaintând grăbit cu Hanna.

La mică depărtare de drum se află o furgonetă albă, cu toată partea din față zdrobită de peretele de stâncă. Roțile sunt murdare, apărătorile acestora împroșcate cu noroi. Portiera din dreapta s-a deschis în urma impactului, iar pe geam se vede sânge.

Daniel recunoaște numele firmei de pe lateral. Brusc își amintește de altă furgonetă albă de pe marginea unui drum, duminică.

N-au trecut decât trei zile de atunci.

Astăzi nu există niciun dubiu ce s-a întâmplat. Furgoneta a ieșit de pe drum și s-a izbit de peretele de stâncă.

Privește toată imaginea, obrazul alb-cenușiu rezemat de geamul de pe partea șoferului, ochii larg deschiși ai mortului.

Capul pare să i se fi lovit de sticlă. Trupul e prăvălit, pieptul acoperit de airbag.

– Ce mama naibii?! exclamă Hanna. E Linus Sundin!

63

La ora trei după-amiază, echipa se adună iar la secție, ca să discute detaliile.

Mirosul de lână udă și cafea proaspăt făcută stăruie în aerul din sala de conferințe. Li s-a alăturat Carina Grankvist, care stă vizavi de Hanna și-și revede notițele.

Când observă că Hanna se uită la ea, îi surâde obosită. Are riduri fine în jurul gurii și buzele îi sunt crăpate de la frig.

– E mult dintr-odată, murmură ea.

Hanna se întinde după pachetul deschis de fursecuri Ballerina de pe masă. N-a fost timp de masa de prânz. E obositor să fii nevoit să te concentrezi de la una la alta, dar n-ai ce face.

Apare pe ecran Birgitta Grip, care nu se mai deranjează să salute.

– Ce s-a întâmplat? Daniel?

– Mai avem o moarte și are legătură cu ancheta de crimă în curs.

Se scarpină la ceafă.

– Linus Sundin, partenerul de afaceri al lui Johan Andersson, a fost găsit mort în furgoneta lui lângă Duved cu câteva ore în urmă. Se pare că în accident n-a fost implicată decât o mașină și moartea pare să fi fost instantanee. A ieșit de pe o porțiune dreaptă de drum și s-a izbit frontal într-un perete de stâncă.

– Sigur a fost un accident? întreabă Grip.

Întrebarea readuce în atenție scena macabră. Linus avea gâtul rupt. Centura de siguranță, plină de sânge, nu era cuplată.

– Există vreun indiciu că vehiculul a fost forțat să iasă de pe șosea? continuă Grip.

– Erau zgârieturi în vopseaua de pe partea stângă, zice Carina. Deocamdată nu pot să vă spun dacă erau proaspete sau erau acolo de ceva vreme.

– Șoseaua era acoperită de zăpadă și e foarte circulată, adaugă Daniel. N-am găsit niciun semn de frânare.

– Deci, ce avem aici?

În glasul lui Grip se distinge mai mult decât o undă de nerăbdare.

– Ar putea să fi fost o sinucidere?

– E posibil, date fiind împrejurările, zice Anton. Problemele financiare ale lui Linus, ancheta de crimă în cazul lui Johan...

„Avea o soție și un băiețel," ar vrea să spună Hanna. „Își ia cineva zilele într-o astfel de situație?"

Poate că presiunile asupra lui deveniseră prea greu de suportat. Îl luaseră intenționat tare, sperând la o mărturisire.

Oare e vina lor că un băiețel și-a pierdut tatăl?

Mai ia un fursec. Pasta de ciocolată i se lipește de cerul gurii și scuipă în palmă ce a mai rămas. Ia un șervețel și ascunde mizeria cleioasă.

– Potrivit informațiilor noastre preliminare, Linus nu mai fusese văzut de aseară, spune Anton. Soția lui a declarat că a fost plecat toată noaptea.

– A lăsat un bilet de sinucidere? vrea să știe Grip.

Carina clatină din cap.

– N-am găsit nimic în furgonetă.

Majoritatea celor care-și iau zilele lasă o explicație.

Însă nu toți.

– Există vreun motiv să credem că s-a comis o crimă? Avem pe cineva care să fi vrut să scape de el? întreabă Grip.

Hanna se uită la Daniel. Mai că n-au strigat să-i audă toată lumea că Linus era suspect de crimă în cazul soțului lui Marion.

Oare să fi hotărât femeia să ia problema în propriile mâini?

REBECKA
2020
MARȚI, 25 FEBRUARIE

Ninge și mâncarea e pe terminate. Rebecka stă pe podea cu spatele la perete. Și-a cuprins picioarele cu brațele și și-a lăsat capul pe genunchi.

Conform ceasului ei de mână, e aproape ora șase. Lumina zilei pălește, așa că trebuie să fie marți seara, ceea ce înseamnă că stă încuiată de trei zile lungi.

Își întoarce fața către fereastra mică și pătrată. Priveliștea e neschimbată, rânduri nesfârșite de mesteceni și brazi, pământ acoperit cu zăpadă cât vezi cu ochii. Nu mișcă nimic în peisajul pustiu în care e ea prizonieră.

N-o să fie niciodată în stare să plece de aici.

Duhoarea din găleată îi ajunge în nări. Îi provoacă reflexul de vomă, dar mirosul acru de amoniac îi înfrânge deznădejdea.

Își simte trupul mai alert.

„Trebuie să evadez."

Gândul prinde rădăcini. Ieri începea să-și accepte soarta, aproape că se convinsese că-și merită pedeapsa, și totuși ceva din adâncul ființei ei refuză să se dea bătut.

Îi datorează copilului ei să lupte.

Aruncă o privire la ușa închisă. Până acum nu a reușit s-o deschidă, dar poate că ar trebui să încerce din nou? Bagă mâna în buzunarul blugilor, găsește croșeta. Încă ar mai putea să-i fie de folos.

Cu câteva ore în urmă era gata să-și accepte moartea. Să se cufunde în somnul cel de pe urmă și să se lase la mila lui Dumnezeu părea cea mai bună alegere.

Fără îndoială că exact asta speră și Ole. Ar vrea ca ea să-i ușureze treaba, ca să nu fie nevoit să se murdărească pe mâini.

Dacă ea dispare, el își poate clădi o viață nouă alături de o femeie nouă. O femeie care să-i poată face copii și să-l asculte cum ține predici. Să-l admire la fel ca Rebecka, la început, până să-și arate adevărata față.

Ține în mână croșeta și vede metalul argintiu sclipind în ultima rază de lumină a zilei.

A fost umilă și îndatoritoare vreme de aproape opt ani lungi. Ole s-a obișnuit ca ea să se supună și celui mai mic capriciu al lui și tot a fost nemulțumit și a acuzat-o că e o soție rea. A umilit-o în numele lui Dumnezeu, a făcut-o urâtă și inutilă, imposibil de iubit. I-a zis că nu este o femeie adevărată.

A făcut-o să creadă că Domnul l-a obligat să o bată, pentru binele ei.

Crește în ea o nouă hotărâre, care se revoltă împotriva fricii de Ole și-i dă puterea să acționeze.

N-o s-o facă.

N-o să moară ca să poată el să meargă mai departe și să supună altă femeie aceluiași abuz în numele lui Iisus. Dumnezeul în care crede Rebecka nu i-ar permite niciunui bărbat s-o tortureze cum a făcut-o Ole.

Suferința aceasta vine de la psihicul sucit al lui Ole, n-are nimic de-a face cu Domnul.

O să lupte până la ultima picătură de sânge, chiar dacă asta înseamnă că el va trebui s-o strângă de gât cu mâinile goale.

Ea și copilul ei *vor trăi.*

64

Informarea s-a terminat, iar Daniel și Hanna încă mai stau în sala de conferințe.

Anton și Raffe au plecat să-i spună Sandrei Sundin ce s-a întâmplat. Hanna e recunoscătoare că de data asta nu trebuie să dea ea veștile. Se uită la ecranul gol de unde Birgitta Grip a condus ședința.

Masa e plină cu căni de cafea goale. Îi e un pic greață de la fursecuri. Probabil că are nevoie de niște mâncare ca lumea, dar asta va trebui să aștepte.

– Ar trebui să vorbim cu Marion Andersson, spune. Nu există nimeni altcineva care să aibă un motiv la fel de puternic să-l vrea pe Linus Sundin mort.

– Chiar crezi că ar putea fi implicată în asta?

Daniel pare departe de a fi convins.

– Greu de zis, dar, dacă e să căutăm pe cineva care are un motiv bun să urască o persoană bănuită de uciderea lui Johan, atunci n-o putem ignora pe Marion.

Daniel se uită gânditor la colega lui.

– Ți se pare arhetipul răzbunătoarei feminine?

– Nu tocmai, dar oamenii fac lucruri stranii când sunt traumatizați. Soțul lui Marion a fost omorât în bătaie cu numai câteva zile în urmă. Nici măcar nu știm dacă nu cumva are o armă acasă.

Din punctul de vedere al lui Marion, toată viața i s-a prăbușit. Nu pare să fi știut că Johan urma s-o părăsească pentru Rebecka.

A fost foarte greu lovită. În plus, nici n-are copii, nu-l avea decât pe Johan.

– Multe lucruri sugerează că Linus și-a luat zilele, spune Daniel. Locul în care a ieșit de pe șosea e mărginit de pereți de stâncă. E o modalitate ușoară să te sinucizi dacă te bat astfel de gânduri.

– Adevărat, dar nu e o soluție un pic prea curată la povestea asta? Johan a fost găsit ucis sâmbătă. Numai cinci zile mai târziu, persoana care avea cel mai clar motiv se sinucide.

Daniel se freacă la ochi.

– Probabil că ai dreptate. Ar trebui să ne ducem la Marion. Măcar pentru că merită să afle de moartea lui Linus de la noi în loc să citească despre ea online sau în ziare.

Scoate telefonul.

– O să-i dau un SMS Idei. O să fie furioasă când o să-i spun că n-ajung acasă la timp nici în seara asta.

Când el începe să tasteze mesajul, Hannei îi bâzâie telefonul. Un SMS de la un număr necunoscut. Îl citește din ce în ce mai surprinsă.

Întoarce ecranul ca să i-l arate și lui Daniel.

– Uite ce a scris Maria Törnlund! Rebecka i-a trimis un SMS în care îi spune că totul e bine și că o să se întoarcă în curând la serviciu.

– Excelent! exclamă Daniel, împingându-și scaunul în spate. Să mergem la Marion Andersson acum, ca să nu se facă prea târziu?

Hanna încearcă să digere noua informație. Tot e nevoie să stea de vorbă cu Rebecka, să cerceteze rolul ei în ceea ce i s-a întâmplat lui Johan, dar chestiunea mai poate aștepta câteva ore. În clipa asta, sunt altele mai urgente.

Ceea ce nu înseamnă că ea are vreo intenție de a lăsa baltă problema situației de acasă a Rebeckăi, dar, dacă se dovedește că

Linus Sundin realmente s-a sinucis și că e vinovat de omorârea lui Johan, atunci Ole Nordhammar nu mai e suspect.

Tot vor trebui să încheie ancheta de omor, dar acum nu mai e la fel de imperios. Important este să lămurească desfășurarea evenimentelor, pentru ca procurorul să poată stabili că făptașul e mort și nu poate fi acuzat.

Daniel s-a dus să-și ia geaca.

– Vii? strigă el de pe coridor.

Hanna lasă telefonul. Principalul lucru e că Rebecka e în regulă.

65

– Să luăm ceva de mâncare pe drum? propune Hanna.

Sunt pe cale să plece spre casa lui Marion Andersson. Câți kilometri au străbătut azi? Mult prea mulți: spatele ei deja protestează. Foștii săi colegi din Stockholm n-ar fi în stare să priceapă distanțele de aici.

– Bună idee! Unde crezi că o să meargă cel mai repede, dat fiind numărul de turiști?

– Probabil o să fie la fel de rău oriunde ne ducem.

Hannei i-ar plăcea să se oprească la un megaburger la Broken, dar ar dura o oră să intre în sat, să găsească un loc de parcare și să stea la coadă să dea comanda.

– Ce-ai zice de un hotdog și o cola de la chioșcul de lângă telescaunul VM6?

– OK.

Devorează mâncarea în mașină. Când ia prima îmbucătură, Hanna își dă seama cât îi e de foame. Mănâncă prea repede și face crampe la stomac. E mai bine decât greața indusă de fursecuri, dar își simte stomacul neplăcut de balonat. Sucul acidulat n-o ajută.

De cum au terminat, Daniel pornește mașina și se îndreaptă spre Duved.

Hanna aruncă o privire lacului unde doi oameni cu snowmobile Ski-Doo străbat în goană gheața, urmând un traseu paralel spre Duved. Îi place că conducă snowmobile, dar preferă să o facă pe munte sau în pădure. Avea doar treisprezece ani când a încercat prima oară, mult prea mică, potrivit legii, dar microbul a prins-o imediat.

A dus-o tatăl ei, unul dintre puținele și prețioasele momente pe care le-au petrecut împreună fără mama. Lydia și Richard au un Arctic Cat pe care ea îl împrumută când vrea să plece undeva câteva ore. Sunt o mulțime de trasee frumoase și îmbietoare pe lângă Åre.

Dintr-odată tânjește după o zi liberă, departe de anchete polițienești și femei abuzate. Câteva ore înconjurată de natură, singură-singurică.

Să conduci prin zăpada groasă printre copaci îți dă un sentiment aparte. Provocarea de a manevra mașinăria pe lângă un trunchi mare de copac fără să te răstorni sau să te blochezi. Apoi izbucnirea de lumină atunci când ieși din pădure într-o mlaștină sau pe un lac înghețat, cu cerul albastru nesfârșit sus deasupra ta.

Îi place la nebunie să se oprească și să bea o cafea pe munte, să simtă liniștea când totul tace și nu se vede nici țipenie de om.

– Te ia somnul? întreabă Daniel care dă căldura mai jos.

– Nu.

Hanna se întinde ca să-și ofere energie proaspătă. Gândurile i se întorc la Rebecka, ca de multe ori în ultimele zile. Încă își mai pune întrebări în legătură cu mesajul de la Maria.

– Nu crezi că-i ciudat că Rebecka a luat legătura cu colega ei, așa, deodată?

– Probabil că a fost plecată și nu și-a verificat telefonul.

Daniel ia un șervețel de hârtie și se șterge la gură – i-a rămas un pic de ketchup lângă barbă.

– Bănuiesc că n-a fost deloc bolnavă, după care i-a intrat frica în oase când ai început tu să suni.

– Și atunci de ce nu m-a sunat pe mine în loc de Maria?

– Ești tu sigură că tuturor cetățenilor le place să discute cu poliția?

Hanna alege să ignore sarcasmul blând.

– Trebuie că i-am lăsat vreo duzină de mesaje în căsuța vocală.

– Exact. Ai speriat-o de moarte.

Hanna nu poate să renunțe. Simte că ceva nu-i în regulă.

– Tu chiar crezi că a plecat cu soțul ei? Dacă așa stau lucrurile, cum explicăm implicarea ei în viața lui Johan?

Adună gunoaiele și le pune în punga de hârtie în care a venit mâncarea.

– Dacă nu Rebecka era persoana misterioasă pe care o ducea el la Strömsund, atunci cine?

Daniel se gândește o vreme la întrebare.

– Ar fi putut să aibă intenția să plece cu Johan sâmbătă seara, zice el în cele din urmă. Când a aflat că a murit, evident, planul a picat. Nu trebuie să fie mai complicat decât atât.

Hanna revede în minte desfășurarea lucrurilor. Când au dat publicității numele lui Johan? Se putea să fi știut Rebecka de sâmbătă că el murise? Informația a fost categoric dată publicității duminică seară, conferința de presă deja avusese loc, iar moartea lui Johan era la toate știrile.

– Exagerez eu?

– Nicidecum. Vreau doar să spun că ar putea să existe o explicație perfect rezonabilă pentru motivul pentru care s-a dat la fund.

Hanna încearcă să privească situația din perspectiva Rebeckăi. Dacă decisese să fugă cu Johan sâmbătă și el nu apăruse, atunci s-ar fi aflat într-o situație foarte dificilă. Dacă apoi a auzit vestea tragică duminică, trebuie să fi fost răvășită.

Poate nu-i chiar așa de ciudat că n-a fost în stare să se ducă la serviciu.

Sau că nu i-a venit să discute cu poliția.

Dacă iubitul ei murise, n-ar fi vrut să fie târâtă într-o anchetă a poliției, riscând ca soțul său să afle adevărul.

Asta ar fi dus la un nou dezastru personal.

– Sunt sigură că ai dreptate, zice ea, așezându-se iar comod pe scaun. Hai să nu căutăm complicații!

66

Zgomotul unei mașini care intră pe alee o face pe Marion să se uite pe geam. Îi recunoaște imediat pe cei doi polițiști, sunt aceiași care au venit să-i spună de Johan.

Durerea o lovește ca un ciocan.

N-o să se sfârșească niciodată?

Se duce grăbită în baie să-și dea cu apă rece pe față. N-a dormit mai deloc azi-noapte. Florian a ajuns aseară și au stat de vorbă până mult după miezul nopții. S-a trezit în zori și n-a mai putut adormi la loc.

– Scuze pentru deranj, zice polițistul pe nume Daniel. Am putea sta un pic de vorbă?

Marion îi conduce în sufragerie.

– Ce mai faci? întreabă polițista.

Hanna? La fel ca data trecută, are părul prins în coadă de cal, dar azi niște șuvițe au scăpat din ea și îi atârnă în jurul feței.

Marion ezită. Nu vrea să le spună despre plânsul ei inconsolabil noapte de noapte, despre lacrimile care tot vin.

– Nu prea rău, răspunde ea.

– Am venit să te informăm că partenerul de afaceri al soțului tău, Linus Sundin, a fost găsit mort în Duved, spune Daniel.

Marion își duce cu repeziciune mâna la gură. Nu-și poate ascunde reacția, nu după toate câte s-au întâmplat.

– Linus?!

Expresia Hannei e compătimitoare.

– Se pare că a murit azi-dimineață devreme.

Merita să moară după câte probleme a făcut. Marion nu se poate preface că-i pare rău, doar își dorește să mai fi fost Johan acolo.

Iubitul ei Johan...

Ceasul din bucătărie ticăie în spatele ei ca un perpetuum mobile.

– Cum a murit? întreabă ea printre buze rigide.

– Mașina lui s-a izbit de un perete de stâncă. Credem că a murit pe loc.

Un sunet o face să ridice privirea: Florian stă în cadrul ușii. Se dusese să tragă un pui de somn de după-amiază în camera de oaspeți, dar glasurile lor trebuie să-l fi trezit. Încă mai arată pe jumătate adormit, cu părul negru lipit de cap pe o parte.

– El este fratele meu mai mare, care a ajuns aseară, zice repede Marion.

Se întoarce către Florian și-i explică în germană: „Sunt de la poliție, în legătură cu Linus. A murit."

Florian se încruntă, după care întinde mâna și-i salută în engleză.

– *Wir können gerne Deutsch sprechen*, zice Hanna. *Wenn das besser ist?*[3]

Faptul că vorbește germana fluent o ia prin surprindere pe Marion. Pronunția e perfectă. E bine că acest lucru a ieșit la iveală înainte să-i mai spună ea ceva lui Florian în limba lor maternă.

– Vorbești germană?

– Am lucrat o vreme la Berlin, replică Hanna cu un gest de „nu-i mare lucru". Acum mult timp.

Florian o asigură că engleza e în regulă.

---

3 – „Putem vorbi în germană, dacă e mai bine." (în limba germană, în original) *(n. trad.)*.

– Semănați foarte mult, spune Hanna. Există o puternică asemănare de familie.

Marion e obișnuită s-o audă. Ea și Florian au aceeași formă a feței, sprâncene puternice și bărbia fermă. Pielea ei e mai deschisă la culoare, dar altfel nu-i diferențiază cine știe ce.

Se simte tare ușurată să-l aibă aici. E plăcut să nu mai fie singură în casă.

– Sunt doar șaptesprezece luni diferență între noi, explică ea. Aproape gemeni.

– Să vă las singuri? întreabă Florian.

Daniel arată spre unul dintre fotolii.

– Ești binevenit să ni te alături.

– Vii des în vizită? vrea să știe Hanna.

– De vreo două ori pe an, răspunde Marion în numele lui.

Aproape că-și dorește să nu fi apărut cei doi: acum poliția știe că e în țară. Le-a spus tot ce poate, nu vrea ca fratele să-i fie târât în viața ei groaznică.

Florian încearcă să-i surprindă privirea, dar ea evită să se uite la el. Nu vrea decât să plece polițiștii.

Hanna se întoarce către el.

– Îl cunoșteai pe Linus Sundin, partenerul de afaceri al lui Johan?

– Ne-am întâlnit de câteva ori când am fost în vizită la sora mea.

– Înțeleg. Ne aflăm aici pentru că el a murit într-un accident de circulație mai devreme astăzi.

– Îmi pare rău să aud asta.

Florian își trage în jos bluza de polar verde-închis, care i se ridicase un pic.

– Trebuie să te întrebăm unde ai fost în ultimele douăsprezece ore, Marion.

– Eu?

I se strânge stomacul. O bănuiesc de implicare în moartea lui Linus? Dacă închide ochii, îi poate vedea fața când a intrat cu forța în casă alaltăieri noapte. Ochii înroșiți, pumnii ridicați.

– Sunt aici de când ne-am întors de la aeroport din Östersund.

Își simte gura ciudat, e greu să vorbească normal.

– Când a fost asta?

I se golește mintea. Nu-și poate aminti, totul e în ceață.

– Avionul meu a aterizat puțin după ora opt. Am venit direct aici și am ajuns un pic înainte de ora zece, îi lămurește Florian.

– Și ce ați făcut apoi?

Marion nu-i în stare să vorbească. Va trebui să dea Florian detaliile.

– Am mâncat ceva, după care am stat treji și am vorbit jumătate de noapte.

– Și ce ați făcut astăzi?

– Nimic, ne-am propus să nu ne agităm.

Florian își pune mâna peste a lui Marion, ca și cum i-ar da putere. Are vocea perfect calmă:

– N-am ieșit din casă. De ce întrebați?

Cei doi polițiști se uită unul la altul, apoi Hanna dă din cap, ca și cum ar fi mulțumită de răspunsurile lui Florian. Înseamnă că o să plece în curând?

Marion nu știe cât poate să mai stea acolo, nu mai face față altor întrebări. Simte că-i vine să leșine. Lumea pare să se îndepărteze și îi e greu să-și păstreze cumpătul. Închide ochii, speră că o s-o lase în pace.

– Într-o cu totul altă ordine de idei, zice Daniel, sunt arme în casă?

Întrebarea neașteptată o face să deschidă ochii. Numai că ea n-are nimic de ascuns: Johan avea atât permis de vânătoare, cât și de portarmă, toate hârtiile sunt în regulă. Uneori i se alătura și Florian la vânătoarea anuală de elani.

Și Linus, deși el nu era în stare să rămână treaz nici atunci.

Potrivit lui Johan, clubul de vânătoare amenințase să-l dea afară pe Linus dacă nu-și băga mințile în cap. Un vânător băut e un pericol pentru toți cei prezenți.

– Johan obișnuia să vâneze. Avea câteva puști.

– Dar tu?

Marion clatină din cap.

– Nu.

– Unde sunt puștile acum?

– În dulapul pentru arme. Johan le ținea mereu încuiate.

Avea grijă să respecte regulile, îi stătea în fire. Marion încearcă să-și rețină un hohot de plâns, dar nu reușește. Florian o strânge de mână.

– Poți să ne arăți armele lui Johan?

Aduce cheile și îi conduce la debara, unde se află dulapul gripal pentru arme. E din oțel și e prins de podea.

Daniel și Hanna așteaptă ca ea să descuie.

Sunt trei puști și câteva cutii cu muniție.

– Știi că trebuie să le predai, acum că a murit soțul tău? întreabă Hanna.

– Sunteți liberi să le luați cu voi.

Cumva Marion reușește să forțeze cuvintele să-i iasă pe gură. Abia dacă poate sta în picioare, se învârte totul.

Daniel ridică mâna.

– Nu e nevoie să ne batem capul cu asta acum. Sunt de completat formulare.

Se uită la Florian.

– Puteți aduce voi armele la secție mai încolo săptămâna asta.

67

Un val de epuizare o cuprinde pe Hanna când pleacă de la Marion Andersson. Soarele a apus și la vest cerul e acoperit de nori întunecați. La prognoza de la radio tocmai a fost o alertă de furtună care se apropie dinspre Norvegia.

Conduce Daniel.

– Ei, ce crezi?

Hanna cântărește răspunsul. Marion a rămas stupefiată când i-au spus despre accident. A părut că moartea lui Linus a fost o adevărată surpriză, chipul ei și-a pierdut toate culorile.

– A părut foarte șocată de veste, după glas.

Atât Marion, cât și fratele ei german. Care a răsărit din senin.

– Nu crezi că-i un pic cam ciudat să apară frate-său așa, deodată?

Daniel ridică din umeri.

– Părinții ei sunt morți și soțul ei a fost omorât weekendul trecut. N-ai vrea ca singurul tău frate să vină în Suedia?

– Bănuiesc că da.

– Apropo, nu e nicio zgârietură pe Volkswagenul lui Marion. Am verificat înainte să plecăm.

Vor trebui să aștepte cercetarea criminalistică a furgonetei lui Linus. Poate că a fost doar un accident pe o porțiune înșelătoare de drum. Sau o măsură drastică prin care Linus și-a rezolvat problemele. Era un om în criză, din multe puncte de vedere.

Hanna își reazemă capul obosit de geam. Sticla e rece pe piele. Închide ochii și, când îi deschide, mașina lor trece pe lângă centrul de reciclare din Staa. Porțile din grilaj sclipesc în lumina farurilor. Cineva nu s-a putut deranja să-și ducă gunoiul înăuntru și pur și simplu a abandonat pungile afară, în dreptul gardului de oțel.

De ce trebuie să arate așa de deprimant locurile astea?

Își scoate automat telefonul și-și verifică mesajele. Nimic nou, în vârful listei e în continuare SMS-ul de la Maria, trimis cu câteva ore în urmă. Îl citește iar.

M-a contactat Rebecka. Zice că e bine și că o să se întoarcă în curând la serviciu. PS: Voiam să știi.

Din impuls, Hanna își lasă degetul mare să atingă numărul și s-o sune pe Maria.

Când aceasta răspunde, îi mulțumește pentru mesaj.

– De fapt, mă întrebam dacă ai putea să-mi trimiți mesajul Rebeckăi ca să pot vedea exact ce a scris.

– Nicio problemă, ar fi trebuit să mă gândesc și eu la asta. M-am simțit atât de ușurată să primesc vești de la ea, că te-am contactat imediat. Stai o clipă!

Îi bipăie telefonul și Hanna citește cuvintele cu atenție în timp ce Maria rămâne în apel.

Bună, Maria, scuze pentru lipsa de comunicare. Mă simt mult mai bine, dar a trebuit să plec pentru câteva zile. O să mă întorc în curând la serviciu.

Toate cele bune, Rebecka.

Pare perfect normal.

– A, mai era și un PS, zice Maria. Îl trimit.

Noul mesaj sosește peste câteva secunde și Hanna îl deschide.

PS: Folosesc telefonul lui Ole, fiindcă l-am pierdut pe al meu.

– Nu l-a trimis de pe numărul ei obișnuit?

Hanna vrea să fie complet sigură că nu a înțeles ea greșit.

– Nu, se pare că a folosit telefonul soțului ei, dar nu am numărul lui, așa că nu pot să jur că așa a fost.

Are ea numărul lui Ole Nordhammar în carnețel. Dă paginile; se potrivește. Mesajul Rebeckăi a fost trimis de pe telefonul lui. Dacă și-a pierdut telefonul, asta explică de ce nu i-a răspuns la eforturile de a o contacta.

Tot simte că nu-i în regulă.

Chiar a scris Rebecka mesajul? E greu să nu faci presupuneri și, cu toate că telefonul ei a dispărut, al lui Ole clar funcționează, așa că de ce n-a răspuns când l-a sunat ea? I-a lăsat și câteva mesaje vocale.

– Maria, pot să te întreb ceva? Pare scris de Rebecka mesajul ăsta?

– Vrei să spui... că s-ar putea să nu-l fi scris ea?

– Nu știu, replică Hanna cu sinceritate. De aia și întreb.

Maria șovăie. Când Daniel schimbă viteza, Hanna percepe zumzetul jos al motorului.

– Am presupus că e de la ea, zice Maria cu glas stins.

– Ai putea să te mai uiți o dată?

– Ultima parte, chiar la final...

Frica îi colorează tonul vocii.

– Unde zice: „Toate cele bune, Rebecka". Sună cam rigid și protocolar, nu cum ar fi scris ea. Ea pune la final, de obicei, „Cu drag, Rebecka".

Hanna are nevoie de ceva cu care să compare.

– Ai salvat vreun mesaj vechi?

– Sunt sigură că da. Stai o clipă. Am trei. L-a semnat pe fiecare „Cu drag, Rebecka".

– Mă ajută foarte mult. Mulțumesc!

Încheie apelul. I-a dispărut oboseala, înlocuită acum de un val de adrenalină. Pare mai mult decât probabil că Ole a trimis un SMS ca fiind din partea soției lui. De ce ar fi făcut asta dacă nu se întâmplase ceva?

Bănuielile îi revin în forță.

Daniel a auzit întreaga discuție.

– Pare că Rebecka e în continuare în pericol, zice el serios.

Cam așa crede și Hanna. Au discutat despre Marion și accidentul lui Linus, dar acum trebuie să se concentreze iar la Rebecka. Linus e deja mort, dar speră că ea e încă în viață.

– Cred că trebuie să-i dăm în urmărire pe amândoi, spune ea. Chestiunea asta nu poate să aștepte.

Sentimentul unei nenorociri iminente îi devine din ce în ce mai puternic în suflet. Au trecut cinci zile de când Rebecka n-a mai fost văzută. În acest timp se poate să se fi întâmplat orice. Simte un junghi de frică prin trup. Trebuie să dea de soțul ei. Nu se poate să fi dispărut fără urmă, trebuie să fie posibil să-l găsească.

– Ar trebui să-i urmărim telefonul lui Ole Nordhammar, spune ea. Să vedem dacă-i putem depista locația.

E întuneric acum, iar peisajul se pierde în tonuri de negru și gri. Vântul s-a întețit deja înaintea furtunii.

– Bună idee. Ia legătura cu Anton să vezi dacă poate s-o facă imediat. Roagă-l să-i dea și în urmărire.

Hanna îi trimite repede un SMS colegului ei.

– Ce-ai zice să ne întoarcem să mai vorbim o dată cu pastorul Jonsäter?

– Jonsäter?

– Cineva trebuie să-i fi spus lui Ole că încercăm să dăm de Rebecka, altfel de ce s-ar fi deranjat el să trimită un mesaj în numele ei? Singurii care știu că îi căutăm, în afară de Maria Törnlund, sunt părinții Rebeckăi și Jan-Peter Jonsäter.

– Dacă așa stau lucrurile, atunci Jonsäter trebuie să știe unde e, îi dă dreptate Daniel. Sau măcar să țină legătura cu el.

Hanna trage adânc aer în piept.

– E singura noastră șansă să-l găsim pe Ole înainte să fie prea târziu.

Își vede propria neliniștite reflectată în ochii lui Daniel.

– Hai să mergem! zice el, rotind volanul cu putere dintr-o singură mișcare.

68

Alice a adormit în cele din urmă în căruț, iar Ida se lasă se cadă pe canapeaua din living.

Vrea să fie o mamă bună, dar faptul că nu are niciodată timp pentru sine o scoate din minți. Zilele se confundă una cu alta, apartamentul e în totală dezordine. Uneori îi vine să urle când scâncește Alice după atenție, deși își iubește, bineînțeles, fiica.

Nu tânjește decât după câteva ore de singurătate. Își dorește cu disperare să iasă pe pârtii, așa cum obișnuia altădată. Să coboare în viteză până i se taie răsuflarea cu vântul în față. Stătea pe schiuri până se închideau telescaunele, niciodată prea obosită pentru o ultimă coborâre. Acum pironește peretele cu privirea. Nici măcar n-are energia să deretice sau să facă un duș cât doarme Alice. Era epuizată după scurta ieșire de ieri și Daniel n-a fost mai deloc pe acasă de sâmbătă. Pleacă la serviciu înainte să se trezească ea și vine acasă după ce a adormit.

Dacă ar fi iubit-o cu adevărat, cu siguranță ar fi vrut să fie cu ea în loc să lucreze nonstop, nu?

Și dacă… Și dacă n-o mai iubește?

Nu suportă gândul să-l piardă.

Se ridică și se duce în hol. Își studiază reflexia în oglindă, ceea ce o deprimă și mai tare. Are o figură bolnăvicioasă și epuizată. Trebuie să se spele pe cap.

Totodată, urăște faptul că se plânge întruna. Nu se recunoaște: ea nu vorbește așa, mai ales când partenerul se luptă cu o anchetă de crimă majoră.

Unde mai pui și că Tove l-a văzut pe Daniel luând prânzul cu o șatenă atrăgătoare. Judecând după descriere, Ida bănuiește că trebuie să fi fost Hanna, noua lui colegă.

I se strânge stomacul la gândul că el și-ar petrece timpul cu ea mai degrabă decât cu soția lui.

Sună telefonul: e mama ei, Elisabeth. Ida începe să plângă de cum răspunde. Subit, se simte complet nepotrivită, atât ca mamă, cât și ca parteneră.

– Ce s-a întâmplat, scumpo?

Se duce în bucătărie și închide ușa ca să n-o deranjeze pe fetiță.

– Sunt așa de obosită! hohotește ea. E prea mult să am grijă de Alice! Nu pot s-o fac!

– Unde-i Daniel?

– La serviciu. Nu-i niciodată acasă!

– Bărbații nu înțeleg ce înseamnă să ai grijă de un copil. Niciodată n-au înțeles. Mama duce greul mereu.

– Nu mai pot! plânge Ida.

– Gata, gata! încearcă s-o consoleze mama ei. O să fie mai bine. Alice e încă mică de tot. Trebuie să-i spui lui Daniel că trebuie să stea și el mai mult pe acasă, să-și îndeplinească responsabilitățile de tată.

Ida a încercat deja asta. S-a soldat cu o izbucnire de furie uriașă din partea lui, nu mai îndrăznește să-l înfrunte iar. Își dorește să poată fi din nou fetiță, să se ascundă în brațele mamei ei. Să scape de răspundere.

Să deruleze banda înapoi.

Fiecare firimitură de nemulțumire care i s-a adunat în suflet iese acum la suprafață. Nu se poate abține să nu se plângă de Daniel și de cât de mult e el plecat de acasă. Îi spune lui Elisabeth cât de înfricoșată e că o să i se întâmple ceva la serviciu. Într-un final, îi mărturisește că a pălit-o gelozia când Tove a menționat că îl văzuse pe Daniel la Werséns cu Hanna, colega fantastică pe care o tot ridică el în slăvi.

Mama ei ascultă, scoate sunete de compătimire cât își ușurează Ida sufletul.

– Ascultă la mine, spune Elisabeth când fiica ei și-a pierdut suflul. Nu poți să continui așa. Trebuie să pui piciorul în prag, să-l faci pe Daniel să înțeleagă că vorbești serios.

69

Culmile falnice cunoscute drept Snasahögarna sunt învăluite în întuneric atunci când Daniel se îndreaptă spre Handöl și spre casa pastorului Jonsäter pentru a doua oară în ziua aceea.

Hanna tocmai a încercat să-l sune pe Ole, tot niciun răspuns.

Farurile luminează drumul alb de dinaintea lor. Nu există iluminat stradal, e imposibil să vezi ceva dincolo de fascicul, care oferă vizibilitate doar la câțiva metri în față.

Daniel conduce cât de repede îndrăznește.

Hannei îi sună telefonul când trec pe lângă Oppdalsvallen. După răspunsuri, își dă seama că trebuie să fie din nou Maria. N-a trecut mult de când au vorbit, ce s-a mai întâmplat acum? Hanna pune câteva întrebări înainte să închidă.

– Ai auzit cine-a fost?

– Da.

– Un doctor de la centrul de sănătate din Åre tot încearcă să o contacteze pe Rebecka. A dat numărul de la Micii Ghiocei în loc de numărul ei de mobil. Doctorul a sunat de câteva ori și acum a lăsat un mesaj pe robotul grădiniței, în care spune că trebuie să-l sune cât mai repede.

– Asta înseamnă că trebuie să fie urgent, replică Daniel. Dar de ce să nu-și fi dat Rebecka numărul ei?

Bate darabana pe volan, perfect conștient că situația s-ar putea înrăutăți și mai tare dacă Rebecka suferă de o boală gravă.

– Trebuie să vorbim cu doctorul.

Hanna aruncă o privire la ceas.

– Centrul e deschis până la șapte, nu? E abia fără zece, poate că-l mai pot prinde acum.

Sună și așteaptă să i se facă legătura cu persoana potrivită. Daniel ascultă cum încearcă ea să-l convingă pe doctor că urgența situației Rebeckăi anulează confidențialitatea pacientului. Acesta nu pare să-i dea dreptate, dar Hanna refuză să se dea bătută și în cele din urmă câștigă.

– În câte luni ziceai că e?

Daniel începe să înțeleagă despre ce e vorba. Nu caută numai o femeie vulnerabilă, e mult mai rău de atât.

Rebecka e însărcinată.

Își amintește imaginea ecografică a lui Alice în pântecul Idei, conștientizarea copleșitoare a faptului că acolo, înăuntru, e un bebeluș mic de tot. Pentru prima oară, sarcina i se păruse reală și i se activaseră toate instinctele protectoare.

Și copilul Rebeckăi trebuie să fie protejat.

– Cât e de periculos? întreabă Hanna.

După alte câteva întrebări, închide.

– Rebecka e în luna a patra. Doctorul ei e îngrijorat de rezultatele unora dintre analize: trebuie să meargă la un specialist cât mai repede. Are tensiunea mult prea mare.

Nu sună bine.

– Încă ceva. Se pare că ea a refuzat să spună cine e tatăl. A insistat să se țină legătura numai cu ea.

Implicațiile le sunt clare amândurora.

– Crezi că ar putea fi însărcinată cu Johan?

Hanna dă din cap că da, cu o expresie posomorâtă.

– Dumnezeu s-o ajute pe Rebecka dacă a aflat soțul ei!

REBECKA

2020

MIERCURI, 26 FEBRUARIE

În zorii celei de-a cincea zile, Rebecka abia dacă mai poate să-și miște degetele după toate eforturile de a forța încuietoarea.

Aproape c-a rămas fără apă. E disperată de sete, dar nu îndrăznește să bea mai mult de câteva guri. Deja a mâncat cârnatul și pâinea care erau în pungă. Lipsa de hrană și apă îi produce slăbiciune, puterea aproape că i-a dispărut. Nu suportă să se gândească la felul în care îi afectează asta viața micuță din pântec.

Și nici la sfatul doctorului, care i-a spus să evite stresul și să rămână calmă.

Duhoarea dezgustătoare din găleata din colț este amestecată cu mirosul propriului ei trup. Dacă ar putea să facă un duș sau măcar să se spele pe dinți! Are un strat oribil pe limbă și e îmbrăcată cu aceleași haine de cinci zile.

O rafală de vânt zgâlțâie ochiurile de geam și urlă prin casă. A început să ningă cu fulgi mari și lipsiți de speranță care acoperă sălbăticia pustie în care e ea prizonieră.

Dacă vântul se transformă în furtună, n-o să mai poată în veci să fugă, chiar dacă reușește să evadeze din casă.

Undeva înăuntrul ei tot mai speră că o să se întoarcă Ole și o să se milostivească de ea, dar asta pare puțin probabil după atâta timp.

Se întreabă unde o fi el acum. Probabil s-a dus acasă la Enafors. Poate ia micul-dejun printre toate mobilele alea urâte care îi plac așa de mult. Sau poate predică unei congregații care îl admiră. Îi ascultă fiecare cuvințel și strigă „Amin!" la porunca lui. În ochii lor, Ole nu poate să greșească. N-ar crede niciodată adevărul despre pastorul lor venerat.

Probabil că și-a alungat din minte faptul că a lăsat-o aici. Ole se pricepe la asta, la a-și crea propia versiune de realitate. Orice nu-i place, slăbiciuni, abateri – pur și simplu le îndepărtează din lumea lui.

Întotdeauna a împărțit viața în alb și negru. Oamenii care nu se ridică la înălțimea așteptărilor lui încetează să existe. Fără îndoială că de acum înainte și Rebecka intră în categoria asta.

Nu mai există, din punctul lui de vedere.

70

De la ferestrele de la parterul casei pastorului Jonsäter vine o lumină caldă și primitoare. Casa frumoasă de început de secol XX e idilică, dar amintirea pastorului zâmbitor care a refuzat categoric să recunoască vulnerabilitatea Rebeckăi o face pe Hanna să se cutremure. De data asta trebuie să-l oblige să înțeleagă gravitatea situației.

Încă o dată, la ușă răspunde Karin. E clar surprinsă să-i vadă.

– V-ați întors! exclamă ea. Scuze, voiam să zic… îl căutați pe Jan-Peter?

– Da.

– Mă tem că nu-i aici în acest moment.

– Unde-l putem găsi?

Karin șovăie. Se joacă cu o cruciuliță de aur de la gât, la fel ca aceea pe care o purta Ann-Sofie Ekvall, deși aceasta e mai elegantă.

– Chiar trebuie să vorbim cu soțul tău, zice Hanna cu fermitate în glas.

– E la centrul comunitar, e slujba de miercuri. Eu am rămas să am grijă de nepoțelul nostru.

Hanna așteaptă cu nerăbdare cât îi lămurește Karin cum să ajungă acolo. Nu e departe, doar cinci minute cu mașina.

– Pot să te întreb ceva? spune ea când se pregătesc să plece. Când l-ai văzut ultima oară pe Ole Nordhammar?

Karin își netezește părul deja perfect coafat, după care își aranjează cureaua de piele maro. Își plimbă ochii dintr-o parte în alta.

– De ce întrebi?

– Pentru că trebuie să dăm și de el. Și de soția lui, Rebecka.

– N-am mai văzut-o pe Rebecka de mai bine de o săptămână.

Refuză să-i privească în ochi pe Daniel sau pe Hanna. E evident că știe mai multe decât zice; Hannei i-ar plăcea să o ia de umeri și s-o zgâlțâie.

– E extrem de important să-i găsim pe Ole și pe Rebecka, spune. Dacă ai habar pe unde ar putea să fie, te rog să ne spui!

– Mă tem că nu vă pot ajuta.

– Hai să mergem! intervine Daniel, pornind spre mașină.

Hanna îl urmează, după care se oprește și dă fuga înapoi la veranda de sticlă. Karin se pregătește să închidă ușa.

– Credem că Rebecka e în mare pericol din partea soțului ei. Pentru numele lui Dumnezeu, dacă știi unde e, trebuie să ne spui!

Karin tot nu vrea să se uite în ochii ei. În sânul bisericii loialitatea pare să fie incomprehensibil de puternică, Hanna habar nu are cum le poate ține atât pe mama Rebeckăi, cât și pe Karin într-o asemenea strânsoare de fier.

Nu când e în joc viața unei femei.

Își scoate cartea de vizită și i-o îndeasă lui Karin în mână.

– Poftim! Dacă te răzgândești, poți să mă suni oricând.

71

Centrul comunitar e situat pe un deal la intrarea în valea îngustă din Snasa. Dincolo de clădire, de fiecare parte a peisajului alb și sterp, se deschid munții, dominați în fundal de Snasahögarna ca niște paznici tăcuți ai naturii.

Daniel trage mașina lângă o clădire lată și albă de lemn, cu câte o aripă la dreapta și la stânga. Biserica în sine pare să fie în secțiunea centrală, unde deasupra ușii e o cruce mare.

Parcarea este plină.

– Se pare c-am picat fix în toiul acțiunii, remarcă el sec.

– Contează?

– Deloc.

Daniel n-a fost niciodată bisericos. Mama lui a fost crescută catolică, dar s-a îndepărtat de biserică și de familie când n-au putut s-o ierte că a rămas însărcinată fără să fie măritată.

Chestiunea n-ar fi fost privită ca un scandal în Suedia, unde jumătate dintre copii se nasc în relații în care părinții nu sunt căsătoriți, dar mama lui Daniel a plătit scump. Când a plecat de la Ravenna ca să fie cu tatăl lui în Suedia, a pierdut orice legătură cu rudele ei.

– Să intrăm! spune el ieșind din mașină.

Îi bipăie telefonul și se uită la ecran. Intră câteva mesaje supărate de la Ida. Nu i-a picat prea bine vestea că o să ajungă târziu. Știuse că ea n-o să se bucure, dar pare de-a dreptul furioasă.

N-a mai fost niciodată așa, ceea ce îl stresează. E greu să fii prins între parteneră și slujbă. Ar face orice pentru Ida și Alice, dar meseria de polițist e mai mult decât o profesie obișnuită – este identitatea lui.

Miezul ființei sale.

Se consideră polițist bun, dar din ce în ce mai des se întreabă cum să fie și un partener, și tată bun. În clipa de față nu se poate urca în mașină să se întoarcă acasă, există prea multe riscuri. Deja se simte vinovat că n-a lucrat mai mult zilele trecute.

Aici nu e vorba doar de datorie sau de ce vrea el. Rebecka și copilul ei nenăscut ar putea fi în primejdie de moarte.

Ezită: ar trebui s-o sune pe Ida să încerce să-i explice? Să-i promită că o să le pună pe ea și pe Alice pe primul loc imediat ce se încheie cazul, dar că pe moment încearcă să salveze o femeie însărcinată?

Aruncă o privire la biserică. Hanna stă deja lângă ușă și-i face nerăbdătoare semn.

Cu un oftat, pune telefonul deoparte. Chestiunea va trebui să mai aștepte. O s-o sune pe Ida după ce vor vorbi cu pastorul Jonsäter, n-are încotro.

72

Imediat ce intră, Daniel și Hanna dau cu ochii de un spațiu mare, bine luminat și de o cruce aurie în fața lor.

Pe rândurile din față sunt așezați câțiva zeci de oameni, iar Hanna vede că sunt toți concentrați la omul care ține slujba.

E Jan-Peter Jonsäter, desigur. Ochii îi strălucesc de fericire.

– Biserica noastră are o sarcină unică, informează el congregația. Dumnezeu ne-a făcut mijlocitori pentru întreaga lume. Dar Domnul așteaptă mai mult decât atât. Ne-a ales și ca să fim răspunsul la rugăciunile celorlalți.

Face o pauză de efect, ridică mâinile.

– Gândiți-vă la toți cei care se roagă pentru lucruri pe care nu le primesc! Ce-ar fi dacă puterea rugăciunilor voastre le-ar putea îndeplini cele mai lăuntrice dorințe? Când semenii noștri îngenunchează și se roagă, când se roagă la Dumnezeu și Îi cer să le rezolve problemele, răspunsul poate veni prin noi.

Hanna ascultă fascinată. Oare Jonsäter chiar crede ce spune sau e doar o prefăcătorie bine repetată?

Încă o pauză. Pastorul își lasă privirea să-i umble pe fiecare rând, de parcă ar vrea să recunoască și să valideze fiecare persoană.

– Ce bucurie să fii în stare să-i îndeplinești cuiva cele mai lăuntrice dorințe! exclamă el. Ce bucurie să fii ales de Domnul ca să dai mai departe marea Lui iubire! Pentru că El vrea să ne răspundă la rugăciuni și, prin iubirea pe care o putem da mai departe, avem privilegiul de a-L ajuta pe Dumnezeu să facă exact asta!

– Amin! răspunde toată lumea.

– Mulțumesc! strigă Jonsäter, întorcându-și fața spre tavan. Mulțumesc, Doamne, pentru că ne-ai îngăduit să-Ți devenim ajutoare! Mulțumesc că ne-ai îngăduit să fim la dispoziția Ta. Mulțumesc că ne-ai îngăduit să dăm mai departe harul Tău semenilor noștri!

Fără să vrea, Hanna e impresionată. Pastorul e complet pătruns de mesajul lui, convingerea e tangibilă. Evocă un sentiment intens de comunitate cu o mare abilitate și eficacitate, un sentiment atât de puternic că aproape nu i te poți împotrivi.

– Mulțumesc, Doamne! încheie el cu fericire curată în glas. În numele lui Iisus. Mulțumesc!

Când ține mâinile întinse, toată lumea dă buzna spre el să-i primească binecuvântarea.

Hanna studiază scena care se desfășoară înaintea lor. Daniel clatină din cap.

Vede că membrii congregației îi zâmbesc – ba nu! – radiază de bucurie în fața lui Jonsäter. Trebuie să fie fantastic să faci parte dintr-o asemenea tovărășie, să împărtășești iubirea asta cu familia și prietenii.

La fel, trebuie să fie oribil să fii exclus din ea.

Ce se întâmplă atunci când un grup își strânge rândurile și lasă pe dinafară un membru al bisericii?

Unde se duce atunci persoana cu pricina?

73

Imediat ce se termină slujba, pastorul dispare printr-o ușă laterală de lângă amvon.

Daniel se ia după el cu pași mari, făcându-i semn Hannei să-l urmeze. E stânjenit, în ciuda hotărârii lui să nu lase slujba să-l influențeze. Mesajul de iubire din predica pastorului Jonsäter nu se prea potrivește cu treaba lor din această seară, cu bănuiala că alt pastor și-a răpit soția împotriva voinței ei.

Deschide ușa laterală, care duce la un coridor întunecat fără lumini pe tavan.

– Unde naiba s-a dus? îi șoptește Daniel Hannei.

Aceasta arată spre o ușă gri pe sub care se prelinge lumină. Daniel se duce acolo și bate la ea, după care o deschide fără să mai aștepte răspuns.

Jan-Peter Jonsäter stă la un birou mare, la fel ca atunci când l-au vizitat acasă. Acesta e unul mai simplu, însă plin cu la fel de multe teancuri de hârtii.

Se întunecă la față atunci când îi vede pe Hanna și pe Daniel, după care își scoate ochelarii cu ramă pătrată, îi așază pe birou și le zâmbește la fel de cald ca mai înainte.

– Iarăși voi doi! Cu ce vă pot fi de folos de data asta?

Daniel nu se deranjează să-i zâmbească și el.

– Avem motive să credem că ții legătura cu Ole Nordhammar. Trebuie să ne ajuți să dăm de el.

Hanna adaugă:

– Rebecka ar putea fi în pericol real și Ole e singurul care știe unde se află. Dacă ai vorbit serios în predică, cum că vrei să dai mai departe iubirea lui Dumnezeu, atunci trebuie să te asiguri că-l găsim pe Ole imediat. Înainte să-i facă rău Rebeckăi.

Jonsäter nu răspunde, dar Daniel vede din mișcarea pieptului său că respiră mai zgomotos. Oare nu-și dă seama de gravitatea situației sau e atât de captiv în felul lui de a gândi că nu mai poate accepta adevărul despre un coleg pastor?

– Ajută-ne, te rugăm! îl imploră Hanna. Unde-i Ole?

Tot niciun răspuns.

– Există o infracțiune care se cheamă favorizarea făptuitorului.

Glasul lui Daniel e mai aspru acum.

– Oricine ajută cu bună știință un infractor e pasibil de închisoare.

Face un pas înainte. N-au timp de așa ceva, începe să se sature de atitudinea lui Jonsäter.

– Ole nu e infractor, protestează acesta. E unul dintre pastorii noștri!

– Deja știm că și-a bătut nevasta, îl informează Hanna.

– N-avem astfel de oameni la noi în biserică.

Expresia nu i se schimbă, chipul îi pare cioplit în piatră.

– Asemenea lucruri nu se întâmplă la noi în biserică.

Daniel e pe punctul de a-și pierde cumpătul.

– Bănuim că și-a răpit soția. Ăsta e un comportament suficient de infracțional pentru tine?

– Nu pot să cred așa ceva despre Ole, insistă Jonsäter. N-ar ridica în veci mâna la soția lui, nu așa. S-ar putea să fi fost nevoit s-o disciplineze, dar nu mai mult.

Daniel vede roșu înaintea ochilor la auzul acestor vorbe. „Disciplinare" – nu-i faci așa ceva cuiva cu care te-ai căsătorit. E vorba de o tânără pe care Jonsäter trebuie să o fi cunoscut de mulți ani.

Nici măcar nu-i poate folosi numele: în ochii lui e pur și simplu soția lui Ole.

„O cheamă Rebecka!" vrea să țipe el. „E însărcinată și are nevoie de asistență medicală!"

– N-am să stau să vă ascult acuzațiile ridicole, continuă pastorul. Îl cunosc pe Ole și lucrez cu el de foarte multă vreme. E un om conștiincios și cu frica lui Dumnezeu care nu vrea decât ce-i mai bine pentru soția lui.

Daniel îl pironește cu privirea, dar Jonsäter refuză să se lase intimidat.

– Nu puteți să veniți aici să calomniați membri ai bisericii noastre.

Se ridică. O avea el pe la vreo șaizeci de ani, dar e încă înalt și bine făcut, cu vreo zece centimetri mai înalt decât Daniel. Are o prezență puternică.

– N-o să tolerez așa ceva.

Daniel tremură de exasperare. E cât pe ce să explodeze, cu toate că știe că nu trebuie s-o facă. Trebuie să se comporte profesionist, e perfect conștient că nu-și poate ieși din fire ca atunci când s-a certat cu Ida.

Asta le-ar distruge unica șansă de a o găsi pe Rebecka. Trebuie să-l convingă pe Jonsäter să colaboreze.

În acea clipă, pastorul se uită la el cu dispreț și Daniel realizează că nu dă doi bani pe ea. Tot ce contează pentru el e biserica și prețioasa lui reputație.

Dacă Rebecka trebuie sacrificată pentru ca reputația respectivă să fie păstrată, atunci asta e.

Toată treaba aia cu iubirea lui Dumnezeu nu e nimic mai mult decât vorbărie goală.

Înțelegerea acestui fapt îl izbește ca o lovitură fizică.

– Cum luăm legătura cu Ole Nordhammar? întreabă el pe un ton inexpresiv.

– Asta este, cu siguranță, treaba voastră să aflați.

Jonsäter se așază la loc. Întinde mâna după un document dintr-un teanc de pe birou și începe să citească ostentativ, de parcă ar fi singur în încăpere.

Lui Daniel îi e imposibil să ignore provocarea.

– Unde e Ole Nordhammar?

Jonsäter nici măcar nu se deranjează să răspundă.

Îi zvâcnește sângele în tâmple și brusc nu-i mai pasă dacă se comportă precum bunicul lui matern cel iute la mânie.

În clipa asta ar putea să-l ucidă pe Jonsäter.

Stăpânirea de sine a dispărut. Face un pas spre birou. Cu o mână, mătură pe podea teancurile cele mai apropiate. Acestea iau cu ele un prespapier și un perforator. Pastorul ridică privirea.

Hanna îl prinde pe Daniel de braț, dar el îi dă mâna la o parte.

– Unde-i Ole? țipă el.

Hanna încearcă să-l tragă înapoi.

– Rebecka e însărcinată! continuă Daniel, încă strigând. Dacă Ole îi face rău, atunci o să ai pe conștiință viețile a doi oameni!

Pastorul Jonsäter se duce la ușă și o deschide larg. Nici urmă de căldura și iubirea de care fusese plină predica lui.

De fapt, iubirea lui Dumnezeu se remarcă prin absență.

– Ieșiți de-aici, le zice el glacial, înainte să iau legătura cu superiorii voștri.

74

Daniel iese cu mers apăsat în parcare și arde un șut în primul copac care-i apare în cale, un mesteacăn de lângă intrare.

Piciorul îl doare, dar asta nu-l face să se simtă mai bine. L-ar putea sfâșia în bucăți pe pastor. Vorbește despre iubirea lui Dumnezeu, dar singura lui preocupare e să protejeze bunul nume al bisericii. Fără îndoială că deja l-a sunat pe Ole să-l avertizeze că-l caută poliția.

Totodată e și furios pe sine însuși pentru că și-a pierdut atât de evident controlul. Mai lovește o dată copacul cu piciorul. Îl doare la fel de tare ca mai înainte, dar nu-i pasă. Ar trebui să-l ducă mintea mai mult de atât.

De câte ori și-a promis că n-o să-și mai iasă din fire la serviciu? E lipsit de profesionalism, plus că detestă să nu se știe stăpân pe sine. Au trecut abia două luni de când a înspăimântat-o de moarte pe Ida cu răbufnirea lui în bucătărie. Trebuie să învețe cum să gestioneze câteva zile de stres intens fără să ajungă în starea asta.

Hanna vine în fugă. Colegul ei a plecat atât de repede că n-a putut ține pasul cu el. Îi pune o mână pe braț.

– Ești bine?

Tonul ei e liniștitor, de parcă înțelege instinctiv cât de mult își urăște el propria reacție.

Daniel clatină din cap. Nu poate să discute subiectul, e prea greu. Nu o să fie ca bărbații din familia lui.

Nu e bunicul lui.

– Lasă-mă o clipă, reușește el să zică.

Ar prefera să se ducă acasă și să o strângă tare în brațe pe Alice.

– Nicio problemă.

Hanna se întoarce și se îndepărtează, îl lasă în pace. Își scoate telefonul și-și verifică mesajele, dându-i lui spațiu să se adune.

El își strânge și-și deschide pumnii, silindu-se să respire. A trecut multă vreme de când n-a mai luat-o razna la serviciu, dar comportamentul ipocrit al ticălosului ăluia l-a scos din minți. Vorbesc despre o femeie gravidă care s-ar putea să fi fost răpită și Jonsäter nu se poate gândi decât să-și apere colegul!

Însă asta nu justifică propriul lui comportament. Trebuie să se adune.

– Scuză-mă! zice un glas timid de la câțiva metri mai încolo.

O siluetă scundă, cu o geacă matlasată, groasă, iese din umbră. Pe frunte are trasă o căciulă de lână, ochii abia dacă i se văd. Daniel întoarce capul și Hanna vine și ea.

– Ați fost la noi azi-dimineață. Sunt Ann-Sofie, mama Rebeckăi.

– Desigur, zice Daniel, străduindu-se cât poate de mult să vorbească normal, nu ca unul care tocmai s-a purtat ca un nebun. Îmi pare rău, nu te-am recunoscut.

– Mai știți ceva de Rebecka?

Glasul e lipsit de vlagă, aproape să se frângă. După sunetul vocii, Ann-Sofie pare slăbită și fragilă.

Daniel trebuie să vină mai aproape ca s-o audă cum trebuie.

– Știi unde e?

– Noi tot îi căutăm pe ea și pe Ole, explică Hanna.

Arată spre biserică.

– Am încercat să vorbim cu pastorul Jonsäter, dar nu a fost … de cine știe ce ajutor.

Ann-Sofie își mușcă buza.

– Dacă ai idee unde ar putea fi Ole, te rugăm să ne spui, zice Daniel.

Mama Rebeckăi bagă adânc mâna în buzunar. Aruncă o privire spre mașinile parcate, ca și cum i-ar fi frică să nu stea cineva acolo și să se uite la ei.

– Rebecka e însărcinată, îi zice Hanna.

Ann-Sofie se holbează la ea, cu ochii mari din cauza șocului.

– E imposibil, șoptește ea. Nu se poate să fie adevărat!

– Te pot asigura că este. Am vorbit cu medicul ei de la centrul de sănătate.

– Dar ea și Ole nu pot să aibă copii! Încearcă de ani de zile!

– Fiica ta e gravidă, o asigură Daniel. Nu încape nicio îndoială.

Poate că e riscant să-i spună mamei Rebeckăi, dar în clipa de față trebuie să se folosească de toate mijloacele disponibile ca s-o găsească.

Intervine Hanna:

– Din nefericire, sunt câteva complicații cu sarcina. Acum înțelegi de ce e așa de important să-i găsim pe Rebecka și pe Ole?

Annei-Sofie i s-a întipărit o expresie de panică pe chip.

– Realmente nu ai habar unde s-ar fi putut duce ginerele tău?

Daniel își aude tonul rugător din glas.

– Ole are familie mare în Norvegia, replică Ann-Sofie după o lungă tăcere. Mama lui era norvegiană.

– Unde în Norvegia?

– Trondheim. Există o sucursală a Luminii Vieții care activează acolo.

Apare un cuplu de vârstă mijlocie, care se îndreaptă spre centrul comunitar. Mama Rebeckăi tace și se întoarce cu spatele. Nu mai vorbește până ce respectivii nu se îndepărtează suficient cât să nu-i mai audă.

– Bunicii materni ai lui Ole aveau o căsuță în Meråker, chiar dincolo de graniță.

Hanna ia notițe.

– Crezi că acolo s-ar putea ascunde Ole?

– Tot ce-i posibil. Bunicul lui a murit acum câțiva ani și cred că a moștenit proprietatea, fiindcă mama lui era deja moartă. Petrece deseori timp în Norvegia.

– Ai o adresă?

Ann-Sofie clatină din cap.

– Care era numele de familie al bunicilor?

– Nu știu.

Ușa centrului se deschide iar și pe ea iese o tânără, care se îndreaptă cu pas iute spre parcare. Le aruncă o privire curioasă și încă o dată Ann-Sofie se întoarce cu spatele.

– Trebuie să plec, îngaimă ea.

– Mulțumesc mult de tot! zice Daniel. Te rog să ne cauți dacă mai afli ceva!

Ann-Sofie încuviințează din cap. Face un pas, apoi se oprește.

– Ole nu era... foarte drăguț cu Rebecka, șoptește ea.

Clar se teme.

– Ești sigură? întreabă Hanna cu blândețe.

– Nu erau fericiți împreună. Rebecka a încercat să discute cu mine de mai multe ori, dar eu nu am vrut să ascult... nu-mi venea să cred că el e genul de bărbat care... care și-ar lovi nevasta.

Scoate un scâncet disperat.

– Cred că asta se întâmplă de multă vreme, dar eu n-am făcut nimic. N-am ajutat-o. I-am spus fiicei mele să se roage la Dumnezeu pentru îndrumare.

Lumina felinarului stradal îi cade Annei-Sofie pe față. E descompusă de vinovăție, iar ochii îi sunt ca două izvoare de durere și regret.

– Am fost mult prea lașă ca s-o ajut când a venit la mine, chiar dacă sunt mama ei.

Lasă să-i scape un hohot de plâns, după care o prinde pe Hanna de mâini. Daniel vede cât de tare o strânge. Încep să curgă lacrimile.

– Trebuie s-o găsiți înainte să facă Ole ceva groaznic!

REBECKA

2020

MIERCURI, 26 FEBRUARIE

Rebecka e într-un soi de stare de zăpăceală, când adormită, când trează. A băut ultimele picături de apă la mijlocul zilei și nu mai are nimic de mâncat.

Frica îi tot sporește, în curând trupul ei n-o să mai fie în stare să hrănească viața mică din pântec. Asta dacă el sau ea mai trăiește...

Nu vrea să gândească așa, deși nu se poate abține și, cu toate că și-a promis că n-o să se dea bătută, trupul îi slăbește.

Afară e întuneric, timpul se scurge.

Un zumzet o face să tresară. Sună ca o mașină. Se silește să-și ridice capul și să se uite pe fereastră. Fasciculul a două faruri iluminează partea carosabilă. Lângă căsuță se oprește un vehicul. Motorul tușește ușor când e oprit.

Îi bate inima cu putere în piept.

S-a întors Ole? Sau e altcineva, cineva care a venit s-o salveze?

Simte o mică scânteie de speranță.

Se poate să fi găsit Johan drumul până aici?

Se ridică cu greu în picioare și se apleacă pe fereastră să vadă mai bine. Portiera mașinii se deschide și de pe locul șoferului coboară un bărbat. Se uită atentă prin ninsoarea abundentă, fulgii se învolburează, dând scenei un aer de irealitate. Creează o ceață albă care îl învăluie pe străin, distorsionează toate proporțiile.

Bărbatul arată ca Ole, nu ca Johan.

Rebecka scâncește. Încep să-i tremure mâinile și pulsul i se accelerează. Îi izbucnește brusc o transpirație rece.

Ole vine la ușa din față și o descuie. Rebecka se smulge din transă. Unde e croșeta? Bagă mâna în buzunare, dar nu-i acolo. A lăsat-o jos pe noptieră ieri?

Nu se vede pe nicăieri.

Pipăie prin pat, sub perna pătată. Trebuie s-o găsească, e singura ei apărare.

În cele din urmă, degetele i se strâng în jurul unui obiect tare, din metal. Îi căzuse din buzunar și se prinsese între saltea și perete.

Plânge de ușurare. Apoi aude pași grei pe scări.

Vine.

75

A preluat Hanna volanul. Lasă în urmă centrul comunitar și Snasadalen și se îndreaptă spre o mică zonă de parcare aflată la vreun kilometru și jumătate de-a lungul Handölsvägen. Se oprește, își desface centura și se întoarce spre Daniel.

– Slavă Domnului că a venit mama Rebeckăi după noi! Acum avem confirmarea că Ole își abuzează soția de multă vreme. Dacă a aflat despre aventura ei cu Johan sau despre copilul pe care îl așteaptă, situația e foarte gravă.

Îl vede pe Daniel la fel de îngrijorat. Sarcina Rebeckăi are complicații, fiecare ceas ar putea fi vital.

– Crezi că-i în Meråker? întreabă el.

Hanna închide ochii, încearcă să-și convingă creierul sleit să funcționeze. Meråker e cam la patruzeci și cinci de minute de Handöl. Granița dintre Suedia și Norvegia e deschisă, oricine poate pur și simplu să traverseze dintr-o țară într-alta.

– Ar trebui să ne ducem acolo.

Daniel încuviințează din cap.

– Va trebui să-l sunăm pe agentul de serviciu de la Trondheim să-i cerem ajutorul.

– Rebecka a dispărut de cinci zile. Nu putem aștepta să se organizeze poliția norvegiană.

Daniel își trece degetele prin păr.

– Știu. Mă ocup eu de asta cât conduci tu.

A început să ningă. Din întuneric cad fulgi grei, norii sunt joși, iar vântul se întețește, învârtejindu-se de-a lungul acostamentului și împingând zăpada în fața lui. Mestecenii care mărginesc drumul se apleacă și se leagănă, crengile lor arată de parcă ar putea fi smulse în orice clipă. Prognoza meteo e cumplită: furtuni și vânt de până la șaptezeci și doi de kilometri la oră.

Hanna își prinde centura.

– OK, să mergem! Cum o să obținem adresa?

– Îi putem căuta pe părinții lui Ole în registrul electoral, aș ar trebui să putem afla numele de fată al mamei lui.

– Dacă Anton mai e la secție, poate ne-ar putea ajuta el.

Hannei îi sună telefonul și îl pune pe difuzor.

– Sunt Karin Jonsäter.

Hanna e șocată. Era disperată când i-a dat cartea de vizită Karinei și, din fericire, se pare că femeia s-a răzgândit. Sau a convins-o Ann-Sofie să discute cu poliția, în ciuda oprimării din biserică.

Poate că există o formă de solidaritate feminină care acționează pe sub radarul organizației patriarhale?

– M-ai rugat să te sun dacă știu unde ar putea fi Ole...

Karin trage adânc aer în piept. Are frică și neliniște în glas.

– Nu-i poți spune soțului meu că am vorbit cu tine.

– Ai cuvântul meu.

– Cred că Ole e în Norvegia. L-am auzit pe Jan-Peter vorbind la telefon cu el după prima voastră vizită, în dimineața asta. Parcă încerca să-l convingă pe Ole să se întoarcă în Suedia, împreună cu Rebecka.

Mai trage o dată aer în piept, tremurat.

– Ceea ce trebuie să însemne că Ole... o ține pe Rebecka acolo împotriva voinței ei.

76

Anton încă e la secție, chiar dacă e târziu. Nu-i vine să se întoarcă acasă la un apartament gol, mai degrabă ar mai sta să lucreze o vreme.

A fost o zi lungă și grea. Acum Rebecka și Ole Nordhammar au fost dați oficial în urmărire, Linus Sundin e mort și numele lui a fost dat publicității.

A fost dificil să dea vestea familiei. Nu-și poate scoate din minte figura șocată a Sandrei. Nu putea să accepte informația, să înțeleagă că soțul său e mort. Se agățase de băiețelul ei, care plângea tare și inconsolabil.

Susținea categoric că Linus nu și-ar fi luat niciodată zilele. Respinsese ideea imediat. Linus n-ar face așa ceva familiei, spusese ea printre hohote de plâns.

Și încă n-au găsit un bilet de sinucidere.

Dacă Sandra are dreptate, atunci rămân două alternative: fie a fost un accident real, fie Linus a fost scos de pe șosea, ceea ce înseamnă crimă cu premeditare.

Anton nu e sigur cât preț să pună pe părerea Sandrei. Ar putea fi numai dorința deșartă a unei femei disperate. Raportul inițial al Carinei despre furgoneta lui Linus tocmai a sosit, râcâiturile de pe laterală sunt relativ recente, dar e imposibil de zis dacă sunt noi-nouțe.

Încă mai sunt multe detalii care sugerează că Linus l-a omorât pe Johan.

Probabil că ar trebui să-i spună lui Daniel ce a zis Sandra, dar se hotărăște să aștepte până a doua zi. Fără îndoială că Daniel a încheiat lucrul pe ziua de azi, e trecut de opt, iar Anton știe că situația a fost delicată acasă în ultima vreme.

A întâlnit-o pe Ida de câteva ori – e o fată de treabă. În același timp, nu e ușor să ai o relație cu un polițist, rata înaltă a divorțurilor din poliție nu e întâmplătoare. Să ai un partener care trebuie să răspundă la apeluri și să lucreze după un program neregulat îți afectează relația.

Nu-i amuzant să iei cina cu cineva care a rămas cu mintea la un cadavru tocmai descoperit.

Nu-i surprinzător că astfel de cupluri se despart.

Nu se poate abține să nu se gândească la Carl și la cum ar rezista el lângă un partener care este polițist.

„Nu mai visa cu ochii deschiși! N-o să se întâmple."

Totuși, când sună telefonul, speră că ar putea fi Carl, dar nu, e Daniel. E în mașină cu Hanna, așa că, evident, încă e la lucru.

– Poți să mă ajuți să găsesc o adresă în Meråker, Norvegia? întreabă acesta fără vreun preambul.

Îl lămurește că proprietatea îi aparține lui Ole Nordhammar, care a moștenit-o de la familia din partea mamei. Mai vrea ca Anton să caute și numele de fată al mamei norvegiene a lui Ole.

– Cât de repede poți.

– De ce vrei adresa? Deja l-am dat în urmărire.

Până acum nu s-au primit informații noi, deși Anton își dă seama că urmărirea e valabilă numai în Suedia, nu și în Norvegia. Ca să acopere toată Scandinavia, trebuie emis un mandat de arestare, dar bănuielile legate de Ole Nordhammar nu ar justifica momentan o atare măsură.

– De ce așa de urgent? adaugă el.

O aude pe Hanna vorbind în fundal.

– Credem că Rebecka Nordhammar e ținută împotriva voinței sale în Meråker, explică Daniel.

Este, evident, îngrijorat, vocea îi e aspră și stresată.

– Deci vorbim despre răpire? întreabă Anton.

– Așa se pare. Iar Rebecka e gravidă, probabil cu Johan mai degrabă decât cu soțul ei. Mama ei tocmai a confirmat că acesta o supunea de ani întregi la violență domestică.

Anton își dă seama cât e de gravă situația. Hanna a avut dreptate de la bun început: e mult mai rău decât crezuse el.

– O să văd ce pot face, replică el. Totuși, probabil că ar trebui s-o pui la curent și pe Grip.

– Mai încolo. Trebuie să iau legătura cu ofițerul de serviciu de la Trondheim și să cer ajutor.

REBECKA
2020
MIERCURI, 26 FEBRUARIE

Rebecka se ghemuiește pe pat, cu spatele la perete. Pașii lui Ole s-au oprit în dreptul ușii.

Respirația ei e atât de rapidă și superficială, că nu inspiră suficient oxigen. Se simte ca și cum și-ar ține răsuflarea sub apă. Deocamdată are suficient aer, dar trupul ei știe că o să se termine în curând.

Fiecare mușchi e atât de încordat, că aproape stă să se rupă.

Preț de o clipă ia în calcul să se ascundă după ușă, să-l atace de cum intră. Se închipuie zburând spre el cu croșeta subțire în mână și înfigându-i-o în ochi, ca el să cadă la podea, apoi coborând în fugă la mașină și plecând.

Însă frica o face să abandoneze ideea. El e prea puternic, iar ea o să aibă numai o șansă. Dacă ratează, lucrurile o să stea mult mai rău.

În plus, nu știe dacă e capabilă să rănească intenționat altă ființă umană. Nici măcar pe Ole, în ciuda a tot ce i-a făcut. Dacă se preface strivită și supusă, atunci poate reușește să-l convingă să-i dea drumul.

Nu sunt cine știe ce șanse să se întâmple asta, dar se agață de posibilitate. Ole e slujitor al lui Dumnezeu, pastor în biserica lor. L-a auzit predicând mesajul de iubire în multe rânduri.

Cu siguranță n-ar ucide o femeie însărcinată, nu?

Își trece o mână peste pântec, încearcă să găsească putere în faptul că știe că în ea crește o viață.

Îl aude punând mâna pe cheia din broască. E înțepenită și scoate un scrâșnet când încearcă s-o întoarcă. În cele din urmă, trebuie s-o scoată și s-o pună la loc.

Rebecka stă cu privirea lipită de ușă, ca hipnotizată. Poate că eforturile cu croșeta au stricat broasca. S-ar putea ca el să fie încuiat pe dinafară, așa cum e ea pe dinăuntru.

Iarăși un scrâșnet.

Buzele i se mișcă a rugăciune, aceleași cuvinte pe care le-a repetat de când era mică:

– Dumnezeule, care iubești copiii...

77

Când ajunge la Storlien, Hanna vede un indicator luminos cu cuvintele VAMA TULLGRÄNS, care marchează granița dintre Suedia și Norvegia.

Daniel tocmai a încheiat discuția cu poliția norvegiană din Trondheim. Pune deoparte telefonul, cu o expresie de îngrijorare pe chip.

– O să trimită o patrulă imediat ce pot, dar acum toată lumea din Meråker e plecată la un alt apel.

Hanna strânge buzele. În seara asta nu par să le meargă bine prea multe. Crește viteza cât de mult îndrăznește și se îndreaptă spre banda de circulație marcată cu verde. Trec de o clădire de lemn cu însemnele vămilor norvegiene și suedeze deasupra ușii. Locul e scufundat în întuneric, nu e niciun vameș.

Catargele steagurilor zuruie în vânt când Hanna intră cu mașina în țara vecină.

Acum sunt în Norvegia. Nu au autoritate aici.

Un indicator albastru îi informează că se află în provincia Nord-Trøndelag și în satul Meråker. Își continuă drumul pe Mellomriksveien, cum e numit E14 în norvegiană.

Daniel rămâne tăcut și încordat pe locul din dreapta.

Vremea s-a stricat. Zăpada se învolburează în lumina farurilor, să conducă în asemenea condiții îi solicită Hannei toată concentrarea. Speră ca locul pe care îl caută să nu fie prea mărginaș și izolat – dacă este, s-ar putea să nu poată răzbate. Mașina e cu tracţiune integrală, dar, pe o furtună ca asta, drumurile pot deveni impracticabile în câteva ore.

E aproape nouă seara, a trecut o jumătate de oră de când au vorbit cu Anton. Tot nu ştiu unde merg.

În sfârşit, lui Daniel îi sună telefonul. Îl pune pe difuzor.

– Am obţinut adresa, zice Anton.

Hanna expiră lung.

– E la nord-est de E14.

Anton le explică faptul că trebuie să facă dreapta după o benzinărie şi să rămână pe drum ceva vreme până ajung la un pod îngust care traversează un afluent al râului Stjördal. Căsuţa e la capătul acelui drum.

– Numele de fată al mamei lui Ole Nordhammar era Hauge, continuă el. Bunicii materni erau Ruth şi Sigurd Hauge, în caz că trebuie să cereţi indicaţii.

– Mulţumesc! zice Daniel.

– Apropo, vreţi detaliile maşinii lui Nordhammar? Conduce un Nisssan Qashqai alb: e un SUV mic, cu numărul de înmatriculare NQX 026.

„Bravo, Anton!" îşi zice Hanna în sinea ei. În graba lor uitaseră să întrebe despre maşină.

– Nu uitaţi că tipul ăsta ar putea fi periculos! adaugă Anton. S-ar putea să aveţi nevoie de întăriri.

Dincolo de parbriz, întunericul devine din ce în ce mai dens. Ştergătoarele fâşâie înnebunite înainte şi înapoi prin faţa ochilor Hannei.

– Poliţia norvegiană a confirmat că e pe drum, spune Daniel. Nu te îngrijora, n-avem de gând să facem vreo tâmpenie.

REBECKA

2020

MIERCURI, 26 FEBRUARIE

Când se deschide ușa dormitorului, Rebecka vede o siluetă întunecată înconjurată de o lumină puternică. E imposibil să-i distingă trăsăturile feței și, pentru o clipă, crede că, de fapt, e un înger venit să o salveze.

După care ochii i se obișnuiesc, privirea i se limpezește și vede că în cadrul ușii stă Ole. Se lipește de perete, n-are unde să se ducă.

Ole nu scoate nicio vorbă, pur și simplu face un pas înainte, o apucă de braț și o trage în picioare.

– Ce... ce faci?

Tot nu vorbește. O împinge în fața lui, afară din camera mică și în jos pe scara de lemn. Nu are nici cizmele, nici geanta, doar hainele de pe ea.

Pe fereastra holului vede furtuna în toi. Zăpada se lovește de geam, vântul urlă coborând pe coșul din bucătărie. Rafalele bruște îndoaie totul în calea lor.

Când Ole deschide ușa de la intrare și o împinge afară, frigul îi mușcă pielea ca o lovitură de bici. Se face mică în vijelie, fulgii de zăpadă sunt ca niște ace ascuțite pe pielea ei.

– Unde mergem? strigă ea.

Niciun răspuns. E doar în ciorapi și nu are geacă, dar lui Ole nu-i pasă. O împinge spre mașină.

Zăpada îi îngheață instantaneu tălpile. Părul și ceafa îi sunt deja ude leoarcă. Îi e atât de frig, că tremură.

– Dă-mi drumul!

Se împotrivește cât poate ea de bine. În urmă cu câteva minute era gata să facă orice să iasă din căsuță, acum cămăruța aceea murdară îi e singurul refugiu.

– Taci, femeie! răcnește Ole.

E prea puternic, n-are nicio șansă împotriva lui.

N-a avut niciodată.

El deschide portiera din spate și aproape c-o aruncă în mașină. Ea își pierde echilibrul și se lovește cu capul de portiera de pe cealaltă parte. Durerea o face să vadă stele verzi. Până să apuce să se ridice în capul oaselor, el deja a pornit motorul.

– Unde mergem? strigă ea din nou.

Ole iese cu mașina în întuneric.

– Tu mergi să-l întâlnești pe Dumnezeu.

78

Hanna conduce cât de repede cutează pe șoseaua acoperită cu zăpadă, care merge în paralel cu o albie mică, după care continuă spre nord.

Spre ea se îndreaptă două faruri cu faza lungă. O orbesc, dar șoferul nu schițează niciun gest să le regleze, cu toate că ea îi dă flashuri nervoasă.

Cealaltă mașină se deplasează atât de repede, că se teme că o să se ciocnească. E forțată să tragă violent de volan într-o parte. Reușește la mustață să nu dea cu aripa într-un troian.

SUV-ul trece în goană pe lângă ei, orb la ce s-a întâmplat.

– Fir-ar! exclamă Daniel. El era!

Hanna se uită în oglindă și vede mașina albă dispărând din vedere.

– Ești sigur?

– Era un Nissan Qashqai, recunosc modelul.

Hanna se luptă cu volanul și întoarce mașina.

– Sper că ai dreptate, șoptește ea, călcând accelerația la podea.

Nici urmă de stopuri roșii când gonește după SUV-ul alb. Trebuie să-l prindă înainte ca Ole să ajungă la E14, altfel ar putea pur și simplu să dispară.

– O avea pe Rebecka cu el?

– N-am putut să văd. S-ar putea să fi fost cineva pe bancheta din spate, dar nu pot să jur.

Când Hanna trece pe lângă ultimul drum lăturalnic, Daniel strigă:

– Stop!

Calcă puternic pe frână, evitând la mustață încă un derapaj.

– Mi s-a părut că am văzut urme de roți acolo.

Hanna dă cu spatele și se întoarce în direcția în care arată el. Zăpada n-a fost curățată, iar farurile surprind urmele lăsate de altă mașină.

„Te rog, fă să fie mașina lui Nordhammar!" se roagă Hanna în sinea ei.

Își continuă drumul, ținându-se după urme. Pădurea e și mai deasă aici; e imposibil să vezi ceva dincolo de lumina farurilor. Vântul e atât de puternic, că simte cum îi împinge mașina într-o parte, ceea ce o sperie. Nu vrea să rămână blocată într-un troian, la mila puterii naturii.

– Vezi ceva? întreabă Daniel, cu o undă de disperare în glas.

Hanna se străduiește cât poate. Nici urmă de Ole. Ștergătoarele lucrează la viteză maximă în timp ce ea se uită atent înainte, dar nu vede decât întuneric și cantități mari de zăpadă care cad din cer. Aici ai putea să mori înghețat în doar câteva ore.

I se strânge stomacul la un asemenea gând.

Trebuie s-o găsească pe Rebecka înainte să fie prea târziu.

REBECKA

2020

MIERCURI, 26 FEBRUARIE

Ole merge atât de repede pe drumeag, că Rebecka închide ochii și se prinde cu mâna de pântec. O să moară toți trei dacă nu încetinește. E doar o chestiune de timp până să se izbească de un copac sau de altă mașină.

Plânge cu gura deschisă.

Mașina se smucește când Ole se lansează pe un drum și mai îngust și Rebecka e aruncată de cealaltă parte a banchetei. Reușește să se cuprindă în ultima clipă cu o mână ca să protejeze burta, dar se lovește rău la umăr.

El merge tot înainte, cu o viteză amețitoare. Nici urmă de clădiri sau lumini primprejur; sunt în mijlocul pustietății.

– Te rog, oprește! șoptește Rebecka, cu toate că știe că el n-o poate auzi.

Habar nu are unde merg.

Ole frânează brusc. Nu se deranjează să oprească motorul când deschide portiera din spate și o trage afară.

Încă o dată, ea se roagă pentru viața copilului ei nenăscut.

– Sunt însărcinată, hohotește.

Preț de o clipă crede că Ole o s-o scuipe.

– Nu-i nenorocitul meu de copil.

– Te rog, Ole, nu face asta!

Însă el îi ignoră rugămințile.

– Tu și bastardul tău o să dați socoteală lui Dumnezeu!

O târăște până la cel mai apropiat copac și o aruncă pe pământ, cu fața în jos. Rebecka nu poate să vadă nimic; zăpada înghețată îi râcâie obrajii.

În timp ce se chinuie să se ridice, aude portierele mașinii închizându-se. Motorul rage și Ole se îndepărtează.

Ea ridică brațul să încerce să-l oprească, iar aerul rece îi lovește palma.

Mașina dispare din vedere.

Ole a plecat.

Rebecka clipește, încearcă să înțeleagă ce s-a întâmplat. După care reușește. A lăsat-o în mijlocul pădurii. Nu are haine de exterior, nici telefon. Nu are nici măcar încălțări în picioare.

Nimeni nu știe unde se află. Johan n-o să fie în stare niciodată s-o găsească.

Ea și copilul ei o să înghețe aici afară, îngropați sub zăpada care cade din ce în ce mai multă.

Lumea se clatină. Peisajul se face albastru în noaptea întunecată. Crengile negre și goale ale copacilor se întind după trupul ei înghețat.

Se rupe ceva în ea.

Ole chiar o vrea moartă.

Cu siguranță, Dumnezeu nu poate ierta așa o răutate, dar nimeni nu i-ar acuza soțul când ar fi găsită, în cele din urmă. Toată lumea ar presupune că s-a rătăcit când a venit furtuna.

Sărmana Rebecka, cum a murit ea înghețată dintr-un accident!

– Nu, șoptește ea în beznă. Nu!

Se ridică în genunchi și reușește să se scoale în picioare. E greu să-și păstreze echilibrul. Fiecare pas e ca și cum ar umbla pe cuie.

Îi e atât de frig că trupul îi tresare spasmodic.

Un singur gând o ajută să meargă mai departe.

Dacă nu primește ajutor, copilul ei o să moară în această noapte.

79

Acum zăpada îngheață de cum lovește parbrizul. Hanna se târâie, se simte ca într-un peisaj selenar, nu există contururi, nu există puncte fixe după care să se orienteze. Stă cu degetele strânse pe volan, trebuie să-și adune fiecare strop de concentrare ca să rămână pe drum.

Dintr-odată, în față apare o lumină strălucitoare și încă o dată aproape că e împinsă în șanț.

– El e, întoarce! strigă Daniel.

De data sta nu trebuie să-l piardă pe Ole. Mormăie în sinea ei, secundele curg cât dă înapoi, întoarce, dă înapoi, întoarce. În cele din urmă, sunt cu fața în direcția opusă și pot urmări SUV-ul alb.

Conduce mult prea repede pentru suprafața înșelătoare, ceea ce îi amintește de accidentul din decembrie, când a pierdut controlul mașinii. Asta nu se poate întâmpla acum. Azi nu e singură, Daniel e lângă ea. El are familie, o fetiță mică de tot. Trebuie să încetinească, de dragul lui, dacă nu de al ei.

Stopurile roșii au dispărut după o curbă. Hanna își continuă drumul. Brusc au ajuns la E14. E gol în ambele direcții.

„O, nu!"

– Îl vezi? întreabă Hanna, cu toate că știe care are să fie răspunsul.

– A dispărut.

Daniel sună la fel de înfrânt precum se simte ea.

Se uită atent în ambele direcții: nimic.

– Fir-ar! Eram atât de aproape! *Atât* de aproape!

– Știu.

Hanna își lasă capul pe volan, după care înjură în gura mare.

– Ce facem acum?

– Ne întoarcem, continuăm să căutăm casa bunicului lui, decide Daniel. Nu știm sigur dacă Rebecka era în mașină, e o șansă să mai fie încă încuiată în căsuță.

Are dreptate, nu trebuie să-și piardă speranța de a o găsi pe Rebecka, dar Hanna e furioasă că Ole Nordhammar a scăpat.

Se întoarce și pornește iar, îndreptându-se spre adresa pe care le-a dat-o Anton. Când ajung la mica răspântie unde a dispărut mașina lui Ole, Daniel o oprește.

– Stai!

Hanna frânează. Daniel se uită fix la intrare. Brazii deși înghit drumul după numai vreo sută de metri. Farurile oferă o mică fâșie de lumină în întunericul dens.

– De ce a cotit aici? se întreabă el.

Ea dă din umeri.

– Poate încerca să se ascundă de noi? A funcționat – l-am pierdut.

– Dar probabil l-am fi pierdut mai devreme dacă s-ar fi dus drept spre E14. Trebuie să existe un motiv, insistă Daniel. Ce crezi?

Cu mâinile pe volan, Hanna încearcă să-și închipuie procesul de gândire al lui Ole.

Dacă știe că Rebecka e însărcinată cu altul, atunci ar vrea să fie el cel care o pedepsește. E o insultă uriașă la adresa lui, atât ca soț, cât și ca pastor. Un bărbat cu profilul lui psihologic trebuie să fie deja furios.

În același timp, știe că îl caută poliția. Asta l-ar putea face disperat, chiar dacă ar da vina pe Dumnezeu pentru faptele sale.

Poate că a mutat-o pe Rebecka undeva unde să nu fie găsită înainte să-i aplice pedeapsa.

– Ar putea să mai fie vreo căsuță pe aici? sugerează ea. Una despre care nu știm noi?

Daniel stă cu privirea aţintită pe urmele de roţi din zăpadă.

– Cred că ar trebui să ne ducem să aruncăm o privire, zice el.

REBECKA

2020

MIERCURI, 26 FEBRUARIE

Rebecka se împleticește spre locul unde a oprit Ole mașina. Fiecare pas e un efort, de câteva ori e cât pe ce să se prăbușească, dar gândul la copil o ține în picioare.

Nu-l poate lăsa să moară.

Are obrajii înghețați, buzele țepene de frig. Nu poate să plângă, cu siguranță nici după ajutor nu poate să strige.

Cum se poate să fie așa lungă o distanță de douăzeci de metri?

În cele din urmă ajunge în locul respectiv și începe să se târâie în direcția drumului mai lat. Se ia după urmele mașinii lui Ole, se uită atentă în întuneric. Nu trebuie să se rătăcească. Roțile au săpat făgașe adânci în zăpada groasă, ușurându-i mersul.

Nu-și mai simte picioarele, dar se silește să le ridice unul câte unul. Un picior înaintea celuilalt. Un pas, apoi altul.

Zăpada învolburată nu se mai sfârșește. Cerul râde de ea.

S-a rugat la Dumnezeu atât de des, l-a implorat să o salveze, dar nu i-a venit niciodată în ajutor. N-a avut niciodată timp pentru ea, ci doar pentru pastorul lui. Slujitorul lui ales, Ole. Bărbatul care și-a lăsat propria soție să moară aici, în viscol.

Vrea să scuipe pe el și pe Dumnezeu. Să-și exprime furia și să amenințe cerul cu pumnul strâns.

Nu are puterea.

Toată viața i s-a spus că ea și membrii bisericii umblă prin Valea Domnului. Locul aleșilor, unde Dumnezeu le-a dat Lumina Vieții, lumina pe care trebuie să o ducă la oamenii din lume.

Ea însă n-a avut parte de nimic altceva în afară de întuneric.

Dacă scapă cu viață, o să părăsească biserica. Copilul ei n-o să fie expus credinței care i-a provocat ei atâta durere.

O mai fi în viață micuțul?

Rebecka scâncește la gândul că se poate să fie adevărat contrariul.

Devine conștientă de o lumină slabă printre copaci, care pare să se apropie. Să fie o mașină sau o iluzie, o fantezie pe care creierul ei derutat o evocă pentru ca să-i ușureze durerea?

S-a răzgândit Ole?

Încearcă să se decidă ce anume provoacă lumina, dar totul îl pâlpâie pe dinaintea ochilor. E prea sleită. Vrea să facă cu mâna, să strige că e acolo, că are nevoie de ajutor, dar nu reușește nici măcar să-și ridice brațul.

Trupul îi e slăbit, nu mai vrea s-o asculte. Nu poate să facă mai multe.

Cade în genunchi și se prăbușește în zăpadă. E prea târziu. Ea și copilul ei o să moară aici, în întuneric și umbră.

Întocmai cum și-a trăit ea toată viață în întuneric și umbră.

80

Drumul îngust nu duce nicăieri. Hanna nu poate vedea decât un peisaj alb-negru de umbre, nu pare să fie nici măcar o clădire pe aici, în adâncul pădurii.

Începe să se descurajeze. Probabil că ar fi mai bine să se întoarcă.

– Pare destul de pustiu, îi zice lui Daniel.

– Ai putea să mergi mai departe, trebuie să se termine în curând.

Hannei îi crește neliniștea cu fiecare minut care trece. Vrea să ajungă la căsuța lui Ole Nordhammar cât mai repede. Rebecka ar putea să fie în continuare încuiată acolo – e ultima lor speranță.

– Ole trebuie să fi parcurs tot drumul, încă se mai văd urmele, arată Daniel.

Adevărat. Hanna încetinește. Drumeagul șerpuiește și pe alocuri vântul a format troiene înalte care-i blochează vederea. Încă se mai teme să nu derapeze și să rămână blocată în mijlocul sălbăticiei.

Ajung la o porțiune scurtă și dreaptă care pare să ducă la o zonă de întors, spre ușurarea ei. Acum se pot îndrepta spre căsuță și s-o găsească pe Rebecka.

– Oprește! strigă Daniel. E ceva pe drum în față!

Hanna frânează brusc. Merge cu mai puțin de treizeci de kilometri la oră, dar spatele mașinii derapează îngrijorător.

La capătul fasciculului farurilor vede o siluetă care zace în mijlocul drumeagului. Sar amândoi din mașină, dar Daniel ajunge primul. Apucă trupul inert de umeri și îl întoarce ca să-i vadă chipul.

Femeia are ochii închiși, fața albă ca varul, dar Hanna o recunoaște imediat.

– Ea e!

Rebecka pare mai mult moartă decât vie. Nu are culoare în buze, părul lung și ud îi e țeapăn de la ger, lipit de cap.

Hanna își scoate mănușa și verifică pulsul la gâtul subțire.

– Trăiește!

– Asta-i bine, dar e rece ca gheața.

Hanna se uită în jos și vede că picioarele Rebeckăi sunt protejate doar de o pereche de șosete zdrențuite.

– N-are încălțări!

Furia i se trezește ca o lavă care fierbe. A întâlnit ea mulți bărbați violenți, dar e greu de înțeles un asemenea nivel de cruzime. Ole și-a lăsat intenționat soția să moară înghețată în zăpadă.

– Trebuie s-o ducem imediat la căldură, spune Daniel.

O ridică pe Rebecka în brațe și o duce la mașină.

– Dacă o să conduci tu, o să stau eu în spate cu ea, spune Hanna descheindu-se la geacă. Am să încerc s-o încălzesc cât pot eu de bine.

Se uită unul la altul. Rebecka are nevoie urgentă de îngrijiri medicale.

– O să mergem în Suedia cu mașina, decide Daniel. Ambulanța aeriană poate s-o ia din Storlien.

81

Când Daniel ajunge în locuința lui, la ora două dimineața, au trecut aproape douăzeci și patru de ore de când n-a mai fost pe acasă. Cumva, va trebui s-o împace pe Ida, dar în clipa de față nu regretă ce a făcut.

Rebecka e în siguranță și asta e cel mai important.

Ida o să înțeleagă, dacă îi dă șansa să-i explice de dimineață.

Se furișează în hol și-și scoate hainele de exterior cu băgare de seamă, să nu trezească pe nimeni, apoi se duce în bucătărie, își toarnă un pahar cu apă și-l bea dintr-o înghițitură. După o scurtă ezitare, scoate sticla de coniac din fundul unui dulap. Băutura îi pârjolește gâtul, dar mușchii încordați i se relaxează un pic.

Îi tremură mâinile de epuizare când pune sticla la loc.

Ambulanța aeriană trebuie să fi ajuns deja la spitalul din Östersund. În ciuda vântului puternic, a reușit să aterizeze în Storlien și să o ia pe Rebecka. Aceasta și-a recăpătat cunoștința în mașină. A fost un chin să-i audă țipetele de durere când îi revenea sensibilitatea și pielea i se înroșea și umfla.

Degerăturile grave sunt provocate de cristale de gheață care se formează în celule și duc la ruperea vaselor de sânge. E extrem de dureros atunci când cristalele se dizolvă și capilarele încep să funcționeze iar.

Speră că doctorii o să fie în stare să-i salveze Rebeckăi mâinile și picioarele de sechele permanente. Aveau o paloare oribilă, ca de ceară, când a fost găsită. Știe din experiență cât de repede se pot produce degerăturile.

Același lucru i s-a întâmplat și Hannei anul trecut.

Rebecka n-a stat prea mult afară, dar, în condiții severe, afecțiunile pot apărea în zece minute. Nu îndrăznește să facă presupuneri în legătură cu starea copilașului, dar probabil n-are șanse mari. Dacă nu l-a omorât frigul, atunci există riscul considerabil s-o fi făcut șocul.

Ole Nordhammar e un ticălos.

Ce fel de om – pastor creștin – lasă o femeie însărcinată să moară înghețată așa?

Se întreabă cât știe Jan-Peter Jonsäter despre comportamentul violent al lui Ole. Sau cum va reacționa dacă află ce a făcut prețuitul lui coleg. Daniel e hotărât ca și Jonsäter să fie tras la răspundere pentru faptele lui.

Termină coniacul și lasă paharul jos, după care se strecoară în dormitor. Se simte complet rupt de oboseală, nu vrea decât să se bage în pat lângă Ida și să adoarmă cât mai repede.

Durează o clipă să i se obișnuiască ochii cu întunericul, apoi vede că patul dublu e gol.

La fel și pătuțul de lângă el. Ida și Alice nu-s aici.

Se uită împrejur nedumerit. Când aprinde veioza de pe partea lui de pat, găsește un bilețel pe pernă. Recunoaște scrisul de mână al Idei.

Nu mai pot continua așa. M-am mutat înapoi la mama. / I.

JOI, 27 FEBRUARIE

82

Pe Hanna o doare tot trupul de oboseală când se târăște în secție joi dimineață la șapte. Mai puțin de patru ore de somn nu sunt nici pe departe de-ajuns, dar n-are ce face.

Principalul e că au reușit s-o găsească pe Rebecka la timp.

Își trece cardul peste cititor și deschide ușa chiar când apare Daniel în spatele ei. Acesta bate din picioare să-și curețe zăpada de pe bocanci și i se alătură în hol. Are cearcăne negre sub ochi și pielea feței bate în cenușiu. Niciunul dintre ei n-a dormit mult, dar el arată absolut groaznic.

– Cum te mai simți? întreabă Hanna.

– N-am prea dormit.

Se îndreaptă spre birou, dar ea îl urmează.

– Ești bine? întreabă încet.

Au trecut doar câteva ore de când s-au întors de la Storlien, dar ceva nu e în regulă, o simte.

– Mie poți să-mi spui.

Daniel face o grimasă.

– Se pare că partenera mea nu mai vrea să fie cu mine.

– Poftim?!

Nu se aşteptase deloc la aşa ceva.

– Ida s-a mutat înapoi la maică-sa. Am găsit un bileţel în dormitor azi-noapte.

Hanna nu ştie ce să zică. Ida şi Daniel au o fetiţă mică şi noaptea trecută el chiar a făcut ceva care contează. Dacă n-ar fi insistat ca ea să conducă pe drumeagul acela din Meråker, ar fi fost prea târziu pentru Rebecka.

Instinctele lui i-au salvat ei viaţa. În ochii Hannei, e un erou. Îi pune compătimitoare o mână pe umăr.

– Bănuiesc că Idei îi trebuie nişte spaţiu să se lămurească ce şi cum, zice ea. Nu-i uşor să fii mamă pentru prima dată. Reacţionează exagerat.

Aude cât de banal îi sună vorbele.

– Sunt sigură că o să fie bine, şopteşte ea, străduindu-se ca vorbele să-i sune a încurajare.

Daniel îşi scoate geaca şi o agaţă în cuier, după care arată din cap spre sala de conferinţe, unde Anton şi Raffe aşteaptă deja.

– Trebuie să începem.

E un semn clar că nu vrea să mai discute situaţia de acasă.

– OK.

Hanna se întoarce să plece, dar se opreşte în cadrul uşii.

– Uite ce e, sunt aici dacă vrei să stai de vorbă cu cineva. Nu trebuie decât să spui.

Daniel îi zâmbeşte frânt.

– Am nevoie de o cafea înainte de şedinţă.

83

De îndată ce a început ședința, Grip i-a predat conducerea lui Daniel. El a rezumat cele întâmplate în Norvegia în ziua anterioară, completat de Hanna pe unde era necesar.

Lipsa de somn îi dă o senzație de greață și se chinuie să-și păstreze concentrarea.

– Azi-noapte l-am dat în urmărire pe Ole Nordhammar în toată Scandinavia, încheie el. O să avem nevoie de ajutorul poliției norvegiene ca să păstrăm căsuța din Meråker ca loc al faptei și să facem o cercetare criminalistică.

Grip ia notițe.

– Avem vești de la spital? Cum se mai simt Rebecka și copilul pe care-l așteaptă?

– Aveam de gând să verific după ce terminăm aici, replică Hanna.

– OK.

Grip bate cu încheieturile degetelor în masă, ca și cum ar vrea să le reamintească de faptul că ancheta de crimă în cazul lui Johan e departe de a se fi încheiat. Daniel e perfect conștient de asta. Au fost deviați de la ea de răpirea Rebeckăi, care le-a solicitat ieri aproape toată atenția.

Sau există o legătură?

Încearcă să-și oblige creierul obosit să funcționeze în timp ce Anton rezumă ultimele informații despre moartea lui Linus Sundin. Accentuează în special faptul că soția acestuia refuză să accepte ideea de sinucidere.

Ancheta despre o posibilă crimă aflată în spatele acestui incident e încă foarte la început.

– Ținând seama ce i-a făcut Ole Nordhammar soției lui, zice Grip, cu siguranță trebuie să reviziuim ipoteza originală că Linus Sundin a fost făptașul, nu credeți?

Majoritatea celor de la masă dau aprobator in cap. Grip bate la tastatură și apare o imagine mărită a fotografiei din pașaport a lui Ole.

Daniel îl studiază pe bărbatul în vârstă de patruzeci și unu de ani de pe ecran. Prima impresie e pozitivă: arată ca un om al bisericii, carismatic și convingător, nu foarte diferit de o versiune mai tânără a lui Jan-Peter Jonsäter. Totuși, la o cercetare mai atentă, trăsăturile devin mai ascuțite, privirea are ceva rece în ea.

Se gândește la Rebecka zăcând în zăpadă, pe punctul de a muri înghețată. Abia dacă putea vorbi când au ajuns la Storlien, dar Hanna a reușit să scoată câteva cuvinte de la ea înainte ca ambulanța aeriană să o ducă la spital.

Tânăra a șoptit că soțul ei a ținut-o încuiată, după care a târât-o afară din mașină și a lăsat-o să moară în viscol. A mai confirmat și relația cu Johan.

Ceea ce-i dă lui Ole Nordhammar un motiv să-l fi omorât.

Omul ăsta are multe pe conștiință.

Întrebarea e cum să meargă mai departe de aici. Desenează un cerc cu arătătorul în timp ce se gândește. Încă nu există dovezi criminalistice împotriva lui Ole. Poate că în furgoneta lui Johan sunt amprentele lui, dar ei încă mai așteaptă rezultate de la Centrul Național de Criminalistică din Umeå. Ar trebui să arunce o privire la casa din Enafors, să vadă dacă există ceva care să susțină ideea implicării lui.

– Trebuie să cercetăm casa soților Nordhammar de la Enafors, spune el. Cât mai repede.

De data asta, Grip n-are nicio obiecție.

– Ar mai trebui și s-o rugăm pe Carina să se mai uite o dată la tot ce s-a găsit în furgonetă, să caute orice ar putea avea legătură cu Ole.

Carina nu participă azi la informare, s-a scuzat că nu vine ca să poată termina de cercetat furgoneta. Raportul de ieri a inclus doar constatările ei preliminare.

– Și cu Marion Andersson cum rămâne? intervine Hanna. S-ar putea să-l recunoască pe Ole. Dacă l-a văzut prin preajma lui Johan, am putea fi cu un pas mai aproape de a-l privi pe el ca făptaș.

Daniel îi dă dreptate.

Se împart sarcinile și Grip încheie ședința. Anton va organiza percheziția casei și o va contacta pe Carina. Daniel și Hanna se vor duce la Marion, de vreme ce au vorbit deja cu ea.

– Aflați dacă l-a mai văzut cineva vineri pe Nordhammar prin preajma lui Johan! spune Grip. Știm unde a fost Johan: acasă la Linus, la „Pigo" și la grădiniță. S-ar putea să fi fost înregistrat de camerele de supraveghere pe undeva pe drum.

84

Anton își mai ia o cană de cafea înainte să se întoarcă la birou. Ultimele zile au fost copleșitoare, atât pe plan personal, cât și profesional. Născut și crescut în Duved, a considerat întotdeauna Åre un loc sigur, dar acum în doar în câteva săptămâni au avut loc niște crime majore.

Se așază la birou și soarbe într-o doară din cafea.

În realitate ar vrea să se gândească la Carl, la toate lucrurile pe care ar fi trebuit să le spună, de fapt, dar se silește să dea drumul computerului și să se concentreze. Trebuie să organizeze o percheziție la domiciliu, nu să stea să se gândească la faptul că nu-i în stare să gestioneze relațiile. E perfect conștient că a dat-o în bară, chiar dacă e prima oară după multă vreme când a avut sentimente adevărate pentru altcineva.

Deschide un document gol. Comentariul final al lui Grip despre camerele de supraveghere i-a dat o idee. Martorul care a sunat în legătură cu furgoneta lui Johan a declarat că fusese parcată un timp pe Klubbvägen, înainte să fie condusă la Tångböle, apoi ascunsă lângă lac.

Anton își amintește vag că la centrul de reciclare din Staa există camere. I se pare că le-a văzut ultima oară când a fost să ducă niște deșeuri electronice. Furgoneta ar fi trebuit să treacă pe șosea pe acolo.

Până acum au discutat doar despre benzinării, nu prea mai sunt alte locuri cu camere, dar crede că nimeni nu a verificat centrul de reciclare.

Merită încercat.

Îi bâzâie telefonul: un SMS de la Carina.

Ați putea, tu și echipa, să strecurați în program o scurtă ședință video?

Anton stă și se gândește o clipă. Daniel și Hanna au plecat deja spre Marion, dar Raffe mai e la birou. Trimite SMS înapoi:

Nicio problemă.

Pe urmă se duce la biroul lui Raffe înainte să se întoarcă în sala de conferințe.

Fața Carinei apare pe ecran. Judecând după fundal, presupune că e în Östersund, în clădirea care găzduiește poliția și alte servicii de urgență. Pare foarte mulțumită de sine.

– Avem datele de la jurnalul electronic.

Raffe fluieră în semn de apreciere.

– Ne spun exact pe unde a umblat vehiculul, continuă Carina. Vă pot arăta cu ajutorului unui software care-i calculează traseul pe o hartă.

– Genial! zice Anton.

Nici c-ar fi putut spera la vești mai bune!

– Deci poți vedea unde a fost furgoneta vineri după-amiază și sâmbătă dimineață? Unde s-a dus Johan după ce a plecat de la restaurant?

– Exact.

Carina împarte ecranul în două și apare o hartă.

– Așadar, puteți vedea jurnalul complet al deplasării lui Johan, sau cel puțin al furgonetei, de vreme ce avem motive să credem că nu el conducea vineri seară și sâmbătă dimineață.

Anton recunoaște zona dintre Åre și Tångböle. Acolo sunt o serie de marcaje roșii.

– Punctele roșii sunt locurile unde s-a oprit vehiculul în ultimele douăzeci și patru de ore ale lui Johan, lămurește Carina.

Folosește cursorul ca să traseze mișcările de vineri ale furgonetei și trece pe la fiecare oprire.

Johan pleacă de acasă cam pe la șapte dimineața. Conduce până la șantierul din Sadeln și rămâne acolo până la prânz. Apoi se duce la un restaurant din Björnänge, unde își petrece patruzeci și cinci de minute înainte să se întoarcă la șantier. La trei și jumătate se duce la grădinița din Ånn. După ceva mai puțin de cincizeci de minute, se duce spre Staa. Pleacă iarăși două ore mai târziu și se duce la „Pigo," unde așteaptă Carl Willner.

– Uitați! spune Carina, plasând cursorul pe centrul Duvedului, unde se află restaurantul. Furgoneta a fost parcată aici de la șapte și zece vineri seara până la șapte treizeci.

Ceea ce se potrivește cu informația pe care le-a dat-o Carl despre ora la care Johan a plecat de la restaurant.

Anton se apleacă în față.

– Și pe urmă unde se duce?

– Ajunge la Linus acasă la șapte patruzeci și stă douăzeci și patru de minute. Pleacă pe la opt și cinci.

Din nou, informația se potrivește cu ceea ce li s-a spus. Carina arată spre următorul punct roșu.

– După care furgoneta își continuă drumul spre Klubbvägen? sare Anton înainte să apuce ea să vorbească, după care își dă seama că, de fapt, cursorul stă pe un cu totul alt punct roșu.

– Asta-i treaba…, zice Carina.

85

Căldura din scaunul mașinii e dată la maximum, dar Daniel nu poate scăpa de frigul din trup.

Probabil că e o combinație de epuizare și șoc. După ce a găsit biletul de la Ida, a stat întins în pat, treaz, multă vreme. S-ar putea să fi ațipit vreo oră sau două în total, iar acum trebuie să treacă cumva peste zi.

El și Hanna se îndreaptă spre Marion la Staa.

O parte din el vrea să lase ancheta în voia sorții și să dea fuga la Järpen, unde este Ida. Să se pună în genunchi și să-și ceară scuze, să le aducă pe ea și pe Alice acasă.

Altă parte din el e furioasă. Cum de poate să-i facă așa ceva? Îi vine să țipe la ea, să-i spună că se comportă ca un copil răsfățat. Dacă azi-noapte n-ar fi acționat așa cum a făcut-o, Rebecka ar fi murit cu siguranță până acum.

Se simte sfâșiat.

Hanna îi dă pace, nu face nicio încercare de conversație și îi e recunoscător pentru asta. Totodată, îi simte compătimirea fără cuvinte cum curge înspre el.

Îl înțelege.

Ajung la puțin după ora nouă. De data asta le deschide fratele lui Marion. E în picioarele goale, neras, și pare frânt.

– Marion e în bucătărie, zice el în engleză.

Femeia abia dacă ridică ochii când intră ei. Are părul nespălat prins în coadă la spate, fața pământie și descompusă.

– Iar v-ați întors? întreabă ea obosită. De data asta ce mai e?

Hanna scoate fotografia lui Ole Nordhammar și o ține ca s-o vadă.

– Îl recunoști pe omul ăsta?

– Nu. Cine e?

Hanna ezită înainte să răspundă, iar Daniel înțelege de ce. Marion nu pare să știe că soțul ei avea o aventură cu Rebecka sau că aștepta un copil cu ea. Până în acest moment, ea îi plânsese pierderea fără să știe despre infidelitatea lui. Marion a ajuns deja jos de tot. Dacă îi spun despre relația secretă, imaginea pe care o are despre Johan o să fie pe veci pătată.

E dificil de găsit un echilibru.

Daniel și Hanna trag adânc aer în piept când ea se pregătește să dezvăluie adevărul.

E decizia corectă. Nu au niciun drept să ascundă genul acesta de informație, chiar dacă Marion o să se simtă profund rănită.

Ca să dea de ucigașul lui Johan Andersson, trebuie să explice cine e Ole Nordhammar.

Și de ce e implicat.

86

Hanna a pus fotografia lui Ole pe mijlocul mesei în fața lui Marion. Daniel tocmai s-a dus în hol să răspundă unui apel de la Anton.

Detestă gândul la ceea ce urmează să-i dezvăluie bietei văduve. E un șoc groaznic pentru oricine să afle că a fost trădat, iar în condițiile de față e și mai rău.

– Cine e? întreabă iar Marion, împingând ușor fotografia. De ce mă întrebi dacă-l recunosc?

Hanna îl aude pe Daniel vorbind, ar prefera să aștepte până se întoarce el, dar nu poate să mai amâne chestiunea.

Florian li s-a alăturat în bucătărie. Se reazemă de blat cu brațele încrucișate și toată atenția concentrată la sora lui.

Hanna își face curaj.

– Îl cheamă Ole Nordhammar.

Marion tot pare complet nedumerită. Hanna scoate telefonul și îi arată o poză a Rebeckăi.

– Știi cine este?

Marion privește fix poza, fără nici cel mai mic semn că ar recunoaște persoana.

– E Rebecka, soția lui Ole. Lucrează la o grădiniță numită Micii Ghiocei din Ånn. Johan a avut câteva lucrări la ei.

Marion se freacă pe frunte.

– A, da, îmi amintesc numele din facturile pe care le-am trimis.

Hanna încearcă să găsească o modalitate blândă de a exprima ce are de zis, deși asta n-o s-o ajute pe Marion când o să afle durerosul adevăr.

– Avem motive să credem că Rebecka și Johan aveau o aventură, spune ea în cele din urmă.

Marion se crispează. Trupul îi devine atât de țeapăn că venele de la gât arată ca două sârme bine întinse. Fratele ei își dă seama că e ceva în neregulă, cu toate că Hanna vorbește în suedeză. Face un pas înainte, îi pune mâna pe umăr surorii lui. Ea se scutură ca s-o dea la o parte, ca și cum n-ar suporta s-o atingă nimeni.

– Știai de relația lor? întreabă șovăit Hanna.

– Johan și cu mine eram fericiți împreună.

Marion răsuflă zgomotos pe nas. Hannei îi pare cumplit de rău pentru ea.

– Credem că soțul Rebeckăi a aflat ce se petrecea și l-a atacat pe Johan sâmbătă seară. Îl bănuim pe Ole Nordhammar de uciderea soțului tău. Ole a încercat să-și omoare și soția aseară.

Marion se șterge la nas cu dosul palmei. Clar se chinuie să-și păstreze stăpânirea de sine.

– Eram fericiți, repetă ea și glasul i se frânge.

Intră Daniel, cu telefonul încă în mână. Are o expresie ciudată pe față.

– Trebuie să-ți pun o întrebare despre soțul tău, îi spune el, chiar dacă Hanna încă n-a terminat de dat veștile.

Aceasta îi aruncă o privire, dar Daniel nu-i dă atenție.

– Ne-ai spus mai devreme că nu l-ai văzut pe Johan după ora șapte în seara de vineri, continuă el. Că atunci a plecat cu furgoneta să-și întâlnească prietenii la restaurant. L-ai sunat de câteva ori, dar nu s-a mai întors. E corect?

Marion încuviințează din cap.

Hanna nu înțelege unde bate colegul ei.

– Atunci avem o problemă. Tocmai am fost informat că jurnalul electronic din furgoneta lui Johan arată că s-a întors acasă după ce l-a vizitat pe Linus. Era aici la opt treizeci vineri seară.

O liniște apăsătoare umple încăperea. Hanna se uită la Daniel, apoi la Marion, dar înainte să apuce să spună ceva, continuă el:

– E posibil ca Ole Nordhammar să fi venit aici vineri seară?

87

Hanna e cât pe ce să-l întrerupă pe Daniel și să treacă iar la întrebări, când își dă seama de însemnătatea a ceea ce tocmai a spus acesta.

Johan s-a întors acasă *după* vizita la Linus Sundin, cu alte cuvinte era în viață când a plecat de la Linus. Nu poate să existe decât o singură explicație. Ole trebuie să-l fi așteptat pe Johan și să-l fi lovit când a ajuns acasă. Ceea ce înseamnă că acesta a fost ucis în fața casei lui.

N-ar fi trebuit să remarce Marion asta?

Hanna întoarce capul, se uită de jur-împrejur. Fereastra bucătăriei dă spre parcare, dar livingul, unde se află televizorul, dă spre partea opusă. Dacă Marion era acolo, n-ar fi văzut drumul și, dacă televizorul era pornit, probabil că nu ar fi auzit furgoneta lui Johan.

Și nici mașina lui Ole.

Întrebarea lui Daniel încă n-a primit răspuns.

Marion e albă ca varul la față.

– N-a intrat, șoptește ea.

– În casă? întreabă Hanna ca să se lămurească.

Marion clipește.

– Ai văzut pe cineva umblând prin jurul casei vineri seara? Mă întreb dacă Ole Nordhammar ar fi putut să-l pândească pe Johan.

Marion începe să se legene înainte și înapoi pe scaun. Arată ca o femeie în transă; ochii îi sunt larg deschiși, buzele lipsite de sânge i se mișcă, dar fără să compună cuvinte.

Hanna încearcă să-i interpreteze expresia. Pare să-i fie frică. Trebuie să fi văzut ceva groaznic ca să reacționeze astfel. Dacă a dat peste Ole Nordhammar și el a amenințat-o? Dacă nu-și ținea gura, urma să aibă aceeași soartă ca soțul ei.

Florian se lasă pe vine în fața surorii lui.

– *Was passiert?* întreabă el neliniștit. *Ist alles in Ordnung?*

Se întreabă ce se petrece. La fel și Hanna.

– Marion? zice ea cu blândețe. Poți să ne spui ce s-a întâmplat când s-a întors Johan vineri seară?

Marion se ridică în picioare.

– Scuzați-mă, șoptește ea, acoperindu-și gura cu mâna.

Iese grăbită din bucătărie și se duce în baia mică de oaspeți de pe hol. O aud cum vomită, cum trage apa, apoi cum deschide robinetul chiuvetei.

– E posibil să fi fost martoră la omorârea soțului ei? îl întreabă încet Hanna pe Daniel.

Ușa de la baie se deschide, după care pașii lui Marion dispar pe scări.

Trec câteva minute.

– Unde s-a dus? vrea să știe Hanna.

Se ridică și se duce în cadrul ușii ca să vadă dacă vine înapoi, dar nici urmă de ea.

Se întoarce către Florian.

– *Wo ist denn Ihre Schwester hingegangen?*

Unde s-a dus sora ta?

– *Keine Ahnung.*

Habar n-am.

Hanna se întoarce către Daniel.

– Mă duc să mă uit, doar ca să fim siguri.

Urcă în tăcere scările. În capătul îndepărtat al palierului se află ceea ce ar trebui să fie dormitorul lui Marion și al lui Johan. Ușa e închisă. E pe punctul să se ducă acolo și să bată la ușă, când vine Florian în fugă pe scări și o prinde de braț.

– *Kommen Sie!*

Vrea ca ea să vină cu el.

Coboară. Florian trece de bucătărie și continuă până la debara, unde se află dulapul pentru arme.

Ușa metalică e larg deschisă.

Ieri erau acolo trei puști una lângă alta. Acum sunt doar două.

88

Totul e pregătit pentru percheziția casei din Enafors a soților Nordhammar.

Anton e pe drum împreună cu Raffe. O să se întâlnească acolo cu o mașină de patrulă. Discută despre jurnalul electronic pe care l-a găsit Carina, care a arătat în mod neașteptat că Johan s-a întors acasă după vizita la Linus.

Tocmai au trecut de Duved și Anton se gândește automat la Carl. Ar vrea să-i arate fotografia lui Ole Nordhammar – poate l-a văzut pe lângă „Pigo" vineri seară.

Dar Carl a vorbit despre munca lui la biserică; ar putea să fie și el membru al Luminii Vieții. S-ar putea să-l cunoască pe Ole, să fie implicat cumva. Anton a remarcat cartea de imnuri de pe noptiera din dormitorul lui.

Ezită să inițieze un nou contact, deși Carl e complet nevinovat. Au fost deja foarte multe suișuri și coborâșuri. Ieri Anton aproape că i-a trântit telefonul în nas, iar alaltăieri a fost rece și indiferent.

Dacă-i închide când îl sună sau, mai rău, îi spune clar că nu mai vrea să aibă nimic de-a face cu el? Anton oftează. Nu e sigur că poate suporta o respingere vădită.

Niciodată nu și-a urât serviciul mai mult decât acum.

Au ajuns la Staa. Un indicator îi informează că la stânga se află centrul de reciclare. Înainte să plece de la secție, Anton a încercat să sune în legătură cu camerele de supraveghere, dar n-a răspuns nimeni.

Are o idee și face la stânga.

– Unde te duci? întreabă Raffe.
– Vreau să verific ceva.

Merge până la porțile de metal care marchează intrarea în centrul de reciclare. Așa cum credea, acolo e un indicator mare care anunță **ATENȚIE! CAMERE ÎN FUNCȚIUNE.**

De ce nu i-o fi trecut nimănui prin cap că s-ar putea să fie camere aici, având în vedere că furgoneta lui Johan a fost parcată pe Klubbvägen?

Trece pe lângă containere îndreptându-se spre biroul mic, care seamănă cu o baracă de pe un șantier.

Raffe nu e bucuros.

– Ce căutăm aici? Mașina de patrulă și tehnicienii criminaliști deja sunt în drum spre Enafors. O să ajungem prea târziu, dacă nu ne ducem direct acolo.

Anton ridică o mână cu degetele răsfirate.

– Cinci minute, cel mult, promit.

El și Raffe coboară din mașină și intră în încăpere. E un spațiu îngust, cu două birouri unul în fața altuia. O femeie trecută de treizeci de ani, cu păr roșu aprins tuns scurt, stă la un computer.

Anton se prezintă, își arată legitimația de polițist și explică de ce se află acolo.

– Ar fi posibil să ne uităm la înregistrarea camerelor de vineri seară?

– Stai să văd.

Femeia tastează diferite comenzi; degetele îi zboară repede și profesionist pe tastatură. Pe dosul palmei stângi are tatuate contururile Lunii și al unei stele.

– Am găsit, zice ea după o clipă. Ce oră vă interesează?

– Stai puțin.

Anton iese s-o sune pe Carina și, când îi răspunde, întreabă:

– Când ai zis că a plecat furgoneta lui Johan spre casă ultima oară, potrivit noilor informații?

– Deci... a plecat de la Linus la opt și cinci și a ajuns la opt treizeci la Dalövägen. Apoi a ajuns la Klubbvägen după un pic mai mult de o jumătate de oră, răspunde ea.

Anton se întoarce în birou și zice:

– Ai putea să dai pe repede înainte filmarea începând cu ora nouă fără zece?

Femeia cu părul roșu întoarce ecranul spre Anton și Raffe ca să vadă mai clar.

Pe gardul de la intrare este montată o cameră. E îndreptată pe porți, dar surprinde și o porțiune consistentă de drum. Imaginea e granulată, lumina slabă și nu există iluminat stradal în dreptul centrului, dar tot se poate vedea mult. Faptul că filmarea e alb-negru ajută: contururile sunt mai clare, contrastul mai pronunțat.

Cronometrul digital merge în colțul de jos.

Nouă fără cinci și nu trece nicio mașină. Ora nouă. Trece o Toyota de culoare închisă, după care un Volkswagen roșu cu un strat gros de zăpadă pe acoperiș.

– Acolo! strigă Raffe când se apropie o formă albă.

E clar furgoneta lui Johan Andersson – îi disting numele pe laterală. Până să aibă timp Anton să reacționeze, a și dispărut.

– Poți să dai înapoi, doar câteva secunde? După care pornește la viteză redusă, ca să vedem bine furgoneta.

Femeia face ce i-a cerut și furgoneta albă umple ecranul. Când ajunge în mijlocul acestuia, apasă pe butonul de pauză. Câteva clickuri și imaginea devine mai luminoasă, iar claritatea se îmbunătățește.

– Ce na...?! face Anton.

Se apleacă în față. Figura persoanei de la volan e parțial ascunsă de o căciulă de lână trasă pe ochi, dar profilul e suficient de clar încât să distingă trăsăturile.

Șoferul furgonetei nu e nici Linus Sundin, nici Ole Nordhammar.

E Marion Andersson.

89

Hanna stă cu privirea ațintită la dulapul de arme. Locul unde se afla cea de-a treia pușcă e gol. Lipsește și o cutie de cartușe.

Judecând după expresia de panică a lui Florian, Marion a luat arma, caz în care s-ar putea să o aibă la ea în dormitor.

„Să sperăm că n-are gânduri de sinucidere."

Daniel i-a urmat în debara. Se uită când la Hanna, când la Florian.

– Sora ta e înarmată? întreabă el în engleză.

– Așa bănuiesc, răspunde Florian într-o engleză cu accent puternic. Cred că a luat arma azi-noapte după ce m-am dus eu la culcare. V-a mințit când a zis că nu vânează. Are certificat și e foarte bună țintașă.

Hanna habar n-a avut că Marion se pricepe să umble cu armele.

– Am stat multă vreme de vorbă. Am încercat s-o conving să...

Florian se prăbușește pe un scaun și-și îngroapă fața în palme.

Hannei i se învolburează mintea. Dacă Marion avea gânduri de sinucidere după evenimentele tragice din ultimele zile, atunci informația despre aventura lui Johan cu Rebecka trebuie să fi picat ca una dintre cele mai urâte vești pe care ți le-ai putea închipui. Iar ea este cea care i-a comunicat-o. Ar fi putut la fel de bine să-i dea ea însăși arma sărmanei femei.

De ce nu a realizat asta înainte să înceapă să vorbească? De ce nu i-a fost spiritul de observație mai puternic? Ar fi trebuit să ia armele și muniția cu ei ultima dată când au fost aici. Îi vine să-și tragă palme singură.

O liniște mormântală coboară în continuare de la etaj, unde Marion s-a închis în dormitor. „Măcar e încă în viață," își zice Hanna. „Altfel, am fi auzit împușcătura."

O durere surdă începe să-i pulseze în tâmple. Trebuie să încerce să salveze situația. Cazul a făcut deja prea multe victime. Nu mai suportă încă o moarte.

– Mă duc sus, îi spune lui Daniel. Trebuie s-o scoatem din dormitor înainte să facă vreo prostie. N-o putem lăsa să-și ia zilele chiar în fața noastră.

– Stai! zice Daniel.

Se duce la Florian, care stă ca într-un fel de transă, cu fruntea lucindu-i de transpirație.

– Ce te pregăteai să zici?

Florian se îndreaptă de spate și se uită la Daniel. E pământiu la față și se schimonosește de disperare.

– Am încercat s-o conving pe Marion să vă spună adevărul.

90

E liniște în dormitorul în care s-a refugiat Marion. E așezată pe podea, în colț, lângă patul nefăcut.

Patul puștii stă între picioarele ei.

Fixează cu privirea clanța ușii.

Ar putea să intre în orice clipă. Ușa nu se încuie, n-au avut niciodată nevoie de încuietoare. Numai ea și Johan locuiau aici.

Iar acum Johan e mort.

E vina ei.

L-a iubit din prima clipă în care l-a văzut în apreschiul din Kitzbühel.

Asta a fost în urmă cu doisprezece ani.

Zâmbetul lui cald a făcut-o să se îndrăgostească profund. De dragul lui Johan și-a lăsat țara și familia, l-a urmat în Suedia și a început o nouă viață, cu o nouă limbă.

Nu și-ar fi putut închipui niciodată că o s-o părăsească. Erau meniți să fie împreună pentru totdeauna.

Până vinerea trecută, când el a venit acasă și i-a spus că e îndrăgostit de altcineva. Și nu numai asta – că urma să plece cu ea chiar de a doua zi.

Tocmai fusese la Linus să-l anunțe că o să plece o vreme, pentru ca partenerul lui să se poată ocupa de lucrările deja programate.

Linus, pe care Marion îl detestă, aflase adevărul înaintea ei.

Scena îi vine în minte cu o claritate terifiantă. Aceeași scenă o bântuie zi și noapte de aproape o săptămână.

Era în bucătărie, făcea curat după cină. Se pregătea să spele tigaia de fontă și ciocanul pentru carne pe care-l folosise să frăgezească fileul de elan. Își oferise un răsfăț, fiindcă Johan se întâlnea cu băieții. A fost atât de fericită când i-a văzut furgoneta afară! A crezut că venise mai devreme acasă fiindcă-i era dor de ea. Băuse câteva pahare de vin, dar mai era destul în sticlă încât să bea împreună.

Cât de naivă fusese!

În schimb, Johan i-a spus că trebuiau să vorbească.

Era ceva în neregulă, își dădea seama după expresia lui gravă.

El a stat lângă masa din bucătărie și i-a spus despre cealaltă femeie. I-a zis că vrea să-și petreacă tot restul vieții cu ea. A rugat-o pe Marion să-l ierte, i-a explicat că încercase să se împotrivească, dar că i-a fost imposibil.

Vocea lui venea de undeva, de foarte departe.

Ajunseseră ca frate și soră, a zis el. Era mai bine așa, să se despartă ca prieteni. Încă mai ținea la ea, dar nu mai era îndrăgostit de ea.

Căsnicia lor se terminase, cu siguranță își dăduse și ea seama de asta, nu?

„Nu."

Îl iubea, avea să-l iubească pentru totdeauna.

Asta chiar nu conta pentru el?

Mai întâi a rămas fără grai, după care cuvintele au început să curgă. L-a implorat să n-o părăsească. Dacă pleca, ea rămânea cu desăvârșire singură. Totul i-ar fi fost luat.

Când el a refuzat să se răzgândească, șocul și durerea au lăsat loc panicii. Nu putea să-i facă una ca asta. A țipat și a înjurat, a strigat insulte despre Johan și curva lui, cuvinte pe care nu crezuse în veci că le-ar putea scoate pe gură.

Johan pur și simplu a stat și s-a uitat. N-a replicat, n-a contrazis-o. Când ea și-a pierdut suflul, a deschis gura și a zis: „O să avem un copil. Îmi pare rău."

Când el s-a întors să plece, totul s-a făcut negru. Marion închide ochii, încearcă să scape de amintire, dar fără succes.

După aceea, când și-a venit în simțiri, Johan zăcea pe podeaua bucătăriei. Fața îi era plină de sânge, nasul rupt acolo unde se lovise de treaptă.

Ceafa îi era plină de sânge.

Când ea a coborât privirea, a văzut ciocanul pentru carne în mână.

Iar el era plin de sânge, care picura încet pe podea. Erau pete roșii peste tot, inclusiv pe hainele ei.

Cumva, a reușit să-l tragă pe Johan afară din casă și să-l urce în spatele furgonetei. A crezut că e mort, deși încă mai sângera tare. Ca să se asigure, i-a legat încheieturile cu niște coliere de plastic pe care le-a găsit printre materialele lui.

Mereu a fost în formă și puternică, dar îi tremurau mușchii de epuizare când a terminat.

Pe urmă a condus furgoneta până pe Klubbvägen și a parcat-o acolo.

Când a ajuns acasă, a curățat bucătăria, a frecat până a dispărut orice urmă. Până a arătat la fel ca întotdeauna.

S-a făcut miezul nopții până să termine. Și-a dat seama că nu poate risca să lase furgoneta pe Klubbvägen – exista riscul să se întrebe cineva ce caută acolo.

Și-a pus hainele de munte. Începuse să ningă. Fulgi groși umpleau aerul.

Marion a știut ce să facă. Și-a luat schiurile de fond și s-a întors pe ele până la furgonetă. S-a urcat și a condus până la Tångböle, o zonă izolată și slab populată. S-a oprit în dreptul unor tufișuri scunde, l-a târât pe Johan afară și l-a ascuns printre crengi, în zăpadă. Ninsoarea se întețise, cadavrul lui avea să fie acoperit complet în scurtă vreme. N-avea să-l găsească nimeni luni de zile.

Și nimeni n-avea s-o bănuiască pe ea.

Numai că i-a fost atât de greu să-şi ia rămas-bun!

S-a lăsat pe vine, şi-a scos mănuşa şi i-a mângâiat fruntea lui Johan cu vârfurile degetelor. Pielea lui era deja rece, trupul nefiresc de nemişcat. A încercat să nu se uite la tot sângele ăla.

Gândul că el n-o să mai fie părea ireal.

– La revedere, dragul meu! a șoptit ea.

Cuvintele i s-au înăbuşit în vânt. Lacrimile aproape că i-au înghețat din cauza gerului.

– Te iubesc atât de mult! O să te iubesc mereu.

A stat acolo până i-au amorțit picioarele, până i-a fost atât de frig, că abia s-a mai putut ridica. Apoi a condus furgoneta până într-un loc de lângă Lacul Gev, unde știa că e un hambar abandonat. A ascuns vehiculul cât de bine a putut, apoi s-a întors acasă pe schiuri prin zăpada învolburată, plângând neconsolată tot drumul.

Aruncase telefonul lui Johan în zăpadă, dar s-a hotărât să sune de câteva ori în timpul nopții ca să pară că și-a făcut griji.

Nu avea nicio intenție să recunoască existența celeilalte femei. Marion era hotărâtă să și-o șteargă din minte. Nimeni nu avea să afle că Johan avusese o aventură.

Sau că soția lui știuse de ea.

O bătaie ușoară în ușă o aduce la realitate. Înapoi în dormitor, cu pușca între picioare.

– Marion? strigă Hanna. Pot să intru? Putem vorbi?

Lui Marion i se umplu din nou ochii de lacrimi.

– Uite ce e, o să rezolvăm. Îți promit. Dacă aș putea doar să vorbesc cu tine…

Marion se uită împrejur. Privirea îi cade pe fotografia de la nuntă, de pe comodă, ea și Johan împreună pe munte, imediat după ceremonie. Zăpada albă sclipește în soarele după-amiezii, culmile înalte alcătuiesc un fundal dramatic sub un cer senin.

Johan o ține cu brațele de mijloc și ea se lipește de el, dorind să fie cât mai aproape.

El o privește cu iubire nesfârșită.

Au fost așa de fericiți împreună!

Marion deschide gura, închide buzele în jurul țevii puștii. Metalul e rece pe dinți și îi lasă un gust ușor sărat pe cerul gurii.

Scoate piedica, se pregătește. E un capriciu ironic al sorții ca ea să moară acum.

Întocmai ca Johan.

Și bietul Linus.

Poate că e o pedeapsă potrivită, dat fiind că a încercat să îndrepte bănuielile poliției către el ca să evite să fie ea cercetată atent.

– Acum intru, zice Hanna de după ușă. Nu vreau decât să vorbim puțin, atâta tot.

Marion vede cum clanța e apăsată.

– Iartă-mă! îi șoptește ea fotografiei lui Johan.

Nu trebuia să se termine astfel.

Pe urmă apasă pe trăgaci.

91

Se aude zarva unei găşti vesele de adolescenţi care se îndreaptă spre apreschi ca să sărbătorească atunci când Daniel şi Hanna se dau jos din maşină la secţie.

Aerul e rece şi ceţos. Vântul de ieri s-a domolit; temperatura e aproape de îngheţ şi vremea urmează să se schimbe.

Daniel o ia înainte şi descuie uşa. Aruncă o privire peste umăr; Hanna se mişcă precum un robot în urma lui. E aproape ora trei. A durat o veşnicie să conserve locul faptei şi să aranjeze ridicarea cadavrului lui Marion.

– Haide, o îndeamnă el, conducând-o în sala de recreere a personalului, unde sunt două fotolii. Să stăm jos aici şi să vorbim.

Aduce două căni de ciocolată caldă şi-i dă una Hannei.

– Cum te mai simţi?

Ea stă pe fotoliu ca o păpuşă de cârpă. Are ochii sticloşi, de parcă n-ar putea să scape de priveliştea însângerată. Dacă oamenii şi-ar da seama ce oribil e ce rămâne după ce se împuşcă cineva în gură, nimeni nu s-ar mai sinucide în felul ăsta.

– Groaznic, ca să fiu sinceră.

Strânge cana cu amândouă mâinile.

– Dacă aş fi intrat în cameră cu doar câteva secunde mai devreme... De ce n-a vrut să mă asculte? Am fi putut s-o rezolvăm. Nu era nevoie să moară.

Dacă... Daniel a gândit la fel în multe rânduri, când a stat treaz noaptea după o intervenţie care n-a mers bine.

– Nu poţi să te învinovăţeşti, zice el cu blândeţe. A fost decizia ei. N-a forţat-o nimeni să apese pe trăgaci.

– Ştiu... dar nu aşa pare. Ar fi trebuit să pricep situaţia mult mai devreme. N-am bănuit niciodată că e implicată în moartea lui Johan.

– Nici eu.

Daniel ridică glasul hotărât să-şi transmită mesajul.

– Nu a fost vina ta. Şi, chiar dacă ar fi fost, atunci suntem amândoi responsabili în aceeaşi măsură. Şi eu am fost de faţă. Nici eu n-am reuşit s-o opresc. Niciunul dintre noi nu ştia că are gânduri de sinucidere sau că e în spatele uciderii lui Johan.

Hanna închide ochii strâns, dar lacrimile i se revarsă oricum.

Daniel se duce la ea. Îngenunchează în faţa fotoliului ei, îi dă la o parte cu blândeţe cana din mâini şi o ia în braţe.

– Hanna...

Ea plânge în tăcere pe umărul lui în timp ce el o ţine.

– E în regulă, zice Daniel, legănând-o înainte şi înapoi. O să fie totul bine, te asigur.

Părul ei şaten îl gâdilă la nas, trupul ei e cald.

Brusc nu mai vrea să-i dea drumul.

În cele din urmă, Hanna scoate un oftat lung şi tremurat şi se îndreaptă de spate. Afişează un zâmbet nesigur, se şterge sub ochi cu degetul arătător. I-a curs rimelul.

– Îmi pare rău, de obicei nu izbucnesc în plâns aşa.

Daniel e încă în genunchi în faţa ei. Feţele le sunt la doar câţiva centimetri depărtare. Ei îi tremură gura din cauza emoţiei reprimate.

Cu un efort uriaş de voinţă, el se ridică în picioare şi se întoarce pe fotoliul lui.

– Amândoi avem nevoie de câteva zile libere. Mai presus de toate, avem nevoie de nişte somn.

Se uită la ceas. Nu peste multă vreme trebuie să fie la o informare cu Grip.

– Merg eu la ședința cu Grip, zice el cu fermitate în glas. Tu du-te acasă să te odihnești!

– Ești sigur?

– Absolut.

Hanna se ridică în picioare. Fața îi e pământie de oboseală, iar ochii roșii.

– Mulțumesc. Vorbim mâine.

92

Anton așteaptă deja în sala de conferințe. Raffe e ocupat să pregătească legătura cu Östersundul.

– Unde-i Hanna? întreabă el.

– Am trimis-o acasă să se odihnească, răspunde Daniel cu o grimasă. Era în cameră când s-a împușcat Marion Andersson.

Nu-i nevoie să mai adauge alte explicații. Anton înțelege. E greu să scapi de imaginea unei persoane care se sinucide. Te roade pe dinăuntru.

Daniel observă că Anton arată la fel de sleit ca el. Mișcările îi sunt lente, îi lipsește energia. Și-a petrecut ziua la Enafors cu tehnicienii criminaliști percheziționând casa soților Nordhammar în căutare de dovezi ale abuzului domestic îndelungat care se desfășurase în căsnicie.

Niciunul dintre ei nu-i în formă maximă, dar n-au încotro. Urmează să treacă în revistă cele întâmplate peste zi și să organizeze căutarea lui Ole, care continuă. E nevinovat de crimă în cazul lui Johan, dar s-a emis un mandat de arestare pentru tentativa de crimă împotriva Rebeckăi. Aceasta a reușit să reziste la o scurtă discuție la spital în Östersund și a oferit informații prețioase.

Anton împinge o foaie de hârtie spre Daniel. E o copie a unui bilet scris de mână.

Un bilet de sinucigaș.

– Sandra Sundin a găsit un bilet de la Linus acum câteva ore. Pesemne căzuse după comoda de pe hol pe care îl lăsase. Nu mai încape îndoială că a intrat intenționat cu mașina în peretele de stâncă.

– Săracul de el!

Daniel începe să citească. Parcă are nisip în ochi; trebuie să clipească de câteva ori ca să vadă bine. Cele câteva rânduri stau mărturie tragică pentru un om care ajunsese la capăt de drum.

Linus își cere iertare pentru toate datoriile pe care le-a lăsat în urma lui și toate problemele pe care le-a provocat. Mai jură că nu a avut nimic de-a face cu moartea lui Johan.

Ceea ce așa și este.

Dacă ar mai fi așteptat câteva zile, ar fi aflat adevărul și atunci poate nu s-ar mai fi simțit atât de disperat încât să-și ia zilele. Poate că ar fi reușit să-și descurce problemele financiare.

Daniel e copleșit de regrete. Privind în urmă, n-ar fi trebuit să-l ia atât de tare pe Linus, dar multe îl indicau pe el. Existau dovezi și un motiv. Daniel însuși crezuse că Linus era făptașul.

Acum Sandra și-a pierdut soțul.

Iar un băiețel nu mai are tată.

Consecințele sunt devastatoare, chiar dacă poliția a acționat cu bună-credință tot timpul.

Pe ecran apare fața lui Grip și vocea ei îl readuce la realitate.

E momentul să înceapă ședința.

93

Lui Daniel îi sună telefonul când se întoarce la birou după videoconferința de treizeci de minute. Mare parte a timpului a fost petrecut discutând cum să aloce resursele acum că se ocupă atât de omorârea lui Johan, cât și de tentativa de crimă a lui Ole împotriva Rebeckăi.

Nu recunoaște numărul de pe ecran, dar răspunde în timp ce-și trage scaunul și se așază.

– Sunt Jan-Peter Jonsäter, spune o voce profundă.

Pastorul ipocrit nu mai pare așa de arogant acum.

– Da? se răstește Daniel.

E prea obosit ca să se mai prefacă politicos.

– Treaba e că... am ținut legătura cu Ole Nordhammar.

Daniel expiră pe nas.

– Îți dai seama că pastorul tău e căutat prin toată Scandinavia pentru tentativă de omor împotriva soției lui?

Nici măcar nu încearcă să-și ascundă tonul acuzator. După ce s-a întâmplat, n-are nicio intenție să facă discuția mai ușor de suportat pentru Jonsäter.

– Sunt conștient de asta, da. Situația este cât se poate de... regretabilă.

Jonsäter își drege glasul.

– Ole a hotărât că ar vrea să se predea poliției.

Daniel se întreabă cum de s-a întâmplat asta. A făcut Jonsäter presiuni asupra lui? Probabil că bărbatul mai în vârstă pricepuse că e mai bine să colaboreze cu poliția și să-și sacrifice colegul ca să salveze reputația bisericii.

Dacă în momentul acesta mai e posibil așa ceva.

– Unde e?

Jonsäter ezită.

– Spune-mi unde e și eu o să trimit o mașină de patrulă să-l ia.

– E aici cu mine. La casa mea din Handöl.

– OK. Ai grijă să rămână acolo! O să vină cineva la voi în jumătate de oră.

– Ole își regretă profund acțiunile, adaugă pastorul. Nu știe ce l-a apucat.

Daniel nu crede o iotă. Ole a abuzat-o pe Rebecka ani de zile. A dus-o la o căsuță izolată din Norvegia, după care a lăsat-o să moară înghețată în zăpadă, chiar dacă era gravidă.

Să pretindă acum că regretă ce a făcut și că se simte rușinat e o minciună sfruntată. Remarcile lui Jonsäter au mai degrabă de-a face cu propria lui nevoie de a-și justifica credința de mai înainte în nevinovăția lui Nordhammar.

Și de a scăpa de blam.

– Cred că-i prea târziu pentru asta, zice Daniel încheind apelul.

Rămâne pe scaun, cu telefonul în mână.

Ole Nordhammar va fi reținut imediat ce este adus la secție. Cu dovezile pe care le au, procurorul ar trebui să poată cere o sentință cu închisoarea pe viață pentru tentativă de omor. Cursul evenimentelor a fost și crud, și prelungit; Rebecka s-a temut pentru viața ei și pentru cea a copilului ei nenăscut.

Când patrula va ajunge acasă la Jonsäter, acesta va fi și el arestat pentru complicitate cu un criminal.

Daniel s-a abținut să explice asta în timpul conversației lor, dar Rebecka a declarat că pastorul era prezent sâmbătă, atunci când a fost răpită. Jonsäter a știut adevărul de la bun început.

Își vâră telefonul în buzunarul de la spate. Omul ăsta îl face să i se încrețească pielea pe el. Poate de aia și-a și ieșit din fire la biserică, în ciuda hotărârii de a nu se mai aprinde așa.

Îl cuprinde din nou rușinea pentru temperamentul lui instabil, mai tare decât înainte. De ce nu-și poate ține cea mai importantă promisiune?

Promisiune pe care și-a făcut-o sieși.

Se prinde de marginea biroului și respiră adânc. Nu vrea să fie un om care-și pierde controlul. Dacă o ține tot așa, atât relația, cât și cariera îi sunt în pericol și, mai presus de toate, se și urăște după aceea.

Nu poate să trăiască așa.

În curând o să se urce în mașină și o să parcurgă cei douăzeci și patru de kilometri până la soacra lui, în Järpen. Trebuie să încerce să repare lucrurile cu Ida, să creeze un soi de armonie acasă, de dragul fiicei lui, dacă nu de altceva.

Situația nu mai poate continua.

Îi e tare dor de Alice.

E timpul să plece, dar întinde mâna după mouse. Ajustează ecranul ca să nu poată fi văzut de pe coridor și face click pe Google.

Îi tremură degetele când tastează primul termen de căutare.

„Psihoterapie"

94

Veranda e ticsită. Hanna stă într-un colț întunecat.

Toată lumea se înghesuie la unul dintre cele mai populare apreschiuri din Åre. E aglomerat, înăuntru e foarte cald și plin de transpirație. Un loc perfect să împrăștii coronavirusul despre care vorbește toată lumea, dar acum nu-i pasă dacă vreunul dintre petrecăreții de lângă ea îl are.

Ia un gât de votcă din pahar. DJ-ul pune niște muzică tare, care pulsează. Hanna era pe drumul înapoi spre Sadeln când s-a răzgândit și s-a întors în parcarea secției, unde și-a lăsat mașina. Îi era imposibil să se ducă acasă la Lydia și la copii. Nu se poate preface că totul e în regulă, nici nu le poate spune despre evenimentele de peste zi, că vorbele ei lipsite de tact și lipsa de spirit de observație au contribuit la moartea unei femei.

Ar vrea să șteargă pentru totdeauna orice urmă a imaginii pe care a văzut-o când arma s-a descărcat, chiar când ea deschidea ușa dormitorului lui Marion.

Femeia stătea pe podea. O secundă mai târziu, fața ei... dispăruse.

Nu mai rămăsese nimic în afară de sânge și bucățele de carne roșie, un trup lipsit de viață lăsat pe o parte.

În timp ce Hanna țipase.

A mai văzut cadavre; a fost implicată în cazuri de violență domestică tragică, dar nu s-a întâmplat niciodată în fața ei.

Paharul de votcă pare să fie gol. Prinde o chelneriță hărțuită care trece grăbită pe lângă ea și-i mai comandă unul.

Nu alcoolul e răspunsul, dar nu se poate gândi la o metodă mai bună de a-și anestezia creierul. Trebuie să facă imaginile alea oribile să dispară.

Îi bâzâie telefonul și și-l scoate din buzunar. Un mesaj scurt de la Daniel.

Cum te mai simți?

Ca dracu'.

Numai că nu-i spune asta.

Își dorește cu disperare să fie și el acolo, s-o strângă la piept. Vrea să-l roage să vină la ea și să-i șoptească la ureche că o să treacă, că totul o să fie în regulă, că nu are de ce să-i fie frică.

Vrea să fie în brațele lui.

E o dorință interzisă pe care de-abia și-a recunoscut-o. Dar aici, în barul slab luminat, știe că e adevărată, deși între ei nu poate să fie niciodată nimic.

Sunt colegi, lucrează împreună. Probabil că el e în drum spre Järpen chiar în clipa asta ca să se împace cu Ida.

Ceea ce e bine, așa și trebuie să fie lucrurile.

Când chelnerița îi aduce votca, Hanna o dă imediat peste cap și mai cere una. Un grup mare de tineri de douăzeci și ceva de ani tocmai a sosit în costume de schi și geci matlasate groase. Se așază la câțiva metri de ea. Unul dintre tipi, cu părul șaten ciufulit turtit de cască, se apleacă și sărută o fată pe buze, după care se îndreaptă spre bar.

DJ-ul dă muzica și mai tare, iar din boxe răsună cea mai nouă piesă Avicii, „SOS".

Hanna clipește ca să-și rețină lacrimile.

Mâine are să se adune, să revină la normal. Nu peste multă vreme, o să-și comande un taxi, o să se ducă acasă și o să spună familiei că o doare capul. O să se bage direct în pat și o să încerce să alunge angoasa prin somn.

Dar își mai poate petrece câteva minute visând la Daniel.

95

Ida e în living și se uită la televizor când sună soneria de la apartamentul mamei ei.

Trebuie să fie Daniel, o simte în toată ființa.

Și-a petrecut toată ziua întrebându-se dacă făcuse ce trebuia venind aici când Daniel era în mijlocul unei anchete dificile, dar fusese tare supărată și nemulțumită. Când mama ei îi propusese să vină numaidecât cu Alice, i se păruse o idee bună.

E opt fără un sfert, tocmai a culcat-o pe fetiță. La știri a fost ceva despre poliția din Åre și intervenția sa în cazul pastorului care a încercat să-și omoare soția în Norvegia.

Uciderea lui Johan Andersson a fost și ea elucidată. S-a dovedit o tragedie de familie îngrozitoare.

– Vin! strigă ea, ducându-se grăbită în hol.

Daniel e palid și posomorât la față. Are cearcăne negre la ochi.

– Trebuie să vorbim.

Ida înghite în sec.

– Hai înăuntru.

Bărbatul pășește în hol și cercetează locul din priviri, probabil ca să vadă unde este Elisabeth.

– Mama se uită la televizor. Putem să mergem în bucătărie.

O urmează și se așază la masă.

– Pot să-ți dau ceva? Cafea?

– Nu, mulțumesc.

Tăcere. Daniel arată complet epuizat. Pe Ida o copleșește impulsul de a-l lua în brațe, de a face să fie totul bine din nou.

– Unde-i Alice?

– Tocmai am culcat-o. Vrei s-o vezi?

– Mai încolo.

Ida se așază vizavi de el. Aude sunetul programului la care se uită mama ei în sufragerie.

– Am auzit de pastor, zice ea, jucându-se cu coada împletită care-i atârnă pe umăr. Tipul care a încercat să-și ucidă soția. Tu... ai intervenit?

Daniel dă din cap că da.

Conștiința vinovată a Idei intră în acțiune cu toată puterea. Ieri el a salvat viața unei femei, în timp ce ea i-a dat un ultimatum pentru că n-a venit acasă la timp. E pe punctul de a-și cere scuze, de a-i spune că nu gândea limpede, când el continuă.

– Am fost eu și cu Hanna. A fost fantastică.

Hanna.

Ida nu vrea să audă de Hanna. Cu atât mai puțin acum.

– Grozav! replică ea cu glasul slab.

Irascibilitatea dintre ei s-a întors. Sentimentul că-i e inferioară Hannei, că e o prietenă și mamă mai puțin decât mulțumitoare este ineluctabil.

Că nu e suficient de bună.

Daniel se întinde și o ia de mână. Ea a tânjit după acest moment, știe exact cum se simte pielea lui pe a ei, și totuși se retrage, își ascunde mâinile sub masă.

– Nu putem să mergem acasă? se roagă el. Tu, eu și Alice?

Ida nu știe ce să zică.

Daniel continuă fără să se uite la ea.

– Am făcut o programare la un psihoterapeut. Ca să discut despre... izbucnirile mele. Sunt hotărât să mă schimb.

Ei i se pune brusc un nod în gât. Îl iubește pe Daniel și el e tăticul lui Alice. Totuși, în sufletul ei se dă o luptă. Vrea să-l creadă, dar se teme să nu ajungă în aceeași situație dificilă ca înainte.

Atât de mult s-a săturat să se plângă tot timpul, să se simtă că e complet nepotrivită!

El o privește în ochi, iar ea nu poate să nu-i vadă epuizarea și regretul din adâncurile ființei.

– Încerc să fiu un bărbat bun și un tată bun, zice Daniel încet. Sincer, chiar încerc.

Ea vrea ca ei să locuiască împreună, chiar vrea.

– De dragul meu? întreabă Ida, punându-și mâna pe a lui.

– De dragul nostru.

LUNI, 2 MARTIE

REBECKA

Rebeckăi i s-a dat propria ei rezervă la spital, ca să fie protejată de ochi curioși.

Povestea pastorului care a încercat să-și omoare soția însărcinată aruncând-o afară în viscol este în toate ziarele și la știri la televizor.

Stă întinsă pe spate, la fel ca în ultimele zile. Mâinile și picioarele îi sunt acoperite de vezicule din cauza degerăturilor. Cele de pe tălpi sunt închise la culoare și pline cu sânge. Arată groaznic, dar doctorii spun că e un semn bun.

Veziculele sunt un semn de traumă dermică profundă, dar nu de necroză extinsă. Dacă așa ar sta lucrurile, pielea i-ar fi ca de ceară, ca tăbăcită. În cele mai grave cazuri, se poate ajunge la amputare.

E încă la început, dar ultimul doctor a spus că situația e pozitivă, însă vor trebui să aștepte și să vadă ce se întâmplă.

Degerătură în ianuarie, amputare în iunie, nu așa se zicea?

Rebecka își dorește să nu fi auzit niciodată acele cuvinte.

Televizorul e pornit pe un serial de comedie, dar n-are energia să urmărească acțiunea. Își petrece cea mai mare parte a timpului zăcând, pe jumătate picotind, cu o mână pe pântec. În mod miraculos, copilaşul i-a supravieţuit. I-au făcut câteva ecografii şi multe analize. Totul pare bine, deşi va trebui să fie atent monitorizată pe tot restul sarcinii.

În viaţa anterioară, i-ar fi mulţumit lui Dumnezeu pentru asta.

Acum ştie că n-o să mai apeleze la el niciodată.

Dacă e cineva răspunzător pentru faptul că e încă în viaţă, atunci acela e Johan. El i-a oferit darul cel mai de preţ dintre toate. Fără copilul care să crească în ea, n-ar fi găsit puterea de a supravieţui.

Dragul de Johan, care n-o să cunoască niciodată copilul iubirii lor!

Rebeckăi îi curg lacrimi fierbinţi pe obraji. N-o abandonase aşa cum s-a temut. Din contră, a murit de dragul ei.

A sacrificat totul.

Acum n-au mai rămas decât ei doi: Rebecka şi copilaşul lor. Va fi nevoită să-i fie micuţului şi mamă, şi tată, altcineva n-are cine. Părinţii ei n-au vizitat-o la spital. Nimeni altcineva din biserică n-a luat legătura cu ea, nici măcar Lisen.

Singura persoană care a trecut s-o vadă e Maria.

Rebecka o să-i fie recunoscătoare tot restul vieţii. Dacă colega sa nu şi-ar fi împărtăşit bănuielile poliţiei, probabil că ea ar fi fost moartă acum.

Un zgomot din cadrul uşii o face să se uite într-acolo.

Vede un bărbat şi o femeie de vreo şaptezeci de ani. Femeia intră în încăpere şi, imediat ce li se întâlnesc privirile, începe să plângă.

Nu i-a mai văzut, dar ştie instantaneu cine sunt. Tatăl lui Johan, Torsten, e o versiune mai în vârstă a lui.

Tarja vine lângă pat şi se prezintă, după care se lasă să cadă pe un scaun.

– Dragă Rebecka, zice ea cu glas tremurând, poliția ne-a explicat totul. Ce ai fost nevoită să înduri... Cruzimea... E îngrozitor...

Reușește să surâdă trist.

– Ne-au spus despre copil. Că ești însărcinată cu copilul lui Johan.

Rebecka încuviințează din cap.

– Voiam să spunem...

Tarja se uită la soțul ei, care dă din cap încurajator.

– Că... suntem alături de tine, dacă vrei să ne permiți să facem parte din viața ta.

Mama lui Johan încearcă să o ia pe Rebecka de mână, dar e imposibil din cauza veziculelor și trebuie să se mulțumească cu o bătaie stângace pe braț.

– N-o să ne recăpătăm niciodată fiul, dar, dacă te putem ajuta, dacă ne lași să te susținem pe timpul sarcinii, am fi veșnic recunoscători.

– Vrem să fim familia ta, dacă se poate, zice Torsten. Ne întrebam dacă ai vrea să vii să stai la noi până te lămurești încotro s-o apuci.

Tarja plânge de-a binelea acum, iar Rebecka nu-și poate reține nici ea lacrimile. Crezuse că o să fie singură vreme îndelungată. Propria ei mamă și propriul ei tată nu vor să aibă nimic de-a face cu ea, iar biserica și-a strâns rândurile.

Acum, părinții lui Johan și-au deschis brațele.

Are o nouă familie.

– Mulțumesc! spune ea, zâmbind printre lacrimi. Mulțumesc tare mult!

96

E atât de întuneric în livingul lui încât Anton abia dacă-și vede saxofonul, dar nu contează. Cunoaște melodia pe de rost, poate cânta „If I Should Lose You" după ureche.

Există multe versiuni, dar cea a Ninei Simone e cea care-i place cel mai tare.

Notele melancolice răsună prin liniște. Degetele i se mișcă pe clape. Suflă în muștiuc și e uimit, ca de multe ori în trecut, de faptul că propria lui răsuflare e transformată în tonuri atât de frumoase.

Îi vede chipul lui Carl cu ochii minții. N-a încercat să-l mai contacteze, nici la telefon, nici prin SMS-uri. I-a verificat însă legătura cu biserica: s-a dovedit că se ocupă de un cor perfect obișnuit în parohia din Åre.

Atâta tot.

Noaptea trecută, Anton a trecut iar pe lângă clădirea zugrăvită în roșu unde locuiește Carl. A stat în frig vreme îndelungată, cu ochii la ferestrele apartamentului. Luminile erau aprinse. Dacă l-ar fi zărit pe Carl, poate că ar fi găsit curajul să scoată telefonul, dar nu s-a întâmplat.

Probabil a fost un semn.

Carl nu mai e interesat. De ce ar fi? Anton s-a străduit cât a putut el de bine să-l alunge. A fost tăios și indiferent.

Acum e prea târziu.

„Fără îndoială e mai bine așa", își zice el. O relație serioasă n-ar putea merge niciodată. Nu știe cum să gestioneze consecințele unei asemenea alegeri, nici la nivel personal, nici la nivel profesional.

Nu e pregătit.

Închide ochii și încearcă să scape de nodul de plumb din piept. Vârfurile degetelor mângâie instrumentul, evocând propria lui versiune a versurilor:

De te-aș pierde, prietene,
Stelele ar cădea una câte una,
De te-aș pierde, prietene,
Nu mi-aș mai găsi nicicând drumul spre casă

Cu tine alături,
N-ar bate niciun vânt rece
Cu tine alături,
Mă simt acasă oriunde...

MULȚUMIRI

E imposibil să scrii o carte de unul singur, însă am marele noroc de a fi avut ajutor din partea multor oameni generoşi. Cum sunt relativ nouă în zona Åre, era deosebit de important să mă pot baza pe cei care au cunoştinţe despre acest loc.

Totuşi, mi-am permis anumite libertăţi şi am făcut schimbări pe ici, pe colo:

Snasadalen e un loc ficţional, inventat ca să se potrivească cu povestea. Totuşi, muntele cunoscut drept Snasahögarna există şi merită din plin o vizită.

Majoritatea numelor de străzi nu există. Le-am inventat eu ca să evit să aleg anumite locuri.

Ånn e foarte mic, chiar mai mic în realitate decât în roman. La momentul publicării acestuia, nu are nici grădiniţă, nici cafenea.

Afirmaţia că Johan Andersson a câştigat medalia de bronz la slalom super-uriaş în 2009 e pură ficţiune. Medalia de la Val d'Isère a fost câştigată pe drept de Aksel Lund Svindal din Norvegia. Să dăm cezarului ce-i al cezarului!

Nu există o biserică liberă numită Lumina Vieţii, cel puţin nu din câte ştiu la momentul scrierii.

I-am oferit centrului de reciclare din Staa atât un birou, cât şi camere de supraveghere.

Îmi asum toată răspunderea pentru orice greşeli din naraţiune.

Ulrika Bauman Edblad și Anders Edblad, care locuiesc în Åre, mi-au fost de extrem de mult ajutor în călătoria mea. Un mare „Mulțumesc!" pentru amândoi. Aș vrea să-i mai mulțumesc și agentei Victoria Norman de la Poliția Districtuală, care mi-a împărtășit cu generozitate din experiența și cunoștințele ei, la fel și lui Mikael Nordqvist de la Ocke Trädgård, care mi-a spus despre flora și fauna din Jämtland.

Mulțumiri și inspectorului Rolf Hansson, care mi-a răspuns încă o dată la numeroasele întrebări despre munca de polițist. Dragelor mele prietene Anette Brifalk, Madeleine Lyrvall și Helen Duphorn, precum și Gunilla Petersson, care au citit și comentat manuscrisul pe parcursul scrierii lui. Vă mulțumesc tare mult!

Ascunsă în umbră este, fără îndoială, rezultatul unei superbe munci în echipă. Calde mulțumiri fantasticei mele editoare, Ebba Östberg, și bunului meu prieten și redactor de dezvoltare, John Häggblom. Fără Lisa Jonasdotter Nilsson, incredibil de dedicata mea redactoră, această carte n-ar fi fost nici pe departe la fel de bună. Multe mulțumiri, Lisa!

De asemenea, îmi place foarte mult să lucrez cu superprofesionista Sofia Heurlin și cu toți ceilalți de la Forum.

Anna Frankl, ești o agentă minunată care îmi este întotdeauna alături!

Vreau să-i mulțumesc și credinciosului meu maseur Tommy Lundqvist, care a avut grijă de mine la Sandhamm toată vara în care redactam zi și noapte ca să-mi respect termenul de predare. Umerii și gâtul mi s-ar fi prăbușit de mult vreme fără priceperea ta.

Cartea lui Jens Rennstam, *Sexuality in the Swedish Police: From Gay Jokes to Pride Parades*, a fost extrem de utilă pentru portretizarea lui Anton.

Rândurile de la finalul romanului reprezintă propria mea interpretare liberă a minunatelor versuri ale lui Leo Robin de la „If I Should Lose You."

La final, mulțumesc dragului meu Lennart pentru că a citit cu atâta meticulozitate manuscrisul și mi-a crescut stima de sine când mă asediau îndoieli serioase spre finalul procesului de redactare.

Camilla, Alexander și Leo: voi sunteți lumina vieții mele.

Åre, 1 septembrie 2021
Viveca Sten

La prețul de vânzare se adaugă 2%,
reprezentând valoarea timbrului literar.